Tangerine

Tangerine

Edward Bloor

Traducción de Pablo de la Vega

HOUGHTON MIFFLIN HARCOURT

Boston   New York

For information about permission to reproduce selections from this book, write to trade.permissions@hmhco.com or to Permissions, Houghton Mifflin Harcourt Publishing Company, 3 Park Avenue, 19th Floor, New York, New York 10016.

www.hmhco.com

La Biblioteca del Congreso catalogó la edición en inglés en pasta dura de la siguiente manera:

Bloor, Edward, 1950–
Tangerine/Edward Bloor.
p. cm.
Resumen: Paul, quien tiene doce años de edad y vive a la sombra de su hermano y héroe del fútbol americano, Erik, lucha por su derecho a jugar fútbol a pesar de su casi ceguera y poco a poco comienza a recordar el incidente que dañó su vista.
[1. Fútbol: Ficción. 2. Hermanos: Ficción 3. Florida: Ficción 4. Discapacidad visual: Ficción 5. Discapacidad física: Ficción 6. Diarios: Ficción] I. Título
PZ7.B6236Tan 1997
[Fic]: dc20 96-34182
ISBN 978-0-544-33611-7 (pasta dura en español)
ISBN 978-0-544-33633-9 (rústica en español)

Texto en tipografía Adobe Garamond Pro

Diseñado por April Ward

Impreso en los Estados Unidos de América
DOC 10 9 8 7 6 5 4 3
4500644407

Dedicado a

JUDY BLOOR BONFIELD

Tangerine

La casa se veía rara. Estaba ya completamente vacía y la puerta se balanceaba como si algún ser salvaje hubiera escapado a través de ella. Como si fuera la tumba de dos pisos vacía de un zombi en fuga.

—Trae la bolsa, Paul —dijo mi mamá—. Quiero echar un último vistazo adentro.

—Acabo de hacerlo y no vi nada —respondí.

—Bueno, quizá no buscaste por todos lados. Me tomará sólo un minuto.

—Busqué por todos lados.

—Espérame junto al auto, por favor. No queremos que los nuevos dueños piensen que dejamos un desorden al irnos.

Tomé la bolsa de basura y la llevé hasta el borde de la acera. Ya habíamos empacado nuestros sacos de dormir, maletas y dos sillas plegables de manera cuidadosamente apretada en la parte trasera del Volvo monovolumen de mi mamá. Ahora sólo quedaba esta bolsa de diez galones, con cordón de cierre y aroma a limón que planeábamos dejar en el basurero detrás del 7-Eleven. Pero mi mamá tenía que asegurarse de que yo no hubiera pasado algo por alto. Le preocupaba que quienes habían comprado nuestra casa, personas a quienes no volveríamos a ver, fueran a encontrar un agitador de bebidas de McDonald's y pensaran mal de nosotros.

Una vez que nos deshiciéramos de esta bolsa de basura estaríamos listos. Sería la última evidencia de que la familia Fisher vivió una vez en Houston. Mi papá y mi hermano, Erik, se fueron antes. Han estado viviendo en Florida por una semana, con los sacos de dormir, maletas y sillas que metieron en la Range Rover de mi papá. Los demás muebles se fueron ayer, profesionalmente empacados por dos tipos que terminaron odiando a mi mamá. Ya deben estar a mitad de camino hacia nuestra nueva dirección: un lugar llamado Lake Windsor Downs en el Condado de Tangerine, Florida.

Dejé la basura en el suelo y me apoyé en el auto, mirando hacia el este, directamente al sol naciente. Se supone que no debo hacer eso porque mis anteojos son muy gruesos. Mi hermano, Erik, me dijo una vez que si miraba directamente al sol con estos anteojos, mis glóbulos estallarían en llamas, como hojas secas bajo una lupa.

No lo creo. Pero de todas maneras di media vuelta y miré hacia el oeste por nuestra calle, siguiendo la línea de buzones negros. Algo en ellos me fascinaba. Apoyé la barbilla en el techo del auto y continué mirando. Un viejo sentimiento familiar me envolvió, como si hubiera olvidado algo. ¿Qué era? ¿Qué debía hacer para recordarlo?

En algún lugar detrás de mí arrancó el motor de un auto, y una escena vino a mi memoria:

Recordé un buzón metálico negro, en un poste metálico negro.

Pedaleaba en mi bicicleta camino a casa a la hora de la cena, dirigiéndome al este por esta misma calle, la puesta del sol a mis espaldas. Oí un gruñido muy alto, como el de un animal, como el de un depredador rugiendo. Volteé la cabeza, pedaleando aún, y miré hacia atrás. Lo único que podía ver era el sol enrojecido, enorme a esa hora, desapareciendo justo en medio de la calle. No podía ver nada más. Pero podía oír el rugido, aún más alto, y lo reconocí: el rugido de un motor acelerado a fondo.

Levanté mis anteojos para desempañarlos. Entonces me di media vuelta y lo vi: un auto blanco, una línea insignificante al principio, después claro y en detalle. Salió directamente del sol. Vi a un hombre asomarse por la ventana del pasajero; gran parte de su cuerpo estaba afuera. Tenía algo cubriéndole la cara, una especie de pasamontañas, y llevaba un bate de béisbol en las manos, como si fuera un arma lista para matar.

Entonces se oyó un cambio de marcha en la transmisión, las llantas rechinaron y el auto llegó a una velocidad imposible. Me volteé de nuevo, aterrorizado, y pedaleé tan fuerte como pude. Escuché el rugido del auto acercándose a mí, cada vez más alto, como si hubiera olido a su presa. Miré de reojo en el espejo retrovisor y ahí estaba, a media cuadra, luego a diez yardas, luego a una yarda. El hombre con el pasamontañas se inclinó aún más, movió el bate de arriba abajo y luego hacia adelante con un potente golpe dirigido a mi cabeza. Me agaché rápidamente a la derecha, aterrizando con la cara en el césped al mismo tiempo que el bate se estrellaba contra el buzón, arrancándolo con una explosión del poste que lo sostenía. Dentro del auto hubo gritos —gritos de animales enfurecidos— al mismo tiempo que el metal negro aplastado rebotaba ruidosamente por la calle.

Me levanté aturdido. Dejé mi bicicleta ahí, con sus ruedas aún dando vueltas, y corrí a casa. Corrí completamente aterrorizado, escuchando el sonido del auto rechinando para dar la vuelta y regresar por mí.

Crucé la puerta principal de golpe, llorando desesperadamente. Mis anteojos estaban al revés, detrás de mi cabeza. Buscaba a mi mamá con desesperación. Entonces, mi papá y mi mamá aparecieron delante de mí. Me tomaron de los hombros, tratando de calmarme, tratando de entender la palabra que repetía sin cesar.

Era «Erik». Estaba diciendo «Erik».

Mi papá finalmente entendió. Me miró a los ojos y preguntó:

—¿Qué quieres decir con «Erik»? ¿Qué hay con Erik, Paul?

—Erik intentó matarme —balbuceé.

Mi mamá y mi papá me soltaron y dieron un paso hacia atrás. Intercambiaron miradas, contrariados. Entonces, mi papá levantó el brazo y lo apuntó a la derecha, al comedor. Ahí estaba Erik, sentado en la mesa, haciendo su tarea.

Mi papá me miró de arriba abajo por unos segundos y después fue a buscar mi bicicleta.

—Ahí está, culpándome de nuevo —dijo Erik.

Mi mamá me llevó a la cocina y me dio un vaso de agua. Pasó un dedo bajo la correa de mis anteojos y me los quitó.

—Cariño, ya sabes cómo funciona tu vista. Sabes que no puedes ver bien —dijo.

Y eso fue todo.

Pero *sí puedo* ver. Puedo verlo todo. Puedo ver cosas que mi mamá y mi papá no pueden ver. O que no quieren ver.

—¿Paul? —La voz de mi mamá interrumpió mis recuerdos.

Mi barbilla seguía apoyada en el auto. Mi mamá estaba de pie junto a mí.

—¿Paul? ¿Estás aquí? —Me enderecé al mismo tiempo que ella desconectaba la alarma del auto y abría la puerta posterior—. ¿Estás recordando todos los buenos momentos que pasaste aquí? ¿Es así?

Sacudí mi cabeza para despejarla. Fui a recoger la bolsa de basura. Sentía que mis brazos estaban débiles.

—Estaba recordando. Recordando algo que pasó —murmuré.

—¿Sabes algo de esto? —dijo con una colilla blanca de cigarro en la mano.

—No.

—La encontré en el garaje, detrás del calentador de agua.

Abrí la bolsa de basura lo suficiente para que ella pudiera echarla adentro.

—Bien hecho, mamá —dije.

Ella regresó a la casa caminando rápidamente, dejó las llaves en el recibidor y cerró la puerta firmemente.

Y eso fue todo. Las llaves habían sido encerradas. El zombi se había quedado afuera. Y nosotros estábamos en camino.

PRIMERA PARTE

Viernes 18 de agosto

Para mi mamá, la mudanza de Texas a Florida fue una operación militar, como las muchas mudanzas que llevó a cabo durante su infancia. Teníamos nuestras órdenes. Teníamos nuestras provisiones. Teníamos un horario. Si hubiera sido necesario, habríamos conducido de corrido las ochocientas millas desde nuestra vieja casa a la nueva, sin detenernos. Habríamos puesto gasolina al Volvo volando a setenta y cinco millas por hora al lado de un camión de reabastecimiento de combustible.

Afortunadamente no fue necesario. Mi mamá había calculado que podíamos partir a las 6:00 A.M., tiempo del centro, detenernos tres veces por veinte minutos en cada ocasión, y aun así llegar a nuestro destino a las 9:00 P.M., tiempo del este.

Supongo que debe ser un reto si eres el conductor. Pero, como es muy aburrido estar ahí sentado sin hacer nada más, me quedé dormido varias veces hasta que, en la tarde, tomamos la Interestatal 10 en algún lugar del oeste de Florida.

El escenario era muy diferente de lo que esperaba, y miré a través de la ventana fascinado por lo que encontraba. Atravesamos varias millas de campos verdes saturados de tomates y cebollas y sandías. De repente, me llegó un deseo loco de escaparme del auto y correr por los campos hasta no poder más.

—¿Esto es Florida? ¿Así es como se ve? —dije a mi mamá, y se rio.

—Sí, ¿cómo pensabas que sería?

—No lo sé. Una playa con condominios de cincuenta pisos.

—Bueno, también es así. Florida es enorme. Vamos a vivir en un lugar que se parece más a este; todavía hay muchas granjas alrededor.

—¿Granjas de qué? Apuesto que de tangerinas.

—No. No muchas. Ya no. Es demasiado al norte para que crezcan árboles de cítricos. Con frecuencia hay años en los que una helada acaba con ellos. La mayor parte de quienes cultivan cítricos han vendido sus tierras a compañías constructoras.

—¿En serio? ¿Y qué hacen las constructoras con las tierras?

—Bueno... construyen. Hacen planes para construir comunidades con casas lindas... y escuelas... y parques industriales. Crean trabajos. Trabajos para la construcción, para la educación, para la ingeniería civil... como el de tu padre.

Pero una vez que estuvimos más al sur y entramos al Condado de Tangerine, *de hecho* empezamos a ver pequeñas huertas de cítricos, y la vista era maravillosa. Eran perfectas. Miles y miles de árboles bajo el brillo rojizo de la puesta del sol, perfectamente formados, perfectamente alineados, vertical y horizontalmente, como en una cuadrícula con un millón de cuadros. Mi mamá hizo una seña.

—Mira, ahí está el primer parque industrial.

Miré hacia el frente y vi cómo se curvaba la autopista, a la izquierda y a la derecha, en rampas de salida en forma de espiral, como cuernos de carnero. Edificios bajos de color blanco con ventanas negras se extendían en ambas direcciones. Todos eran idénticos.

—Esa es nuestra salida. Justo ahí —dijo mi mamá.

Miré hacia el frente y en un cuarto de milla más adelante, vi otro par de rampas en espiral, pero no mucho más. Un polvo fino de color café se extendía sobre la autopista, apilándose como la nieve en los hombros y revolviéndose en el aire.

Salimos de la Ruta 27, avanzamos en espiral por los cuernos de carnero y nos dirigimos al este. De pronto, el polvo fino de color café se mezcló con un humo negro y espeso.

—¡Santo cielo! Mira eso —dijo mi mamá.

Miré hacia donde señalaba, arriba a la izquierda, a un campo, y mi corazón se contrajo. El humo negro salía de una hoguera gigantesca de árboles. Cítricos.

—¿Por qué hacen eso? ¿Por qué los queman?

—Para despejar el terreno.

—¿Por qué no mejor construyen casas con ellos? ¿O refugios para indigentes? ¿O algo?

Mi mamá negó con la cabeza.

—No creo que sea posible utilizarlos para la construcción. Me parece que esos árboles sólo sirven para dar frutos. —Sonrió—. Nunca oyes a alguien haciendo alarde de su mesa de comedor hecha de toronja sólida, ¿o sí?

No le devolví la sonrisa.

Mi mamá señaló hacia la derecha.

—Ahí hay otro más —dijo.

Así era. Del mismo tamaño, con las mismas llamas ondulando por los lados, el mismo humo ascendiendo. Era como una fogata texana de fútbol americano, pero nadie bailaba alrededor de ella y nadie estaba celebrando.

Entonces, de repente, en un abrir y cerrar de ojos, pasamos de este paisaje desolador a uno alfombrado con césped verde, árboles a ambos lados del camino y jardines de flores en el centro de un camellón. Podíamos ver los techos de casas grandes y costosas asomándose en el paisaje.

—Aquí es donde comienzan los desarrollos residenciales —dijo mi mamá—. Este de aquí se llama Manors of Coventry. ¿No son hermosos? El nuestro queda un poco más allá.

Atravesamos las Villas at Versailles que, si acaso, parecían un poco más caras. Entonces vimos un muro gris y una serie de letras en hierro forjado que decían LAKE WINDSOR DOWNS. Pasamos las puertas de hierro y una especie de estanque. Luego hicimos un par de vueltas y nos estacionamos en un ancho camino de entrada.

—Aquí es. Esta es nuestra casa —anunció mi mamá.

Era grande —de dos pisos— y muy blanca, con detalles de color aguamarina, como si fuera un casco de fútbol americano de los Delfines de Miami. Una cerca nueva de madera se extendía por ambos lados y hacia la parte posterior, donde se encontraba con el gran muro gris. El muro, aparentemente, rodeaba toda la urbanización.

La puerta del garaje se abrió con un sonido mecánico suave. Mi papá estaba de pie, adentro, con sus brazos abiertos.

—¡Qué puntuales son! —dijo con voz fuerte—. Las pizzas llegaron hace cinco minutos.

Mi mamá y yo nos bajamos del auto adoloridos y con hambre. Mi papá salió presionando el interruptor para cerrar la puerta del garaje. Nos rodeó con uno de sus brazos y nos llevó hacia la puerta principal, diciendo:

—Hagamos esto de la manera correcta, ¿eh? Entremos por la puerta de invitados.

Mi papá nos condujo por la puerta principal hacia un vestíbulo de dos pisos cubierto de mosaicos. Dimos vuelta a la izquierda y pasamos por una habitación enorme con muebles y cajas apilados por todas partes. Finalmente, llegamos a un área fuera de la cocina que tenía una pequeña mesa redonda con cuatro sillas. Erik estaba sentado en una de ellas. Saludó a mi mamá moviendo la mano con indiferencia. A mí, no me hizo caso.

Mi mamá lo saludó con la mano mirando las cajas apiladas en la cocina.

—En esas cajas está escrito COMEDOR —dijo a mi papá.

—Ajá —dijo él.

—Ajá. Bueno, escribí en ellas COMEDOR para que los trabajadores de mudanza las dejaran en el comedor.

—OK, Erik las pondrá ahí. —Volteó hacia mí y agregó—: Erik y Paul.

—¿Los trabajadores de mudanza rompieron algo? —preguntó mi mamá.

—No, nada. Eran profesionales de verdad. Buenos tipos también.

Mi mamá y yo tomamos cada quien una silla. Erik abrió la caja de pizza, tomó una rebanada y empezó a engullirla.

—¿Qué te parece si esperas a los demás, Erik? —dijo mi mamá.

Erik le respondió con una sonrisa tomatosa. Mi papá repartió platos de papel, servilletas y latas de refresco. Una vez que se sentó, los demás empezamos a comer.

Por un minuto todos tuvimos la boca llena. Entonces, mi mamá dijo a mi papá:

—Bien, ¿qué has hecho en estos días?

—Trabajar —dijo mi papá después de limpiarse la boca—. Tratar de organizar las cosas. Tratar de reunirme con el viejo Charley Burns. —Volteó a verme—. Es un personaje. Tienes que conocerlo. Pasa la mitad de su vida en carreras de autos trucados. Adora las carreras de autos trucados.

—¿Es decir que nunca está en la oficina? ¿No puedes reunirte con él porque no está? —dijo mi mamá.

—Así es. No está ahí sino en Darlington o en Talladega o en Daytona.

—¿Y está bien eso? —dijo mi mamá con preocupación.

—No sé si está bien, pero así es. Es el jefe, él decide su horario. Me dijo que yo también puedo decidir el mío. —Volteó a ver a Erik—. Eso va a ser bueno para nosotros, podré ir al entrenamiento de fútbol americano todos los días.

Muy bien —pensé—, *una vez más. No tardó mucho mi papá en empezar a hablar de su tema favorito: el Sueño de Fútbol Americano Erik Fisher.* Ya lo había escuchado antes. Demasiadas veces. Y ahora estaba a punto de escucharlo de nuevo. Traté de distraerlo preguntándole algo, cualquier cosa, pero fue demasiado rápido para mí.

—Es una excelente oportunidad para ustedes dos, chicos. Erik tendrá la visibilidad que necesita en la prensa. El *Tangerine Times* está obsesionado con el fútbol americano de escuela secundaria. Y estamos ubicados muy cerca de la Universidad de Florida, ¿saben?, los Gators. De hecho, el viejo Charley es un gran aficionado de los Gators. Y la Universidad del Estado de Florida y la de Miami no están muy lejos. A estas universidades importantes les gusta reclutar chicos de Florida para sus equipos.

Eso era todo lo que mi papá necesitaba para meterse de lleno en el Sueño de Fútbol Americano Erik Fisher.

—¿Puedo pedir permiso para retirarme? Quiero ir a buscar mi cuarto —dije en cuanto vi una oportunidad.

—Claro —dijo mi papá—. Subes las escaleras y tu cuarto está a la derecha. El de Erik está del otro lado. Y hay dos cuartos de invitados entre los dos, así que nunca tendrán que oírse.

Regresé por el gran salón, subí las escaleras y di vuelta a la derecha. Tuve que forzar mi entrada al cuarto a través de una pila de cajas. Encendí la luz y vi una que tenía escrito SÁBANAS DE PAUL; la abrí e hice la cama. Luego di con la caja que tenía mi computadora. La saqué y la acomodé en el escritorio. Cuando disponía mi ropa en el armario, me topé con una caja que tenía escrito TROFEOS DE ERIK. Sentí un enojo creciente, como el de mi mamá, contra los trabajadores de mudanza por haber hecho eso. La tomé y la llevé al borde de las escaleras.

Erik estaba de pie en el vestíbulo de entrada con la puerta entreabierta. Hablaba con un grupo de chicos —al menos dos chicas y un chico— a quienes decía que los vería más tarde.

Coloqué la caja con cuidado y regresé de prisa a mi cuarto. Encendí la computadora, abrí mi diario y escribí hasta que dieron las once de la noche. Luego me acosté en la cama y me quedé dormido. Pero me desperté casi de inmediato porque alguien corría por el pasillo. Era Erik. Lo oí corriendo escaleras abajo, saliendo por la puerta principal y alejándose en un auto ruidoso.

No pude dormirme de nuevo. Mi mente se aceleró como si fuera un motor y empecé a pensar en nuestra casa anterior. Luego empecé a pensar en un zombi, uno furioso. Arrastrando un pie, inclinándose a la derecha, a su ritmo. Lentamente, con seguridad, acechando la Interestatal 10.

Sábado 19 de agosto

Me desperté en la oscuridad con el sonido de una explosión. Busqué a tientas mis anteojos regulares y no pude encontrarlos en este nuevo cuarto ubicado escaleras arriba en esta nueva casa. Entonces, mis anteojos aparecieron de repente en el buró, iluminados por un relámpago.

Acababa de ponérmelos cuando otra explosión hizo que las ventanas repiquetearan y las paredes se estremecieran. La luz del relámpago volvió a invadir la habitación, de manera dolorosa y sorpresiva, como un flash de una cámara dirigido a mi cara. Esperé otras explosiones, pero no las hubo y me quedé dormido de nuevo.

Me desperté a las siete, con los anteojos todavía puestos. Bajé las escaleras, abrí la puerta principal y salí al aire matinal. No era lo que esperaba: el aire tenía un tono grisáceo y un olor húmedo y fétido, parecido al de un cenicero.

Humo —pensé—. *Algo se está quemando cerca.*

Regresé a casa y di vuelta a la izquierda, hacia donde se oía el televisor. Mi mamá estaba sentada en un banco junto a la barra desayunadora que separa la cocina del resto del gran salón.

—Mamá, creo que algo se está quemando por aquí.

—¿Qué? ¿Dónde?

—Sal al frente y mira. Y huele el aire.

Mi mamá se bajó del banco y se dirigió rápidamente a la puerta principal. Llegó al mismo punto en el que yo había estado y el humo la detuvo.

—¿De dónde viene? —gritó, arrastrando sus pantuflas al caminar de regreso. Volteó a ver el techo buscando llamas.

—No lo sé, voy a buscar en la parte trasera. —Me levanté la camiseta para cubrirme la boca y la nariz y me adentré en el humo gris. Di una vuelta completa alrededor de la casa, pero no pude encontrar fuego.

Mi mamá regresó a casa.

—Voy a llamar a los bomberos.

—¿Y mi papá y Erik? ¿Deberíamos despertarlos?

—Ya están despiertos. Despiertos y fuera de casa: querían ir a Gainesville a ver el estadio de fútbol americano.

—¿Gainesville?

—Es ahí donde está la Universidad de Florida, cariño.

—Ah, supongo entonces que no necesitan que los salvemos —dije mientras tocaba las paredes buscando calor—. ¿Sabes?, podrían ser los cables dentro de las paredes. Pueden sobrecalentarse por un tiempo y luego encenderse en llamas.

—¿En serio? —respondió mi mamá, horrorizada. Arrancó el teléfono inalámbrico y marcó el 911, hablando mientras seguía con atención el movimiento de mi mano a lo largo de la pared del gran salón.

—El constructor de esta urbanización tendría que haber sabido cómo colocar los ca... ¡Hola! Sí, con el Departamento de Bomberos. —Tocó la pared con la mano que tenía libre—. ¡Sí!, hay un incendio en... ¡Ay, Paul!, ¿cuál es nuestra dirección? ¡Lake Windsor Downs! ¿Qué? ¡Corre afuera y ve el número!

Fui a toda velocidad, leí los números negros sobre el garaje, corrí de regreso y grité:

—¡1225!

Pero mi mamá ya había encontrado un contrato y estaba leyéndolo al teléfono.

—1225 Kensington Gardens Drive, Lake Windsor Downs. ¿Qué? ¿Dónde está? ¡En Tangerine!, ¡justo a las afueras! —Escuchó por unos diez segundos a medida de que se ponía roja. Entonces, al límite de su paciencia, gritó al teléfono—: ¿Qué más necesita saber? Es el lugar del que está saliendo humo. ¡Mande a alguien! —Escuchó de nuevo y dijo—: Sí, por favor, deprisa. —Y colgó.

Recomenzamos nuestra búsqueda por la casa esperando escuchar el sonido de sirenas aproximándose. Veinte minutos después, mi mamá tomó el teléfono para llamar de nuevo al Departamento de Bomberos y yo me puse a mirar por la ventana del frente.

—¡Espera, mamá! —grité—. Los veo, están al otro lado de la urbanización.

Mi mamá y yo corrimos afuera y vimos un viejo camión de bomberos rojo circulando lentamente por las calles.

El camión dio vuelta hacia nosotros. Agitamos las manos y gritamos, y logramos captar la atención del conductor. Cuando el camión se detuvo delante de nuestra casa y el conductor se bajó, vimos que estaba solo. No parecía mucho más viejo que Erik. Usaba botas largas hasta las rodillas, de color negro con amarillo, un par de pantaloncillos recortados y una camiseta blanca que tenía escrito en el bolsillo: VOLUNTARIO DEL DEPARTAMENTO DE BOMBEROS DE TANGERINE. WAYNE. Nos saludó con la mano y nos dirigió una gran sonrisa.

—¿Son ustedes los que llamaron por el fuego?

Mi mamá dio vuelta y señaló hacia la casa.

—¡Sí! Sí, es justo ahí.

El chico no se movió.

—¿Dónde está el fuego, señora?

—Entra y responde a esa pregunta tú mismo —le dijo mi mamá dirigiendo su voz hacia él como si fuera un rayo láser—. Los llamé hace veinte minutos. ¿Nuestra casa va a incendiarse mientras seguimos aquí parados?

—¿Alguna de sus paredes o puertas se siente caliente, señora?

—No.

—Entonces, yo diría que no hay de qué preocuparse. No les cayó fuego, sólo un montón de humo.

—¿Humo? ¿Humo de dónde?

De inmediato, la mano del chico se levantó y apuntó hacia el campo al otro lado del muro, al final de nuestra calle.

—Justo ahí. Es el fuego subterráneo.

—¿El qué?

—El fuego subterráneo, señora. Probablemente un rayo golpeó ese campo anoche y encendió el fuego subterráneo.

—¿Anoche? Entonces... ¿cuánto tiempo continuará ardiendo?

El chico se rio abiertamente y bajó la mano.

—Ha estado quemando desde que tengo memoria.

Mi mamá se quedó con la boca abierta y lo miraba incrédula mientras él continuaba hablando alegremente.

—Los fuegos subterráneos no se apagan, arden todo el tiempo. Justo ahí, debajo de la tierra, todo el tiempo. A veces la lluvia los calma un poco, pero siguen ardiendo. ¿Han oído del lignito?

Mi mamá y yo negamos torpemente con la cabeza.

—Bueno, ese campo está lleno de lignitos —continuó Wayne—. El lignito es como una etapa antes del carbón. Hay cientos de miles aquí abajo.

Mi mamá volteó a verme completamente desconcertada.

—Me imagino que nadie le mencionó esto a tu padre. Estoy segura de que la Asociación de Propietarios querrá saber de esto.

—Ah, ya lo saben, señora. Mucha gente nos llama después de mudarse para acá. Terminamos explicándoles esto.

Vi cómo a mi mamá se le hacía difícil entenderlo.

—¿Explicándoles?

—Sí, señora.

—Y después, ¿qué hacen ellos?

—Supongo que aprenden a vivir con ello —dijo el chico riéndose de nuevo—. Cuando el viento sopla como ahora, tienen que quedarse en casa y cerrar las ventanas.

—¿Es decir que no hay cómo apagar ese fuego?

Él negó con la cabeza.

—En esta época, el final del verano, para detener el fuego subterráneo es necesario que no caigan rayos. Aún no han averiguado cómo hacerlo.

Viendo todo esto, de repente, empecé a sentir admiración por Wayne. Se mantenía incansablemente alegre, aun con la cara de creciente enojo de mi mamá. Yo sabía que ella quería agarrarlo por la oreja y llevarlo al campo para que apagara ese fuego subterráneo de una vez por todas. Pero no podía hacerlo. No podía hacer nada excepto voltear a verme de nuevo y prometer que haría que la Asociación de Propietarios tomara conocimiento de este asunto del fuego subterráneo.

—¡Que tengan un lindo día! —dijo Wayne.

Mi mamá y yo volteamos a verlo al mismo tiempo. Se despidió alegremente con la mano y subió de nuevo al camión de bomberos y se retiró ruidosamente.

Sábado 19 de agosto, más tarde

Mi papá y Erik estuvieron fuera todo el día. Nuestra casa no se quemó, pero el termómetro del patio, colgado bajo la luz directa del sol, marcó más de 100 grados.

Una tormenta feroz golpeó al final de la tarde y nos dejó sin electricidad por unos 10 segundos. Lo que fue suficiente para que mi mamá y yo recorriéramos la casa reprogramando las alarmas de los relojes, las videocaseteras, las computadoras y los estéreos.

Después de cenar, abrí la puerta del garaje y saqué mi bicicleta a la calle. El aire estaba caliente y húmedo, pero no olía a humo. El viento soplaba ahora hacia el oeste, hacia el Golfo de México.

En este lugar se puede realmente ver el viento. Se mueve cargado de arena blanca de construcción, la arena que cubre las calles y los lotes para casas que todavía no existen, la misma arena blanca que se parece al azúcar blanco y que había en nuestra vieja urbanización en Houston y, antes de esa, en la de Huntsville.

Di vuelta a la izquierda y pedaleé en dirección contraria a la del viento de arena, hacia el frente de la urbanización. Sólo la mitad de nuestra calle tenía casas. La urbanización había crecido de oeste a este y nuestra casa estaba en la última calle antes del muro oeste. De todos modos, cada lote vacío en nuestra calle tenía un letrero que decía VEN-DIDO, por lo que Lake Windsor Downs estaría completo en poco tiempo.

Me detuve en el área de las casas modelo —cuatro casas rodeadas por la misma cerca blanca de estacas— y me quité los anteojos para limpiarlos. Lake Windsor Downs ofrece cuatro opciones a los compradores de casas, cada una nombrada en honor de una familia real británica: la Lancaster, la York, la Stuart y la Tudor. Mi mamá adora que sea así. Estoy seguro de que esa es la razón por la cual vivimos aquí y no en Estates at East Hampton o en Manors of Coventry o en Villas at Versailles. Mi mamá pronto comenzará a describir a la gente en estos términos: «Ellos son los Lancaster de dos pisos con detalles verde azulados» o «Ellos son los Tudor blanca con el piso de baldosas rojas».

Me puse de nuevo los anteojos y retomé mi camino, pedaleando paralelo al alto muro gris. Me detuve por unos minutos para observar a dos tipos bajando de un camión plataforma gruesos pedazos cuadrangulares de césped que dejaban caer sobre la arena blanca, como si se tratara de un rompecabezas. Cuando se fueron, una nueva Stuart blanca tenía un nuevo jardín verde a su alrededor.

Pedaleé hasta el portón de hierro, que se abre a una calle de entrada de doble sentido con una isla de cemento en el medio. Hay una caseta de vigilancia elegante en la isla, que parece algo que reyes y reinas a lo largo de la historia habrían construido para mantener fuera a los siervos o a los vándalos o a cualquiera. Por ahora, no mantiene a nadie fuera. Está vacía, pero puedo ver un cenicero sucio y un cubo de basura lleno de latas de refresco.

Justo a la entrada hay un gran estanque: Lake Windsor, supongo. Empecé a dar vueltas alrededor de él en mi bicicleta. Es un lago azul perfectamente redondo, con césped entre el agua y la calle. Pensé haber escuchado un chapoteo en el agua, pero no pude ver nada moviéndose. Di una vuelta completa alrededor del lago en un minuto y luego regresé a casa.

Tan pronto como entré a nuestra calle, vi una Jeep Cherokee negra estacionada en nuestro camino de entrada. Un hombre fornido que vestía pantalones cortos hablaba con mi mamá, quien apuntaba hacia el techo de la casa y sonreía. Cuando me acerqué a ellos, ella estaba diciendo:

—Entonces, obviamente, pensé que vería llamas saliendo del techo.

El hombre robusto volteó hacia mí, asintiendo de manera compasiva con la cabeza.

—Sí. Cuando el fuego subterráneo se enciende, puede ser una verdadera lata. Hola.

—Hola.

—Paul —dijo mi mamá—, él es el señor Costello. Es el presidente de la Asociación de Propietarios. Él es mi hijo Paul.

—Encantado de conocerlo —dije.

—Vive en la Tudor café y beige que está en el lado oeste —agregó mi mamá.

—Justo ahora estaba en el lago —dije estrechando la mano extendida del señor Costello.

—¿Ah, sí? —Sonrió—. ¿Viste uno de los koi?

—¿Los qué?

—¡Los peces! Koi. Carpas japonesas enormes.

—No. No, pienso que escuché algo, pero no vi ningún pez.

—Ve temprano en la mañana para que conozcas esos koi. Vale la pena verlos. Los trajimos por avión desde Atlanta y llenamos el lago con ellos.

—¿El lago? ¿Es ese el Lake Windsor?

El señor Costello se rio.

—Supongo que ahora lo es. No es un lago real. Está hecho por la mano del hombre. Toda nueva urbanización como esta debe tener un estanque de retención para contener el exceso de agua de las tormentas. Decidimos hacer del lago el centro, la joya de nuestra comunidad. Lo llenamos de peces koi y agregamos una gran cantidad de espacios verdes a su alrededor para paseos o para un picnic. —Se acercó a mí y me apretó el codo—. Prohibido pescar, ¿de acuerdo? Esos koi son peces muy caros.

Justo en ese momento, mi papá y Erik dieron vuelta en la esquina y se estacionaron en el camino de entrada. Como siempre que aparece Erik, la atención dejó de centrarse en mí para enfocarse en él. Mi papá y mi mamá empezaron a contar al señor Costello cuán buen jugador de fútbol americano es Erik, pero el señor Costello estaba preparado: él también tiene un hijo que juega fútbol americano y se subió a su Jeep Cherokee para ir por él.

Acabaron todos en el gran salón, cerca de la chimenea. Yo me senté en un banco a un lado de la cocina. El hijo del señor Costello se llama Mike. Mike y su padre hablaron del equipo de fútbol americano en la escuela secundaria Lake Windsor, llenos de orgullo.

—Tenemos el equipo sólo desde hace diez años —señaló el señor Costello— y ya sobrepasamos el de la escuela secundaria Tangerine. Ningún jugador de fútbol americano importante sale de la escuela secundaria Tangerine. Las Gaviotas de Lake Windsor dominan en tres condados. Están batiendo los récords de todo el condado.

—¿Qué posición juegas, Mike? —preguntó mi papá.

Mike Costello se expresó muy bien, como uno de esos jugadores que aparecen en los comerciales de United Way.

—El entrenador Warner, mi papá y yo tomamos una decisión el año pasado. El entrenador tenía muchos defensas, pero le faltaba apoyo para el mariscal de campo. Ha estado trabajando conmigo, y ahora soy el mariscal de campo de refuerzo en la alineación.

—Eso significa que es el refuerzo de Antoine Thomas —explicó el papá de Mike, volteando hacia mi mamá.

Pero nadie en mi familia necesitaba saber lo que quiere decir «de refuerzo en la alineación». Si mi mamá hubiera elegido hacerlo, habría explicado al señor Costello lo que *en realidad* significa. Como refuerzo del mariscal de campo, su hijo Mike estaría a cargo de los snaps y de sostener el balón al pateador —en este caso, Erik Fisher, un pateador que puede golpear con precisión mortal desde cincuenta yardas—. Si mi mamá hubiera elegido hacerlo, le habría explicado que el trasero de Mike Costello aparecería con frecuencia en el periódico local sosteniendo el balón al nuevo pateador estrella. Pero no lo hizo.

Mike era muy simpático. Dijo a Erik que «había oído hablar de él de boca del entrenador» y que «contaba los días que faltaban para poder trabajar con él».

—Entonces el entrenador Warner te dijo que vas a ser mi holder —le dijo Erik sonriendo.

—El entrenador me quiere ahí como holder para que tengamos opciones: podemos tanto patear el balón como fingir que lo pateamos en tanto que yo me escabullo y corro o hago un pase —respondió Mike.

—El entrenador Warner sabe lo que puedo hacer —dijo Erik, que seguía sonriendo—. Puede mandar a cualquiera a pretender patear un gol de campo. Cuando yo lo hago, es real.

—Bueno, esa decisión le corresponde al entrenador, ¿no? —dijo Mike, encogiendo los hombros. Erik lo miró fijamente por un segundo y se retractó.

—Sí, por supuesto, así es.

Bien hecho, Mike —pensé. Pero tuve que admitir que Erik tenía razón. Escuché lo suficiente al entrenador Warner hablando con mi papá para saber que él cuenta con Erik como jugador excepcional, una estrella. Supongo que parte de ese estatus de estrella se logrará a costas de Mike. Puedo ver el futuro de Mike Costello. Puedo ver fotos en el *Tangerine Times* del sensacional pateador sénior Erik Fisher y su holder anónimo. (Mi papá tenía los recortes de periódico de Houston acerca del sensacional pateador junior Erik Fisher y su holder anónimo, un chico cuyo nombre no logro recordar ahora.) No habrá gloria en el futuro futbolístico de Mike Costello. Pero, ¿a Mike o a su padre realmente les importa? Ciertamente no de la misma manera que a mi papá y a Erik.

Mi papá les dijo que se graduó de Ohio State. Y agregó que siempre lamentó no haber sido lo suficientemente grande para jugar fútbol americano cuando estudiaba ahí. El papá de Mike nos dijo que él se graduó de FSU, y de la Escuela de Derecho de FSU. No dijo haber lamentado cosa alguna.

Ambos Costello parecían estar impresionados con Erik. Ambos preguntaron acerca de lo que había hecho en la escuela secundaria en Houston. Ambos admiraron el anillo de oro del campeonato que llevaba en la mano. Mi papá se jactó de que Erik había sido el único estudiante de décimo grado de su escuela en recibir uno.

Erik podía ser tan hipócrita como fuera necesario. Hizo algunas preguntas sobre la asociación de alumnos de la escuela secundaria Lake Windsor y sobre la *National Honor Society*. Preguntó sobre los programas de admisión adelantada en distintas universidades de Florida.

Mike nos dijo que ya había sido aceptado en la Escuela de Ingeniería de FSU, por lo que pienso que su futuro en el fútbol americano o en cualquier otra cosa no le preocupaba mucho. De hecho, parece un tipo bastante decente para ser jugador de fútbol americano. Pero, ¿cómo saberlo? Está destinado a cambiar, de cualquier manera, una vez que se vea dentro del Sueño de Fútbol Americano Erik Fisher.

Lunes 21 de agosto

Pasó mucho tiempo antes de que pudiera quedarme dormido anoche. Pensaba en lo siguiente: la llegada de Erik va a transformar la temporada de fútbol americano de la escuela secundaria Lake Windsor. La llegada de mi papá va a transformar cómo se hacen las cosas en el Departamento de Ingeniería Civil del Condado de Tangerine. La llegada de mi mamá va a transformar la Asociación de Propietarios de Lake Windsor Downs. ¿Y qué hay de mí? ¿Voy a ser determinante para que el equipo de fútbol de la escuela media gane o pierda?

Tengo la sensación de que se esperan grandes cosas de nosotros aquí. Mi papá dice que esta es un «área floreciente», pero no es Houston. No es ni siquiera Huntsville. Es como si fuéramos unos miembros de las ligas mayores que fueron enviados a una ciudad de ligas menores por un tiempo. Se espera que hagamos grandes cosas aquí y que luego regresemos a las ligas mayores.

Bajé a desayunar justo cuando mi papá se iba. Estaba saliendo por la puerta y no se veía feliz. Estaba sermoneando a mi mamá.

—Tienes que presentar una queja contra el bombero. Tienes que llamar al condado y quejarte sobre el tiempo de respuesta. Después, tienes que quejarte sobre el hecho de que hayan mandado para acá a un niño insolente que no sabe ni lo que hace ni lo que dice.

No sé por qué, pero inmediatamente salí a la defensa de Wayne.

—Era claro que sabía de qué estaba hablando, papá. Sabía todo sobre el fuego subterráneo.

—Ningún profesional aparece veinte minutos tarde vestido con pantaloncillos recortados —contestó de golpe—. Si trabajara para mí, lo habría despedido.

En un instante estaba del otro lado de la puerta y me había dejado con preguntas sin respuesta: *¿Despedido por qué, papá? ¿Por decirnos la verdad? ¿Por decirnos algo que tú no sabías? ¿Que deberías haber sabido?*

Después de desayunar, ayudé a mi mamá en uno de los cuartos de invitados. Nos habíamos dado a la tarea de desempacar. Ya habíamos terminado con el gran salón, la sala y el comedor.

—Sombra y espacio para guardar las cosas —dijo mi mamá— son dos cosas que no consigues en Florida. La gente construye sus casas en el norte con áticos y sótanos y minúsculos cuartos encima de las escaleras que nadie usa nunca, y luego se mudan a estas casas de Florida que son tan abiertas como catedrales. Todos los espacios de la casa están dedicados a la ventilación y la luz, ninguno al almacenamiento.

Mi mamá, por supuesto, había anticipado este problema. Antes de que los trabajadores de mudanza vinieran, ya habíamos separado todo lo que no usaríamos «día con día» en Florida. Todas esas cosas están apiladas en una unidad de almacenamiento con temperatura controlada al oeste de aquí, no muy lejos, en la Ruta 22. Es probable que tengamos tantas cosas ahí como aquí en la casa, incluyendo las antigüedades de mi mamá, que simplemente «*no son* 'Florida'».

Me vino a la mente, mientras desempacábamos las cosas que «*sí son* 'Florida'», que mi mamá quizá de hecho detestara haberse mudado para acá. Pero, por supuesto, nunca me lo diría. Tal como nunca les habría dicho a mi abuela y a mi abuelo cuánto detestaba aquellas mudanzas de su infancia. Mi mamá nunca perdería el tiempo quejándose. Tal como nunca perdería el tiempo preocupándose por el pasado.

Al final de la tarde condujimos por la Ruta 89, atravesamos nuevas urbanizaciones de casas con muros y casetas de vigilancia nuevos, pasamos una larga fila de cables de alta tensión, hasta que llegamos a los campus contiguos de la escuela secundaria Lake Windsor y la escuela media Lake Windsor. Durante el camino, parecía que corríamos de la mano de nubes negras de tormenta.

—Espero que lleguemos antes de que empiece a llover —murmuró mi mamá al tiempo que entrábamos por Seagull Way al enorme estacionamiento asfaltado del campus.

Pasamos delante del edificio de dos pisos, sin ventanas, de la escuela secundaria y alrededor del estadio de fútbol americano hasta llegar a la escuela media. Las oficinas de la escuela media estaban en un edificio de un piso que parecería ser el hermano menor del edificio de la escuela secundaria.

Entramos justo en el momento en que los primeros rayos empezaron a tronar. Mientras mi mamá daba mi nombre a la secretaria, observé a través de una puerta de vidrio un campo lleno de pequeñas cabañas de madera. Ocupaban la mayor parte del espacio entre este edificio y las graderías de metal del estadio de fútbol americano de la escuela secundaria.

—Me pregunto a quién se envía a esas cabañas —dije, volteando hacia mi mamá, quien ahora estaba de pie con una mujer alta y delgada de cabello negro azabache.

La mujer me miró fríamente y dijo:

—Los estudiantes de séptimo y octavo grados están asignados a aulas portátiles. El edificio principal es sólo para los de sexto grado. —A mi mamá pareció no agradarle esto. La mujer continuó—: yo soy la Sra. Gates. Soy la directora de la escuela media Lake Windsor.

Mi mamá extendió la mano.

—Yo soy Caroline Fisher. Él es mi hijo Paul.

—Hola, Paul —dijo ella—. ¿Qué les puedo contar acerca de la escuela media Lake Windsor?

—Queríamos ver exactamente dónde estará Paul la próxima semana. Tiene problemas de la vista, de hecho es ciego de acuerdo con la ley, y deseábamos ensayar hoy lo que será su estancia aquí.

La Sra. Gates y mi mamá caminaron rápidamente. Yo las seguí con lentitud, enojado con mi mamá por haber resaltado mis problemas de la vista. Ella quería hacer un recorrido del lugar porque es entremetida y quiere ver todo ella misma. No era porque yo no pudiera ver, porque de hecho puedo. Puedo ver bien.

—A este lo conocemos como El Edificio —explicó la Sra. Gates—. Adentro están las oficinas principales, la cafetería, la biblioteca y las aulas de sexto grado.

—¿No tienen auditorio? —preguntó mi mamá.

—La cafetería también sirve de auditorio.

—¿Y un gimnasio?

—Cuando necesitamos uno, usamos el de la escuela secundaria.

—Pero, ¿dónde se dan las clases de educación física?

—Bueno, las clases de educación física las damos al aire libre, en uno de nuestros campos.

—¿Y cuando llueve?

—Entonces tienen lugar adentro, en las aulas.

—Seguramente no hacen ejercicios de saltos en esas aulas portátiles de madera.

—No. En un día de lluvia los profesores de educación física muy probablemente se concentrarán en otros aspectos del currículum, como el cuidado de la salud o la buena nutrición.

Habíamos llegado al exterior, de frente a las aulas portátiles. Deben ser cuarenta, conectadas entre ellas por un sistema de senderos de madera —parecidos a los que se ven en la playa— sólo que estos se extienden encima de un césped de aspecto enfermizo y un montón de tierra café.

La Sra. Gates hablaba rápidamente.

—Cada portátil tiene, por supuesto, aire acondicionado. Como pueden ver, todos los edificios en nuestro campus cuentan con pararrayos para las tormentas vespertinas.

Mi mamá recorrió con la vista el lugar, alarmada.

—¿Cómo podrían darse cuenta de que hay una emergencia aquí afuera?

La Sra. Gates volteó hacia ella y preguntó:

—¿Como cuál?

Me quedé inmóvil. Incluso yo podía percibir el fastidio en su voz.

Mi mamá la miró fijamente.

—¿Realmente importa? ¿De verdad tengo que explicar lo que constituye una emergencia?

—No, por supuesto que no —se retractó la Sra. Gates—. Cada portátil está conectada a las oficinas principales por un teléfono y un interfono, y cada una tiene su propia alarma manual para casos de incendio.

Nos quedamos todos mirando los senderos entrelazados hasta que la Sra. Gates preguntó:

—¿Qué hizo que la familia se mudara a Tangerine?

—El trabajo de mi marido. Es el nuevo Subdirector de Ingeniería Civil del condado.

—Entiendo.

Grandes gotas de lluvia empezaron a caer alrededor de nosotros, así que nos dirigimos hacia adentro.

—¿Paul, tienes preguntas? —me apresuró mi mamá.

—Sí. ¿Tienen equipo de fútbol?

—Así es. Tenemos un excelente programa de fútbol con dos equipos, uno de chicos y otro de chicas. Jugamos contra todas las escuelas en el área. ¿Eres aficionado del fútbol?

—Soy *jugador* de fútbol —la corregí—. Juego como portero.

Estábamos de nuevo en las oficinas principales; la Sra. Gates nos condujo a la suya.

—Sra. Fisher, me gustaría que llenara un PEI para Paul, un formulario para el Programa Educativo Individualizado. Dado que tiene una discapacidad visual, Paul tiene derecho a formar parte de nuestro programa PEI. Básicamente, identificamos la situación de Paul, establecemos metas puntuales para que las cumpla y anotamos cualquier necesidad específica que pueda tener.

Mi mamá empezó a leer el formulario y yo salí de la oficina para dejar claro que no quería estar presente durante la conversación. Vi una vitrina con trofeos y me dirigí hacia ella. El trofeo más grande era el del equipo de fútbol de chicos, del año pasado. Decía: Primer lugar, Comisión de Deportes del Condado de Tangerine.

Mi mamá salió de la oficina rápidamente. Corrimos debajo de la lluvia fría al auto. Una vez adentro, y con los cinturones de seguridad puestos, me dijo:

—Y bien, ¿qué te parece la escuela media Lake Windsor?

—No sé —murmuré mirando por la ventana.

Pasábamos por el campo de aulas portátiles cuando, de pronto, mi mamá frenó el auto.

—¡Mira eso! —gritó.

El lugar estaba completamente inundado, como un arrozal. El agua de color café estaba a pocas pulgadas de alcanzar los senderos de madera. Ambos sacudimos la cabeza, incrédulos.

Entonces, decidí responder a su pregunta.

—Supongo que si tienen un equipo de fútbol decente, pasaré por alto la falta de aulas dentro del edificio y la ausencia de gimnasio.

—¡Sí! —balbuceó mi mamá—. La falta de gimnasio y auditorio. Dos cosas más que tu padre aparentemente pasó por alto. ¿Qué debería hacer yo? ¿Mandarte a la escuela todos los días con ropa para la lluvia? ¿Con paraguas?

Mi mamá nunca lo diría, pero creo que ambos estábamos pensando lo mismo: *¿Qué más «pasó por alto» mi papá en Tangerine?* Condujimos en silencio, excepto por el sonido de la lluvia, desde el campus inundado de la escuela media Lake Windsor hasta las calles inundadas de Lake Windsor Downs.

Miércoles 23 de agosto

Los cuatro estuvimos de nuevo hoy en el campus de la escuela media-secundaria Lake Windsor. El entrenador Warner dirigía una prueba de tres días antes del comienzo del año escolar para escoger a los jugadores que formarían parte del equipo de fútbol americano.

Erik, por supuesto, no necesitaba hacer la prueba, pero de todos modos estaba ahí. Mi papá había traído a Erik al principio del verano para que conociera al entrenador Warner. Mi papá se había puesto de rodillas y había sostenido el balón a Erik para que pudiera anotar goles de cincuenta yardas, uno detrás de otro, mientras, según mi papá, el entrenador se quedaba con la boca cada vez más abierta.

Ahora, mi papá y yo estábamos de pie al lado del entrenador —no que cualquiera de ellos supiera que yo estaba ahí—. Estaba mirando una enorme ave de caza que parecía un halcón y que daba vueltas encima de nosotros. Pero no era un halcón, eso lo sabía. Era un águila pescadora. (Conozco la diferencia gracias a un proyecto de ciencias que hice el año pasado. ¿Podría un débil visual diferenciarlos?)

Los jugadores estaban haciendo calistenia bajo un cielo que se veía intranquilo. Mientras las nubes se acumulaban al oeste, el entrenador Warner explicaba a mi papá:

—Nunca he tenido un buen pateador en el equipo, y no me habría venido mal contar con uno la temporada pasada. Perdimos cuatro partidos por un total de siete puntos.

—Esos días quedaron atrás —le aseguró mi papá.

—Antoine Thomas fue clave el año pasado. Era a quien todos acudían en cada jugada. Corrió más de cien yardas ocho veces.

—Impresionante.

—Incluso, lo tenía como corredor trasero. Pero este año no lo haré. Se ha vuelto muy valioso. Si Erik puede obtener cinco o seis puntos por partido, entonces puedo designar a Antoine mariscal de campo.

—Ah, Erik puede hacer eso. Su promedio de puntos el año pasado fue de nueve, y sólo era junior. Anotó catorce puntos en un solo partido, el mismo en que anotó el gol de campo de cuarenta y siete yardas.

Recordé ese partido en Houston. Erik apareció en la portada de la sección deportiva al día siguiente. Creo que fue el día en que mi papá se sintió más orgulloso en toda su vida.

Mi papá le contó al entrenador Warner acerca de Ohio State, de cómo lamentaba no haber sido lo suficientemente grande para jugar fútbol americano cuando estudiaba ahí. El entrenador Warner asintió con lástima, como si estuviera de acuerdo en que eso era una tragedia en la vida de mi papá. No lo entiendo.

De nuevo: no entiendo por qué a mi papá le gusta el fútbol americano. Yo jugué fútbol americano, en serio, en la liga infantil. Es aburrido. La mayor parte del tiempo la pasas dando vueltas en espera de que alguien te diga qué hacer. Y, al final, un tipo como Erik, que no ha hecho nada para el partido, puede llegar y quedarse con toda la gloria. No funciona así en el fútbol.

Erik jugaba fútbol y también era muy bueno. Fue cuando vivíamos en Huntsville y él tenía entre nueve y diez años de edad. Cobraba todos los tiros penales de su equipo. Así es como aprendió a patear con tanta fuerza, clavando el balón al fondo de la portería. Cuando nos mudamos a Houston y Erik tenía once años, se dio cuenta de que el fútbol americano era el deporte más importante. Se dio a la tarea de patear un balón de fútbol americano, como si estuviera jugando fútbol, hacia una pequeña red que puso en el jardín. Día tras día, sin importar que lloviera, hiciera frío o calor, Erik se esforzaba en perfeccionar su patada de dos pasos.

Hasta entonces, a mi papá los deportes no le habían llamado mucho la atención. Una vez que Erik se convirtió en un buen jugador, mi papá se transformó y empezó a hablar de su carrera de fútbol americano en la escuela secundaria y, por supuesto, de su frustración universitaria. Se obsesionó con el fútbol americano, especialmente con las patadas de gol de campo. Aprendió cómo sostener el balón para Erik, girando las agujetas hacia afuera. Incluso, por un tiempo, insistió en que yo les ayudara pasándoles el balón. Pero nunca lo hice de buena gana y al final me excluyeron de la rutina.

Vimos cómo los jugadores de Lake Windsor se dividían en grupos para hacer carreras cortas cronometradas. Mi mamá se acercó y estuvo con nosotros, de pie, durante un instante. Sabía que estaba ahí para decirme que debía meterme al auto porque llegaba una tormenta.

—Se acerca una tormenta —dijo al entrenador Warner, quien simplemente sonrió y asintió.

—¡Así es!

Mi mamá me señaló a algunas personas: a Mike Costello, a su papá y a su hermano, que estaban de pie del otro lado de la línea de juego. También a Arthur Bauer, el tipo que llevó a Erik a la casa el otro día. Además, estaba Antoine Thomas, el mariscal de campo.

Mi mamá se puso impaciente rápidamente e insistió en que debía ir al auto.

—Esos chicos no deberían estar afuera durante una tormenta —dijo camino al estacionamiento.

—Tienen que jugar en todo tipo de climas, mamá. A veces te

sorprende una tormenta de nieve. A veces, la lluvia. Así es en el fútbol americano. Así es en el fútbol también.

—¿Por qué no practican por la mañana, cuando no llueve? No tiene sentido. Cuando sabes que siempre llueve a la misma hora cada día, no puedes decir que a veces te sorprende la lluvia, ¿o sí?

—Supongo que tienes razón —tuve que admitir—. Parece que la tarde es el momento en que el cielo riega los árboles. Excepto que ya no hay árboles.

Subimos al auto mientras grandes gotas de lluvia golpeaban el techo.

—¡Mira a tu padre! ¿Qué hace allá afuera?

—No sé.

—¿Se va a quedar ahí, mojándose?

—Parece que sí.

—No es como Texas. Florida tiene su propio clima, y tenemos que adaptarnos a él. La gente no debería estar afuera bajo este tipo de lluvia. ¡Escucha el ruido que hace!

La lluvia golpeaba tan fuerte que era difícil escuchar lo que decía mi mamá.

Pensé un poco y grité:

—Apuesto a que la gente que solía vivir aquí, quienes cultivaban las tangerinas, eran muy felices con este clima. Es por eso que estaban aquí, ¿no? Para cultivar tangerinas.

—¿Es decir que es un buen clima si eres un pato?

—Sí. O una tangerina. Pero ahora todo está al revés, ¿sabes? Todo está mal. Las nubes aparecen todos los días, como deben hacer, pero ya no hay árboles de tangerinas. Sólo personas. Y la gente no sabe qué hacer con las nubes. Ellas andan por ahí buscando árboles de tangerinas. Y como no pueden encontrarlos, se vuelven locas y empiezan a tronar y a arrojar rayos y lanzan la lluvia contra nosotros.

Tenía la sensación de que mi mamá entendía a qué me refería, pero sólo dijo:

—Las nubes no se enojan, Paul.

Estuvimos sentados bajo el ruido de la lluvia por unos minutos hasta que se detuvo abruptamente, como si un niño inquieto hubiera dejado de golpear una sartén. Salió el sol y un vapor caliente se levantó a nuestro alrededor.

—Genial —murmuró mi mamá—. Ahora toca la sauna.

—Necesitas relajarte, mamá.

—¿Ah, sí? Eres tú a quien están atacando las nubes frustradas. ¿Por qué no te relajas tú? —Miró en el espejo retrovisor y agregó—: ¡Mira! ¡Jugadores de fútbol!

Volteé y, en efecto, detrás de las aulas portátiles había un grupo pequeño que se dirigía al campo de fútbol de la escuela media.

—El del frente es el hermano de Mike Costello. Se llama Joey. Corre, ve con ellos, Paul. Enséñales unas cuantas cosas.

—Sí, tal vez lo haga.

Me bajé del auto y seguí al grupo. Había cuatro chicos delante de mí pateando balones. Caminé hasta llegar a la portería.

Joey Costello dijo algo como: «Eh, ¿cómo te va?» y pateó un balón hacia mí. Luego, los otros tres chicos se colocaron enfrente de la portería formando un semicírculo. Detuve el tiro de Joey y pasé el balón al siguiente chico para que hiciera un tiro. También lo detuve y pasé el balón al siguiente, y así sucesivamente. No eran muy buenos. Ninguno parecía saber patear. No dirigían el balón con el empeine, lo golpeaban simplemente con la punta del pie. No tuve ningún problema en detener todo lo que patearon en mi dirección.

Nadie mencionó los nombres de los otros chicos, pero cuando se cansaron de jugar, caminamos juntos hacia el estacionamiento del campo de fútbol.

—¿Vas a inscribirte en el equipo de Lake Windsor? —dijo Joey.

—Por supuesto.

—¿Como portero?

—Sí, ¿tú?

—Defensa, supongo. Jugué como portero el año pasado, pero nunca participé en un partido.

—¿Cuándo son las pruebas?

—No sé. —Joey volteó a ver a los otros—. ¿Cuándo son las pruebas?, ¿alguien sabe?

Todo el mundo negó con la cabeza o dijo que no.

—No —dijo Joey—. Presta atención a los anuncios por la mañana. Ellos dirán cuándo.

—De acuerdo —dije—. Nos vemos luego.

Los cuatro se dirigieron al otro lado del campo, golpeando el balón delante de ellos. Vi que mi mamá y mi papá estaban esperando en el auto, así es que me dirigí hacia allá deprisa.

—¿Dónde está Erik? —pregunté.

—Arthur Bauer lo llevará a casa —respondió mi papá.

—¿Qué tal tu juego de fútbol? —preguntó mi mamá.

—Fácil —dije.

De camino a casa, pensé en lo fácil que había sido y en lo fácil que iba a ser. Si Joey era el mejor portero, entonces esa posición ya era mía.

Me pregunté si habría cambiado de opinión con respecto a jugar como portero después de haberme visto. No tenía la menor duda. Me pregunté si se habría dado cuenta de que un miembro de las ligas mayores había venido a jugar una o dos temporadas en las menores.

Lunes 28 de agosto

Hoy fue el primer día de escuela. Salí de casa a las siete y media para caminar hasta la entrada de la urbanización y tomar el autobús. El humo era espeso y tenía un olor fuerte. Pasé al lado de unos contenedores llenos de trozos de yeso y chatarra, y de los sanitarios azules portátiles que estaban en los lotes de construcción. Pensé que nunca había vivido en una urbanización que estuviera completamente terminada. Siempre he vivido en medio de contenedores llenos de desechos de construcción y sanitarios portátiles colocados sobre tablas.

Di vuelta a la derecha al final de Kensington Gardens Drive y caminé en paralelo al muro gris. Algo comenzó a molestarme de inmediato; el color gris del muro se proyectaba en el lado izquierdo de mi vista, distrayéndome, molestándome. ¿Qué era? ¿Tenía que ver con el muro? ¿Con alguna parada de autobuses? ¿Algo que debía recordar? Mis pies comenzaron a moverse más lentamente hasta que me detuve, inmóvil como una marioneta a la que se le acabó el movimiento.

Entonces, una escena me vino a la mente. Como aquella mañana en Houston. De la nada, regresó una escena a mi memoria:

Recordé otra parada de autobús. Y un brillante autobús escolar amarillo.

Estaba de pie al final de una cola de niños, esperando para subir al autobús en uno de mis primeros días de kínder.

Mi mamá me había llevado a la escuela el primer día. Este sería el primer día en que debería haber sido acompañado por Erik, mi hermano que cursaba el quinto grado. Pero Erik no se quedó conmigo por mucho tiempo. Estaba de pie al frente de la cola con sus amigos del quinto grado y uno de ellos se dio la vuelta, hizo una mueca y me llamó.

—Eh, Niño Eclipse, ¿cuántos dedos ves en mi mano?

Al principio no me di cuenta de que me hablaba y yo no tenía idea de lo que quería decir. Erik y sus amigos se rieron, luego las puertas del autobús se abrieron y todos subimos. Ahora no podría poner en orden todos los detalles de lo sucedido, pero más tarde me di cuenta de que, por alguna razón, los niños más grandes en el autobús escolar empezaron a llamarme Niño Eclipse.

Es que ese verano hubo un eclipse, unas tres semanas antes de que la escuela comenzara. Basado en eso, Erik contaba esta historia a sus amigos: la razón por la cual yo llevaba anteojos de fondo de botella era que había mirado al sol, sin protección, durante aquel eclipse.

La historia me desconcertó en aquel entonces, tal como me desconcierta ahora. No recuerdo haber hecho algo así. Pero, de todos modos, cuando repaso las fotos de la familia, noto que no usaba anteojos antes de ese verano. Y justo después del eclipse, aparezco usando estos gruesos lentes que ahora son mis anteojos de todos los días.

Desconcertado o no, acepté la historia. Incluso me la conté yo mismo. Me dio una especie de identidad en el kínder, hizo que yo fuera alguien, el niño que desobedeció y ahora estaba pagando el precio. *¡Mírame si te atreves!* Parecía que los maestros y otros adultos me valoraban como ejemplo. Yo era la prueba viviente de que no debes mirar un eclipse porque te quedarás ciego; de que no debes jugar con un refrigerador abandonado porque te sofocarás; de que no debes nadar inmediatamente después de comer porque te darán calambres en el estómago y te ahogarás.

Ahí estaba yo, en el autobús escolar amarillo: el hermano menor de Erik Fisher, el Niño Eclipse, con una discapacidad visual y totalmente incapaz de seguir los pasos de su hermano.

La escena se desvaneció. Me quedé inmóvil por un minuto, tratando de recordar más, pero nada me venía a la mente. Entonces, di la espalda al muro y comencé a caminar de nuevo, paso a paso, hasta el final de la calle.

Al dar vuelta en la esquina, me sorprendió ver a otros chicos de pie junto a la caseta de vigilancia. En las dos semanas que he pasado aquí no había visto a ningún otro chico en Lake Windsor Downs, aun a pesar de que había andado en bicicleta por las calles a todas horas del día. Ahora había unos diez chicos de distintos tamaños repartidos a lo largo de una especie de cola.

Sin hacer ruido, me coloqué al final, cerca de un chico que se encorvaba tanto que tuve miedo de que se fuera a caer. No era el único. Todos parecían estar deprimidos, tristes de estar ahí. Me pregunté si sólo estaban fingiendo o si de verdad no sentían ninguna emoción por el primer día de clases.

—¿Qué tal, portero?

Di la vuelta, sorprendido de que hubiera alguien detrás de mí. No lo vi llegar. Era Joey Costello. Levanté la mano y dije:

—Paul. Paul Fisher. Tú eres Joey, ¿verdad?

—Así es —respondió, estrechando la mano.

—Conocí a tu hermano cuando vino a mi casa. Me parece que también estaba tu papá, ¿es así?

—Sí, mencionaron algo. Dijeron que tu hermano puede anotar goles de cincuenta yardas.

—Así es, vaya que puede.

—Mike dice que el entrenador Warner le pidió que le sostuviera el balón a tu hermano. Se llama Erik, ¿verdad?

—Sí. Presentía que Mike terminaría sosteniendo el balón para Erik cuando nos dijo que era el mariscal de campo de refuerzo.

Joey pensó un momento y agregó:

—Mike está pasando por una racha de mala suerte, ¿sabes? Mike es un buen jugador, pero juega como defensa, no como mariscal de campo. Y ahora juega a la sombra de Antoine Thomas, el mejor mariscal de campo del estado. Nunca podrá jugar a menos de que algo malo le suceda a Antoine. Y entonces todos estarán molestos porque Mike no es Antoine.

—Sí, no hay manera de que salga bien.

El autobús dio vuelta al camino de entrada y se paró delante de nosotros. Cuando subimos, Joey se sentó con uno de los jugadores de fútbol con los que estaba el otro día. Yo encontré un espacio vacío en la parte de atrás del autobús y saqué mi horario de clases. La escuela nos había mandado un horario computarizado con información sobre mis seis materias, los nombres de mis maestros y los números de las aulas.

También habían mandado un mapa del campus de la escuela media-secundaria, lo que agradecía, y una nota escrita a mano por la

Sra. Gates dirigida a mi mamá, que no agradecía. En ella estaba anotado: «Los estudiantes con discapacidad visual deben reportarse en las oficinas para obtener asistencia». Me volvía loco. ¿Qué pensaba hacer? ¿Asignarme un perro y un bastón?

El autobús entró al campus y se dirigió a un camino de acceso de forma circular que decía SÓLO AUTOBUSES. Miré de nuevo mi horario, nervioso. Decía: «Salón principal 8:15–8:25, Portátil 9». Caminé con una multitud de chicos, rodeando el edificio principal y hacia los senderos de madera que llevaban a las portátiles.

Encontré la que decía P-9 sin problema. Tenía un gran letrero en la puerta en el que estaba escrito: SRTA. ÁLVAREZ. Subí tres escaleras de madera y abrí la puerta. La Srta. Álvarez me saludó con un alegre «buenos días» y me pidió que me sentara en un escritorio vacío.

La clase parecía estar compuesta de los mismos niños deprimidos con los que había esperado en la parada del autobús. En contraste, la Srta. Álvarez era muy entusiasta. Nos dijo que estaba «sumamente feliz de estar aquí el primer día de un nuevo año». Incluso, nos dijo que era la primera vez que estaba al frente de un aula principal y que tenía muchas ganas de comenzar cada día al lado de nosotros. La mirábamos sin reaccionar, pero ella se quedó sonriente y así pasamos los primeros diez minutos del año escolar. Nos pidió que sacáramos nuestros horarios y que los revisáramos. El mío decía «Ciencias 8:30–9:25, Portátil 12».

La Srta. Álvarez leyó algunos anuncios de una copia impresa, pero no había nada acerca del equipo de fútbol. El altavoz del aula nos sorprendió con un sonido de gong. Era la señal para escurrirnos de nuevo hacia los senderos de madera. Teníamos cuatro minutos para llegar a la siguiente clase, pero me tomó menos de uno.

Subí por unas escaleras marcadas P-12, donde el letrero verde decía

Sra. Hoffman. La Sra. Hoffman estaba de pie dentro, justo al lado de la puerta, un diagrama de asientos en la mano. Era evidente que ella se encontraba en el otro extremo de la cadena alimenticia de maestros que la Srta. Álvarez. Tal como nos diría en breve, ella había enseñado Ciencias desde hace veinte años. Me pidió mi nombre y me mandó al último asiento de la primera fila. Los chicos de esta aula parecían un poco más vivos.

Cinco minutos después de que había empezado la clase de la Sra. Hoffman, alguien tocó a la puerta. Entró una chica que tenía en la mano un bloque de madera pintado con la palabra PASE. Susurró algo a la Sra. Hoffman, quien revisó su diagrama, miró en mi dirección y dijo:

—Paul Fisher, por favor acompaña a esta jovencita.

¿Qué podía hacer? Me levanté y seguí a la chica hacia fuera del aula, en dirección al corredor.

—¿Adónde vamos? —dije.

—A la oficina del Sr. Murrow.

—¿Quién es el Sr. Murrow?

—Es el jefe de orientación.

Entramos a una pequeña oficina en las oficinas centrales. Un hombre vestido con un traje café y anteojos gruesos como los míos estaba sentado en el escritorio. Enfrente de él había una pila de formularios de PEI.

—¿Cuál es tu nombre? —dijo.

—Paul Fisher.

Encontró mi PEI.

—Muy bien, ella es Kerri Gardner, una de nuestras voluntarias. Kerri hará las veces de tus ojos, por decirlo así, hasta que hayas aprendido a desplazarte libremente por el campus.

—Pero puedo ver bien.

—¿Puedes? —Parecía verdaderamente sorprendido.

—Sí, señor. Ya estuve en dos clases.

El Sr. Murrow revisó de nuevo mi PEI y volvió a verme.

—Bien, quizá, dado que eres nuevo, Kerri podría mostrarte la escuela el primer día. ¿Qué mal puede hacerte eso?

No supe qué decir. No supe cómo describir el mal que me haría. Como de mi boca no salió nada más, dijo:

—¿Por qué no regresan ambos a la clase de la Sra. Hoffman?

Seguí a Kerri Gardner hasta la P-12; de hecho, hasta sus escaleras exteriores de madera. Ahí fue donde finalmente mi voz regresó. Me detuve.

—Mira, lo siento. No es mi intención arruinar tu trabajo, pero no hay motivos para que alguien me muestre el campus, ¿de acuerdo? —dije, con la mayor tranquilidad posible. Como me miró con desconcierto, expliqué un poco más—: Estoy bien, se trata de un error. Puedo ver sin problemas.

—Entonces, ¿por qué usas anteojos? —respondió con naturalidad.

Levanté la mano y toqué el grueso armazón de plástico.

—Tuve un accidente, una especie de daño en los ojos cuando tenía cinco años —dije finalmente.

A Kerri claramente no le importaba ser relevada de sus obligaciones. Lo pensó por un momento, bajó la voz y dijo:

—Mira, me voy a quedar con el pase hasta el final del día antes de regresarlo. Nadie se dará cuenta.

—Muy bien, gracias.

Se iba cuando volteó.

—¿Cómo ocurrió el accidente? ¿Qué fue lo que dañó tus ojos? —preguntó.

—No sé. Es decir, no estoy seguro —respondí.

Se fue y me dejó pensando. *¿Por qué no respondí a esa pregunta? Solía tener una respuesta lista para responderla. Solía decir que una vez miré por largo rato un eclipse de sol.*

Pero, si era la verdad, si en realidad sucedió, ¿por qué no logro recordarlo?

Miércoles 30 de agosto

Ahora estoy en mi cuarto, frente a la computadora, escuchando a Erik patear un balón hacia una red en el jardín. Es un sonido corto, violento, como si varios tipos grandes estuvieran golpeando a uno pequeño en el estómago. *Pum. Pum. Pum.*

El Sueño de Fútbol Americano Erik Fisher parece estar materializándose. Arthur Bauer le sostiene el balón hoy, agachado y girando las agujetas del balón hacia afuera, tal como lo hace mi papá, tal como lo hace Mike Costello. Arthur está en el último grado, como Erik. Al contrario de Erik, parece no tener ningún talento para el fútbol americano. Y aun así, aquí está, un tipo que parece suplente de tercera, sosteniendo el balón al gran Erik Fisher.

Arthur tiene una hermana que se llama Paige, quien está en el décimo grado y es animadora. Paige también está con ellos. Es evidente que es la futura exnovia de Erik. La novia de Arthur se llama Tina Turreton y está sentada al lado de Paige. Tina está en el undécimo grado y, por supuesto, es animadora.

Los cuatro están ahí afuera, en medio del humo proveniente de un fuego subterráneo vespertino encendido por un rayo que cayó al principio de la tarde. *Pum. Pum. Pum.*

Mi mamá ya averiguó todo lo posible sobre los amigos de Erik. Ella le saca la información durante la cena, cada noche, y él le dice todo lo que ella desea saber: Arthur y Page Bauer son los de la Stuart amarilla con el frente de ladrillos. Su padre es contratista y Mayor en la Guardia Nacional. Se mudaron acá hace tres años. Tina Turreton vive en una York blanca, como la nuestra, pero con detalles de color aguacate. Ha vivido ahí por sólo un año.

Son un grupo extraño, sentados en el humo. Básicamente no se hacen caso. Las chicas están en el patio de cemento, sentadas en la mesa de madera roja, haciendo la tarea. Los chicos están en el césped, pateando el balón hacia la red. *Pum. Pum. Pum.*

Supongo que Paige y Tina quieren salir con jugadores de fútbol americano, por lo tanto aquellos dos les bastan. Erik y Arthur quieren salir con animadoras, por lo tanto aquellas dos les bastan.

Los vi llegar a la casa en la camioneta de Arthur Bauer y subí deprisa. Arthur tiene una Toyota Land Cruiser blanca, elevada y con ruedas enormes para «correr en el lodo». Eso es lo que suelen hacer aquí. Llevan sus camionetas elevadas a los pantanos y «corren en el lodo». Cuando no es posible hacerlo, corren por el camino de tierra detrás de nuestro muro, el camino perimetral. La camioneta de Arthur tiene unas luces grandes montadas arriba, encima del centro del parabrisas, para poder correr en el lodo por las noches.

Ahora puede llevar a Erik a correr en el lodo. Y al entrenamiento. Y adonde quiera que Erik le diga que lo lleve.

Ves, Erik no maneja. ¿Puedes creerlo? Una de las mejores cosas de la escuela secundaria es que puedes manejar. Tú solo. Eres *libre*. Pero Erik no maneja. Nunca se ha interesado en hacerlo. No me digas que no es extraño.

Desde la ventana de mi cuarto puedo ver todo claramente, especialmente a Arthur Bauer. Y puedo predecir su futuro. Arthur está a punto de alcanzar su gran momento, su oportunidad de ser alguien en la escuela secundaria Lake Windsor. Seamos honestos, Arthur Bauer no es Mike Costello. No es el respaldo del mariscal de campo Antoine Thomas. Aún no ha sido aceptado en la Escuela de Ingeniería de FSU. Nunca ha logrado nada, hasta ahora. Esta es su oportunidad. De alguna manera, con la ayuda de Erik, le quitará a Mike Costello el lugar de holder. Será el trasero de Arthur, el que aparezca en los periódicos, sosteniendo el balón mientras Erik Fisher intenta anotar un gol de cincuenta yardas.

Según Joey Costello, Arthur nunca ha jugado un partido. Ahora, él estará ahí cuando la multitud grite y las cámaras destellen y el juego esté en riesgo. ¿Qué hará Arthur por una oportunidad como esa, por ese tipo de fama y gloria? ¿Qué hará Arthur por Erik, su patrocinador, su benefactor, su pase al gran momento? Seamos honestos, hará cualquier cosa que sea. Lo que Erik le pida. Encontró un lugar en el Sueño de Fútbol Americano Erik Fisher y hará lo que sea para quedarse ahí.

Siempre he tenido miedo de Erik. Ahora, de Erik y de Arthur.

Jueves 31 de agosto

Además de mis anteojos regulares, tengo unos especiales, de prescripción médica, para hacer deporte. Están hechos de una especie de plástico astronauta que podría estrellarse contra Venus sin romperse. Nada los puede romper. Si los dinosaurios hubieran tenido estos anteojos y la Tierra hubiera sido bombardeada por asteroides de una milla de extensión, los dinosaurios se habrían extinguido de todas maneras, pero sus anteojos habrían quedado intactos. Nada puede romper estos anteojos.

La razón por la cual lo menciono es que la Srta. Álvarez leyó en los anuncios de esta mañana que las pruebas para jugar en los equipos de fútbol de chicos y de chicas empiezan mañana. Tengo todos los accesorios que necesito para ser portero —anteojos de prescripción médica, rodilleras y coderas— en un cajón en mi cuarto. Acabo de revisarlo para asegurarme de que todo esté listo. No quiero encontrarme mañana sin mis accesorios porque se encuentren en nuestra unidad de almacenamiento con temperatura controlada en la Ruta 22.

Mi mamá y yo llevamos algunas cosas ahí hoy. Mi mamá no se está adaptando bien al humo del fuego subterráneo. Quitó del comedor las cortinas que eran de su mamá y las empacó junto a los edredones de su abuela que estaban en los dormitorios.

—No quiero que este humo los arruine —me dijo mientras yo arrastraba las cajas al auto—. Las sacaremos cuando tus abuelos nos visiten en diciembre.

Mis abuelos son los papás de mi mamá. Los papás de mi papá murieron cuando él era joven, su padre cuando tenía diez años, y su madre cuando estaba en el primer año de la universidad. Mi papá nunca habla de ellos. Es como si nunca hubieran existido.

Mi mamá tampoco habla mucho de los suyos. Sé que mi abuelo se jubiló del ejército como sargento mayor. Aún trabaja como guardia de seguridad en un edificio de oficinas. Mi abuela siempre tenía en casa una guardería, donde fuera que estuviera viviendo, hasta el año pasado. Mi mamá dice que fue ahí donde adquirió sus talentos organizativos.

Mi mamá ahora está donando esos talentos a la Asociación de Propietarios de Lake Windsor Downs. El Sr. Costello le pidió que formara parte del Comité de Arquitectura. Es un puesto importante. Si tienes algún plan para mejorar tu casa, incluso si se trata de sembrar un árbol nuevo, tienes que obtener la aprobación del Comité de Arquitectura.

Debido a esto, mi mamá ha comenzado a notar irregularidades cada vez que salimos de o entramos a la urbanización. Ha empezado a decir cosas como:

—Mira el color de los detalles de esa Lancaster. Ese no es un color reglamentario. Parece sopa de guisantes.

Hoy dijo:

—Mira el buzón de esa Tudor. Ese no es un buzón de estilo Tudor.

—Relájate, mamá —dije.

—No me pidas que me relaje. Esta gente leyó y firmó el reglamento antes de comprar su casa. Esos reglamentos son serios, Paul. Esta urbanización tiene un estilo determinado, y si te gusta ese estilo compras una casa aquí. Si no te gusta, entonces compras una casa en otro lado.

—¿Qué daño puede hacer no tener un buzón estilo Tudor?

—No mucho, supongo —reflexionó mi mamá—. No les enviaré una carta a causa del buzón porque el que tienen no se ve mal. Pero si veinte casas más decidieran poner veinte estilos diferentes de buzones, empezaría a parecerse a una villa miseria.

De repente, se puso muy seria.

—Paul, estoy hablando como alguien que no creció en una casa linda. O que ni siquiera vivió cerca de una casa linda. Esto no es una broma para mí. La casa es la inversión más importante de una familia. Y tienes que proteger esa inversión.

Al llegar al almacén, mi mamá mostró su identificación a un guardia mayor de edad, quien nos permitió el paso. Abrí el candado de nuestra unidad, empujé la puerta metálica a un lado y apilé las cajas adentro. De camino a casa, cambié la conversación y hablé de las pruebas de fútbol.

Mi mamá me hizo una sugerencia que de hecho era bastante buena.

—Deberías llamar a ese chico, Joey Costello —dijo—. Podrían salir a correr juntos esta noche. Quizá podríamos organizarnos para ir en grupo a los entrenamientos de fútbol compartiendo el auto.

Llamé a Joey tan pronto como regresamos y le pregunté si quería que empezáramos a correr juntos. Me dijo que corre todas las noches a las seis y media y que podía encontrarme con él en la caseta de vigilancia. Dije que sí y colgué.

Qué raro. Si corría todas las noches, ¿por qué no lo había visto?

Como quiera que sea, Joey resultó ser muy divertido. Hasta ahora, había sido un poco presumido. Empezamos a correr con la arena a las espaldas y un poco de humo en el aire. En nuestra segunda vuelta por la urbanización, señaló una casa, una Stuart blanca en una esquina.

—¿Ves esa casa? —dijo—. El Sr. Donnelly y su hijo viven ahí. Han caído rayos en ese lugar tres veces.

—¿En serio?

—Absolutamente. Tres veces. Son unos fracasados, ¿o qué?

Me dio risa ver un letrero al frente.

—¡Eh, mira!, ¡está en venta!

—Como si pudieran venderla.

—No sé, cuando estás evaluando una casa a donde te quieres mudar, ¿alguien te dice cosas negativas de ella?

—Ni en sueños. Nunca lo mencionarían —dijo Joey.

—¿Y si te das cuenta?

—Te dirían que es algo bueno, que estadísticamente es la casa más segura del vecindario. Quizá de todo el mundo porque prácticamente no hay posibilidades de que un rayo vuelva a caer en la misma casa.

Mientras nos alejábamos, volteé a ver la Stuart.

—Pero caerá otro, sin remedio. Y luego otro. Te voy a decir por qué.

—¿Por qué?

—Los rayos reconocen ese espacio.

—¿A qué te refieres?

—Piensa en ese lugar —dije, señalando un lote lleno de arena fina—. Después de que acabaron con los cultivos de tangerinas, ¿qué hicieron?

—¿Quiénes? ¿Quiénes hicieron qué?

—Los constructores, ¿qué hicieron?

—No sé.

—Aplanaron todo usando buldóceres, ¿no es así? Trajeron toneladas y toneladas de arena blanca y la colocaron aquí. Después pusieron jardines y casas encima.

—Sí, ¿y?

—Supongamos que la esquina donde está esa casa solía ser el punto más alto en millas a la redonda. Quizá era la punta de una cuesta con árboles grandes. Lo que quiere decir es que era ahí donde los rayos solían caer.

—Entonces, debió haber tenido grandes árboles *muertos*.

—Sí, como sea. Este era el punto más alto y funcionaba como pararrayos. Ahora podrías traer a los constructores y preguntarles cuál era el punto más alto. Ninguno lo sabría. Pero los rayos sí, y caen justo donde siempre han caído. El problema es que un tonto construyó una casa en ese punto preciso. —Señalé hacia la entrada de la urbanización, donde están las cuatro casas modelo con nombres de familia real inglesa—. Quién sabe, quizá algún día, una vez que todo esto haya desaparecido, habrá árboles de nuevo y las tormentas volverán a tener sentido.

Terminamos nuestra segunda vuelta y Joey me veía de manera extraña.

—Hasta mañana —dijo.

—Sí. Las pruebas son a las cuatro. ¿Necesitas que te llevemos de regreso?

—Eh, no, regresaré con Mike.

—De acuerdo.

Iba a regresar a casa, pero noté algo en Joey.

—Eh, um, Fisher... —dijo finalmente— no creo que los rayos sean tan complicados. Pienso que no saben nada de nada.

Me quedé pensativo.

—Sí, quizá estoy exagerando.

Pero quizá no.

Viernes 1 de septiembre

Mi última clase del día es Artes y Letras, con la Sra. Bridges. Si crees que parecemos un grupo de osos perezosos por la mañana con la Srta. Álvarez, deberías vernos durante la sexta clase. Algunos chicos incluso se quedan dormidos. Pero no creo que sea su culpa por completo. Al llegar la sexta clase, los sistemas de aire acondicionado de las portátiles tienen ya siete horas luchando, con las puertas abriéndose y cerrándose constantemente. Para entonces, ya estamos sudando mucho, marchitándonos. Incluso, a esas alturas, hasta la permanente de la Sra. Bridges se está marchitando.

Pero hoy, cuando el altavoz se encendió y sonó el gong, yo estaba lleno de energía. Tomé mi maletín y me dirigí a las pruebas de fútbol.

Al sur, cerca de las portátiles, hay un campo de béisbol con un marcador que dice: Escuela media Lake Windsor, hogar de las Gaviotas. El campo de fútbol está a la izquierda del de béisbol, junto a un área sin urbanizar.

En cuanto dejé los senderos de madera, Joey se me unió, y trotamos juntos hacia el campo.

—Eres un buen portero, ¿no es así? —me preguntó.

—Así es —dije.

—Entonces, definitivamente jugaré como defensa.

—Bueno, se necesitan al menos dos porteros. ¿Qué tal que me maten?

—Nadie te va a matar. Jugaré como defensa, me gusta. Se puede derribar gente.

—Lo que prefieras.

—Mira a Tommy —dijo Joey señalando a un grupo de chicos cerca de la banda—, el que trae el balón. Es de Filipinas. Hace un espectáculo fantástico. Fantástico.

Miré donde señalaba y reconocí a un chico de mi aula principal, Tommy Acoso. Alrededor de él había un grupo de cuatro chicos mirándolo, como si se tratara de un malabarista. Nosotros también nos detuvimos para mirarlo. Golpeaba el balón con la cabeza, los pies, las rodillas, evitando que tocara el suelo, sin parar. A veces lo sostenía un rato en su frente. *Era* un espectáculo fantástico. Nada similar a lo que hacían los chicos de pies tiesos con los que había jugado la semana pasada.

—Ese de ahí es Gino —susurró Joey—. Gino Deluca. Será el capitán este año, sin duda. Fue cocapitán el año pasado. Anotó veintidós goles.

Vi a un tipo grande —grande para ser futbolista— de cabello negro, largo y rizado. Estaba anotando tiros penales en la portería desde una distancia de doce yardas.

—¿De dónde es él? —pregunté a Joey.

—No lo sé. Me parece que de Nueva Jersey.

Gino continuó anotando goles por la esquina superior izquierda de la portería, mientras que un chico alto vestido con un suéter gris recuperaba el balón y se lo regresaba. Gino, obviamente, es de las ligas mayores. Es el tipo de persona que necesitas tener en un equipo de fútbol si quieres ganar. El tipo que quiere cobrar los tiros penales, el que tiene hambre de anotar goles.

El entrenador es el Sr. Walski, un maestro del octavo grado. Hizo sonar un silbato y todos nos acercamos a él. Se parece más a un entrenador de béisbol o baloncesto, pero es quien entrenó al equipo de fútbol la temporada pasada, además de que conoce a casi todos los estudiantes de séptimo y octavo grado. Es alto y casi calvo. Habló con voz rasposa.

—Quiero felicitarlos por formar parte del equipo de fútbol. —Se escucharon algunas risas dispersas—. Para aquellos que no lo sepan, la política del programa de fútbol de la escuela media Lake Windsor es la siguiente: todos forman parte del equipo y todos tendrán un uniforme. Sin embargo —hizo una pausa para dar énfasis—, eso no significa que todos vayan a ir, como decimos, «en el autobús». No todos pueden, y debo enfatizar que *no todos pueden,* ir a todos los partidos de fuera. El equipo cuenta con un autobús muy pequeño y el seguro nos impone limitaciones. Sólo podemos llevar a quince chicos a los partidos de fuera. Esa es nuestra política. Todos y cada uno de ustedes forman parte de este equipo desde el primer día, pero su papel podría ser únicamente el de jugadores en los partidos de práctica y portarían el uniforme sólo en los partidos en casa. ¿Queda claro?

Varios chicos asintieron.

—De acuerdo, empecemos —continuó el entrenador—. Gino, tú eres el capitán, llévalos a dar dos vueltas alrededor de la cancha. Luego, nos dividiremos en grupos: uno de estudiantes de sexto grado, otro de estudiantes de séptimo y otro de estudiantes de octavo, para hacer calistenia. A moverse.

Corrí dos veces alrededor de la cancha con Joey y cerca de los otros treinta chicos.

—Eso significa que la mitad de nosotros somos de segunda —murmuró Joey.

—¿Por qué te quejas? Formas parte del equipo.

—Quince chicos están en el equipo de verdad, y quince en el de segunda. Yo estuve en el de segunda el año pasado y fue una lata. No quiero que me pase de nuevo.

—Bueno, para mí tiene sentido. ¿Por qué llevar a todos estos chicos a un partido donde no hay oportunidades de que jueguen?

—Sí, bueno, para ti es fácil.

Después de hacer calistenia, nos separamos en grupos para patear el balón. Como no tenía caso que yo hiciera eso, fui a buscar mi maletín y saqué mis anteojos especiales, las rodilleras y las coderas. Gino y otros chicos de octavo grado estaban pateando hacia la portería y el mismo chico del suéter gris hacía las veces de portero. Caminé hacia allá y me quedé de pie al lado de la portería, hasta que todos me notaron.

—¡Guau! Vienes de Marte —dijo el chico del suéter gris cuando vio mis anteojos.

Los demás se rieron, pero, como no me moví, Gino me dijo:

—¿Vas a jugar?, ¿o a modelar ropa deportiva?

—Voy a jugar.

Gino se movió y el chico del suéter gris se hizo a un lado. Me coloqué delante de la portería, justo en el centro, con mis zapatos de fútbol sobre la línea de cal. Un chico de cabello rojo era el siguiente en la línea. Pateó el balón, haciéndolo rodar lejos de la portería. Ni siquiera tuve que moverme.

Estaba esperando a Gino y él lo sabía. Pidió el balón y lo colocó con cuidado en la línea de penalti. Dio tres pasos atrás y me miró de frente. Adopté mi postura de portero, como resorte encogido listo para saltar. Gino gritó como si fuera un samurái, dio dos pasos veloces y pateó el balón con fuerza. Salté a mi derecha, al mismo punto al que lo había visto mandar cada uno de sus goles anteriores. Oí el sonido de su pie golpeando el balón, y luego sentí cómo este golpeaba mi muñeca derecha. El balón salió volando fuera de la portería a la misma velocidad con la que había entrado. Llegó lejos por la lateral derecha. Caí al suelo y me levanté de inmediato, listo para seguir.

Gino vio cómo el balón rebotaba lejos y luego, volteó a verme. Parecía verdaderamente sorprendido.

—¡Epa! —dijo en voz baja y me dio el visto bueno levantando los dedos pulgares.

El chico del suéter gris se quedó al lado de la portería un minuto más, luego se fue discretamente para unirse al resto de los que hacían cola esperando su turno para patear un balón en contra mía.

El entrenador no vio nada de esto, pero yo sabía que el puesto ya era mío. Ahora era el portero de la escuela media Lake Windsor. El portero titular. El portero «en el autobús».

Martes 5 de septiembre

Mi mamá y yo acabábamos de regresar del supermercado. Estábamos descargando el auto, llevando las bolsas con comestibles desde el garaje hasta la cocina, cuando Erik y Arthur aparecieron en la Land Cruiser. Tenía lodo embarrado a cada lado, en los vidrios tintados e incluso en la luz del centro. Erik se bajó del asiento del copiloto y caminó hacia mi mamá, lenta y solemnemente. Arthur se bajó y lo siguió. Erik se detuvo dentro del garaje.

—Mike Costello está muerto, mamá —dijo—. Falleció en el entrenamiento de hoy.

Mi mamá y yo nos quedamos inmóviles, con las bolsas del

supermercado colgando de nuestras manos. Ninguno de los dos se movió, no sabíamos qué hacer. Lo contemplábamos fijamente, sin decir palabra alguna.

—Estaba de pie, en la zona de anotación —continuó en el mismo tono—. Tenía una mano en el poste de la portería, se apoyaba en él y *¡bum!,* se escuchó un trueno y vimos un destello y a Mike que volaba por los aires. Cayó de espaldas, justo en la línea de gol.

Ahora mi mamá lo miraba con dureza, tratando de entender el fondo de lo que estaba diciendo.

—¿Erik? El chico... ¿el chico que estuvo aquí? ¿Mike? ¿Está muerto?

—Muerto antes de caer al suelo. Arthur y yo fuimos a donde estaba y lo comprobamos, ¿no es verdad?

—Así es —confirmó Arthur.

—El lado izquierdo de su cabello estaba quemado, chamuscado por completo, ¿sabes?

Parecía que mi mamá todavía no podía comprenderlo.

—Qué... —luchaba por encontrar las palabras— qué... Erik, dime exactamente qué hiciste.

—¿Yo? Nada, no había nada que pudiera hacer. El entrenador Warner y todos los demás entrenadores lo rodearon. Empezaron a golpearlo en el pecho.

—Golpeándolo —agregó Arthur.

—Haciendo RCP. Todo el mundo estaba volviéndose loco. Mi papá corrió hasta el teléfono de su auto para marcar el 911.

—¿Tu padre? —dijo mi mamá—. ¿Tu padre llamó al 911?

—Sí. Llegaron ambulancias. Llegaron patrullas de policía. Traían uno de esos desfibriladores portátiles, ¿sabes?

—Resucitándolo —dijo Arthur.

—Estaban tratando de resucitar su corazón. Le insertaron agujas. ¡Todo! Pero nada funcionó porque ya estaba muerto. Había muerto antes de caer al suelo.

—¿Y Jack? ¿Jack Costello? ¿Estaba viendo lo que sucedía?

—No, no lo vi. Creo que su hermano estaba ahí. —Erik volteó a ver a Arthur—. ¿Era su hermano?

—Sí —dijo Arthur, y pareció contener una sonrisa.

—Su hermanito se puso frenético —continuó Erik—. Se volvió loco. Trataba de quitarle a Mike los zapatos. Pensé que el entrenador iba a tener que golpearlo porque no se hacía a un lado. Sólo trataba de quitarle los zapatos, ¿viste eso? —Erik volteó a ver a Arthur de nuevo y este se cubrió la cara con las manos.

Mi mamá tomó el teléfono y trató de comunicarse con mi papá —primero marcando a su teléfono celular, luego al buscapersonas de la oficina—, pero no lo logró.

—¿Llamo a Joey? —le pregunté.

—No. No podemos llamar a los Costello ahora. No podemos entrometernos en su vida ahora. —Mi mamá marcó con fuerza otro número—. Voy a intentar con la escuela.

Tampoco contestaban en la escuela. Mi mamá estaba de pie, mirando fijamente las bolsas con los alimentos. Parecía como si se fuera a desmayar. El repiqueteo del teléfono la hizo saltar. Era mi papá, que llamaba desde el hospital. Le contó básicamente la misma historia que Erik le había contado, hasta lo de Joey Costello y el problema con los zapatos de Mike. Joey y sus papás estaban en el hospital, donde Mike había sido declarado oficialmente muerto. Mi papá dijo que todos estaban conmocionados.

Yo lo estaba. Llevé mis bolsas con alimentos hasta la cocina, donde las dejé. Entonces escuché un sonido extraño. Eran voces que venían del jardín. Voces alegres.

Por la puerta que daba al jardín, vi a Erik y a Arthur riéndose. Me acerqué más a la puerta y pude escuchar a Erik.

—¿Viste su cabello? ¿Viste aquel lado de su cara? ¡Se le hizo un Mohawk!

—Mohawk —dijo Arthur.

Los miraba, incrédulo. ¿Cómo podían estar alegres? ¿Quiénes eran? Entonces me di cuenta: eran las dos personas a quienes beneficiaría la muerte de Mike Costello. Y la estaban celebrando.

—¡Los zapatos! —gritó muy alto Erik al agarrar los zapatos de Arthur—. ¡Dame los zapatos!

Di la vuelta para buscar a mi mamá. Aún estaba en el garaje, al teléfono con mi papá. No vio ni oyó nada de esto.

Di la vuelta de nuevo para ver la cruel rutina cómica al otro lado del vidrio. Ahí estaban, Erik y su repugnante amigo. Tal como recordaba que se comportaban en Houston. Nada había cambiado, excepto el nombre del amigo.

Me sentí enfermo y confundido, y me pregunté: *¿Cómo puede suceder algo así? ¿Cómo le pudo suceder algo así a Mike Costello? Era un buen tipo. Era el número dos en la alineación y ya había sido aceptado en la Escuela de Ingeniería de FSU.*

Y me respondí: *Así es cómo: Mike Costello no encajaba en el Sueño de Fútbol Americano Erik Fisher... Mike nunca, nunca, habría podido estar sentado ahí afuera con Erik, riéndose de algo semejante.*

Ahora Mike estaba muerto.

Pero el sueño sigue.

Miércoles 6 de septiembre

Mi mamá pensaba que iban a cancelar las clases hoy en la escuela secundaria y que mandarían temprano a casa a todos por la tragedia de Mike Costello. Estaba muy equivocada porque no cancelaron las clases. Ni siquiera cancelaron el entrenamiento de fútbol americano.

Vi el entrenamiento de fútbol americano desde lejos. Me paré en una portería de la cancha de fútbol para verlo a través de la gradería del estadio de fútbol americano. Diferentes grupos de jugadores hacían ejercicios distintos. Todo tenía un aire muy violento. De este lado gritaban y golpeaban un muñeco para prácticas de tacleo. Al otro, arrojaban sus cuerpos contra un bloqueo de trineo para hacerlo retroceder. En medio de todo este derribar, ser derribado y levantarse de nuevo, pude ver a Erik de pie en la línea de cincuenta yardas, indiferente a todo. Con calma, deliberadamente, anotaba goles de campo a través de la portería en la zona de anotación. Pero Mike Costello no estaba ahí para girar las agujetas hacia fuera para el pateador y poner el balón en el suelo. Mike Costello estaba sobre una plancha en la funeraria. No, había otro trasero a lo lejos el día de hoy: el de Arthur Bauer.

Obviamente, Joey Costello no estaba en el entrenamiento de fútbol ni en la escuela. Esperaba escuchar algo acerca de Mike Costello en el altavoz, pero el único anuncio que leyeron fue sobre los pases de descuento para asistir a una feria que pronto tendría lugar. Nada de «Oremos por Mike Costello» u «Oremos por Joey Costello». Sin embargo, la Srta. Álvarez anotó la dirección de Joey en el pizarrón y pidió a todos los que lo conocíamos que mandáramos una nota a la familia.

Durante el entrenamiento de fútbol, un par de chicos estaba

hablando del accidente. Decían que el director de la escuela, el Sr. Bridges (marido de mi profesora de Artes y Letras), había leído un anuncio. El Sr. Bridges había dicho que el Consejo Estudiantil planeaba hacer algo especial en honor de Mike. No había dicho de qué se trataba, pero obviamente no era la cancelación del entrenamiento de fútbol americano.

Mi mamá y mi papá discutían ferozmente de todo: el entrenamiento de fútbol americano, el rayo, el tipo de lugar donde vivimos ahora. Mi mamá estaba determinada a llamar a todos y cada uno de los padres de familia de cada jugador de fútbol americano, reunirlos y convencerlos de no enviar a sus hijos a ningún entrenamiento por la tarde.

Mi papá, aparentemente, defendía lo contrario. El entrenador Warner se refiere ya a mi papá como uno de «sus padres de fútbol americano», lo que a él le gusta, y creo que tiene miedo de hacer algo que ponga en riesgo su estatus. Mi mamá le decía algo así como «Los chicos muertos no patean balones».

El entrenamiento de fútbol fue enfadosísimo. Pasamos la mayor parte del tiempo en un partido de práctica sin sentido (y sin goles): los de sexto y séptimo grado contra los de octavo. Odio los partidos así. El balón nunca llega a la portería. Dos equipos de pies torpes que se pasan el balón unos a otros, nunca más allá de las veinte yardas de la media cancha. El chico del suéter gris era el portero de los de octavo grado. Él también tenía un arco invicto.

Para mí era obvio que sólo hay unos cuantos jugadores valiosos en este equipo. De este lado, Tommy y yo. De aquel lado, Gino y un par de tipos grandes que jugaban como defensas. El resto pateaba, asustado del balón cada vez que lo recibía. Esta batalla inútil de pies torpes continuaba así hasta el cansancio. El equipo tiene a dos grandes delanteros en

Tommy y Gino, a un gran portero en mí y un congelador lleno de carne de segunda. Quizá cuando Tommy y Gino estén juntos en la delantera puedan ayudarse. Eso espero.

Mientras esperaba en la portería a que algo ocurriera, mi mente empezó a divagar. Empecé a pensar en Joey y en lo que debía estar pasando. Me pregunté cómo estaría yo en su lugar. ¿Qué habría pasado si mi hermano hubiera caído en la línea de gol con el cabello del lado izquierdo completamente chamuscado? ¿Si el cuerpo de Erik estuviera en la funeraria ahora? ¿Cómo me sentiría?

Me sentiría aliviado. Más seguro. Pero también triste. Erik forma parte de la historia del eclipse. Sé que lo es. Erik forma parte de algo que necesito recordar. No quiero que Erik se muera y se lleve su parte de la historia.

Jueves 7 de septiembre

Mi mamá empezó su campaña telefónica a las nueve de la mañana. Tenía una lista con todos los números telefónicos en Lake Windsor Downs y llamó a todos los que sabía que tenían un hijo en el equipo de fútbol americano.

Después de unas cuantas horas, fue interrumpida por una llamada de mi papá. El director de la escuela secundaria de Lake Windsor, el Sr. Bridges, lo había llamado. El Sr. Bridges le dijo a mi papá que había recibido quejas de algunos de los padres de familia acerca de los entrenamientos vespertinos del equipo de fútbol americano. Mi papá y el Sr. Bridges acordaron tener una reunión en casa esta noche, con el entrenador Warner y todos los que quieran venir. Mi mamá parecía sorprendida, colgó, volvió a su lista y llamó de nuevo a todos los que habían expresado interés. Les pidió que vinieran a casa a las 7:45.

Después de cenar, ayudé a mi mamá a arreglar los sillones y a traer otras sillas al gran salón. Erik salió con Arthur. Por un rato pude oírlos corriendo en la camioneta por el lodoso camino perimetral, luego desaparecieron.

Para las 7:55, doce padres de familia habían llegado. Se sentaron en el gran salón y mi papá les hablaba de los peces japoneses de nuestro lago. Les preguntaba cosas como: *¿Están desapareciendo los koi del lago? ¿Están muriendo? ¿Alguien está pescando en el lago por la noche? ¿Es posible que un caimán se los esté comiendo?*

A las 8:05, mi mamá abrió la puerta al Sr. Bridges, un hombre de baja estatura, redondo, con un traje azul, y al entrenador Warner, quien llevaba un suéter de la escuela secundaria Lake Windsor. Mi mamá los condujo a un par de sillas junto a la chimenea. Les agradeció por haber venido y se sentó junto a mi papá en el sofá. El entrenador Warner se sentó, pero el Sr. Bridges se quedó de pie para hablar.

—Es probable que todos me conozcan, soy Bud Bridges. He sido director de la escuela secundaria Lake Windsor desde que abrió sus puertas hace diez años. Tengo que confesar que este trágico accidente es lo peor que me ha sucedido como director. Mike Costello era un joven excelente, un joven que tuve el honor de conocer. Su muerte es una pérdida personal para mí.

—¡Asegurémonos de que sea la última!

Todos voltearon a ver a mi mamá, quien los había sobresaltado con su interrupción.

—Que así sea. —El señor Bridges había reaccionado rápidamente—. Me reuní con los oficiales del Consejo Estudiantil hoy mismo. Decidieron dedicar la Entrega de Premios del Duodécimo Grado de este año a Mike Costello y plantar un árbol en su honor a la entrada de la escuela secundaria.

—Sr. Bridges —mi mamá se inclinó hacia adelante—, ¿podemos contar con usted para cancelar las prácticas vespertinas bajo la lluvia?

—Discutí esto con el entrenador —dijo el Sr. Bridges mirando al entrenador Warner—, y dejaré que sea él quien responda.

El Sr. Bridges se sentó, pero el entrenador Warner no se levantó. Habló tranquilamente desde su asiento, dirigiéndose a mi mamá.

—Señora, para mí también fue algo personal la muerte de Mike Costello. Lo conocía bien, como jugador de fútbol americano y como líder. Sé que Mike se entregaba al equipo y que no querría verlo destruido a causa de este trágico accidente. —El entrenador aclaró su garganta—. Y de eso es justamente de lo que usted está hablando, señora, de la destrucción de este equipo. En realidad no hay otro horario en el que se pueda entrenar, por lo que nos convertiríamos en un equipo sin entrenamiento. Algunos de los muchachos que juegan para mí, como Antoine Thomas, cuentan con el fútbol americano, y en particular con esta temporada, para poder ingresar a la universidad. La universidad es para ellos una posibilidad cerrada sin el fútbol americano. Esa es sólo una parte. Sé que algunos de ustedes, en cualquier caso, tienen los medios para enviar a sus hijos a la universidad. Sólo digo que no todos están en la misma situación.

—No estamos pidiendo que no practiquen —dijo mi mamá, inclinada aún hacia adelante—. Lo que estamos pidiendo es que no practiquen cuando podría caer un rayo y matar a un jugador.

—Señora, nunca antes había sido golpeado por un rayo un chico de nuestro equipo. Y hemos estado practicando en el mismo lugar y a la misma hora por diez años ya. Fue un accidente, uno trágico... Cuando alguien muere en su auto en la autopista es trágico, lloramos por ello, pero no impedimos que los conductores vuelvan a circular por la misma autopista. No lo hacemos. Reconocemos que se trató de un accidente.

Mi mamá se enderezó. Sacó de su bolsillo un pequeño cuaderno negro.

—Entrenador Warner, quizá le interese esta información. Es del *Tangerine Times,* el primero de agosto: «El Condado de Tangerine es la capital de los rayos de los Estados Unidos. Cada año, más gente muere golpeada por rayos en el Condado de Tangerine que en cualquier otro condado de este país». No dice «que en cualquier otro condado de Florida», entrenador. Dice «que en cualquier otro condado de este país». Y, de hecho, otros jugadores de fútbol americano han muerto por la misma causa: uno en la escuela secundaria de Tangerine y otro en la de St. Anthony. Un corredor de campo traviesa murió aquí hace dos años a causa de un rayo. Un estudiante de décimo grado de la escuela secundaria Lake Windsor murió al bajarse del autobús escolar el año pasado. Ser golpeado por un rayo es una de las causas principales de muertes accidentales en esta área.

El entrenador Warner bajó la mirada, como si estuviera pensando. Cuando volvió a ver a mi mamá, parecía haber tomado una decisión.

—Señora, si decide sacar a su hijo del equipo de fútbol americano con base en esa información, lo entenderé. Puede entregar el libro de jugadas y el uniforme a mí o a cualquiera de mis asistentes.

Volteé a ver a mi papá, quien estaba sentado en el sofá, al lado de mi mamá. Su cuerpo estaba tieso, rígido, como si estuviera muerto. ¿Qué iba a hacer? ¿Iba a ponerse de parte del entrenador públicamente, contradiciendo a mi mamá? ¿O la defendería, haciendo enojar al entrenador de Erik?

No sabría las respuestas porque fue mi mamá quien habló. No estaba lista para darse por vencida. Mi mamá no estaba preparada para abandonar el Sueño de Fútbol Americano Erik Fisher que guiaba nuestras vidas.

—¿Por qué no puede programar las prácticas para la mañana, por la seguridad de todos? Entiendo que estos chicos, y ustedes los entrenadores, y nosotros los padres de familia, estamos dedicados al equipo. Así mismo podemos comprometernos a llevar a los chicos al estadio de fútbol americano a las seis y media de la mañana. Así pueden practicar durante una hora, ducharse y estar listos para entrar a clases a las ocho.

—Señora —respondió el entrenador Warner lentamente—, no puedo pedir a los jugadores y a los padres de familia que sacrifiquen sus horas de sueño, cambiar sus vidas, para que el entrenamiento empiece a las seis y media. —Hizo una pausa para ordenar sus pensamientos—. Tenemos a chicos que sólo pueden llegar a la escuela gracias al autobús escolar. Esos chicos tendrían que dejar de entrenar. Repito, es cuestión de hacer lo correcto para todos los involucrados. No todos mis jugadores tienen a papás en casa, con auto, y que no necesiten estar en el trabajo a las seis y media.

Ahora, mi mamá estaba enojada. Lo señaló con el cuaderno negro.

—Parece que usted quiere convertir esto en un asunto de ricos-contra-pobres o de los-que-tienen-contra-los-que-no-tienen, ¿no es así? Pero cuando un rayo golpea a un chico, no tiene en cuenta los ingresos de los padres. Si usted prestara atención, sabría que es eso de lo que estamos hablando. Estamos hablando de chicos puestos en peligro cada día a causa del horario de entrenamiento que *usted* decide.

El entrenador Warner bajó la mirada de nuevo. No se iba a retractar. El Sr. Bridges parecía cada vez más nervioso.

—Es lo mismo que sucede con los soldados —dijo el papá de Arthur Bauer, sin dirigirse a nadie en particular—. Tienen que entrenar en cualquier tipo de clima para estar listos para enfrentarse a lo que sea.

Siguió un largo y tenso silencio que fue roto cuando un hombre muy grande, más grande que el entrenador Warner, se puso de pie. Tenía cabello gris rojizo, cortado casi al ras, y su cabeza y cuello eran grandes, al estilo de los jugadores de fútbol americano. Sin embargo, cuando habló, tenía una voz sorprendentemente alta.

—Soy Bill Donnelly. Mi hijo Terry y yo vivimos en el número 6200 de Kew Garden Drive. Quizá algunos de ustedes conocen mi casa, o saben de ella. Es la que ha sido golpeada por rayos en tres ocasiones. Cada vez alrededor de las cuatro de la tarde. Mi hijo juega fútbol americano en la escuela secundaria Lake Windsor, y estoy muy orgulloso de eso. Pero he de decir que estoy de acuerdo con la Sra. Fisher. Vivimos en un área donde este asunto de los rayos es una realidad. —Se detuvo, y dijo al entrenador directamente—: Estoy dispuesto a llevar a mi hijo al entrenamiento a las cuatro de la mañana si es necesario. Y participaré en cualquier tipo de transporte compartido que organicemos, para asegurarme de que todos los chicos lleguen. —Se dio la vuelta y miró a mi mamá—. No puedo vender mi casa a causa de esta cuestión de los rayos. Ningún agente de seguros quiere darme una póliza para asegurar mi casa. Pero nada de eso me importa. Lo que me importa es mi hijo y lo que podría ocurrirle. No puedo siquiera imaginar lo que deben estar sufriendo esta noche Jack Costello y su esposa.

El Sr. Donnelly se sentó, y el resto de los asistentes se animaron. Otros padres de familia se acercaron a mi mamá para decirle que ellos también participarían en el transporte compartido.

El Sr. Bridges se puso de pie para hablar. Tuvo que esperar a que la gente se callara.

—Bien, me parece que esa es una buena sugerencia. Lo que podemos hacer ahora es presentarla a los padres de familia. Podemos contactar al padre o al tutor de cada jugador y pedirle que conteste esta pregunta: ¿Debemos cambiar el horario de entrenamiento de fútbol americano a la primera hora de la mañana? Entrenador, ¿está de acuerdo?

—Por supuesto —asintió rápidamente el entrenador Warner—. Podemos intentar eso. Mi personal y yo estamos dispuestos a hacerlo. Preguntaremos a los padres de familia, y si la mayoría quiere hacerlo, entonces lo haremos. —Hizo una pausa para voltear a ver a mi mamá—. Sin embargo, yo preferiría otra solución.

—¿Cuál sería? —respondió mi mamá inmediatamente.

—Que continuáramos entrenando por la tarde, pero suspendiéramos el entrenamiento si hubiera una tormenta en el área.

—Lo que sucede todos los días. Todos los días a las cuatro.

—No, no todos los días. En esta época del año quizá llueva a diario. Incluso, es posible que también llueva durante algunos de nuestros partidos. Pero eso no significa que un rayo cae en el área todos los días.

El entrenador dejó de hablar y nadie más habló. El Sr. Bridges aprovechó la oportunidad para resumir la reunión.

—Entonces, estamos todos de acuerdo en proceder de la siguiente manera: necesitamos proponer esta sugerencia a los padres de familia de todos los jugadores. Si la mayoría quiere cambiar el entrenamiento a la mañana, nos pondremos de acuerdo para resolver los problemas de transporte que algunos chicos puedan tener.

La gente comenzó a murmurar y la reunión concluyó. Mi mamá agradeció al Sr. Bridges y al entrenador Warner por haber venido. Ellos salieron deprisa. Algunos padres de familia se detuvieron brevemente en la puerta para agradecerle a mi mamá, quien deliberadamente le agradeció a su vez al Sr. Donnelly delante de mi papá «por haber hablado a favor de nuestros niños». Mi papá fingió que se despedía de otra persona, pero estoy seguro de que la escuchó. Para las 8:30, todos los invitados se habían ido. Mi mamá, mi papá y yo reacomodamos los muebles en silencio y pusimos el gran salón en orden.

Mi mamá fue la primera en subir las escaleras. Me dio las buenas noches e ignoró explícitamente a mi papá. Cuando subí las escaleras, él estaba de pie, solo, junto a la chimenea, mirando hacia donde el entrenador Warner había estado sentado.

Viernes 8 de septiembre

No voy a extenderme al respecto. Sólo lo voy a decir y seguiré con mi vida.

Estaba de pie en la portería durante el entrenamiento de fútbol, deteniendo los tiros de los mejores jugadores, principalmente los chicos del octavo grado. Todos habían oído lo que el chico del suéter gris había dicho acerca de mis anteojos. Ahora me llamaban Marte. No me molesta. Me han dado nombres aún peores. Lo que importa es que soy un jugador y que todos se dan cuenta de ello. Soy su mejor portero, ¿no es así?

Ahí estaba, de pie en la portería, con la camiseta roja de portero, deteniendo tiros bastante simples. Gino estaba en la banca, hablando con el entrenador Walski. Vi como que me miraban, y entonces Gino vino corriendo.

—¡Eh, Marte! —gritó—. ¿Tu nombre es Paul Fisher?

—Sí.

—El entrenador quiere verte.

—Muy bien. —Me imaginé que esa era la señal. Esto lo haría oficial; el entrenador me diría lo impresionado que estaba con mi desempeño en la portería y más. Fui deprisa hacia la banca—. ¿Entrenador Walski? ¿Quería verme?

—¿Tú eres Paul Fisher?

—Sí, señor.

Miró su tabla y dio la vuelta a varias páginas hasta que encontró un memorándum.

—Eh, Paul, tienes un PEI, ¿es así?

—Sí, señor.

El entrenador Walski se veía incómodo.

—Lamento decirte esto Paul, pero no eres apto para el programa.

—¿Señor?

—No puedes jugar. No puedes jugar fútbol para la escuela media Lake Windsor.

—¿Qué quiere decir con «no puedes jugar»? ¡Puedo jugar! ¡Soy uno de los mejores jugadores!

—No. No, quiero decir que no eres apto para jugar. Tengo un

memorándum del Sr. Murrow en el que dice que estás en un programa especial para estudiantes con discapacidades visuales. ¿Es así?

—¿Y qué? ¡Puedo ver bien!

—Ese no es el problema.

—No entiendo de qué está hablando.

—Cada chico y cada chica en el programa tiene que estar asegurado. De lo contrario, no puede jugar. Punto. Si perdemos nuestro seguro, perdemos el programa. Lo siento, pero no hay manera de que podamos justificar la inclusión de un estudiante discapacitado en la portería, en particular ahí, donde podría recibir un golpe en la cabeza. —Me vio como si fuera una locura pensar lo contrario. Entonces agregó—: No hay nada más que decir.

—¡Sí hay más que decir! —grité—. ¡A ver si usted puede golpearme en la cabeza! ¡Vea si usted o cualquier otro aquí puede anotarme un gol! ¡Un solo gol!

El entrenador Walski dio un paso para atrás y cambió el tono.

—Paul, lo lamento. Sé que estás molesto. Sé que estás decepcionado. Pero trata de entenderlo, sería exactamente lo mismo si tuvieras un soplo cardíaco o una hernia o lo que fuera. Tengo que ser muy cuidadoso con respecto a la compañía aseguradora. Si cualquier chico tiene cualquier problema físico, tengo que reportarlo. Y sé que tu condición no es aceptable para la compañía aseguradora. De nuevo: lo lamento.

Lo lamentó aún más unos segundos después. Todavía no puedo creer lo que hice: me arrodillé en esa misma línea de banda, me quité los anteojos deportivos y empecé a llorar. No dije nada más. Sólo bajé la cabeza y lloré y gimoteé.

El entrenador Walski estaba tan perdido como yo. Ninguno de

los dos sabía qué hacer. Sólo se quedó ahí, mirándome. Oí que llamó a un asistente y le pidió que organizara una línea de ataque. El entrenador Walski se quedaba de pie, no muy lejos, y esperaba. Finalmente me detuve. Me limpié la cara con mi camiseta de portero, me puse los anteojos y caminé desde la cancha hasta el estacionamiento.

Esperé de pie en la parada de autobús hasta las cinco, cuando mi mamá llegó en el monovolumen. Mi papá estaba detrás de ella, en la Range Rover. Mi mamá bajó la ventana del lado del copiloto.

—¿Qué haces aquí? ¿Estás bien?

—Me echaron del equipo.

—¿Qué? ¿Qué pasó?

—El entrenador Walski dijo que estoy en un programa para discapacitados, por lo que me sacó del equipo.

—¡Eso... eso es intolerable! No puede hacer eso.

—Bueno, acaba de hacerlo. Dijo que no pueden asegurarme porque estoy en un programa para discapacitados. Tú sabes de lo que estoy hablando, ¿no es así, mamá?

—¿Yo? ¿A qué te refieres?

—¡Les dijiste que estoy discapacitado! Les dijiste que tengo deficiencia visual.

—Cariño, la tienes. Sólo les dije la verdad.

—Esa no es la verdad, ¡puedo ver! ¿No lo sabes? ¿Por qué llenaste ese estúpido formulario si sabes que puedo ver? Me viste jugar en Houston. ¡Me viste detener treinta veces el balón en un solo partido! ¿Parecía tener deficiencia visual en ese entonces?

—Paul, cariño, no sabía que el formulario PEI tuviera relación alguna con el equipo de fútbol. Nunca lo habría llenado si lo hubiera sabido. Sé lo importante que es para ti. Ahora escucha: tu padre va a aclarar esto con el entrenador Walski. —Apagó el motor, se bajó y fue a hablar con mi papá.

No escuché, pero supongo que le explicó la situación porque mi papá se bajó y se dirigió a la cancha de fútbol. Me quedé de pie en la parada, viendo la silueta negra de un águila pescadora cruzando lentamente el cielo hacia su nido. Llevaba algo que destellaba, reflejando el sol. Pensé: *Ahí va otro de sus koi, Sr. Costello.*

Mi mamá me miraba, pero no decía nada. ¿Realmente creía que mi papá iba a aclarar esto?

Ambos vimos a mi papá hablando con el entrenador Walski, y ambos lo vimos caminar de regreso al monovolumen. Se detuvo delante de la ventanilla del copiloto, entre mi mamá y yo, y dijo:

—Muy bien, este es el trato: tienen un problema con el seguro y no pueden poner a Paul en la portería a causa de su vista. *De todos modos,* el entrenador Walski quiere que seas el mánager del equipo. Aún no ha nombrado el mánager para esta temporada, y le gustaría que aceptaras el trabajo. Me pidió que te dijera que estarías «en el autobús». Estarías a cargo del equipo y de sus accesorios y suministros en cada partido, en casa y de fuera.

Miré la cara de mi mamá. Al menos ella sí entendió. Al menos ella sí tenía una idea.

No discutí, no había nada más que decir. Volteé a mirar a mi papá.

—No soy un aguador, papá —le dije con calma—. No soy un mánager de equipo. Soy un jugador. —Entonces subí a la parte trasera del monovolumen y nos dirigimos a casa.

—Cariño —susurró mi mamá unas millas más adelante—, ¿quieres que hable con el Sr. Murrow?

—¿Para qué? —dije.

—Para decirle que tu vista ha mejorado.

—¿Por qué? ¿Crees que sea cierto?

Continuamos el camino por un rato en silencio. Entonces me contestó.

—Sí, sí lo creo. Y recuerdo esos partidos en Houston. Fuiste el mejor portero de la liga. Estaba aterrorizada de dejarte jugar, pero resultaste ser el mejor portero de la liga. —Miré en el espejo retrovisor y noté lágrimas en sus ojos—. Paul, no puedo hacer más que pedir disculpas y prometerte que no volveré a mencionar tu vista a nadie, nunca más.

Estaba muy herido y enojado y no podía decirle que apreciaba sus palabras, que esas palabras ayudaban. Y sí ayudaban.

Viernes 8 de septiembre, más tarde

El obituario publicado por el *Tangerine Times* decía que habría un velorio para Mike Costello esta tarde, y una ceremonia privada de entierro mañana. Tenía ganas de ir. Por un lado, porque nunca había asistido a lo que mi mamá llamaba la vigilia católica. Por otro, porque estaba muy, muy triste por lo que me había pasado con el equipo de fútbol, y me daba cuenta de que Joey era la única persona que conocía que se sentía peor. Era alguien por quien yo aún podía sentir pena.

Me puse bajo presión mi traje azul, y mi mamá, mi papá y yo fuimos en el Volvo hasta la funeraria O'Sullivan en la Ruta 89. En el camino, señalé la serie de nidos sólidos de águilas pescadoras, cada uno de al menos 10 pies de diámetro, construidos sobre los cables de alta tensión.

—Deberían deshacerse de esas cosas —dijo mi papá.

—¿Por qué, papá?

—¿Por qué? Podrían producir un apagón en todo el pueblo. Es un pésimo lugar para construir un nido.

Quizás —pensé—, *pero al menos las águilas pescadoras se libran del olor del fuego subterráneo. Y sus calles no se inundan cada vez que llueve.* Me pregunté si sus nidos podían ser golpeados por rayos.

Dejamos el auto en el estacionamiento de la funeraria. Había muchos 4x4 y vehículos deportivos. Todos los jugadores de fútbol americano y muchos estudiantes del doceavo grado que conocían a Mike Costello habían venido. Erik también estaba en el estacionamiento, con un gran grupo de chicos a su alrededor, entre los que se encontraban Paige, Arthur y Tina.

A medida que caminábamos hacia adentro comencé a percibir una sensación de miedo en la boca del estómago. Nunca había visto un cadáver. Nunca había estado en una funeraria. Pude percibir un fuerte olor a flores —demasiado fuerte— cuando nos detuvimos en el vestíbulo de entrada. Había dos velorios al mismo tiempo. El de Mike Costello tenía lugar en el salón de la derecha.

Tan pronto como se abrieron las puertas de madera, pude ver a Mike Costello. Estaba dentro de un ataúd, iluminado por luces brillantes. Su lado derecho daba hacia los asistentes. El ataúd era de acero gris, con el interior cubierto de satén blanco. Yo estaba maravillado. Aquí estoy, viendo a una persona muerta, a una persona a quien había visto viva pocos días antes. Mike Costello se veía muy bien. Parecía como si

estuviera iluminado desde adentro, como si fuera una e
algún salón de la fama del fútbol americano.

No sabía cómo comportarme. Nunca antes había pa
similar, por lo tanto hice lo mismo que mi mamá y mi papa.
naron hacia el ataúd y se arrodillaron en los reclinatorios acojinado.
Pronunciaron una oración breve y se pusieron de pie. Esperé a que ter-
minaran y entonces me arrodillé en el reclinatorio, solo. De cerca, Mike
Costello no se veía tan bien. No tenía cabello del lado izquierdo de su
cabeza; tampoco tenía cabello en su mano izquierda.

Me puse de pie y busqué a mis papás. Estaban esperando detrás de
otra pareja para poder hablar con el Sr. y la Sra. Costello. Caminé y me
puse a su lado. Me sorprendió escuchar cuán superficial era la conversación. Ni siquiera hablaban de Mike. Hablaban del lago de nuestra urbanización y de lo que podría estar sucediendo con los koi. Busqué a Joey
con la mirada, pero no di con él. Vi a jugadores de fútbol americano y
a animadoras y a tipos que parecían miembros del Consejo Estudiantil
por todo el salón. El Sr. Bridges estaba ahí. También el entrenador Warner y los demás entrenadores de fútbol americano.

Cuando fue nuestro turno para hablar con los Costello, mi mamá
dijo cuánto lamentábamos el terrible accidente. Yo sólo pude murmurar
un «Lo siento» y estreché sus manos.

—A Joey le dará gusto verte —dijo la Sra. Costello—. Sé que
quiere hablar contigo, quiere preguntarte algo.

La habitación estaba casi llena, principalmente de estudiantes de
secundaria y de adultos. Sin embargo, pude ver a un grupo de chicos de la escuela media entrando, entre quienes estaba Joey. Una niña
de mi clase de matemáticas de nombre Cara, Cara Clifton, le dio un
abrazo apretado enfrente de todo el mundo. De hecho, pareció quedarse

zándolo un rato. Luego, ella y el resto de los chicos de la escuela media fueron a sentarse. Todos parecían estar haciendo lo mismo.

Joey se quedó solo por unos momentos, así que fui a encontrarlo.

—¿Cómo te va? —dije.

—Eh, Fisher. Me va, me va. ¿Cómo van los entrenamientos de fútbol?

—No lo sé. Me corrieron del equipo.

—Sí, claro, las vacas vuelan.

—No, no estoy bromeando. Realmente me corrieron.

—¡No puede ser!

—Sí, puede.

—Ah, mira, el padre acaba de llegar. Tengo que ir a sentarme, pero quiero saber más. También tengo que preguntarte algo.

Fui a sentarme con mis papás. Un sacerdote joven entró y empezó a rezar el rosario con todo el mundo. No sabíamos qué era todo eso, pero permanecimos sentados con nuestras cabezas agachadas y pronunciamos algunas de las plegarias. Luego, el sacerdote habló de Mike, de lo bueno que era. ¿Qué más se podía decir de Mike? No conozco a nadie, con excepción de Erik y Arthur, que puedan decir algo distinto. Mucha gente lloraba. Muchísima.

Después de que el sacerdote se retiró, también se retiraron algunos chicos, y algunos de los adultos se pusieron de pie y comenzaron a hablar de nuevo. Nosotros permanecimos en nuestros asientos unos momentos. El Sr. Donnelly se acercó nuevamente al ataúd y se arrodilló, cerrando firmemente los ojos, por un largo tiempo. Mi mamá señaló gente de Lake Windsor Downs: unos Tudor gris-y-blanco, unos York con camino de entrada circular. Paige hablaba con un hombre que reconocí de la reunión sobre el entrenamiento de fútbol americano. Era su padre, Arthur Bauer sénior. Mi mamá también señaló a la mamá de Tina Turreton; por su aspecto, podría haber sido la hermana mayor de Tina, se veía muy joven. Reconocí a otros padres de familia que habían asistido a la reunión en nuestro gran salón, pero no conozco sus nombres.

Después de unos minutos, caminamos al vestíbulo de entrada. Ahí es donde vi a Joey de nuevo. Con un brazo rodeaba a Clara Clifton, quien lloraba incontrolablemente; con su otro brazo estrechaba la mano del entrenador Warner. Un par de chicos del equipo de fútbol también estaban ahí, un par de pies torpes. Obviamente no se habían enterado de que yo ya no formaba parte del equipo

—¿Qué tal, Marte? —dijo uno de ellos, lo que no me importó. Ese apodo es lo único que voy a obtener del equipo de fútbol de Lake Windsor.

Kerri Gardner se acercó y puso su mano sobre el hombro de Cara. Kerri volteó a verme y dijo:

—Hola. —Después explicó a Cara que estaban esperándolas para llevarlas de regreso, por eso debían irse. Luego volteó hacia mí y dijo—: Me dijeron que eres un gran jugador de fútbol.

Simplemente me quedé en silencio, incapaz de pensar en algo para responderle. Cara se desprendió de Joey, pidió a Kerri un pañuelo, y las dos se fueron.

Joey se unió a sus padres a un lado de la puerta, donde una cola se había formado para despedirse de ellos. Debe haber sido difícil estar de pie ahí diciendo algo a cada una de esas personas, pero es exactamente lo que hicieron. Cuando mi papá y mi mamá se acercaron, los Costello comenzaron a hacerles preguntas sobre la reunión en nuestro gran salón: cómo había pasado y quién había dicho qué.

Joey retomó nuestra conversación justo donde se había quedado.

—¿Cómo es que te expulsaron del equipo de fútbol? Pensé que estabas en el autobús.

—*Estaba* en el autobús. O al menos eso pensaba.

—¿Walski te expulsó?

—Sí. No sé. Algo así. Murrow le mandó un memorándum en el que le decía que estoy en un programa para discapacitados, un programa para quienes tienen deficiencia visual. Se asustó. Dijo que perdería el seguro o algo así.

—Caramba. —Joey negaba con la cabeza—. Eso es duro. Quizá mi papá podría ayudarte a disputarlo, o algo así.

—¿Ah, sí?

—Sí, es abogado. Puede hacer una demanda. De seguro violaron tus derechos civiles. Tus papás pagan impuestos para que puedas ir a esta escuela, ¿no es así? ¿Cómo se podría prohibir que jugaras en el equipo de fútbol?

—Es cierto.

—No es tu culpa que seas un cerebrito.

—Gracias. Muchas gracias.

—Eh, sabes a lo que me refiero.

—Sí, sí.

—Oye, ¿quieres venir a la feria con nosotros mañana?

Me puse frío al oírlo decir eso.

—Ah, ¿no es mañana el funeral?

—Bueno, el funeral es mañana a primera hora. Mi mamá piensa que es una buena idea que salga y haga algo con mis amigos mañana por la tarde. «La vida debe continuar», me dijo. Sólo hemos estado haciendo cosas para organizar este funeral desde que sucedió aquello. Por eso dice que necesito salir y hacer algo para distraerme. —Volteó a ver hacia donde estaban sus padres—. Ahora están más preocupados por *mí* que por Mike. ¿Sabes a lo que me refiero?

Volteé a ver a los papás de Joey, luego a los míos.

—Entonces, ¿vienes mañana a la feria? —me preguntó de nuevo.

—Sí, seguro. Supongo. No sé nada acerca de ella. Escuché el anuncio ayer en la escuela.

—Es muy divertida, para Tangerine. Es un poco modesta, pero divertida. Divertida de una manera modesta. Te llamo mañana en la tarde.

—Sí, muy bien.

Mis papás y los Costello terminaron su conversación. Si sólo pudiera saber de qué hablaron. Debe haber sido algo serio porque mi mamá y mi papá no se dijeron nada durante todo el camino de regreso a casa.

Para mí no era un problema porque necesitaba tiempo para pensar. Vi por la ventana la noche estrellada, los cables de alta tensión y los nidos de las águilas pescadoras, y me pregunté varias veces qué le podría haber respondido a Kerri Gardner.

Sábado 9 de septiembre

La vida debe continuar, de acuerdo.

Cuando bajé las escaleras, mis papás estaban discutiendo. Mi mamá estaba sentada en un banco junto a la barra de la cocina. Mi papá y Erik estaban de pie en el umbral de la puerta, listos para salir. Erik dejaba que mi papá se hiciera cargo de la discusión.

—Mira, no hay nada de malo en que lleve a Erik al entrenamiento esta mañana.

Mi mamá claramente no estaba de acuerdo.

—No se programa un entrenamiento de fútbol americano la misma mañana del funeral del capitán de equipo.

—Es un funeral privado al que no fuimos invitados.

—Eso no importa. Se debería mostrar respeto a la familia cancelando el entrenamiento de la mañana del funeral.

Mi papá ya había escuchado lo suficiente.

—Pues el entrenador Warner no pensó que fuera apropiado, así es que no lo hizo. La temporada comienza en una semana y necesitamos estar listos.

—¿*Tú* necesitas estar listo?

—Así es. Todos los equipos de este condado están entrenando esta mañana, y nosotros también. Y ya que estamos hablando de esto, es importante que sepas que el entrenador Warner no *programó el entrenamiento para la mañana del funeral.* Los entrenamientos del fin de semana ya estaban programados. No es justo que digas que al entrenador no le importan sus jugadores, o que no le importa Mike Costello sólo porque está haciendo su trabajo.

Como mi mamá no respondió, mi papá y Erik terminaron de salir.

La última palabra de mi mamá estaba reservada para mí.

—Al entrenador Warner le importan tanto sus jugadores que los hace entrenar bajo tormentas todos los días.

Joey llamó a las 2:30. Mi mamá contestó el teléfono y ofreció llevarnos, así que Joey llegó a nuestra puerta a las 2:45. Mi mamá le preguntó cómo les había ido en el funeral y él respondió «Bien», y eso fue todo. Nos subimos al auto de mi mamá y nos dirigimos a la feria.

Tenía curiosidad de conocer el pueblo de Tangerine. Desde que llegamos, hemos ido a todos lados excepto ahí. Hemos ido hacia el oeste al supermercado, hacia el sur al centro comercial, hacia el norte a la escuela, pero nunca hacia el este al pueblo. En camino por la Ruta 89, Joey anunció:

—Mi papá me dijo que todo esto solía ser huertas de tangerinas que se extendían hasta donde alcanzaba la vista. Era la capital mundial de las tangerinas.

Mi mamá salió de la autopista, tomando la Ruta 22 y condujo hacia el este a través de huertas de cítricos. El aire estaba cargado de un aroma maravilloso.

—¿A qué huele? Qué asco —dijo Joey.

—Estás loco —dije—. Me gusta mucho ese olor. Viene de los cítricos, deben estar floreciendo. ¿No es así, mamá?

—No lo sé —dijo mi mamá.

Condujimos una milla más. Pasamos por un grupo de casas de color verde limón hechas de bloques de cemento.

—Mira el color, mamá —dije—. Deberías notificarlo al Comité de Arquitectura.

A mi mamá no le hizo gracia.

—Esto no es una urbanización, Paul.

—Entonces, ¿por qué todas las casas son del mismo color?

Mi mamá se quedó pensando.

—Quizá tengas razón. Quizá se trata de algún tipo de urbanización antigua. Quizá los dueños de la planta de embalaje construyeron esas casas para sus trabajadores —respondió.

—Los trabajadores migrantes.

—No, no lo creo. Los trabajadores migrantes vienen, pasan unas semanas recolectando fruta y luego se van. Debe haber habido trabajadores permanentes, embaladores de cítricos que vivían aquí todo el año. Como decía Joey, esta era la capital mundial de las tangerinas... Ahora la industria de las tangerinas está muerta. Mira. Hacia allá. Es la vieja planta de embalaje.

Era extraño ver una vieja planta de embalaje, ver cualquier cosa que fuera vieja. Pero también era reconfortante saber que hay algo aquí que tiene historia. Que algo de hecho pertenece aquí.

Tiene sentido. Entiendo cómo funcionaba: los embaladores de cítricos caminaban desde esas casas verde limón de bloques de cemento hacia la planta de embalaje, esa enorme y magnífica estructura. Debe haber sido construida, ladrillo rojo tras ladrillo rojo, para convertirse en el edificio más majestuoso que los trabajadores hubieran visto, una especie de catedral europea.

¿Por qué la cerraron? ¿Cuándo dejó de funcionar? ¿Quién tuvo la culpa? Quizá la gente que vivía en las casas verde limón se cansó de caminar cada mañana hacia ese edificio. Quizá dejaron de ver lo magnífico que era. Y todo acabó, por completo. La capital mundial de las tangerinas está ahora en otro lado.

No vimos mucho más del pueblo porque, de repente, justo delante de nosotros, aparecieron las atracciones y las carpas de la feria. «Modesta» era un cumplido para describirla. Se encontraba en un gran campo de tierra, al lado de un anuncio que decía MERCADO DE PUL-

GAS DE TANGERINE, TODOS LOS DOMINGOS. Mi mamá nos dejó en el estacionamiento, que era otro campo de tierra a un lado del camino.

—¿Están seguros de que quieren entrar? —preguntó.

—¡Sí! —Joey se rio. Quizá pensó que mi mamá estaba bromeando. Mi mamá suspiró.

—Está bien. ¿A qué hora quieren que pase por ustedes?

—No sé. Joey, ¿qué dices? ¿A las siete?

Joey lo pensó un poco.

—Sí, está bien.

—Muy bien —dijo mi mamá—. Los veo aquí mismo, exactamente en este lugar, a las siete. Cuídense.

—Por supuesto, mamá. Adiós.

Mientras esperábamos para cruzar la transitada calle, Joey me dio un pase de descuento.

—Me los dio el entrenador Walski —dijo.

Justo a la entrada, vi a un grupo de chicos con un balón de fútbol. Eran buenos. Tres hacían dominadas con el balón, como Tommy Acoso, pero además se lo pasaban entre ellos. Me detuve a verlos y un chico me llamó.

—¡Ey! ¡Dame uno de esos pases!

—Sólo tengo uno —dije.

—¿Sí? Pues sólo necesito uno. Dámelo.

Joey me tomó del codo y me sacó rápidamente de ahí.

—Vamos, no te metas con esos tipos. Son de la escuela media Tangerine.

—¿Y?

—No hables con ellos y no voltees a verlos. —Entregamos nuestros billetes y pasamos por un torniquete—. En la escuela media Tangerine tienen pandillas. Hay chicos con pistolas. Pandilleros de verdad. Algunos tienen incluso AK-47s.

—No es posible.

—Está bien, no me creas, pero no te metas con ellos porque yo no voy a rescatarte.

Caminamos rápidamente delante del pulpo y de otra atracción que parecía un hacha balanceándose como un péndulo.

—¡Ahí están! —dijo Joey en voz alta—. ¡Cara y Kerri y los demás!

Yo estaba emocionado. Había estado deseando en secreto que esto sucediera. Cara se acercó e inmediatamente rodeó a Joey con el brazo. Desafortunadamente, nadie, Kerri incluida, me hizo caso. Los otros tres chicos, a quienes conocía un poco porque los había visto en algunas clases y en la cafetería, hablaban de ir a un circo de monstruos en la parte posterior de la feria. Cara y Kerri decían cosas como «¡puaj!, qué asco» y «de ninguna manera».

Todos quedamos decepcionados una vez que entramos al circo de monstruos, que se llamaba Maravillas del Mundo. Todos menos yo. Estaba realmente fascinado vagando por los diferentes cuartos oscuros de la exhibición. Había principalmente fotografías, pero también algunas estatuas de cera. Las piezas tenían nombres como La Mujer con un Tercer Ojo, El Hombre Búfalo, y La Fräulein Congelada.

Perdí al resto del grupo cuando me detuve a leer acerca de El Niño que Nunca Creció. Según el rótulo, el niño dejó de crecer a los cinco años, pero vivió hasta los noventa y nueve. Y, a pesar de que fue atendido por los mejores doctores de Europa, sigue siendo un misterio hasta ahora. Nadie nunca pudo descubrir qué le causó esta extraña enfermedad. Miré de cerca sus ojos en la foto por mucho, mucho tiempo.

Cuando salí de las Maravillas del Mundo, parpadeando bajo el sol, mis compañeros se habían ido. Los chicos con el balón de fútbol a quienes había visto en la entrada, seguían ahí, esperando para entrar. Estaban muy ocupados dándose golpes de karate y no me vieron.

Di vuelta a la izquierda y me dirigí a la gran rueda doble de la fortuna. Vi cómo la llenaban, asiento por asiento. La rueda se movió y vi a Cara y Joey juntos en uno de los asientos. Se movió de nuevo y vi a Kerri sentada con Adam, uno de los chicos del grupo. Un chico que no usa anteojos y que sabe hablar bien. Me di la vuelta y caminé hasta que me detuve, más adelante, en un puesto de raspados. Después de estar media hora solo, me uní de nuevo al grupo. Nadie había notado que yo había desaparecido. Kerri terminó yendo a la oruga, acompañada nuevamente de Adam. Yo no me subí a ninguna atracción.

Finalmente, dieron las siete. Fui a la entrada y pude ver que mi mamá ya estaba en el estacionamiento. Joey me hizo esperarlo diez minutos, luego llegó corriendo.

—¿Listo? —dijo.

—Sí, desde hace rato.

Atravesamos la calle y nos subimos al auto de mi mamá, que tenía el aire acondicionado encendido.

—¡Vean eso! —gritó mi mamá.

Volteamos y vimos a la pandilla de chicos futbolistas de la escuela media Tangerine subiendo a la parte de atrás de una camioneta Ford clásica de color verde claro.

—¡Guau! Qué buena camioneta —dijimos Joey y yo, casi al mismo tiempo.

—¡No!, ¡no! —continuó mi mamá—. Mira la camioneta y dime qué está mal.

Lo miramos de nuevo y noté las palabras HUERTAS TOMAS CRUZ, TANGERINE, FLORIDA escritas en la puerta.

—¿Que la palabra Tomás está mal escrita?

—¡Paul! —dijo bruscamente—. ¿No puedes tomar en serio mis preguntas?

—Lo estoy haciendo.

Mi mamá señaló al grupo de chicos que ahora se dirigía hacia la salida.

—¡Cinturones de seguridad! No están usando cinturones de seguridad. Ninguno de ellos. ¿Y cómo podrían hacerlo? Están sueltos en la parte trasera de esa camioneta como si fueran un montón de *golden retrievers*.

—Bueno, es problema de ellos, ¿no?

—¡No, no es problema de ellos! Están violando la ley. ¡Un buen brinco de la camioneta y todos se romperán el cuello! ¿Para qué nos molestamos en hacer leyes de seguridad? La gente, de todas maneras, va a echar a seis niños en la parte de atrás de una camioneta y los va a llevar por la autopista.

Mi mamá condujo en silencio durante todo el camino a casa —enojada a causa del conductor de la camioneta—. No es muy difícil hacerla enojar últimamente. Yo también me sentía miserable —por Kerri, por el fútbol, por mi vida en este lugar—. Recordé la cara de El Niño que Nunca Creció, la cara de ese niño pequeño de noventa y nueve años. Recordé el miedo en sus ojos. Conozco ese miedo. Es mi miedo. Deberían ponerme ahí, al lado de él.

Una imagen me vino a la mente, asquerosa pero satisfactoria. Podía dejar de tratar de ser como todos los demás y aceptar que soy raro.

Se podría abrir una nueva exposición en la que yo sería la estrella. Una exposición moderna llamada Los Niños que Desobedecieron. El Niño con Calambres en el Estómago, quien fue a nadar después de comer. El Niño de la Puerta del Refrigerador, encerrado por siempre para conservarse fresco. Y El Niño Eclipse, estudiado por los mejores doctores de Europa, pero un misterio hasta el día de hoy.

Lunes 11 de septiembre

Anoche me quedé despierto un largo rato, escuchando la lluvia. Aún estaba lloviendo cuando mi mamá me dejó en la caseta de vigilancia. Me acomodé al lado de Joey, pero ninguno de los dos tenía mucho que decir.

La escuela media Lake Windsor es un lugar muy incómodo cuando llueve. Cientos de chicos se amontonan en los pasillos durante los recreos. Los que tienen paraguas los golpean con los de los otros. Los que no tienen paraguas se quedan aterrorizados por estar atrapados bajo una lluvia fría y torrencial, detrás de los que sí tienen paraguas, e incapaces de moverse.

Yo era uno de los chicos con paraguas, a pesar de que los chicos más *cool* no los llevan. Claro, los chicos más *cool* tampoco necesitan quitarse los anteojos y secarlos para poder ver de nuevo.

Seguía lloviendo a cántaros durante el tercer periodo cuando un chico entró a mi clase de matemáticas en la P-19. Estaba empapado y tenía uno de esos pases de madera. El profesor, el Sr. Ward, me llamó al frente.

—Te necesitan de inmediato en la oficina del Sr. Murrow —me dijo.

Compartía mi paraguas con el chico del pase mientras cruzábamos el océano de lodo y nos apurábamos al edificio principal. Cuando llegamos a la oficina del Sr. Murrow, descubrí que la Sra. Gates y el entrenador Walski estaban de pie con él, junto al escritorio. En la pared de enfrente, alineados en un banco largo, estaban Joey, Adam y los otros dos chicos del grupo con quienes estuve en la feria. Fui allá y me senté con ellos.

El Sr. Murrow comenzó a hablar. Estaba enojado.

—Chicos, quiero que me digan exactamente qué sucedió en la feria el sábado. —Hizo una pausa y agregó—: Todos ustedes estuvieron en la feria el sábado, ¿no es así?

Nadie respondió hasta que Joey alzó la voz y dijo:

—Sí, señor. Ahí estábamos.

Joey no dijo nada más, así que el entrenador Walski intervino.

—Sabemos que estuvieron ahí, chicos, porque les di pases. Es por eso que estamos todos aquí en la oficina del Sr. Murrow. Pues bien, quizá no tengan idea de qué se trata todo esto, así que les voy a explicar. El sábado, la Sra. Gates recibió una llamada del Departamento del Sheriff.

El Sr. Murrow continuó el relato. Su tono era ahora más razonable, parecido al del entrenador Walski.

—El Departamento del Sheriff del Condado de Tangerine recibió una queja de los dueños de la feria porque una de sus exposiciones fue vandalizada por chicos de un equipo de fútbol. Hablaron con la Sra. Gates y le pidieron ayuda para descubrir exactamente lo que había pasado con la exposición... —Echó un vistazo en una hoja de papel para confirmar el nombre— «Las Maravillas del Mundo».

—Eh, no hicimos nada malo —respondió Joey rápidamente—. Estuvimos en la exposición, sí. Pero no le hicimos nada.

Todos en el banco estuvieron de acuerdo, excepto yo. Supe inmediatamente qué había pasado, y quién lo había hecho. En realidad no quería delatar a los chicos futbolistas, pero yo era el único que los había visto entrar. Tenía que hacerlo. Levanté la mano sin entusiasmo y dije:

—Creo que sé quiénes lo hicieron.

Los tres adultos voltearon a verme.

—Muy bien, ¿quiénes lo hicieron? —dijo el Sr. Murrow.

—Cuando salí de la exposición, vi a un grupo de chicos de la escuela media Tangerine entrando. Me parece que eran jugadores de fútbol.

—¿Por qué piensas eso?

—Bueno, señor, tenían un balón de fútbol.

Los tres adultos se miraron y sonrieron. Nosotros sentimos un poco de alivio.

—Sí, yo también vi a esos chicos, a la entrada y a la salida —dijo Joey—. No eran buena gente, sin duda.

—¿Reconociste a alguno de ellos de nuestro partido del año pasado? —preguntó el entrenador Walski a Joey.

—Claro —dijo Joey con certeza—. Eran definitivamente de ese equipo. Creo que todos eran titulares. Nunca los vi entrar al Circo de los Monstruos, por eso no supe al principio de quiénes estaban hablando. Pero sí, definitivamente son ellos a quienes están buscando.

La Sra. Gates se veía aliviada y contenta.

—Muchas gracias, chicos —dijo—. Supongo que hemos resuelto el misterio. Me gustaría que todos fueran tan fáciles de resolver.

—Me alegra saber que se trata de un caso de identidad equivocada —agregó el Sr. Murrow—. Nunca pensé que ustedes hubieran hecho algo así. Muy bien, ahora pueden regresar a clases. Y, gracias a usted también, entrenador Walski.

—Conozco a la entrenadora de la escuela media Tangerine —le respondió el entrenador Walski—. Su nombre es Betty Bright. Llame Betty y cuéntele lo sucedido. Ella se encargará de encontrar a esos chicos.

El Sr. Murrow tomó el teléfono al tiempo que nosotros salíamos al corredor.

Nadie dijo nada. Cuando llegamos a la puerta que da al exterior, pregunté a Joey si quería caminar conmigo bajo mi paraguas. Adam y los otros dos chicos eran demasiado *cool* para usar paraguas, así que se fueron corriendo bajo la lluvia hacia sus portátiles.

Me quedé inmóvil cuando salimos del edificio, justo al inicio de los senderos de madera. Este asunto empezaba a molestarme, así que dije a Joey:

—¡Uf!, delatamos a esos chicos.

—Sí, ¿y qué? —Joey parecía desconcertado—. Nunca sabrán que fuimos nosotros.

—¿Ah, no? Quién sabe qué es lo que Murrow le va a decir a la tal Betty Bright. Podría darle nuestros nombres.

—No hay manera. No es como si estuviéramos testificando en una corte o llenando un acta notarial. Nuestros nombres no están escritos en nada.

—Escúchate. Pareces abogado.

—¡Oh, déjame en paz, Fisher! ¿Quieres que te castiguen por algo que no hiciste?

—No.

Joey hizo una pausa y luego me preguntó:

—¿Por qué te separaste del grupo en la feria?

—No sé. —También hice una pausa y finalmente dije—: Ese chico, Adam, ¿está saliendo con Kerri Gardner? ¿Es así?

—¿Adam? Adam es un cerebrito.

—¿Y eso qué significa? ¿Está saliendo con ella o no?

—No que yo sepa. ¿Por qué? ¿Quieres salir con ella?

—No, ¿por qué querría?

—Bueno, eh, obviamente le gustan los cerebritos. ¿Por qué no querrías?

Me quedé inmóvil, tratando de pensar en una respuesta cuando, de repente, oí un zumbido, parecido al sonido que hace una lata de cacahuates sellada al vacío cuando la abres. Luego, el agua café que había encharcado todo el campo, empezó a moverse. Empezó a correr hacia las portátiles posteriores, como si alguien hubiera quitado el tapón a una bañera gigante. Luego vino un chasquido prolongado. Los tablones empezaron a resquebrajarse y el lodo debajo de los senderos empezó a moverse hacia aquel drenaje de bañera gigante.

Una tras otra, las puertas de las portátiles se abrieron y los profesores miraron hacia afuera, hacia la lluvia intensa, tratando de encontrar la causa de tanta conmoción. El Sr. Ward abrió la puerta de la portátil 19. Salió al porche y miró hacia la parte posterior. Del otro lado del campo, los chicos de la portátil de la Srta. Álvarez salieron, con sus pertenencias, formando una línea recta, como tendrían que hacerlo en un simulacro de incendio. Otros maestros lo vieron y comenzaron a sacar a sus alumnos. De repente, se produjo un sonido más fuerte. Un zumbido más alto hizo que todos giraran la cabeza y dirigieran los ojos, abiertos de par en par, hacia aquel campo azotado por la lluvia. Entonces, los senderos comenzaron a dar tirones hacia arriba y hacia abajo produciendo ruidos de rompimiento espantosos.

De inmediato, los chicos empezaron a gritar y saltar por encima de los barandales, aterrizando en aquel lodo que les llegaba hasta las rodillas. Entonces, se escuchó un nuevo zumbido y chasquidos más violentos. Luego, cada uno de los estudiantes de séptimo y de octavo grado comenzó a salir en masa de las portátiles, algunos todavía con calma, otros en pánico.

En un instante había un caos total en la última fila de portátiles, las que estaban más cerca del estadio de fútbol americano, porque habían empezado a moverse y a romperse en pedazos. Los chicos salieron precipitándose, llenando las puertas, empujando a otros chicos por la espalda, arrojándolos a los senderos que se derrumbaban. Unos a otros se arrojaron a la avalancha de lodo que ahora se movía en círculo alrededor de ellos.

—¿Qué es esto? —grité a Joey—. ¿Un terremoto?

—¡No! ¡Socavón! ¡Es un socavón! Se está abriendo debajo del campo. ¡Mira la 19!

Me volteé hacia allá y vi la portátil entera siendo tragada por el lodo, con el techo a la altura en la que deberían estar los escalones del porche.

—¡Es mi aula de matemáticas! —grité.

—¡Todos deben estar atrapados ahí dentro! —gritó Joey por encima del estruendo.

Ni siquiera lo pensé.

—¡Vamos! —le grité.

Nos deshicimos de mi paraguas y saltamos fuera del camino al mismo tiempo que la primera ola de chicos en pánico alcanzaba el edificio. Nos abrimos paso entre la multitud de chicos, que gritaban y se agolpaban en la puerta. Caminando con cuidado, chapoteamos abriéndonos camino en el lodo hasta llegar a la portátil 19.

Nos unimos a unos estudiantes de octavo formando una especie de brigada de rescate que se extendía desde el campo hasta el socavón. Tomaban de la mano a los chicos atrapados en la portátil y los jalaban, uno por uno, hasta la orilla del socavón. Algunos de ellos deben haber estado a diez pies por debajo del nivel del suelo en ese momento, en tanto que el socavón seguía haciéndose más profundo y amplio. El lodo seguía formando una espiral rápida alrededor de nosotros, moviéndose en el sentido de las agujas del reloj.

Sin chicos, la portátil 16 se desplomó de repente, empezando por el techo, hasta el fondo del hoyo. Las portátiles 20 y 21 se balanceaban al borde del cráter, listas para desaparecer.

Joey y yo clavamos los talones en el lodo, a medio camino del fondo del hoyo, ayudando a los chicos que trataban de subir por la pendiente resbalosa. Algunos estaban tan asustados que no querían soltarnos, pero nos deshacíamos de ellos de todas maneras pasándolos al siguiente chico en la línea. Perdí el equilibrio dos veces y me caí en el lodo, pero logré enderezarme rápidamente. Mis anteojos estaban tan llenos de lodo que no podía ver nada con claridad. Había sacado a veinte chicos cuando escuché al Sr. Ward gritando.

—¡Muy bien! ¡Ya estamos todos! ¡Salgamos de aquí!

Quienes estábamos a la mitad de la fila ayudamos a los del fondo a salir. Luego, ellos nos ayudaron a nosotros a salir. Oí al Sr. Ward gritar de nuevo.

—¡Se están hundiendo las 17 y 18!

Y escuché los sonidos de las portátiles 17 y 18 partiéndose en pedazos.

El zumbido era cada vez más fuerte y tuve miedo por primera vez, miedo de que todos fuéramos tragados y ahogados por el lodo. Formamos un grupo compacto, asidos unos de otros, y atravesamos aquel campo de agua turbia en movimiento y tablas de madera despedazadas.

Finalmente entramos a empujones al edificio, lejos de la lluvia. Intenté limpiar mis anteojos usando mi camiseta empapada y sucia. No había manera de hacerlo. Alguien me arrebató los anteojos de las manos. Era un chico robusto, con una toalla, y empezó a limpiarlos.

—¡Marte, amigo! Muy buen trabajo allá afuera —dijo. Yo conocía esa voz.

—Gracias, Gino —dije, y él me puso los anteojos con cuidado.

—Es una lástima lo que hicieron contigo, Marte. También se lo dije al entrenador Walski. Eres el mejor portero cuatrojos marciano de séptimo grado de todo el condado —dijo.

—Gracias, Gino, de verdad.

Cuando se retiraba, con la toalla, se volteó hacia mí y agregó:

—Deberían haber hecho una excepción contigo, Marte. Las hacen con *otros* chicos, con muchos, por eso deberían haberla hecho también contigo.

Vi a Gino dirigirse hacia el mar de chicos lodosos y miserables.

Comenzamos a escuchar el sonido de sirenas afuera. Entonces, los altavoces resucitaron con un tronido. «Les habla la Sra. Gates. Estamos en medio de una emergencia extrema. Por favor, escuchen con atención y hagan exactamente lo que les digo. En primer lugar, cualquier estudiante herido debe venir inmediatamente a las oficinas. Ningún estudiante que *no* esté herido debe intentar venir a las oficinas en este momento. Los demás estudiantes deben ir con calma y sin hacer ruido a las paradas de autobuses vespertinos o a los lugares donde son recogidos normalmente. Los autobuses escolares están en camino para llevarlos a sus casas ahora. Quienes no puedan ir a casa ahora, deberán salir por la puerta principal y caminar al gimnasio de la escuela secundaria».

La Sra. Gates repitió el mismo discurso dos veces más en tanto yo trataba de salir por la puerta principal y dar vuelta a la izquierda para ir a mi parada de autobús. Ahí me encontré a Joey de nuevo. Dijo que había oído que las oficinas estaban llenas de chicos con piernas y brazos rotos.

Un conjunto de ambulancias, patrullas de policía y camiones de bomberos dio vuelta en el camino de entrada. La lluvia continuaba cayendo, martilleando a los chicos que caminaban arduamente hacia el norte, rodeando el estadio de fútbol americano, rumbo al gimnasio de la escuela secundaria.

Nuestro autobús se detuvo en la rotonda y subimos a él paciente y educadamente, bañando con lodo el pasillo y los asientos. El conductor del autobús dijo que tenía instrucciones de llevarnos a todos hasta las puertas de nuestras casas.

Yo estaba temblando y los dientes me castañeteaban cuando llegué a casa. Pasé al garaje por la puerta lateral y fui al cuarto de lavado. Me despegué la camisa, calcetines, zapatos y pantalones y los arrojé en la lavadora. Luego, con sólo mis bóxers puestos y manchado de lodo de pies a cabeza como uno de esos tipos de la selva amazónica, entré a casa para contarle a mi mamá lo sucedido.

Lunes 11 de septiembre, más tarde

A las cuatro en punto mis abuelos llamaron desde Ohio para decirnos que estábamos en el noticiero nacional —en CNN—, así que mi mamá sintonizó el canal. Había ya un helicóptero transmitiendo en vivo que mostraba el campus entero, para luego enfocar en el campo de portátiles y el punto exacto del socavón.

Estaba sorprendido, e incluso un poco desilusionado, por lo pequeño que era el cráter: medía sólo unas cincuenta yardas en diámetro. Me sorprendió saber que sólo una docena de chicos había sido llevada al Centro Médico del Condado, y por heridas menores. Nadie había muerto. Ni siquiera una persona había sido retenida en el hospital para observación.

Las noticias locales de las seis de la tarde comenzaron con la misma toma del helicóptero. Pero también habían entrevistado a la Sra. Gates, al Sr. Ward, al sheriff y a un grupo de chicos de octavo grado que habían estado en la brigada de rescate de la portátil 19.

A ellos siguió una geóloga de la Universidad de Florida, la Dra. Judith Algo, quien explicó que la cantidad de desagüe de tormenta (es decir, de lluvia), que era mayor de lo normal, había creado una caverna subterránea y causado que esta se desplomara posteriormente. Cuando colapsó, todo lo que había en la superficie también colapsó; en este caso, el área que contenía las portátiles 16 a 21.

La razón por la que este socavón había causado tanto daño en la escuela era que todas las portátiles estaban interconectadas por senderos de madera. Oh, sí, no me digas. ¡Tantos crujidos y rompimientos! Ningún noticiero podría reproducir cómo era estar ahí.

Mi papá llegó enojado e inquieto. Los reporteros habían estado llamando a su oficina, el Departamento de Ingeniería Civil, preguntando por qué una escuela había sido construida encima de una caverna tan grande. El viejo Charley Burns no estaba en la oficina porque había ido a una carrera de autos trucados, por lo tanto a mi papá le había tocado lidiar con el problema. Mi papá buscó los levantamientos geológicos del campus de Lake Windsor, pero no pudo encontrarlos. Tuvo que decir a los reporteros que no sabía dónde estaban. Un reportero incluso se atrevió a preguntarle: «¿Cómo es que no sabe lo que hay en su oficina?». Mi papá estaba particularmente enojado por eso.

Las noticias de las once pasaron los mismos reportajes. Fue entonces que recibí una llamada de Joey

—Escuché que toda una clase de Economía Doméstica quedó enterrada viva en la portátil 18. Pero no nos lo quieren decir.

—No puede ser. ¿Quién te lo dijo?

—Cara.

—Es una histérica.

—Sí, tienes razón, lo es. Tengo que irme. —Y colgó.

Yo también tengo que irme. Estoy agotado. Pero me siento bien por lo que hice hoy.

Enfrenté el peligro, quizá incluso la muerte. Cuando el desastre nos sorprendió, todos hicimos algo. De alguna manera todos tuvimos que convertirnos en alguien. No estoy diciendo que yo haya sido un héroe. Todo lo que hice fue deslizarme en el lodo y tratar de sacar gente del hoyo. Pero no me asusté y tampoco salí corriendo.

Aún tengo miedo de Erik. Ahora, además, tengo miedo de Arthur. Pero hoy no me comporté como un cobarde, y eso debe contar para algo.

Martes 12 de septiembre

El *Tangerine Times* publicó un suplemento especial sobre el socavón de la escuela media Lake Windsor. Las fotografías eran espectaculares. Había una de los senderos de madera despedazados y repartidos por todos lados, parecía que Godzilla había pasado por ahí.

El periódico contenía una carta de la Sra. Gates dirigida a los padres de familia de los alumnos de séptimo y octavo grados. Deberemos acudir a una reunión sobre el desastre el viernes por la noche a las siete y media en el gimnasio de la escuela secundaria. La carta decía que «las autoridades del estado y del condado cuentan con asistir» y que, además «están trabajando en este mismo momento en un plan de reubicación de emergencia que será presentado durante la reunión».

Apuesto que sí. Piénsalo: hay 25 portátiles hechas pedazos, completamente inservibles. Digamos que hay 25 chicos asignados a cada una de esas portátiles. Y cada chico tiene 7 clases al día. Eso significa 625 chicos y 175 clases para reubicar. Fantástico.

Me impactó leer que los alumnos de sexto grado tendrían que volver a la escuela el jueves. ¡El jueves! El edificio principal de la escuela media y todos los edificios de la secundaria habían sido calificados como «estructuralmente seguros» por un equipo de ingenieros reunidos rápidamente por el viejo Charley Burns. Resulta que el viejo Charley estaba en Daytona, pero ya regresó. Y «se está haciendo cargo del caso él mismo». (Estoy seguro de que mi papá no tiene ningún problema con que sea así, no quiere tener nada que ver con el asunto o con el viejo Charley).

El campo de portátiles, por supuesto, fue clasificado como zona de desastre. Los ingenieros incluyeron en ella todo lo que estuviera «dentro de un radio de cien yardas del punto focal del socavón», que se encontraba justo debajo de la portátil 19. El área incluía todas las portátiles, por supuesto. Pero, hacia el sur, también incluía una esquina de la cancha de fútbol y todo el diamante de la de béisbol. Hacia el norte incluía casi toda la gradería del estadio de fútbol americano de la escuela secundaria que quedaba del lado de la escuela media.

Hay espacio adicional del lado sur, así que la cancha de fútbol puede ser reubicada. ¿Y la gradería con marcos de acero, de treinta filas de alto y de cien yardas de largo? Esa no va a poder ser movida a ningún lado, punto. El estadio de fútbol americano acaba de perder la mitad de su capacidad. Y Erik Fisher, el pateador-que-pronto-será-famoso, acaba de perder la mitad de su público.

Jueves 14 de septiembre

Mi papá es el nuevo Director de Ingeniería Civil del Condado de Tangerine.

Sucedió rápidamente. El Canal 2 transmitió un reportaje especial de *Eyewitness News* acerca del viejo Charley Burns anoche a las seis. Mi papá había sido nombrado para el puesto del viejo Charley Burns al mediodía de hoy.

El equipo de *Eyewitness News* hizo un trabajo espectacular. Resulta que durante el boom inmobiliario multimillonario del oeste del Condado de Tangerine durante los últimos diez años, el departamento del viejo Charley nunca negó *un solo* permiso. Tampoco mandaron inspectores. Permitieron que los desarrolladores contrataran a sus propios inspectores e, incluso, llenaron sus propios reportes de inspección. Dejaron, además, que los constructores hicieran sus propios levantamientos geológicos, incluyendo el del campus de Lake Windsor, el mismo que mi papá no podía encontrar. Y mantuvieron «el código de construcción más laxo de Florida en lo que se refiere a métodos y materiales de construcción».

Entonces, ¿qué estuvo haciendo el viejo Charley en lugar de inspeccionar los nuevos planes de desarrollo? Según el equipo de *Eyewitness News,* «se había estado dando la gran vida, ya fuera en un partido de los Gators de Florida o en una carrera de autos trucados». La Asociación de Exalumnos de la Universidad de Florida incluía al viejo Charley en su lista de contribuidores bajo la categoría «*Bull Gator*». Tenía, incluso, su propio palco. También en Daytona. Y era un huésped de honor en Talladega, en el Circuito de Carreras de Autos de Charlotte y en otros circuitos de carreras más por todo el Sureste.

Según el narrador del equipo de *Eyewitness,* «Charley Burns se daba la gran vida aun cuando su salario era el de un servidor público. Entonces, ¿de dónde provenían los palcos, los viajes costosos, las contribuciones considerables? De los constructores: sin reportarlo, extraoficial, bajo mano. Querían que Charley Burns no se entrometiera, por eso lo mandaban a Charlotte o a Darlington o a Talladega. Mientras que no estaba, los Estates at East Hampton, las Villas at Versailles y Lake Windsor Downs, además del complejo de la escuela media y la secundaria, fueron construidos. Sin supervisión, sin control y sin condiciones de seguridad».

Para cuando el reportaje había concluido, el viejo Charley estaba aniquilado. No había quedado suficiente polvo de Charley Burns en el suelo para barrerlo. Al principio, mi papá dijo que le preocupaba «ser medido con la misma vara». Pero un comisionado del condado lo llamó justo después de la transmisión y habló con él por más de una hora. Luego, como dije, le dieron el trabajo hoy mismo.

Oí a mi papá prometer al comisionado que «todo nuevo terreno para construcción será completamente inspeccionado y regulado de ahora en adelante». Supongo, entonces, que es el fin del boom inmobiliario multimillonario del oeste de Tangerine. El final de una época. La época del viejo Charley Burns.

Mi papá nunca mencionó al viejo Charley en su conversación con el comisionado. Tampoco lo mencionó cuando nos contó a mi mamá, a Erik y a mí de la oferta de trabajo.

Muy bien, es el fin de una época. Y es como si el viejo Charley Burns —el director anterior, el fanático de las carreras de autos, el personaje— ya no existiera.

Pero así es mi papá. O eres el centro de su atención o no existes. No hay punto medio.

Ahora, es la época de mi papá.

Viernes 15 de septiembre

Mi mamá y mi papá y yo fuimos a la escuela secundaria esta noche para enterarnos del plan de reubicación de emergencia. Esperaba que nos dijeran que estaríamos sin clases por uno o dos meses, o hasta seis.

Supongo que todos pensamos lo mismo porque mi mamá había estado llamando a todas las escuelas privadas del área. Estaba tratando de convencerme de que me inscribiera en una escuela católica que se llama St. Anthony donde los chicos tienen que vestir con pantalón azul, camisa blanca y corbata azul.

Mi mamá me quería convencer, pero yo no estaba convencido.

—Mamá, no somos católicos —señalé.

—Eso no importa. Hablé con la directora, la hermana Mary Margaret. No tienes que ser católico para ir a clases. Sólo es una coincidencia que la escuela sea católica.

—¿Qué quieres decir? ¿Que es sólo una coincidencia que sean católicos todos los que estudian ahí?

—Quizá no lo sepas todo, Paul. ¿Podrías prestar atención a lo que digo? Diez por ciento de los estudiantes no son católicos. Y la hermana me dijo que han recibido una gran cantidad de llamadas de la escuela media Lake Windsor, así que estudiarías con chicos que conoces.

—Hay unos tres chicos que puedo tolerar de la escuela media Lake Windsor.

—Bueno, puedo apostar a que los padres de Joey ya llamaron a esa escuela.

—De seguro. Y yo puedo apostar a que, además, los papás de Joey saben lo que es un rosario.

—Me parece que esta discusión es un poco prematura, ¿no les parece? —mi papá intervino de golpe—. Los oficiales de la escuela dicen que tienen un plan listo. Escuchemos lo que tienen que decir y, hasta entonces, mantengámonos tranquilos y en paz.

Mi papá está estresado al máximo a causa de este asunto del socavón. Su departamento recibe docenas de llamadas de revistas y de agencias de noticias y de productores de televisión. Ha hablado con gente de lugares tan lejanos como Australia y Japón. Palabras más, palabras menos, a todos les dice lo mismo: «Es culpa del viejo Charley Burns. El viejo Charley ya no está».

Es por eso que los comisionados del condado quieren que mi papá esté con ellos hoy en la noche en el estrado. Quieren que todos entiendan el mensaje: «Es culpa del viejo Charley Burns. El viejo Charley ya no está».

Cuando llegamos a la escuela secundaria, había alrededor de mil padres de familia y chicos entrando al gimnasio. Vimos a los Costello bajando del Jeep.

Mientras nuestros padres se hablaban, Joey se dirigió a mí.

—Mira, algunos de esos cerebritos todavía tienen lodo embarrado —murmuró.

—¿Viste las noticias? —dije.

—Sí. ¿Puedes creerlo? Si no nos hubiéramos ido a casa en el autobús, habríamos aparecido en televisión con el Sr. Ward y el resto de la «brigada de rescate», ¿te imaginas? Estarían haciendo una película sobre nosotros.

—Sí, claro.

—Seríamos héroes. —Joey desvió la mirada. Apretó la mandíbula y agregó—: Mike habría estado orgulloso de lo que hicimos, te lo aseguro.

—Sí, estoy seguro de que así habría sido.

—Bien, tenemos que entrar. Te veo mañana.

—De acuerdo.

Nos separamos de los Costello y nos dirigimos al gimnasio. No había asientos. La gradería no había sido desmontada, así que todo el mundo tuvo que mantenerse de pie. Caminamos tan adentro como fue posible y nos detuvimos a unas veinte yardas del pequeño estrado.

Mi papá encontró al comisionado del condado que le ofreció el puesto de Charley Burns. El comisionado era un tipo grande, con una gran panza y una gran cabeza calva. Mi papá lo saludó con la mano, y con tenacidad logró llegar al estrado y ponerse a su lado. Mi mamá y yo nos quedamos abajo.

Después de unos cuantos minutos, la Sra. Gates se acercó al micrófono y le dio una palmada.

—Quiero comenzar disculpándome por las condiciones del lugar, que sólo permiten que estén parados, pero era la única manera de que cupiéramos todos aquí esta noche. Quiero agradecer al Sr. Bridges, el director de la escuela secundaria Lake Windsor, y a todo su personal. Ellos y nuestro personal extraordinario de la escuela media han estado trabajando veinticuatro horas al día desde el martes por la mañana.

La multitud aplaudió en señal de aprecio.

—No necesito contar a nadie lo que sucedió el lunes. Pero quiero asegurarles que ninguno de nuestros estudiantes sufrió heridas que lamentar. Lo que se debe, en gran medida, a que todos los estudiantes se comportaron con madurez. Incluso, muchos de ellos fueron muy valientes allá afuera y contribuyeron a evitar que un desastre natural se convirtiera en un desastre humano. Ellos también merecen nuestros aplausos.

Esta vez, los aplausos se escucharon con más fuerza. Me estiré para ver a Joey, pero no pude encontrarlo.

—Quiero presentarles a quienes están en el estrado.

La Sra. Gates presentó a alrededor de veinte personas: el Comisionado de Esto, El Coordinador de Eso, El Superintendente de Algo. Cuando llegó al Director de Ingeniería Civil y leyó el nombre de mi papá, se oyó un zumbido grave entre la multitud.

Finalmente, llegó a la parte que todos queríamos oír.

—Toda esta gente, en conjunto con el Departamento de Educación del Estado, en Tallahassee, contribuyó a desarrollar este plan de reubicación de emergencia. —La Sra. Gates hizo una pausa y tomó unos papeles. Observó la multitud—. Debo insistir en que se trata de un plan temporal que nos ayudará en tanto resolvemos el problema, lo que deberemos hacer de manera rápida y completa. El Departamento de Ingeniería Civil... —se detuvo y miró sus notas— bajo la nueva dirección del Sr. Fisher, cuenta con un pequeño ejército de contratistas que se asegurarán de que el socavón sea completamente estabilizado y de que esto *no* vuelva a suceder jamás.

La Sra. Gates hizo otra pausa, pero nadie aplaudió.

—Bien. Calculamos que las reparaciones que se harán a la escuela tomarán, y eso significa que todo volverá a ser exactamente como era antes, tres meses. La fecha límite para regresar a la normalidad en la escuela media Lake Windsor es el ocho de enero, es decir, a principios del nuevo ciclo escolar. Para concluir el presente ciclo seguiremos los lineamientos de este plan de reubicación de emergencia, que entrará en vigor el lunes.

¡Esperen! ¿Qué? No podía creer lo que acababa de escuchar. *¿El lunes?* Había imaginado que tomaría al menos un mes. Ahora, básicamente, teníamos libre el fin de semana y luego debíamos regresar a clases.

La Sra. Gates dio la vuelta a la página y comenzó a leer los detalles del plan. Los que, en resumen, eran: Todos los estudiantes de octavo grado tendrán que apretujarse en la escuela secundaria; los de séptimo grado tendrán que apretujarse en la escuela media.

Los papás a mi alrededor susurraron entre sí y actuaron como si hubieran entendido.

La Sra. Gates debería haber dejado de hablar, pero continuó.

—Desafortunadamente, esto significa que la escuela media tendrá que funcionar en dos turnos por el resto de este ciclo escolar, y la duración de las clases será reducida a cuarenta minutos. Los alumnos de sexto grado comenzarán a las siete y media de la mañana y terminarán a la una de la tarde. Los de séptimo grado comenzarán a la una y media de la tarde y terminarán a las siete de la noche.

Un murmullo de descontento empezó a escucharse entre la multitud.

La Sra. Gates habló rápidamente.

—Entendemos la presión que implica para todos ustedes, pero les pido que recuerden que esto durará sólo en tanto concluye el ciclo escolar. También sabemos que este plan no funciona para algunas familias. Es por esto que los alumnos de séptimo tienen una segunda opción.

La Sra. Gates dio vuelta y señaló a una mujer afroamericana vestida con traje azul.

—La Dra. Grace Johnson, directora de la escuela media Tangerine, aceptó acoger por lo que resta del ciclo a los estudiantes de séptimo grado que así lo deseen. Los estudiantes de Lake Windsor que elijan ir ahí se integrarán al horario de clases establecido en la escuela media Tangerine, que es idéntico a nuestro horario regular. Sin embargo, aquellos que elijan esta opción deberán proveer su propio transporte.

El ruido de la multitud se incrementó.

—Alumnos de séptimo grado —dijo la Sra. Gates—: por favor, no se retiren sin haber recogido una copia del horario en dos turnos. — Luego concluyó la reunión diciendo—: Es todo por ahora. Recuerden: todos estamos juntos en esto, lo que permitirá que la comunidad de la escuela media Lake Windsor salga fortalecida. Buenas noches.

A pesar de que la gente comenzaba a dirigirse hacia la salida, yo me quedé petrificado, viendo hacia arriba, como si estuviera mirando el cielo. Era un milagro. No podía creer lo que acababa de ocurrir.

Mi papá dio con nosotros en medio de la multitud.

—Vamos —dijo—. Podemos hablar de esto en el auto.

—No. ¡No! —grité por encima del ruido—. Tenemos que hablar aquí. ¡El milagro sucedió aquí!

Mi mamá me vio con curiosidad, pero respaldó a mi papá.

—Vamos, Paul. El auto es más tranquilo y necesitamos tranquilidad. Se trata de una decisión importante.

Estaba eufórico y no tenía la intención de ceder.

—¿Qué hay que decidir? —Enfrenté a mi mamá y a mi papá en el medio del gimnasio—: Mamá, tú arruinaste mi vida en la escuela media Lake Windsor cuando llenaste el PEI. ¡Es tu oportunidad de des-arruinarla! Papá, no me importa si no vuelves a hacerme caso por el resto de mi vida, ¡pero dame esta oportunidad! No volveré a quejarme de Erik, nunca. Sólo denme esta oportunidad. Los dos. Quiero ir a la escuela media Tangerine, y quiero ir sin PEI.

Volteé a ver a mi mamá y supe que la tenía de mi lado. No podía oponerse, no después de lo que ocurrió con el entrenador Walski. Volteé a ver a mi papá y parecía desconcertado. No enojado, sólo desconcertado.

—¿Qué es esta historia de que nunca te hago caso? —dijo—. Quizá durante la temporada de fútbol americano estoy más concentrado en lo que hace Erik. Eso es cierto. Pero el resto del tiempo presto atención a los dos en la misma medida.

—La temporada de fútbol americano y la de fútbol ocurren al mismo tiempo, papá. No me molesta que no puedas prestar atención a ambas. Sólo déjame ir a la escuela Tangerine. ¿Entiendes por qué? No seré el aguador. Seré el portero.

Mi papá empezó a asentir —lentamente al principio, pero luego con velocidad—. Mi mamá volteó a verme con una sonrisa nerviosa, pero también asintió.

La suerte había cambiado a mi favor.

SEGUNDA PARTE

Lunes 18 de septiembre

El primer día de escuela. Toma dos.

Mi mamá me llevó a Tangerine esta mañana a las siete y media. Pasamos por las casas verde limón y la planta de embalaje de cítricos. También por el pequeño centro de la población y nos detuvimos frente a un edificio de concreto que parecía ser una oficina postal de una manzana de extensión. Estacionamos al otro lado de la calle.

—Estaré en el entrenamiento de fútbol hasta las cinco —le recordé—. Eso espero.

—Yo también lo espero —me respondió—. Mira, realmente debería acompañarte adentro hoy. Debe haber formularios de transferencia que tendré que llenar.

—No, no hay formularios para ti. Todo lo que necesito es una copia impresa de mi horario de la escuela media Lake Windsor. Nada de formularios. Nada de madres.

Mi mamá miró al otro lado de la calle y no le gustó lo que vio. Fuera del edificio había dos pequeños grupos de chicos tirándose patadas de karate. Había grupos más grandes, también. Pandillas de aspecto amenazador, dispersas, viendo a los karatecas.

—¡Mira eso! —dijo mi mamá—, ¿por qué no hay supervisión en esta área?

—Qué importa. Es lo que hacen algunos chicos, mamá.

—¿En la entrada de la escuela? ¿Qué clase de primera impresión es esa?

—Lo hacen en donde quiera que estén. Relájate. Te veo a las cinco.

—Sí, si sobrevives.

Rodeé a los karatecas y a los pandilleros y empujé una puerta pesada de madera. Vi que podía ir directo a las aulas de la planta baja, o subir por las escaleras de la izquierda, hacia lo que parecían ser las oficinas. Di vuelta a la izquierda y empecé a subir por los escalones gastados de mármol, pensando en lo poco común que era encontrar escaleras de este tipo en Florida. De hecho, todo el edificio era poco usual. No había estado en el segundo piso de nada desde que nos mudamos aquí.

Las oficinas de la escuela estaban arriba de la planta baja. La directora estaba de pie del otro lado de las puertas de vidrio. Caminó hacia mí.

—Soy la Dra. Johnson, ¿quién eres tú? —me dijo.

—Paul Fisher, Dra.

—Supongo que vienes de la escuela media Lake Windsor.

—Así es.

Tomó mi horario y lo leyó con detenimiento. Luego se dio vuelta y habló en dirección a una de las oficinas laterales.

—¡Theresa! Ven y hazte cargo de este alumno.

Una chica pequeña y delgada, de cabello café recogido en una cola de caballo, salió de la oficina lateral.

—Él es Paul Fisher —dijo la Dra. Johnson—. Paul, ella es Theresa Cruz. Te acompañará durante tu primer día en la escuela media Tangerine. También durante el segundo día, si lo deseas. Después de eso, serás responsable de ti mismo. En cualquier caso, Theresa seguirá siendo un enlace importante para ti, podrá responder a cualquier pregunta que puedas tener.

—Muy bien —dije—. Muchas gracias, Dra. —Hice una pausa. No sé por qué, pero sentí que tenía que decirlo. Y lo dije—: Me alegra estar aquí.

Una enorme sonrisa se dibujó en el rostro de la Dra. Johnson.

—Bien, nos alegra que estés aquí.

Después de eso, todo fue hacia abajo.

Theresa Cruz tenía muy poco o nada que decir. La seguí en silencio de una clase a otra. Ella me presentaba en voz baja a cada profesor y se sentaba a mi lado. Era inquietante, te lo digo. Parecía una historia de ciencia ficción. Como si hubiera entrado a una especie de universo paralelo. Las materias y los horarios son exactamente los mismos de la escuela media Lake Windsor, pero las aulas y la gente son completamente diferentes.

La escuela media Tangerine es más ruda, sin duda alguna. Me ponía muy nervioso cada vez que salíamos al corredor. Lo que te vaya a suceder en una escuela como esta, te sucederá en el corredor. Un tipo enorme me hizo a un lado dándome un empujón con su antebrazo, como si yo fuera una especie de mosquito. Pero no lo tomé personalmente. Simplemente continué caminando con la cabeza agachada, seguí a Theresa y fui adonde tuviera que ir.

Todas mis clases tenían lugar en el primer piso. Básicamente, el segundo piso es sólo para el sexto grado, el primero es para el séptimo grado y la planta baja es para el octavo grado, con algunas pocas excepciones. La planta baja también tiene el «cafetorio» que, obviamente, alterna entre cafetería y auditorio. Es asqueroso. El «cafetorio» tiene una cocina a la entrada y un escenario al fondo. En el medio hay filas de mesas de madera con sillas plegables hechas también de madera. Adentro hay mucho ruido, como en una de esas viejas películas de prisiones.

Theresa estuvo a mi lado en la fila para la comida en el «cafetorio». Incluso se sentó conmigo a comer. A comer, pero no a hablar. Quise obtener información sobre mis nuevos maestros, pero Theresa no cooperaba. Si yo decía algo como «¿Cómo es la profesora de ciencias, la Sra. Potter?», ella respondía: «Bastante buena».

«¿El Sr. Scott?».

«Bastante bueno».

Y así sucesivamente. Finalmente, me di por vencido y me dediqué a comer el almuerzo. Pero después, hice la pregunta que más me importaba.

—¿Sabes algo del equipo de fútbol?

Theresa se movió ligeramente hacia atrás e incluso volteó a verme, sorprendida. Asintió.

—Oh, claro. Sí. Mi hermano Tino juega en el equipo —dijo.

—¿Ah, sí? ¿Está en el octavo grado?

—No, es mi hermano mellizo. Está también en el séptimo grado.

—¿Eh? Bueno, estaba pensando ir al entrenamiento hoy para ver si puedo formar parte del equipo.

Theresa pensó un poco al respecto.

—Sí, puedes hacerlo. Comoquiera que sea, Tino no estará ahí hoy porque todavía está suspendido. Víctor, Hernando... ninguno de ellos estará ahí hoy. Pero supongo que de todas maneras habrá entrenamiento.

Sabía la respuesta a la siguiente pregunta, pero de todas maneras tenía que hacerla.

—¿Por qué no van a estar ahí?

—Pues se metieron en problemas en la feria. La Srta. Bright vino por todos ellos aquí a la hora del almuerzo. Los llevó a la Dra. Johnson y fueron suspendidos por tres días.

—Entonces, ¿van a venir mañana?

—Sí. Tino, Víctor, Hernando, todos ellos.

—¿Todos son titulares?

—¿Son qué?

—¿Son jugadores titulares? ¿Del equipo de fútbol?

—Oh, sí —respondió Theresa con orgullo—. Víctor es algo así como la estrella. Víctor y Maya, ellos son algo así como las estrellas del equipo, ¿sabes? Anotan casi todos los goles. Tino anotó dos goles el año pasado. Creo que Víctor anotó dieciséis y Maya anotó quince. Ambos formaron parte del equipo oficial del condado.

—¿Y quién es el portero?

—La portera es Shandra Thomas.

—¿Shandra? Una chica, ¿verdad?

—Sí, Shandra es mujer. Maya también.

—¿Cómo? ¿No tienen un equipo de hombres y otro de mujeres?

—No. Sólo hay un equipo. Chicos y chicas pueden jugar en él. Casi todos son chicos. Pero algunas de las chicas son buenas, han jugado en la liga juvenil toda su vida, y cosas así. Maya aprendió a jugar en Inglaterra. Por eso es tan buena.

Yo estaba tratando de procesar la información.

—Entonces, ¿Shandra es una chica? —dije de nuevo.

Parecía que Theresa lo estaba disfrutando.

—Oh, sí. Hay cuatro chicas: Shandra; Maya; Nita, quien es prima de Maya; y Dolly. Todas están en el equipo. Y luego están Tino, Víctor,

Hernando y unos diez chicos más. ¡Son buenos! Quedaron en segundo lugar del condado el año pasado.

Después de almorzar, regresamos a nuestra rutina, con Theresa hablando únicamente cuando me presentaba a algún profesor. Pero al menos habíamos roto el hielo. Empezaba a formarme una idea de este nuevo lugar, y estaba contento de haber venido.

Diría que la diferencia más obvia entre mi nueva escuela y la vieja era la siguiente: en la escuela media Tangerine, las minorías eran la mayoría. No tengo problemas con eso. Siempre me he sentido una minoría a causa de mis anteojos. La siguiente diferencia más obvia es el edificio, que es viejo. Tampoco tengo problemas con eso, a excepción de que tiene un olor a desinfectante con el que medio te atragantas. Los libros de texto también son viejos. Muy viejos. Y tienen cosas escritas en ellos. Parece que los profesores lograron acostumbrarse a esta situación no usándolos mucho. Un par de profesores ha mencionado proyectos individuales y de grupo que deberán entregarse en breve. Supongo que pronto sabré más al respecto.

También entendí por qué pidieron a Theresa que fuera mi guía. Tenemos exactamente el mismo horario, principalmente clases avanzadas. Mi día estaba transcurriendo con bastante calma hasta la séptima clase, cuando recibí una sorpresa desagradable. Mi profesora de Artes y Letras es la Sra. Murrow. Imagínatelo: la Sra. Murrow está casada con el Sr. Murrow, el jefe de orientación en la escuela media Lake Windsor. Voy a hacer todo lo posible para no ser notado en esa clase. No quiero arriesgarme a que el Sr. Murrow un día escuche mi nombre y diga: «¡Ese chico tiene una discapacidad! Necesita un PEI».

Después de que sonó la campana, Theresa y yo bajamos las escaleras y salimos por la puerta trasera. A la izquierda, detrás de la barrera de contención del diamante de béisbol, había un marcador verde. En él estaba escrito ESCUELA MEDIA TANGERINE, HOGAR DE LAS ÁGUILAS GUERRERAS. Atravesamos los carriles para los autobuses y nos dirigimos a la cancha de fútbol, que estaba rodeada por una pista de asfalto para carreras.

Pude ver a un grupo mixto de chicos y chicas turnándose para patear el balón hacia una chica alta y robusta que estaba en la portería.

—Ella es Shandra, ¿verdad? —dije.

—Sí, la de la portería. Ella es Shandra.

—¿Quiénes son las otras?

—¿Cuáles? ¿Te refieres a las que están de pie juntas?

—Sí.

—Son Maya y Nita. Maya es la alta. Son primas y siempre están juntas.

—¿Y quién es la otra chica fuerte?

—Ella es Dolly. Dolly Elias. Su hermano Ignazio fue el capitán el año pasado. —Theresa le hizo una seña y le habló—: ¿Qué tal, Dolly?

Era la primera vez que la oía alzar la voz. Dolly la saludó con la mano.

—¿Son amigas?

—Sí. Luis, Tino, ella y yo regresamos juntos a casa.

—¿Luis también está en el equipo?

—No. No, Luis es más grande, es nuestro hermano mayor. Viene a recogernos después del entrenamiento. También recoge a Hernando y a Víctor.

Atravesamos la cancha y pasamos frente a Dolly justo en el

momento en que hacía un tiro de esquina perfecto, levantando el balón cinco pies sobre el suelo. Theresa me llevó hacia una mujer alta, de aspecto fuerte, vestida con ropa deportiva de color rojo intenso.

—Srta. Bright, él es Paul Fisher, de la escuela media Lake Windsor. Quiere jugar en su equipo de fútbol —dijo Theresa.

La Srta. Bright tuvo que bajar la vista para verme a los ojos.

—¿Por cuánto tiempo vas a estar con nosotros, Paul? —dijo.

—Tres meses, Srta. Al menos hasta el final de la temporada de fútbol.

—Ajá. ¿Has jugado fútbol antes?

—Sí, Srta., toda mi vida. Era el portero titular en mi escuela anterior, en Houston.

—Ajá. Bien, déjame explicarte algo de una vez. Puedes jugar en mi equipo. Pero no vas a tomar el puesto de ninguno de mis jugadores titulares y después regresar a la escuela media Lake Windsor. Eso no va a suceder. Si quieres jugar como reserva de uno de mis jugadores titulares, entonces me dará gusto incluirte en el equipo.

—Sí, Srta. Eso es lo que quiero hacer.

—Muy bien. Necesito un refuerzo en la portería. Ponte esa camisa roja y ve al fondo de la cancha; estamos a punto de comenzar un partido de práctica.

—Sí, Srta.

Corrí hasta la portería, dejé mi maletín y me puse mis accesorios de protección. Con la mitad de los titulares ausentes, el partido de práctica era casi una broma. Sólo toqué el balón una vez. Ni siquiera necesito decir que nadie pudo meterme un gol. Lo mismo sucedía con Shandra, al otro lado de la cancha.

No puedo describir lo bien que se siente contar con una nueva oportunidad. Nada, absolutamente nada, me puede molestar ahora. Seré el refuerzo de Shandra Thomas y eso me hará feliz. Los porteros suelen lastimarse. Con frecuencia. Necesitan refuerzos más que nadie. Yo he estado lastimado —una vez me dieron un pisotón en la mano, otra vez me quedé ahogado— y alguien ha tenido que suplirme. Sucede todo el tiempo, por eso no tengo dudas de que me tocará jugar en algunos partidos.

Casi al final del entrenamiento, noté que se acercaba una camioneta que ya había visto antes. Era la misma camioneta grande que vi en la feria, vieja, de color verde, y al lado tenía escrito HUERTAS TOMAS CRUZ, TANGERINE, FLORIDA. Un tipo en jeans con una camisa de trabajo a cuadros se bajó y caminó hacia Theresa. Cojeaba al caminar. Tenía que ser su hermano Luis. Tenía el mismo cabello y ojos color café oscuro de Theresa. Su cabeza y sus manos eran muy grandes, incluso se veían así desde donde yo estaba. Después del entrenamiento, Theresa y Dolly se subieron con él a la cabina de la camioneta y se fueron.

Recogí mis cosas y regresé solo al edificio. Justo en el momento en que me disponía a abrir la gran puerta de madera de la entrada, oí a alguien decir: «Ahí estás, cariño».

Di la vuelta y vi a mi mamá bajando las escaleras que llevan a las oficinas en el primer piso. Me le quedé viendo hasta que llegó a donde yo estaba y rodeó mis hombros con su brazo, conduciéndome hacia afuera. Una sensación de pánico me asaltó y sentí como si se hubiera detenido mi corazón. De todas maneras, me las arreglé para preguntar:

—Mamá, ¿qué estabas haciendo allá arriba?

Cruzamos la calle y llegamos hasta el auto antes de que ella me respondiera algo.

—La secretaria de la Dra. Johnson me llamó hoy, Sr. Sabelotodo.

Resulta que *sí* necesitas tus papeles de la escuela media Lake Windsor para transferirte aquí.

Empecé a sentir un dolor en el corazón.

—¿Mis papeles?

—Así es. Tuve que ir a Lake Windsor a recogerlos. ¡No te puedes imaginar el caos que hay en esas oficinas!

—Mamá, ¿con quién hablaste?

—Con el Sr. Murrow, por supuesto. Me dio tu expediente y lo traje acá. Ahora, ya estás, oficialmente. —Mi mamá desactivó los seguros de las puertas del auto y ambos subimos.

Volteé a verla, enojado.

—¿Estoy oficialmente qué?

—Inscrito en la escuela media Tangerine.

—¿Inscrito como estudiante con discapacidad visual? ¿Como estudiante PEI?

—No, nada de eso.

Cerré los ojos, desesperado.

—Entonces, ¿qué va a suceder cuando el jefe de orientación abra mi expediente y vea mi PEI?

—Nada, Paul. No hay ningún formulario PEI en tu expediente. —Mi mamá arrancó el auto y lo puso en marcha. Al dar una vuelta en U frente a la escuela, agregó, con mucho cuidado—: Tu formulario PEI desapareció en algún lugar entre Lake Windsor y aquí. Es algo de lo que probablemente no debamos volver a hablar jamás.

Condujimos en silencio por el centro, hacia la autopista.

—Quizá fue un águila pescadora —dije, finalmente.

—¿Qué?

—Quizá un águila pescadora lo tomó.

—¿De qué estás hablando?

—Ya sabes, de mi PEI. Quizá ahora es el relleno del nido de un águila pescadora.

Finalmente, mi mamá entendió la broma y sonrió.

—Ese sería un lindo detalle decorativo.

—Exacto.

—Inconsistente con la arquitectura de los demás nidos, pero un lindo detalle.

—Exacto, algo así.

Cuando nos dirigíamos al oeste por la Ruta 22, empecé a sentirme verdaderamente esperanzado con respecto a la escuela media Tangerine. Después de todo, había tenido mucha suerte de que asignaran a Theresa como mi guía. Que mi mamá se deshiciera de parte de mis papeles iba más allá de tener buena suerte. Era otro milagro.

De hecho, parece que las cosas están saliendo como las planeaba. Es el Sueño de Fútbol Paul Fisher. Me pregunto si Erik se siente igual con respecto a su vida aquí. Pero también me pregunto si Mike Costello estaba sintiendo lo mismo sobre su vida cuando se apoyó en el poste.

Martes 19 de septiembre

Toda la mañana estuve detrás de Theresa. Otro chico enorme, uno diferente, me arrojó contra un casillero. Theresa no le dio importancia, así que yo traté de hacer lo mismo. De nuevo la seguí a la cafetería y nos sentamos en la misma mesa de ayer. Todo parecía estar bien. Pero todo empezó a estar mal muy pronto.

Un grupo de chicos se acercó. Reconocí a algunos de ellos, del día de la feria. Su líder, un chico bajo y fornido de cabello rizado y piel muy grasosa, dijo a Theresa:

—¿Qué hace este aquí?

—Es de él que te hablé. El que quiere jugar en tu equipo de fútbol —dijo ella.

El líder me miró de arriba abajo y resopló.

—¿Tú? ¿Piensas que puedes jugar en mi equipo? ¿Qué crees que es esto, Lake Windsor? ¿Crees que aceptamos a todos los bobos que aparecen? ¿Crees que porque tu mamá te compró un suspensorio, automáticamente vas a entrar en mi equipo?

Lo vi con calma. En realidad no sabía si estaba fingiendo o si hablaba en serio. Parecía estar a punto de arrojar su bandeja del almuerzo a mi cabeza.

—Cálmate, Víctor —dijo Theresa en voz alta—. Estoy tratando de comer.

Víctor se sentó justo enfrente de mí, pegado a mi cara.

—Lake Windsor —continuó—. Ese equipo es un chiste. Los vamos a hacer pedazos este año. Ustedes tienen a ese italiano grandulón, ¿no? ¿Crees que es duro? Es un chiste. Es nada. ¿Y el resto de ustedes?... Son menos que nada. Menos que cero. Eso eres tú, Chico de Lake Windsor. Menos que cero. Un número entero negativo. —Volteó hacia uno de los otros chicos y ambos chocaron las manos.

Víctor se concentró en su hamburguesa y le dio una mordida muy grande. Supuse que en realidad no hablaba en serio, que sólo estaba bromeando conmigo. Decidí tomar un riesgo.

—Bueno, ¿qué esperas?, jugamos en un hoyo —dije.

Víctor me dirigió una mirada de enojo, y luego empezó a reírse, parecía que se iba a ahogar con la hamburguesa. Al ver que se reía, los otros chicos también empezaron a reírse.

—Así es. Se arrastraron para salir de una especie de hoyo. Tal cual. —Tomó un trago de su refresco—. Eh, ¿cuál es el nombre del grandulón?

—Gino.

—Exacto, Gino. ¡Eh, Tino! Tienen a un Gino, y nosotros a un Tino. —Víctor chocó la mano con el hermano mellizo de Theresa, que estaba del otro lado de la mesa, y continuó—: He oído hablar de su Gino. ¿Ustedes habían oído hablar de mí? ¿Alguna vez han oído algo de Víctor Guzmán?

—Sí, he escuchado cosas de ti. Supe que metiste dieciséis goles la temporada pasada y que eres parte del equipo oficial del condado.

Víctor dio otra mordida a su hamburguesa y dijo:

—Así es.

Como todo el mundo se quedó en silencio, dije:

—Ayer entrené con el equipo.

—No seas bruto, ¡no entrenaste con el equipo ayer! El equipo no estaba ahí.

Vi a Theresa y decidí hacerme el tonto.

—Sí, es cierto. ¿Dónde estaban ustedes?

—Dile dónde, Tino —gruñó Víctor.

—Estábamos en la cárcel —respondió Tino sin dirigirse a nadie en particular—. Nos metieron a la cárcel por vandalismo.

Sentí un nudo en el estómago.

—¿Qué? ¿Los metieron a una celda, en la cárcel? —dije.

Tino volteó a verme como si yo hubiera dicho la cosa más estúpida que él hubiera escuchado y fuera el mayor fracasado que hubiera conocido.

—Sí, supe que los arrestaron —dijo otro chico que estaba sentado en la mesa—. ¿Cómo sucedió?

—Defensa propia —respondió Tino.

Víctor se carcajeó con la boca llena de hamburguesa. Tragó y dijo:

—Claro, claro, defensa propia. Hernando y yo vimos todo lo que pasó.

—Defensa propia. Totalmente —agregó Hernando.

—¿Fuiste al circo de monstruos en la feria? —continuó Víctor—. ¿Viste al tipo que tenía una cicatriz enorme en la mejilla y un hacha enorme en la mano? Su nombre era Hombre Hacha. Hernando y yo leímos todo lo que decía el rótulo sobre este tipo. Cortaba gente en pedazos, ¿eh?

—Despedazó a un montón de gente, hace mucho —completó Hernando.

—Sí. Bueno, estábamos leyendo sobre él y llegó Tino corriendo desde el otro lado y se asustó.

—¿Asustarme? ¡Claro que no! —protestó Tino.

—Y entonces gritó y saltó mucho y le dio unas patadas de karate a ese Hombre Hacha, justo en el estómago, ¿o no? ¡Y el Hombre Hacha se partió en dos!

—Justo por la mitad —dijo Hernando—. Ahí estaba, tirado en el suelo.

—Y empezamos a gritar «¡Mataste al Hombre Hacha! ¡Vámonos de aquí!». ¡Y salimos corriendo de ahí!

Víctor, Tino y Hernando comenzaron a reír a carcajadas, reviviendo el momento. De nuevo, se me hizo un nudo en el estómago.

—¿Y cómo los descubrieron? —dije. Víctor dejó de reírse.

—¿Cómo nos descubrieron? —Lanzó una mirada furiosa a Tino—. Gracias al estúpido de Tino.

—Cállate, tarado —respondió Tino de golpe.

—Tú cállate. Este siempre trae su balón de fútbol, presumiendo, ¿sabes? Como si tuviera algo de qué presumir.

—Te dije que te callaras.

—Sí, me dijiste. Pues llamaron a Betty Bright y le dijeron que unos jugadores de fútbol habían roto al Hombre Hacha. Supo de inmediato de quiénes se trataba y vino por nosotros.

La conversación pronto se dirigió a temas de los que yo no sabía nada. Me concentré en mi almuerzo, pensando: *Quizá te saliste con la tuya después de haber denunciado a estos chicos.* Al menos esperaba que así hubiera sido.

Tan pronto como llegué al entrenamiento en la tarde, noté que las cosas eran distintas.

Víctor Guzmán es el líder ahí. Todo el mundo acepta que así sea. Todo el tiempo está animando a los delanteros. Todo el tiempo está insultando a la defensa. Quiere tener el balón siempre.

La escuela media Lake Windsor tenía alrededor de treinta chicos en el equipo. La escuela media Tangerine tiene quince. Dieciséis conmigo. Ni siquiera tiene jugadores suficientes para dos equipos de entrenamiento. Los delanteros titulares juegan contra los defensas titulares. Los cuatro chicos restantes juegan detrás de los delanteros, pasándoles el balón.

Yo estaba de nuevo en la portería más alejada. Tan lejos, que habría dado lo mismo que estuviera en Houston. No toqué el balón hasta justo antes de que termináramos el entrenamiento, cuando la entrenadora llamó a Shandra para hablar con ella y gritó en mi dirección, al final de la cancha.

—¡Chico nuevo! ¡Paul Fisher! Ven acá. Ponte en la portería.

Corrí hacia allá y me coloqué en la línea de meta. Hasta ahora, los delanteros habían anotado cuatro goles. Pero Shandra había parado alrededor de quince tiros, algunos muy buenos. Ahora, era mi turno de enfrentar a los titulares. Víctor, Maya y Tino eran los goleadores principales. Juegan en el centro de la delantera. Nita y un chico al que llaman Henry D. juegan a los flancos.

Inmediatamente, Víctor comenzó a hacer tiros en mi contra.

—¿Paul Fisher? Eh, Hombre Pescador, ¿crees que aquí es temporada de truchas o algo así? ¿Crees que estás en una especie de torneo de captura de atún? —A algunos jugadores les dio risa—. Vas a terminar con tus anteojos del otro lado de la cabeza si eso crees. Esto no es ninguna escuela Lake Windsor, burro. ¡Ahora te enfrentas a las Águilas Guerreras!

Nita puso el balón en la esquina. Hizo un tiro de esquina para Maya, quien controló el balón y lo pasó a Víctor. Víctor lo atajó y disparó un tiro alto y potente hacia la portería. No lo perdí de vista en todo el camino. Salté hacia adelante inclinándome a la izquierda. El balón se detuvo en mis manos extendidas, como si fueran de velcro. Caí completamente extendido en el suelo, manteniendo firmemente el balón. Una parada espectacular.

Volteé a ver la reacción de Betty Bright, pero tenía la cabeza agachada y hablaba seriamente con Shandra. No había visto nada.

De pronto, *¡pum!*, un pie atravesó enfrente de mi cara, quitándome el balón de las manos y mandándolo directamente dentro de la portería. Víctor levantó un puño en el aire y se inclinó hacia mí, gritando.

—¿Tomando una siesta, Hombre Pescador? ¿Es la hora de la siesta en la escuela media Lake Windsor? ¡Qué lástima, no viste mi gol!

Tino apareció detrás de él, sacudiendo la cabeza.

—Eso no fue gol, no cuenta.

—¿De qué hablas? —Víctor dirigió su enojo hacia Tino—. Ese gol sí cuenta.

—No hay manera. Ese balón ya estaba muerto.

—¿Ah, sí? Quien va a morir eres tú si no cierras la boca.

—¡Tú, cierra la boca, baboso!

—¡Ven acá y ciérramela!

Tino se lanzó contra Víctor y ambos rebotaron y se pusieron en guardia en una escena de patadas de karate y gruñidos, justo encima de mi cabeza. Hernando trató de ponerse en medio de los dos para detenerlos, y Maya y Nita se alejaron.

La entrenadora se dio cuenta e hizo sonar su silbato.

—¡Ustedes dos no aprendieron nada! —les gritó—. ¿Necesitan otros tres días de suspensión? ¿Necesitan perder el partido de apertura de la temporada? —Los combatientes dejaron de luchar y se miraron con furia—. Si vuelvo a ver un solo golpe, los dos se van de aquí, suspendidos. ¿Me escucharon? —Víctor y Tino continuaron intercambiando miradas furiosas, pero lo peor parecía haber quedado atrás. La entrenadora pitó de nuevo—. Es suficiente por hoy. Lleguen temprano mañana, todos. Les voy a dar sus uniformes.

Me levanté del suelo y seguí a todo el mundo fuera de la cancha. Cuando llegamos a los carriles de los autobuses, la vieja camioneta verde se detuvo. Theresa y Dolly se subieron al frente, en tanto que Tino, Hernando y Víctor se apilaron en la parte de atrás. Entre ellos, todo parecía haber sido perdonado. Incluso se estaban riendo de algo. Quizá era de mí.

Cuando salí del edificio, por la parte del frente, vi que Maya y Nita estaban esperando a que pasaran a recogerlas. Incliné la cabeza en señal de saludo al pasar frente a ellas.

—Qué buena parada —dijo Maya con voz musical.

—¿Eh? Gracias.

—El gol no contaba. Tenías el balón atrapado entre las manos.

—Uhm, sí.

—El silbato habría sonado.

—Gracias. Aunque puedo hacerlo mejor. No debería haber estado ahí recostado, posando para las cámaras. Debería haber protegido el balón.

Un Mercedes azul se detuvo frente a nosotros y las dos chicas se subieron. Mi mamá se detuvo justo detrás.

—Entonces, ¿ya formas parte del equipo? —dijo.

—Sí, creo que sí.

Apuntó su cabeza en dirección al Mercedes azul.

—¿Esas dos chicas también forman parte del equipo?

—Síp.

—¿En verdad? ¿Chicas? ¿Son las únicas?

—Nop. Hay dos más.

—Qué bien, tener chicas en el equipo. —Mi mamá parecía verdaderamente contenta—. Eso es bueno.

En el camino a casa recordé todo lo que había sucedido a la hora del almuerzo y en el entrenamiento. Cada palabra. Cada acción. Y pensé: *Este no es mi equipo, mamá. Todavía no. No por mucho tiempo. Y definitivamente no es agradable. Pero es donde quiero estar.*

Miércoles 20 de septiembre

Hoy me dieron mi uniforme. Joey vino a casa después de la cena y me mostró el suyo.

Salimos al jardín por la puerta del patio, lo que fue un error. Era un mal momento para estar afuera porque el fuego subterráneo era particularmente fuerte. Podía incluso verlo, sentirlo y olerlo mientras se revolvía alrededor y dentro del jardín. Y mezclado con él, podía escuchar un ruido, el ruido de un depredador. Era el ruido de la Land Cruiser de Arthur Bauer al otro lado del muro trasero. Era el ruido de Arthur y Erik acelerando, frenando y deslizándose en el lodo del camino perimetral. Debería haber pedido a Joey que regresáramos a la casa, pero no lo hice. Extendimos nuestros uniformes en la mesa, uno al lado del otro, para poder compararlos.

El uniforme de Joey es completamente nuevo. Tiene calcetines de color azul claro, pantalones cortos blancos y una camiseta azul. La camiseta tiene un número 10 blanco en la parte trasera y la palabra GAVIOTAS escrita en letras cursivas al frente. ¡Está genial!

Obviamente, mi uniforme ya tuvo otros dueños. Tiene calcetines y pantalones cortos de color rojo oscuro y una camiseta dorada con delgadas líneas rojo oscuro a los lados. La camiseta tiene un 5 negro en la parte trasera y una insignia redonda al frente, a la altura del corazón, cosida a mano y que muestra la figura de un águila de aspecto feroz con flechas en sus talones.

El humo empezaba a llegar a nosotros, por lo que recogimos nuestras cosas y entramos. No había notado que el rugido del depredador había cesado. Arthur y Erik habían dejado de correr por el lodo y habían conducido del camino perimetral a nuestro camino de entrada. Normalmente me doy cuenta de cosas así, especialmente cuando se trata de Erik, pero hoy no.

Justo en el momento en que Joey y yo nos retirábamos de la mesa, Erik y Arthur entraron al jardín pasando por la reja. Arthur no nos hizo caso y se dirigió a la puerta del patio.

Erik, llevando todos sus accesorios de fútbol americano, le dio un golpe a Arthur con el casco para llamar su atención.

—¡Eh!, mira nada más. Es el hermano del Hombre Mohawk —dijo. Arthur se detuvo y volteó a ver a Joey.

—No sabía que el Hombre Mohawk tenía un hermano —respondió con cruel lentitud.

—Sí lo sabías, idiota. ¡Los zapatos! ¡Estaba tratando de quitarle los zapatos al Hombre Mohawk! —Los dos empezaron a reírse. Erik continuó—: Te engañó el cabello. No tiene ese aire de familia.

—No, nada de aire de familia. —Arthur siguió la broma—. Nada.

—Me pregunto si le devolvieron el dinero de esos zapatos.

—Sí. Bueno, estaban en perfecto estado. Tuvieron que regresarle el dinero al chico.

Joey estaba claramente pasmado, no tenía idea de qué estaban hablando. Pero yo sí, y estaba furioso.

Erik y Arthur continuaron con lo mismo al entrar a la casa. Pero, al encontrarse con mi mamá, terminaron sus insanas bromas sobre Mike Costello y comenzaron a hablar de la *National Honor Society*, o de la sociedad de alumnos, o cualquier otra tontería para deleitar los oídos de mi mamá.

Joey volteó a verme, suplicante.

—¿De qué hablan? ¿Quién es el Hombre Mohawk? —dijo.

—Olvídalo, son unos idiotas.

—No, dime. Obviamente sabes.

Joey tenía razón. Respiré profundamente el aire lleno de humo y le expliqué.

—Joey, se están riendo de tu hermano. Se están riendo de Mike porque su cabello se chamuscó cuando lo golpeó el rayo. Y se están riendo de ti porque trataste de quitarle los zapatos en el estadio.

Joey se quedó pensativo unos momentos.

—Es lo que me imaginé que estaban haciendo —susurró. Luego se sentó en la banca de la mesa—. Debería haberlos golpeado. Lo debería haber intentado, al menos. —Volteó a verme—. Es lo que Mike habría hecho. Mike era valiente. Defendía a la gente cuando era necesario. —Su voz se hizo aún más débil—. No era un cobarde como yo.

—¡Ey! No eres un cobarde. Salvamos gente en el socavón, ¿lo recuerdas?

—Esto es distinto. Es personal. Se trata de mí. *Sabían* que podían hacerme eso porque sabían que yo no haría nada.

—Son unos idiotas, Joey. No valen la pena. ¿Me viste diciéndoles algo? Dime. Sólo los dejé que siguieran siendo idiotas.

Joey se quedó mirando la pared.

—Sé que muchos de los jugadores de fútbol americano se ríen de mí por lo que hice. Por lo de los zapatos. Pero yo nunca, ni en un millón de años, habría pensado que se podrían reír de Mike.

—Eh, nadie que valga la pena se está riendo de Mike. O de ti. ¿A quiénes me refiero? ¿A Erik? Erik se ríe de todo el mundo; para él, todo es una broma enorme. ¿Arthur Bauer? Es una nulidad. Pero ahora tiene una oportunidad ¿no es así? Va a sostener el balón a Erik. Pero no es Mike Costello, ni remotamente. No tiene talento, no tiene carácter. ¿Qué va a hacer, entonces? Se va a reír de Mike, lo va a rebajar. Nunca lo habría hecho en frente de él, pero lo hace así. Él es el cobarde, tú no.

No sé si Joey estaba escuchándome. Unas lágrimas se deslizaban por su rostro y trató de sobreponerse a ellas para hablar.

—Quería explicar al entrenador Warner lo de los zapatos. Él... supongo que pensó que me había dado un colapso nervioso o algo. —Joey dejó que la tristeza lo invadiera por completo—. Pero... pero vi a Mike extendido sobre el suelo. Quizá sabía que estaba muerto, no lo sé. Tenía que hacer algo por él, cualquier cosa. Mike siempre se sentía mejor cuando se quitaba los zapatos. Era lo primero que hacía al llegar a casa, se quitaba los zapatos. Y eso era lo que yo estaba tratando de hacer. —Suspiró y se sentó con la espalda recta—. Fue muy tonto. Y no le habría ayudado en nada. Pero tampoco sirvieron las cosas sin sentido que intentaron hacer con él, ¿o sí?

Negué con la cabeza.

—No.

—Sé que la gente se ríe de mí. Lo odio. Odio esa escuela. Odio esa cancha de fútbol americano. Odio ese poste.

—¿Por qué no te inscribes en Tangerine, conmigo?

—Ya es muy tarde para hacerlo. Me inscribí en el programa de turno doble.

—Salte del programa. Lleva a tu papá a la escuela, le tienen miedo. Créeme, harán cualquier cosa que él diga.

Joey tomó su uniforme y se secó la cara con él.

—¿A qué te refieres? ¿Por qué le tienen miedo?

Abrí los ojos de par en par, sorprendido. Para mí era muy obvio por qué.

—Tu papá es abogado. Tu hermano murió en una propiedad que es de ellos, bajo su cuidado. Tienen miedo de que los demande.

Joey me miró sin decir nada, desconcertado; entonces me di cuenta de que los Costello no estaban considerando hacerlo, ni nada similar. Estaban sufriendo por la muerte de Mike, haciendo luto, y nada más.

—Lo siento —dije—. Fue una mala idea. Mejor me callo. Pero tu compañía me vendría bien en Tangerine.

—Apuesto a que sí. ¿Todavía no han intentado matarte?

—No.

—¿Nadie se mete contigo? ¿Nadie?

—Nadie que aún esté vivo.

—Ah, sí, claro. —Joey enrolló su uniforme hasta convertirlo en una bola azul con blanco—. ¿No hay problema si salto el muro de tu casa?

—Ninguno.

—Simplemente no quiero pasar al lado de... —Se detuvo y movió la cabeza para señalar la casa.

—No te culpo. ¿Cómo vas a llegar a tu casa?

—Rodeando la caseta de vigilancia —Joey se subió al borde del muro, que medía seis pies de alto. Se quedó sentado ahí por un minuto y luego dijo—: Así es que estar en Tangerine no es muy duro, ¿eh?

—No dije eso.

—¿Qué tal el equipo de fútbol?

—Tiene a unos chicos duros. También chicas.

—¿Chicas duras?

—No. Pero hay chicas. Y son titulares.

—Mira nada más. ¿Yo tendría posibilidades de ser titular?

—Ninguna. Estarías conmigo en la banca.

Joey volteó a ver hacia el otro lado del muro.

—Lo voy a pensar. Te veo luego. —Y saltó al lodo del camino perimetral.

Viernes 22 de septiembre

Jugamos nuestro primer partido hoy, un partido fuera de casa contra la escuela media Palmetto.

Después de la séptima clase, Tino, Henry D. y yo fuimos al baño del primer piso para ponernos el uniforme. Salimos por la puerta trasera a los carriles de los autobuses, donde un viejo autobús verde caqui, de motor ruidoso y sin aire acondicionado, nos esperaba.

Subí por sus escalones y me deslicé en un asiento vacío. Henry D. se sentó al otro lado del pasillo. Nita y Maya se sentaron juntas, detrás de él. Víctor y sus chicos se sentaron en distintos lugares en la parte de atrás, pero ninguno hablaba. Shandra se subió, y luego la entrenadora Bright, quien se montó en el asiento del conductor. Miró por el espejo retrovisor y dijo:

—Cuéntalos, Víctor.

Víctor contó las cabezas que había.

—Dieciséis —gritó.

La entrenadora cerró la puerta del autobús, engranó la caja de velocidades y lo puso en marcha. Nos dirigimos hacia el este, pasamos por pequeñas granjas y huertas secas de cítricos, pasamos por bosques de pinos enanos, pasamos un anuncio que decía LA CAPITAL MUNDIAL DE LA TREMENTINA.

Después de treinta minutos, llegamos a una población y a su minúsculo centro, que ocupaba sólo una cuadra. Dimos vuelta en la esquina y nos detuvimos en una escuela que se parecía mucho a la nuestra. Debe haber sido construida en la misma época y por la misma gente. Nos dirigimos a la parte posterior y estacionamos en el carril de los autobuses, que era exactamente igual al de nosotros. Había un diamante de béisbol idéntico y un marcador exactamente igual. Pero este decía ESCUELA MEDIA PALMETTO, HOGAR DE LAS CHOTACABRAS.

Antes de abrir la puerta del autobús, la entrenadora nos dijo lo siguiente:

—Recuerden quiénes son ustedes. Recuerden a quiénes representan. Víctor, lleva al equipo a que conozca la cancha y luego, quiero que te reúnas conmigo en el centro de la misma. Muy bien, todos, actuemos como un equipo.

Víctor y su pandilla se amontonaron afuera del autobús y se fueron rápidamente hacia la cancha. Los demás tuvimos que apresurarnos para alcanzarlos.

No sé por qué —quizá les enojaba tener una mascota tan ridícula— pero estos tipos resultaron ser muy sucios. Al igual que sus seguidores.

La gradería del equipo local estaba cubierta de gente viendo a los jugadores de Palmetto calentando. Eran chicos de la escuela media, por supuesto, pero también había varios adultos, gente del lugar. Voltearon hacia nosotros y comenzaron a lanzar burlas mientras corríamos alrededor de la cancha. Juro que algunos nos lanzaron escupitajos antes de que llegáramos a la curva para dirigirnos hacia la otra gradería, la de los visitantes. Todavía puedo escucharlos gritando cosas asquerosas a nuestras espaldas.

Volteé a ver a Víctor, quien estaba completamente concentrado. Parecía que no estaba escuchando nada de lo que decían. Aumentó el paso para hacernos terminar la primera vuelta a toda velocidad. Luego dimos vuelta y pasamos entre los uniformes verdes de los jugadores de Palmetto, quienes también tenían groserías reservadas para nosotros, especialmente para las chicas. Formamos un círculo alrededor de la entrenadora, en el centro de la cancha.

Ahora podía ver los ojos de Víctor. Ardían de rabia, y los músculos de la cara estaban tensos como un puño. Betty Bright extendió uno de sus largos brazos hacia el centro del círculo. Todos pusimos nuestras manos encima de la suya.

—¿Quiénes somos? —gritó.

—¡Las Águilas Guerreras! —gritamos.

—¿Quiénes somos?

—¡Las Águilas Guerreras!

—¿Quiénes somos?

—¡Las Águilas Guerreras!

Betty Bright retiró su brazo y se retiró del círculo. Víctor retomó el coro, pero sólo gritaba «¡Guerra! ¡Guerra! ¡Guerra!». Todos empezamos a gritar con él, bloqueando los abucheos de las Chotacabras y de sus fanáticos. «¡Guerra! ¡Guerra! ¡Guerra!», con tal frenesí que logré alejar el miedo y la intimidación que sentí en nuestra carrera inicial.

Rompimos el círculo y el partido comenzó. Había sólo un árbitro y no parecía saber mucho sobre fútbol. Tenía aspecto de ser alguien que sabe de fútbol americano. Perdió el control del partido en el primer minuto, y nunca lo recuperó.

Por supuesto, no era un partido de verdad. Era una guerra. Los jugadores de Palmetto se rebajaron y comenzaron a jugar sucio de inmediato, al tiempo que sus fanáticos los alentaban. Nos metían zancadillas, jalaban nuestras camisetas, se paraban frente a nosotros mirándonos fijamente a los ojos y fingían dar puñetazos. A sus fanáticos les encantaba. Cada vez que el árbitro fallaba en marcar una falta con su silbato, se ponían más duros y sus seguidores incrementaban su sed de sangre.

Estaba de pie en la banca con Betty Bright y los otros cuatro chicos que no estaban jugando. Justo detrás de nosotros, a unas veinte yardas, había una fila de árboles. Algunos chicos de la escuela media recogían puños de bellotas y las lanzaban contra nosotros para después correr por más. ¿Qué más podíamos hacer que tratar de esquivarlas?

—Quédense aquí a mi lado, todos ustedes —nos dijo la entrenadora—. Y párense derechos. No permitan que cualquier tonto los haga agachar la cabeza.

El equipo de Palmetto tenía a dos defensas que eran incapaces de jugar fútbol pero que eliminaban a cualquiera que intentara acercarse a la portería. Metían zancadillas, daban codazos y se salían con la suya.

Volteé a ver a mis compañeros de equipo, las víctimas de todo eso, y me sorprendió mucho ver la expresión de tranquilidad en sus rostros. Yo era el único que estaba asustado. Los demás ya habían estado en una situación idéntica y actuaban como si lo que sucedía en la escuela media Palmetto, Hogar de las Chotacabras, fuera completamente normal.

Así fue como las Águilas Guerreras mantuvieron su concentración y jugaron como se debe. Controlaron el balón, lo pasaron al chico o chica sin marcaje. Pasaron el balón a las personas que sabían cómo anotar un gol. Maya conectó dos tiros buenísimos, uno golpeó el poste de la portería y el otro pasó por encima de esta, pero por muy poco. Fue sólo cuestión de tiempo hasta que encontró la posición correcta y anotó un gol, a pesar de los defensas amenazadores. Víctor aún no había intentado anotar. Quizá estaba muy ocupado estando a cargo de nuestro equipo, insultando a los defensas de las Chotacabras y amenazándolos de muerte. Debajo de todas estas porquerías yacía un hecho: nuestro equipo era mejor. A estos chicos los teníamos neutralizados. Jugábamos fútbol mucho mejor, y lo hacíamos como un equipo.

El equipo de Palmetto tenía unos cuantos jugadores buenos, pero no trabajaban juntos. Nuestros defensas, Dolly Elias y un tipo grande a quien llaman Mano, pudieron desviar todos los balones que se pusieron en su camino. Shandra sólo tocó el balón una vez, cuando Dolly se lo pasó.

Por supuesto, cuando piensas que las cosas no se pueden poner peor, se ponen peor. Una tormenta vespertina llegó estrepitosamente. En pocos minutos comenzó a hacer frío; luego oscureció; luego la lluvia empezó a caer sobre la cancha, convirtiéndola en un lodazal. Fueron buenas noticias para los defensas enormes de Palmetto. Pudieron deshacerse de nuestros jugadores haciéndolos resbalar: Maya, Tino, Henry D., Hernando, todos ellos se deslizaron por el lodo en algún momento. Y el silbato del árbitro seguía sin sonar.

La primera mitad terminó 0–0. Todos corrimos de vuelta al autobús para escapar del martilleo de la lluvia sobre nosotros. Betty Bright sacó una bolsa café y nos dio una tangerina a cada uno. Nos habló con tranquilidad, como si también ella ya hubiera estado en una situación idéntica.

—Maya, encuentra un lugar seco y quédate ahí. Los demás: pasen el balón a Maya. Quiero que en el segundo tiempo haya veinte tiros a gol. Víctor, te están tratando como si fueras tonto, olvídate de ser un chico malo y ponte a jugar. —Esperó hasta que Víctor respondió con un gruñido de disgusto y ella continuó hablando, aunque ya no estaba tan tranquila—: No hay manera de que este equipo los derrote. Sólo ustedes pueden derrotarse a ustedes mismos. Eso es todo lo que tengo que decir. Vámonos.

La entrenadora abrió la puerta del autobús. Esperamos a que Víctor se levantara y lo seguimos en silencio hacia el frente del autobús. Se detuvo en los escalones y volteó a vernos. Luego salió saltando en la lluvia y comenzó a correr hacia la cancha con el resto de nosotros detrás.

Afortunadamente, dejó de llover en el segundo tiempo. Un delantero de Palmetto derribó a Tino justo enfrente de nuestra portería. Tino se lanzó encima del chico y comenzó a darle de puñetazos en la cara. Betty Bright corrió hacia la cancha y lo sacó de ahí, mientras seguía soltando puñetazos al aire. Arrastró a Tino a la banca mientras los fanáticos de Palmetto pedían a gritos que se marcara una falta. De repente, la entrenadora volteó a verme.

—¡Paul Fisher! ¿Alguna vez has jugado en una posición distinta a la de portero?

Me le quedé viendo en silencio. Nunca, en los últimos dos años, había jugado, o incluso considerado jugar, en una posición distinta a la de portero.

—Sí, he jugado fútbol desde que tenía seis años. —Oí a mi propia voz decir eso.

Supongo que eso bastó, porque me respondió:

—Ve allá para reemplazar a Tino. Juega como centro delantero.

El árbitro hizo caso a los fanáticos y marcó un penalti a favor de Palmetto. Un tiro penal es como un tiro libre en básquetbol, pero mejor, porque el entrenador elige al jugador que lo cobrará. La verdad es que deberías anotar un gol el 100% de las veces. Tu mejor goleador tiene la oportunidad de disparar sin más obstáculos que el portero, desde 12 yardas de distancia.

Shandra se preparó, sus pies en la línea de meta. Estaba frente a quien cobraría el penal, el capitán de Palmetto, quien hizo un tiro bajo y potente hacia la izquierda. Shandra se lanzó y alcanzó a tocar el balón, pero este golpeó en la parte interna del poste de la portería y entró rodando. El goleador lanzó sus brazos al aire. Los jugadores de Palmetto se acercaron corriendo y brincaron encima de él. Ahora tenían la ventaja, 1–0.

Les tomó mucho tiempo regresar a sus posiciones. Cuando finalmente lo hicieron, uno de ellos derribó a Henry D. en el extremo de la cancha y pateó el balón lejos. Algunos chicos lo alcanzaron y lo patearon aún más lejos, hacia los árboles.

—¡Tiempo fuera! El cronómetro se detiene durante esta jugada, ¿de acuerdo?

El árbitro, él mismo, terminó buscando el balón.

—Quedan cinco minutos para que acabe el partido, entrenadora —gritó a su regreso.

Dolly le pasó el balón a Maya, quien lo gambeteó hasta llegar a la línea de banda. Corrí hacia la portería tan rápido como pude. El defensa cargó contra Maya, quien lanzó el balón por encima de la cabeza de aquel, directamente hacia mí, enfrente de la portería.

No sé qué sucedió después. Mi mente se quedó atorada en algún lugar entre *dispara ahora* y *primero detenla y luego dispara*. Comoquiera que sea, balanceé la pierna para patear, pero el balón pasó justo por debajo, entre las piernas, directo al otro defensa de Palmetto, quien la despejó.

Inmediatamente, tenía a Víctor en mi cara, casi apuñalándome en el pecho con su dedo.

—¡Si perdemos este partido, estás muerto! —gritaba.

Un minuto después, tuve una nueva oportunidad de patear el balón, pero uno de los defensas de Palmetto me derribó y el otro despejó el balón. Empecé a levantarme y, antes de estar de pie, el defensa me arrancó los anteojos de la cara, tomó un puño de lodo y me lo embarró en los ojos. *¡En los ojos!* ¡Enloquecí de rabia!

Antes de que pudiera huir, me levanté de golpe y salté en su espalda. Lo derribé y comencé a golpearlo ciegamente, tal como había visto a Tino hacerlo. Un silbato empezó a sonar y en poco tiempo sentí las manotas de la entrenadora jalándome, separándome de él y arrastrándome lejos de ahí.

Estuve de pie al lado de la entrenadora el resto del partido, cubierto de lodo, con sangre saliendo de mi nariz y lágrimas saliendo de mis ojos. Escuché que mis compañeros estaban gritando, por eso me quité los anteojos, los limpié lo mejor que pude y me los puse de nuevo.

A través de los borrosos lentes, vi a Víctor atravesar con el balón la defensa de Palmetto, como si fuera un toro salvaje. Esquivó un sucio intento de entrada, y luego otro. Inclinó el hombro hacia uno de los defensas y chocó contra él. El portero de Palmetto se barrió para interceptarlo, pero Víctor fue más rápido. Pateó el balón hacia la derecha y se inclinó sobre él. Luego disparó a la portería vacía. Ahora estábamos 1–1.

Nuestros jugadores no lo celebraron. Con sólo un minuto restante, regresaron a sus puestos y comenzaron nuevamente. Varios de nuestros jugadores y los del equipo contrario estaban golpeándose abiertamente, pero el árbitro no hizo sonar su silbato. Sólo quería que el partido se acabara.

Víctor pidió el balón y Shandra se lo pasó con un tiro potente. Luego se abrió paso entre un grupo de jugadores en el medio campo y se dirigió rápidamente hacia la portería de Palmetto. Dos defensas lo cercaron como si fuera un sándwich y lo hicieron perder el equilibrio, pero la inercia lo sacó adelante. Un defensa más lo golpeó en el hombro con el antebrazo, derribándolo hacia el frente y haciéndolo deslizar sobre el lodo. Entonces, el mismo defensa pasó el balón a su propio portero, quien únicamente tenía que recibirlo, acunarlo en sus brazos y hacer tiempo para que el partido terminara.

Pero el balón nunca llegó a sus manos. De alguna manera, Víctor se levantó de golpe en medio de su deslizamiento por el lodo y arremetió contra el balón, cambiando su trayectoria de una patada. El balón salió volando en arco, al tiempo que Víctor y el portero se daban un cabezazo. El balón rebotó una vez y entró a la portería. El árbitro levantó sus brazos para marcar el gol y gritó:

—¡Eso es todo! ¡El partido se acabó!

Víctor se incorporó de nuevo, se paró en la línea de penalti, el capitán de las Águilas Guerreras, con lodo cubriéndolo por completo, sangre escurriendo de una herida encima del ojo. Levantó el puño derecho y todos corrimos hacia él. Pusimos nuestras manos encima de la suya y comenzamos a saltar una y otra vez, coreando «¡Águilas Guerreras! ¡Águilas Guerreras!», y «¡Guerra! ¡Guerra! ¡Guerra!» frenéticamente. Corrimos todos juntos, gritando de alegría y dándonos golpes amistosos unos a otros hasta que llegamos al autobús.

Vi por la ventana que los chicos quienes nos habían arrojado bellotas habían fijado su atención en el árbitro, quien intentaba desesperadamente abrir la puerta de su auto. Oímos algunas bellotas golpeando el techo del autobús al tiempo que la entrenadora decía:

—¿Cuántas cabezas, Víctor?

Víctor se quitó la camiseta para anudarla alrededor de la frente, que seguía sangrando. Echó un vistazo rápido.

—¡Dieciséis! —gritó.

Y salimos de ahí, a más velocidad de las 5 M.P.H. permitidas que estaban señaladas en un letrero.

De camino a casa, Víctor me dio un golpe en la nuca con su palma.

—¡Ey! Hombre Pescador. Siento haberme metido contigo de esa manera.

—No hay problema, Víctor. Tenías razón, debería haber pateado ese balón.

—Sí, sí, bueno, ya cállate. Sólo estoy diciendo que lo siento. Sé que lo tuyo es ser portero. Me alteré, ¿sabes?

—Sí, lo sé. Estuviste fantástico en el campo.

—Por supuesto que sí. Pero también vi que jugabas con fuerza. Y te vi poniéndole una paliza al defensa. —Víctor hizo una pausa y, cuando continuó, ya no estaba alardeando. Estaba muy serio—: Mira, Hombre Pescador, las cosas son así: si vas a jugar con nosotros, entonces vas a jugar con nosotros. ¿Entiendes? —Asentí—. Si eres un Águila Guerrera, entonces eres un Águila Guerrera. Cuentas con hermanos que te van a cuidar las espaldas. Nadie se va a meter contigo, en ningún lado y en ningún momento. ¿Sabes de lo que estoy hablando?

Miré sus feroces ojos oscuros y asentí de nuevo.

Víctor regresó a la parte posterior del autobús, dejándome aturdido en el asiento. ¿Lo escuché bien? Oh, sí, lo escuché perfectamente. Escuché sus palabras con una claridad que nunca antes había experimentado. Y verdaderamente creo que sé de lo que está hablando.

Viernes 22 de septiembre, más tarde

Joey me llamó después de la cena.

—El lunes voy a ir a la escuela contigo —anunció.

—¡Caramba! ¿Qué pasó?

—Decidí seguir tu consejo y fui a las oficinas de la escuela con mi papá. Tenías razón, la Sra. Gates salió toda sonriente, ¿sabes? Le dio la mano a mi papá y dijo: «Díganme, ¿qué puedo hacer por ustedes?».

—¿Y qué dijiste?

—Nada. Mi abogado se encargó de la conversación. Básicamente, ella hizo todo lo que le pedimos.

—Ustedes decían «salta» y ella decía «¿qué tan alto?».

—Exacto. Ella misma fue al archivero a buscar mi expediente. Mi papá le pidió que pusiera una nota adentro en la que se indicara que yo debería tomar las mismas clases que tú.

—¿Lo hizo?

—Dijo que «estaría más que feliz de hacerlo». Luego fuimos a ver al entrenador Walski para devolverle mi uniforme.

—¿Cómo lo tomó?

—No muy bien. Empezó a decirme que no debería irme, que no me dejarían jugar en Tangerine porque vivo en el distrito de Lake

Windsor. Pero mi papá estaba preparado. Lo interrumpió en seco y le dijo: «Bueno, eso está por verse. Espere un poco y lo sabrá».

—¿Eso dijo?

—Luego regresamos a las oficinas. Mi papá hizo que Gates escribiera una nota dándome un permiso especial para jugar en la escuela media Tangerine.

—¡Bien!

—Luego se lo llevó a Walski. Mi papá se lo puso en la cara e hizo que lo firmara.

—¡Genial! ¿Qué dijo el entrenador?

—Ni una sola palabra. Ni una. —Joey hizo una pausa. Luego continuó, un poco incómodo—: Bien, eh, ¿crees que podrás estar conmigo en la escuela el lunes?

Abrí la boca para responderle, pero no pude. No podía verme guiando a Joey por los pasillos de la escuela media Tangerine. Eso debería hacerlo otra persona.

—Tengo una mejor opción. Cuando llegues a las oficinas, pregunta por la Dra. Johnson, ¿de acuerdo? Luego pídele que sea Theresa Cruz quien te guíe.

Joey repitió el nombre, como si estuviera anotándolo en algún lado.

—Theresa Cruz. ¿Por qué? ¿Es bonita o algo así?

Me detuve un poco.

—Sí, supongo que es algo linda. Pero eso no es lo importante. Tiene conexiones. En Tangerine lo más importante es tener buenas conexiones.

—Ajá —dijo Joey. Aunque creo que no entendió a qué me

refería. Luego dijo—: ¿Qué hay del equipo de fútbol? ¿Cómo son esos chicos?

Esa era una buena pregunta y no tenía una respuesta. No todavía.

—Se concentran muchísimo en el juego, ¿sabes? —dije finalmente—. Se concentran en ganar. Es como si fuera un asunto de vida o muerte para ellos.

—Vida o muerte —Joey repitió una vez más mis palabras—. Muy bien, puedo con eso. Te veo el lunes.

Sábado 23 de septiembre

Hoy fue el primer partido de la temporada de fútbol americano para las Gaviotas de la escuela secundaria Lake Windsor. Jugaron en casa contra los Cardenales de la escuela secundaria Cypress Bay.

Mi papá tenía demasiada energía, como si este fuera el día más importante de su vida, o algo así. Llegamos a la una de la tarde en punto y el partido empezaba a las dos, pero yo estaba contento de que hubiera sido así. Apenas logramos encontrar un lugar en la gradería del lado del equipo de casa. Nos sentamos con el resto de los seguidores de Lake Windsor y con unos cuantos fanáticos de Cypress Bay, los que habían recordado que la mitad de nuestras graderías había sido clausurada.

No había visto esa gradería desde el día del socavón. Ahí estaba, una estructura grande, bordeada ahora con cintas amarillas de la policía que tenían escrito NO TRASPASAR. Como si fuera una gran sección VIP reservada para personas que nunca iban a aparecer.

A la una y media, el resto de los seguidores de Cypress Bay habían entendido el mensaje: no había ningún lugar para que se sentaran.

Vagaban entre ambas zonas, tratando de encontrar lugares despejados donde pudieran estar de pie y ver el partido.

—Esto no está bien. ¿Nadie lo previó? —Mi mamá no paraba de repetirlo.

Finalmente, un grupo de adolescentes vestidos con camisetas rojas con blanco de los Cardenales, decidió hacer algo al respecto. Caminaron hacia el lado de los seguidores del equipo visitante, pasaron por debajo de la cinta amarilla y se sentaron en la primera fila. Luego hicieron gestos al resto de los fanáticos de Cypress Bay, como para decirles: *¿Vieron? Lo hicimos y no colapsó.*

Unos fanáticos más empezaron a caminar hacia allá. Entonces, de un momento a otro, vimos a un tipo gordo en un traje gris corriendo por el medio del estadio.

—¡Miren! ¡Es el Sr. Bridges! —nos dijo mi mamá en voz alta.

Así era, el Sr. Bridges estaba gritando y agitando las manos en dirección de los seguidores de Cypress Bay, indicándoles que salieran de ahí, que regresaran a donde estaban, pero no le hacían caso. De hecho, parecía que más y más camisetas rojas con blanco estaban dispuestas a tomar el riesgo de acomodarse en la gradería clausurada.

Un fotógrafo con una gorra del *Tangerine Times* comenzó a moverse de arriba abajo frente al Sr. Bridges, para tomar fotografías de él tratando de sacar a la multitud de ahí. Finalmente, se cansó de gritar y regresó caminando pesadamente por el césped, con la cara encendida, como si estuviera a punto de sufrir un infarto.

Ya había pasado la hora de empezar el partido y no sucedía nada en el estadio. Mi mamá distinguió a Erik, vestido con su uniforme —casco de color azul claro, pantalones blancos, jersey azul con la palabra GAVIOTAS escrita al frente—. Tenía un número 1 blanco en la espalda. Arthur Bauer estaba de pie junto a él, por supuesto. Él tenía el número 4.

Continuamos sentados, cociéndonos bajo el sol, por cerca de treinta minutos y nada sucedía. Finalmente, un escuadrón de patrullas de policía apareció por Seagull Way. Tenían las sirenas y luces encendidas. Justo detrás de ellos venía una furgoneta blanca con una antena de satélite en el techo y la leyenda NOTICIERO CANAL 2 por un lado.

Todos los vehículos se detuvieron detrás de la gradería del equipo de casa. En tanto el resto de los policías se desplegaba, dos ayudantes del sheriff atravesaron el estadio para confrontar a los fanáticos de Cypress Bay. El problema se acabó en un minuto. Los seguidores no iban a pelear, así que se dieron por vencidos de inmediato, pasando de nuevo por debajo de los cordones para buscar algún lugar a lo largo de la línea de banda y ver el partido de pie. Finalmente, los árbitros y jugadores entraron al estadio para que el partido pudiera comenzar.

Resultó ser un partido sin gracia, especialmente si consideramos que el *Tangerine Times* había escogido a ambos equipos, las Gaviotas de Lake Windsor y los Cardenales de Cypress Bay, como «Equipos para tener en cuenta» en esta pretemporada.

Erik hizo la patada inicial por parte de nuestro equipo, mandando el balón muy adentro en la zona de anotación de Cypress Bay. Pero después estuvo de pie en la lateral por el resto del primer tiempo. Ninguna de las ofensivas lograba hacer algo. Ninguno de los equipos lograba hacer más de tres jugadas antes de patear el balón. Erik era el pateador, pero Antoine Thomas, además de todo, hacía los despejes. Para el final del primer tiempo, Antoine había avanzado cerca de cincuenta yardas, pero casi todos sus pases habían sido bloqueados. Las Gaviotas no habían logrado acercar el balón a Erik lo suficiente como para que pudiera intentar anotar un gol de campo.

La ofensiva de Cypress Bay no jugaba mejor. Tenía a un corredor de poder enorme que podría avanzar tres yardas por el medio, pero nada más. El marcador era 0–0 al terminar el primer tiempo.

Tina, Paige y el resto de las animadoras de Lake Windsor (las Chicas del Mar) entraron al campo para el espectáculo de baile del intermedio.

El tercer cuarto fue tan aburrido como los dos primeros, pero la ofensiva de Cypress Bay logró hacer algo en el último cuarto. Avanzaron ochenta y cinco yardas para hacer una anotación, la mayoría de las cuales eran obra de aquel corredor de poder enorme. La patada para el punto extra fue buena, y Cypress se colocó a la delantera por 7–0.

Antoine respondió con dos corridas cortas seguidas de un bellísimo pase de cuarenta y cuatro yardas para Terry Donnelly, quien estaba completamente solo en la lateral izquierda. Yo podría haber atrapado ese pase. Hasta mi abuela podría haberlo atrapado, pero Terry Donnelly no lo hizo. Antoine tuvo que despejar de nuevo.

Fue entonces que noté que las nubes negras se acercaban. Todo ese asunto de la gradería de los visitantes y del Sr. Bridges y de la policía había hecho que el partido cruzara la barrera de las cuatro de la tarde. En cuestión de minutos, pasamos de cielos despejados a *¡bum!* Y empezó a caer una lluvia fuerte y fría.

La mayoría de los fanáticos bajó de la gradería y corrió hacia sus autos.

—¡Vengan, ustedes dos! —gritó mi mamá.

—No, ve tú. Yo me quedo —respondió mi papá.

—Yo también me quedo —dije yo. Mi mamá ya estaba abajo.

—Muy bien, quédense. Espero que ninguno muera —gritó.

Corrió hacia el Volvo, dejando que nos empapáramos. O algo peor.

La lluvia resultó ser una bendición para Lake Windsor. La línea ofensiva empezó a hacer presión sobre Cypress Bay, permitiendo que Antoine moviera el balón firmemente por el campo: cinco yardas, seis yardas, cinco yardas, siete yardas. Con sólo dos minutos restantes de juego, las Gaviotas estaban ya en la quinta yarda de Cypress Bay. Antoine fingió una corrida hacia la derecha e hizo un pase desván hacia la esquina izquierda de la zona de anotación, donde un jugador de las Gaviotas cubierto de lodo atrapó el balón para hacer una anotación. Los pocos seguidores que quedaban en la gradería gritaron una empapada aclamación. El marcador era 7–6 y el gran momento de Erik había llegado.

Entró corriendo al campo con su uniforme impecable, libre de lodo, listo para patear por el punto extra que empataría el partido. Erik nunca había fallado una patada de punto extra. Nunca. Esperaba ver a Arthur Bauer trotando con él, pero el número 4 seguía de pie en la línea de banda con los demás uniformes limpios.

Los dos equipos lodosos se alinearon. Erik se acomodó en su posición de pateo y Antoine Thomas se acuclilló delante de él para sostener el balón.

—Mira, papá —dije—. Antoine es el holder.

—Ya veo —dijo él, gravemente—. Erik me dijo que Arthur sería su holder. No creo que sea muy buena idea darle una sorpresa así a tu pateador.

Mi papá, Erik, yo y todos los demás supusimos que Arthur se había quedado en el lugar de Mike Costello. Pero no era así. Ahí estaba Antoine, de cuclillas, preparándose para girar las agujetas del balón y acomodarlo para Erik.

El árbitro silbó, el reloj empezó a correr y el gran centro pasó el balón. Erik, con la cabeza agachada, completamente concentrado, dio dos pasos adelante, tal como lo había ensayado un millón de veces. Su pie se dirigió al balón dibujando un potente arco y, entonces... sucedió la cosa más increíble. Antoine tomó el balón en el último segundo, como hace Lucy con Charlie Brown, corrió por el lado derecho y cruzó la línea de gol, intacto, para lograr un cambio en el marcador de dos puntos. Las Gaviotas llevaban ahora la delantera 8–7.

Al mismo tiempo, Erik, quien claramente no esperaba que Antoine se llevara el balón, pateó nada menos que el aire. Su pie izquierdo salió disparado en una dirección; su pie derecho, en otra. Por una fracción de segundo se convirtió en una línea paralela tres pies arriba del suelo. Luego, aterrizó perfectamente en el lodo, como si fuera una cáscara de plátano en caída libre. Quienes estaban cerca de nosotros empezaron a reírse, soltando carcajadas y aclamando al equipo al mismo tiempo. Antoine clavó el balón en la zona de anotación y todos los jugadores de Lake Windsor, excepto Erik, corrieron a él y le saltaron encima. Todos los jugadores de Lake Windsor que estaban en la línea de banda, excepto Arthur, comenzaron a brincar.

Finalmente, Erik se puso de pie y caminó hacia la lateral para recoger el apoyo del balón. Por adelante, aún estaba limpio y blanco, pero por detrás estaba sucio. Pateó el balón hacia los Cardenales, pero estos lo dejaron caer y así fue como terminó. Lake Windsor 8, Cypress Bay 7.

—El ruido que escuché me hace pensar que ganamos —dijo mi mamá cuando regresamos al auto.

Quería contarle con detalle cómo Erik se había desplomado de una manera especial, como cáscara de plátano en caída libre, pero mi papá le respondió de inmediato.

—Sí. Ganamos con una patada falsa. Pidieron a Erik que fingiera la patada para el punto extra. Así, atrajo la ofensiva despejando el camino a Antoine, quien corrió con el balón para anotar dos puntos.

Mi mamá reflexionó un instante.

—Entonces Erik hizo algo para ganar el partido.

—Sin lugar a dudas —dijo mi papá—. No hizo algo que vaya a aparecer en las estadísticas del periódico, ni que la gente vaya a recordar. Pero ayudó a ganar el partido.

¿No lo van a recordar? —pensé—. *Seguramente estás bromeando. El desplome de Erik en el lodo como si fuera una cáscara de plátano en caída libre es lo único que* todo el mundo *va a recordar de este partido.*

Mi papá continuó diciendo lo mismo hasta la hora de la cena, martilleando con su oda a Erik: que Erik había contribuido enormemente a la victoria; que Erik, de hecho, había hecho posible la victoria funcionando como carnada. No creo que Erik estuviera siquiera oyendo. Simplemente estaba sentado ahí, viendo hacia abajo, haciendo girar en el dedo, una y otra vez, su anillo del campeonato.

Después de cenar, mi papá encendió el televisor y sintonizó las noticias locales para que todos pudiéramos verlas. La noticia principal era la de la rebelión de los seguidores de Cypress Bay y su breve toma de la gradería de visitantes clausurada.

Dos tercios de programa más adelante apareció el «Resumen deportivo del sábado». El presentador habló de cosas que tenían que ver con el béisbol y el fútbol americano profesionales, luego dio los marcadores del fútbol americano universitario, y luego los del fútbol americano de escuela secundaria. «Lake Windsor 8, Cypress Bay 7».

La transmisión terminó con una sección llamada «Lo loco del deporte». Era una colección de equivocaciones y traspiés, y adivinen a quién dejaron para el cierre.

El presentador dijo algo así: «Finalmente, una jugada que parece haber sido diseñada por Los tres chiflados. Véanla con atención». Y ahí estaba. Una toma, a nivel de campo, del balón siendo arrebatado por Antoine, de Erik impulsándose hacia adelante con confianza y *¡cataplum!*, ¡arriba en el aire fue a dar! Fue incluso más cómico de cuanto lo recordaba. Erik aterrizó violentamente en el lodo, salpicando. Pero el video no se detuvo ahí. Rebobinaron la cinta de manera que Erik volvió a levantarse, volvió a desplomarse, volvió a levantarse y volvió a desplomarse. Finalmente, la cámara giró hacia la zona de anotación para mostrar a Antoine clavando el balón. Acercaron la toma a su rostro. Antoine estaba riendo y apuntando con su dedo al centro enorme, quien apuntaba a él.

Cuando el presentador volvió a aparecer en cámara, estaba doblado de la risa. También lo estaba el resto del equipo de noticias. Los créditos comenzaron a subir por la pantalla en medio de comentarios como: «¿Esa escuela tiene un equipo de clavado?», y «Dicen que el lodo es bueno para las arrugas».

Mi papá se puso de pie y apagó de golpe el televisor. Los cuatro nos quedamos petrificados.

Me imaginé que si estuviera en casa de otros, estaría retorciéndome en el suelo, riéndome de lo que acababa de ver. Imaginé que todos los chicos en Florida estarían retorciéndose en el suelo, riéndose de lo que acababan de ver: Erik Fisher, el Pateador que Vuela. Pero esta no era la casa de otros. Esta era la casa construida sobre el Sueño de Fútbol Americano Erik Fisher.

—¡Eh! No hay nada más que puedas hacer que reírte de esto —dijo finalmente mi papá.

—Así es —secundó mi mamá—. Déjalo en el pasado. Es todo lo que puedes hacer. Dejarlo en el pasado es la solución para darlo por terminado.

Los cuatro nos levantamos y cada quien se fue por su lado. Yo, a mi cuarto.

Miré por la ventana hacia el muro trasero. *Olvídalo, papá. Olvídalo, mamá. Erik no puede reírse de esto. Erik no puede dejar esta humillación en el pasado. Alguien tiene que pagar por esto. No estoy seguro de por qué estoy seguro. Pero lo estoy. Alguien tiene que pagar por esto.*

Martes 26 de septiembre

Hoy jugamos el segundo partido de la temporada y el primero en casa. Los oponentes eran de la escuela media Kinnow. Sus uniformes eran negros con letras plateadas. Muy elegante. Henry D. me dijo que nos vencieron el año pasado.

Teníamos un gran número de fanáticos. De hecho, nunca había visto tantos fanáticos en un partido de fútbol juvenil. Algunos de ellos claramente asisten siempre porque trajeron agua y tangerinas para el equipo. Reconocí a Theresa y a Luis Cruz. Estaban de pie con un hombre que parecía ser su padre. ¿Era él el *Tomas* cuyo nombre aparecía en la camioneta? Había muchas mamás con niños pequeños. Un par

de señoras estaban sentadas en sillas de jardín, pero todos los demás
—y debe haber habido unos cien niños y adultos— estuvieron de pie
durante todo el partido.

Vi a Shandra hablando con una señora.

—Es la mamá de Shandra quien está hablando con ella —oí a
alguien decir.

Eso me puso a pensar. *¿Por qué mi mamá no está aquí? ¿O mi papá?
Podrían estar viendo el partido. También los papás de Joey. Si estuviéramos
jugando fútbol americano, estarían aquí.*

Todos estábamos más relajados antes de que empezara el partido,
excepto Víctor, quien estaba insultando a algunos de los jugadores de
Kinnow, recordándoles algo que había sucedido el año pasado. Ellos le
respondían inmediatamente, diciendo cosas como: «Eh, Guzmán, ¿por
qué estás en el equipo de las niñas? ¿No te dejaron entrar al de los
niños?».

Comenzamos con la misma alineación, conmigo de refuerzo. Esta
vez, sin embargo, estaba de pie junto a Joey, quien ahora lleva el número
19 de las Águilas Guerreras.

El nivel del árbitro estaba claramente por encima del último que
habíamos tenido. Un defensa de Kinnow derribó a Maya en el área de
meta y marcó la falta inmediatamente. Maya cobró el penalti, mandando el balón por el lado superior derecho, directamente a la portería,
por lo que estuvimos 1–0 en el primer minuto. Pero estos no eran las
Chotacabras de Palmetto. Tenían una buena ofensiva. Eran rápidos y
sabían mover el balón.

Shandra se mantenía ocupada en la portería. Estaba haciendo un
buen trabajo, muy concentrada en el juego. Eso es lo que pienso cuando
veo a Shandra en la portería: lo concentrada que se ve, lo grande que

parece, como una de esas Gladiadoras Estadounidenses. ¿Qué pensará la gente cuando me vea en la portería? ¿Lo ridículo que me veo con mis anteojos?

Dolly y Mano hicieron sándwich a un chico enfrente de nuestra portería y la falta fue marcada. Tiro penal. Shandra no llegó ni siquiera tocar el balón y, en un instante, el marcador cambió a 1–1. Yo tampoco habría podido tocarlo. Al menos eso creo.

Estar en la banca durante este partido fue un placer comparado con la desagradable experiencia que tuvimos en Palmetto. Esta vez hay dos equipos que saben jugar fútbol. Algunos momentos destacados: Maya se detuvo súbitamente y pasó el balón a Tino, quien lo llevó directamente adentro de la portería. Luego, los de Palmetto contraatacaron y anotaron un gol. Henry D. conectó un bellísimo tiro de esquina para Víctor, quien con un salto anotó un gol. Luego, volvieron a contraatacar y anotaron otro. Para el intermedio estábamos 3–3, y no había habido una sola pelea.

Nos reunimos en un círculo en la banca para comer nuestras tangerinas. La entrenadora dijo «Buen partido» a un par de jugadores, y luego dedicó el resto del tiempo a hablar con Shandra de los tres goles: que no debería pensar más en ellos y que debería prepararse para el segundo tiempo. Finalmente, volteó a ver a Víctor.

—¿Capitán?, ¿tiene algo que decir?

Todos volteamos a ver a Víctor y nos dimos cuenta de por qué no había hablado ni llamado la atención a él. Con la mano presionaba su frente, tratando de detener un hilo de sangre e impedir que esta escurriera por su cara. Era el mismo lugar en la cabeza en el que se había golpeado contra el portero de Palmetto. El cabezazo con el que anotó el gol seguramente había reabierto la herida porque vaya que estaba sangrando.

—No, no tengo nada que decir. Todo lo que tenga que decir, lo diré en la cancha —dijo.

Betty Bright se acercó a él y le quitó la mano de la herida. Sacudió la cabeza.

—¿Está tu mamá por aquí? —le dijo.

—¿Mi mamá? —gruñó—. No, mi mamá no está por aquí. ¿De qué está hablando?

—Tino, por favor, pregunta a tu papá si puede llevar a Víctor a la sala de emergencias. —Volteó a ver a Víctor—. Lo siento, debí haber pedido que cosieran la herida la vez pasada. Así nunca va a sanar. Espero que el Sr. Cruz te pueda llevar ahora.

—¡De ninguna manera! No voy a ir a ninguna sala de emergencias. ¡Tengo un partido que jugar!

—No será este partido, Víctor —dijo la entrenadora—. Tienes que curarte para el próximo partido. —Luego, sin siquiera pensarlo, volteó a verme y dijo—: Paul Fisher, vas a sustituir a Víctor.

—Ya no está sangrando —continuó Víctor con su protesta.

—Sí, está sangrando. Deberías ver tu camisa.

—Puedo jugar el segundo tiempo y luego me voy.

—Ya te fuiste, Víctor. Entiéndelo.

Víctor volteó a verme por un instante. Luego se dirigió a todos nosotros.

—¿Quién quiere ganar este partido?

Todos en el círculo volteamos a verlo, sin saber qué hacer.

—¿Quieren ganar este partido? —gritó Víctor.

—¡Sí! ¡Sí! —comenzamos a gritar los demás.

—¿Quieren ganar este partido?

—¡Sí! ¡Sí!

Víctor se acercó más y puso su puño apretado en el centro del círculo. Todos saltamos y pusimos nuestras manos sobre la suya al tiempo que coreábamos: «¡Águilas Guerreras! ¡Águilas Guerreras!». Comenzamos a mover nuestras manos al mismo tiempo, hacia arriba y hacia abajo, modificando el coro hasta entonar el frenético grito de «¡Guerra! ¡Guerra! ¡Guerra!».

Comenzamos el segundo tiempo con fuego en los ojos, a pesar de que yo estaba en el lugar de Víctor. Esta vez fue la defensa la que se llevó el juego. No dejaban que los jugadores de Kinnow pasaran del medio campo con el balón. Mano, Dolly y Hernando no pararon de mandar el balón de regreso hacia los delanteros.

Maya estaba recibiendo el balón con mucha frecuencia, más que en el primer tiempo, y estaba haciendo que sucedieran cosas. Se deshizo del defensa y pasó el balón a Tino, quien anotó el primer gol del segundo tiempo. No lo celebramos. De inmediato volvimos al ataque. Maya hizo un tiro curvo, bellísimo, que entró por la esquina superior derecha de la portería. El portero de Kinnow ni siquiera lo vio venir.

La defensa comenzó a mover el balón de inmediato hacia el otro lado de la cancha. Maya controló el balón y tres defensas fueron tras ella. Pateó el balón por encima de sus cabezas y ¿quién crees que estaba ahí, completamente solo, frente a la portería? Esta vez no me detuve a pensarlo. Pateé el balón tan fuerte como pude. Se escapó de la mano izquierda del portero y se dirigió hacia la red de la portería.

¡Había anotado un gol! ¿Me había pasado alguna vez? Simplemente me quedé de pie, ahí, mirando la red, hasta que me di cuenta de que mis compañeros se estaban dando prisa para alinearse de nuevo.

Todavía trataba de recordar alguna vez en que hubiera anotado un gol cuando Maya recibió un pase largo de Nita. Levantó su pie a la altura de las rodillas y golpeó el balón arrojándolo directamente a la portería. De repente, el partido apretado se había convertido en una paliza por 7–3.

La entrenadora comenzó a hacer más cambios. Mandó a Joey a sustituir a Hernando. Para tomar el lugar de Maya, mandó a uno de los chicos de sexto grado, quien recibió una ovación enorme.

Los jugadores de Kinnow nunca se recuperaron de la paliza, aunque se las arreglaron para llevar el balón hasta nuestro lado. Resulta que Joey es un terrible jugador de fútbol. No tuvieron problema en deshacerse de él una y otra vez. Shandra tuvo que salvar el balón en el último minuto varias veces, pero eso es probablemente lo que Betty Bright quería. El marcador final fue Tangerine 7, Kinnow 3.

El Sr. Cruz y Víctor regresaron justo al final. Víctor tenía una línea ascendente de puntadas negras en la frente, como si fuera Frankenstein. Agradecido, cayó de rodillas al saber cuál era el marcador. Luego, empezó a chocar las manos de los titulares.

—¡Ey, Hombre Pescador! —me llamó—. Fuiste *yo* en el juego, ¿verdad? ¿Cuántos goles anoté?

—Lo siento, Víctor. —Me encogí de hombros—. Sólo pude anotar uno.

Víctor volteó a ver a Tino en busca de confirmación, y Tino asintió. Víctor se acercó a mí y alzó la mano. La choqué con todas mis fuerzas.

Martes 26 de septiembre, más tarde

El teléfono inalámbrico sonó justo cuando caminaba enfrente de él en el gran salón. Oí la voz franca de mi abuela.

—Hola, Paul, ¿cómo estás?

—Estoy bien, abuela.

—¿No te lastimaste cuando sucedió eso del socavón?

—Eh, no. No. Me ensucié mucho, pero no me lastimé.

—Y fuera de eso, ¿cómo estás?

Mi mamá entró y movió los labios diciendo en silencio: «¿Quién es?».

—Mi abuela —dije en voz alta, y se acercó al teléfono.

—Estoy bien, abuela. —Terminé la conversación—. Te paso a mi mamá.

Parece que mi mamá siempre tiene urgencia de hablar por teléfono con mi abuela y con mi abuelo. Mi papá y Erik ciertamente no parecen tenerla. Desaparecen. Mi mamá empezó a contar a su mamá del socavón y del plan de reubicación de emergencia, así que decidí subir las escaleras. Parecía que mi mamá seguiría hablando por largo rato, por eso me sorprendió que pocos minutos después abriera la puerta de mi cuarto y me entregara el teléfono inalámbrico.

—¿Es mi abuela? —abrí la boca.

—No, una chica —susurró, y luego se fue.

—¿Hola? —dije desconcertado.

—¿Paul? Hola, soy Cara Clifton. De la escuela media Lake Windsor, ¿te acuerdas de mí?

—Sí.

—¿Cómo te va?

No pude pensar en nada para responder, así que ella continuó hablando.

—Sólo quería saber si te gusta la escuela media Tangerine. Joey dice que es muy diferente. No sé qué quiere decir con eso.

—Yo tampoco. Eh, quizá sólo se refiere a que es un lugar más rudo.

—¿Sí? ¿Cómo son los chicos?

—Algunos son muy rudos. Tienen pandillas y cosas así. Pero los chicos con los que me junto son tranquilos.

—¿Sí? Entonces... ¿estás saliendo con alguien en esa escuela?

Me quedé frío. Nadie nunca me había hecho una pregunta similar.

—¿A qué te refieres? —dije.

—Joey dijo que pensaba que quizá estabas saliendo con una de las chicas de ahí.

—¿Eso dijo? No. No, no estoy saliendo con nadie.

—Ajá. Ah, ¿te acuerdas de Kerri? ¿De mi amiga Kerri Gardner?

—Sí, por supuesto.

—Casi se me olvidó. Le dije que te llamaría y me pidió que te saludara de su parte.

—Ah. OK. Bueno, dile que le mando saludos.

—¿Sí? ¿Quieres que le dé tus saludos?

—Por supuesto, sí.

—Entonces, ¿te gusta un poco?

Me quedé inmóvil. De repente sentí como si alguien me estuviera viendo a través de un vidrio polarizado. No dije nada más hasta que Cara habló.

—Muy bien, entonces —dijo—. Es que es una amiga mía y me pidió que te diera sus saludos, y no quería que se me olvidara.

—Muy bien.

—Bueno, me despido. Quizá te veré uno de estos días con Joey.

—Sí, adiós.

—Adiós.

Me quedé sentado un rato, estupefacto. Luego volví a descolgar el teléfono y llamé a Joey.

—Eh, tu novia acaba de llamarme.

—¿Sí? ¿Qué quiere contigo?

—Me preguntó si me gusta Kerri Gardner.

—Ah, OK. No digas nada más. Sabes lo que estaban buscando, ¿verdad?

—¿Qué?

—Te estaban engañando. Las mujeres engañan a los hombres así. Kerri estaba escuchando en otro teléfono.

—¡No!

—Sí. Así es como funciona. Una chica le pide a una amiga que te llame y averigüe lo que piensas de ella. Es como una de esas entrevistas en las que la cámara está escondida.

—¡Sí! Sí, exactamente así parecía. Entonces, ¿Kerri estaba escuchando?

—Síp.

—Entonces, ¿qué debo hacer?

—¿De qué?

—Pues con Kerri.

—Bueno, si quieres hablar con ella, llámala.

—De acuerdo. Pero, ¿qué pasa si no la llamo? ¿Voy a herir sus sentimientos o algo así?

—¡Ni en broma! Te lo estás tomando muy en serio. Probablemente va a llamar a una docena de chicos hoy mismo para preguntarles lo mismo. Es una especie de encuesta telefónica.

—Ajá. ¿Y qué hay del tipo ese, Adam? El de la feria. ¿Todavía sale con ella?

—¡Ey!, ¿qué crees que soy? ¿La revista *People?* No lo sé, ya ni siquiera los veo.

—Ajá. Bueno, quizá, si te enteras de algo, me puedes decir.

—Sí, sí. OK, tengo que comer.

—Muy bien, te veo mañana.

—Así es.

Colgó y yo respiré profundamente. Tuve el teléfono en la mano por un tiempo largo. Pensé en la situación desde diferentes ángulos y de todas las maneras. No importaba cómo lo viera, mi conclusión era siempre la misma. Una inevitable: Kerri Gardner sabe que uso anteojos, pero no cree que haya nada malo conmigo.

Miércoles 27 de septiembre

La entrenadora no dejó a Víctor entrenar hoy a causa de las puntadas que tiene en la frente. Víctor se alejó dando zapatazos y amenazando con irse a casa y arrancarse él mismo las puntadas. De nuevo, me pusieron en su lugar. Tuve un par de oportunidades para anotar un gol a Shandra, pero no lo logré.

Víctor regresó casi al final del entrenamiento con un *Super Big Gulp* del 7-Eleven en la mano. Se paró en la portería lejana, donde normalmente estoy yo, y, como siempre, el balón no llegó hasta allá. Empezó a sermonear a Joey, diciéndole que dejara de estar dando vueltas sin hacer nada. Pero la entrenadora pronto se dio cuenta de la presencia de Víctor y le pidió que se fuera de ahí.

Después del entrenamiento, tomé mi mochila y comencé a caminar con Joey cuando Víctor se acercó a nosotros por detrás. Sus chicos, por supuesto, estaban detrás de él.

—Ey, Hombre Pescador. Dado que ahora eres *yo,* ¿quieres beber de mi *Big Gulp*?

—No, gracias, Víctor.

—¿Qué? ¿Eres demasiado bueno para beber de mi *Big Gulp*?

—Sí, lo soy.

Tino, Hernando y Mano empezaron a reír. Víctor sonrió y siguió hablando.

—Ey, Hombre Pescador, ¿por qué este chico siempre está siguiéndote?

Miré a Joey, quien veía al frente.

—No sé, Víctor. ¿Por qué no le preguntas?

Víctor tocó el hombro de Joey con la bebida.

—¡Ey! ¡Tú! ¿Por qué sigues al Hombre Pescador todo el tiempo?

Joey se veía molesto. No sabía cómo manejar lo que estaba pasando. Sonreí para mostrarle que Víctor sólo estaba jugando, pero ni siquiera volteó a verme. Y tampoco respondía. Supe que las cosas se iban a poner peor muy pronto.

Víctor lo tocó en el hombro de nuevo, con un poco más de fuerza. Su voz se hizo más alta.

—¡Tú!, pregunté: «¿Por qué sigues al Hombre Pescador todo el tiempo?». ¿Eres su novio o algo parecido?

Joey volteó a verlo, enojado.

—No. No lo soy.

Víctor lo ignoró y se dirigió a mí.

—Hombre Pescador, no puedes dar dos pasos sin que este chico te siga. ¿Qué pasa con eso? ¿Quizá es algún tipo de pez? ¿Espera que lo pesques en algún momento?

Los chicos que seguían a Víctor se estaban animando. Víctor volteó hacia Tino.

—¿Quién es ese pez del que tu papi tiene una foto? —le dijo—. Ya sabes, la foto que tiene colgada en la cabaña, donde aparece un pez.

Tino negó con la cabeza.

—¿De qué estás hablando?

—Tu papi tiene ese anuncio viejo de una revista colgado en la pared, una burla del tío Carlos.

Tino lo pensó un momento y luego gritó.

—¡Lo siento, Charlie!

—¡Sí! Sí, ese tipo. ¡Lo siento, Charlie! Charlie el Atún. Siempre quiere que lo atrapen. Está siempre cerca, tratando de ensartarse en ese gancho, ¿o no? —Volvió a tocar a Joey—. ¿Ese eres tú? ¿Eres Charlie el Atún?

Ahora, los chicos se reían ruidosamente.

—Simplemente, mantén la calma —dije con voz tranquila a Joey. Pero no lo hizo. Estaba tomándolo en serio.

Víctor no lo dejó tranquilo.

—Starkist no quiere atunes con buen gusto, Charlie. Quiere

atunes que sepan rico. —Los chicos se reían a carcajadas y batían las palmas—. ¿Entiendes la diferencia, mi amigo?

Joey seguía mirando hacia el frente, con la cara enrojecida, su mandíbula trabada. Llegamos hasta donde estaba la camioneta verde, y los chicos se amontonaron en la parte trasera mientras seguían riéndose de Joey. Nosotros continuamos nuestro camino para cruzar la escuela. Joey no dijo una sola palabra hasta que estuvimos en la acera.

—¿Qué crees que era eso? ¿Algún rito de iniciación o algo así?

—Sí. Sí, no te lo tomes tan en serio. Así es Víctor.

—¿Alguna vez te ha molestado de esa manera?

—Por supuesto: el primer día que jugué con el equipo.

—¿Y luego dejó de hacerlo?

—Sí. Sí, seguro. Dejó de hacerlo.

Joey miró a la calle, buscando el auto de mi mamá. No tuve corazón para contarle el resto de la historia: Víctor quizá dejaría de molestarlo, pero su nombre sería Charlie el Atún de ahora en adelante.

Mi mamá paró el auto y Joey se subió al asiento trasero sin decir palabra alguna. Yo me subí al asiento del copiloto y noté que mi mamá miraba fijamente a algo que estaba enfrente de nosotros. Avanzó otras diez yardas, hasta donde estaban de pie Maya y Nita. Bajó el vidrio de la ventana, sonrió y se dirigió a ellas.

—Hola, chicas —les dijo.

—Hola, ¿cómo está usted? —le respondió Maya, sonriendo.

Se hizo un silencio incómodo hasta que mi mamá habló.

—Entonces... ¿cómo es jugar contra estos chicos?

No creo que Maya haya entendido la pregunta.

—Ah, sí, algunos de ellos son muy buenos jugadores —respondió.

—Me parece fantástico que tengan un equipo mixto. En verdad.

—Gracias.

Mi mamá subió el vidrio y se alejó de ellas.

—¿Qué fue eso?

—Quería animar a las chicas un poco.

No me extraña que Maya pareciera confundida.

—Mamá, Maya no necesita que la animen. Es la goleadora número uno del condado. Número uno. Va a formar parte del equipo oficial del condado.

Mi mamá se quedó con la boca abierta.

—¿En serio? ¿Esa chica alta? ¿Ella va a formar parte del equipo masculino oficial del condado?

—Sí. Shandra también, si no se lastima.

—¡Fantástico! ¿El Sr. Donnelly lo sabe?

—¿El Sr. Donnelly?

—El Sr. Donnelly, del *Tangerine Times*. Esto debería aparecer en el periódico, ¿no lo crees, Joey?

Joey estaba enojado, sentado en el asiento de atrás. No creo que siquiera la haya oído. Continuamos el resto del camino en silencio. Dimos vuelta en la entrada de Lake Windsor Downs y luego en la calle de Joey. Lo que vimos fue muy extraño. Las casas a ambos lados de la suya estaban cubiertas por completo de carpas enormes de color azul brillante. Había letreros alrededor de ellas: PELIGRO, GAS VENENOSO.

Mi mamá trató de hacer contacto visual con Joey a través del espejo retrovisor.

—Joey, ¿por qué tus vecinos están cubriendo sus casas?

—Tienen que fumigar —dijo—. Fumigar contra insectos. Todos tenemos insectos.

—¿Todos tienen insectos? ¿Tu casa también?

—Sí. Toda la calle, me parece.

—¿Qué tipo de insectos?

—No sé. Cucarachas. Termitas.

—¿Entonces también van a colocar una de estas carpas sobre su casa?

—Sí, me parece que la próxima semana.

Nos detuvimos en el camino de entrada de la casa de Joey. Ahora tenía una mejor perspectiva de las carpas. Eran pedazos enormes de lona azul, atadas juntas con sogas, para retener los gases venenosos.

—¿Por cuánto tiempo tienes que estar fuera de casa cuando fumigan? —preguntó mi mamá.

—Dos días.

—Bueno, eres bienvenido en casa, puedes quedarte con nosotros. Tú y Paul hacen todo juntos. También podrían dormir juntos, ¿no es así, Paul?

Pensé: *Perfecto, mamá. Es justo lo que había que decir en estas circunstancias.*

De nuevo, Joey se molestó.

—No lo creo —murmuró y se metió a su casa.

Mi mamá volteó a verme.

—¿Qué le sucede? ¿Por qué no querría quedarse en nuestra casa?

—No lo sé —dije, encogiéndome de hombros.

Pero claro que lo sabía. Joey no ha puesto un pie en nuestra casa desde aquel día en que se encontró con Erik y Arthur. Probablemente nunca vuelva a poner un pie en ella. Pero mi mamá no lo entendería. A Joey le daría lo mismo que nuestra casa estuviera cubierta de lonas sujetas con una soga porque, de cualquier modo, está envenenada.

Viernes 29 de septiembre

Joey no fue al entrenamiento ayer, pero otra persona sí fue.

Habíamos estado calentándonos por unos diez minutos. Los titulares, incluyendo a Víctor, estaban disparando contra la portería, donde estaba Shandra. Los suplentes, incluyéndome a mí, estábamos pateando el balón dentro de un círculo.

Miré los carriles de los autobuses y noté una furgoneta blanca acercándose. Tenía dos antenas de última tecnología en el techo: una que parecía sacacorchos en la parte de atrás y otra en medio que daba vueltas.

En fin, la furgoneta siguió avanzando, saliéndose del asfalto y circulando sobre el césped hacia nuestra cancha. Cuando estuvo más cerca, pude ver que de un lado tenía impreso TANGERINE TIMES. De repente tuve un mal presentimiento. Mi mamá lo había hecho, había llamado al Sr. Donnelly para hablarle de nuestro equipo. O, al menos, de las chicas de nuestro equipo.

La furgoneta se detuvo al lado del auto de Betty Bright, un Mustang amarillo con blanco del año 1967. Un tipo joven de cabello largo con una cámara grande colgada al cuello se bajó del lado del conductor. Colocó un maletín de cuero sobre el maletero del Mustang. El Sr. Donnelly se bajó por el otro lado. Vestía un traje azul y traía una pequeña libreta de apuntes. Caminó hacia la entrenadora, quien estaba en la lateral hablando con Dolly. Me acerqué a ellos para escuchar lo que decían.

Era evidente que el Sr. Donnelly y Betty Bright se conocían. Ella le estrechó la mano y le sonrió ampliamente. Sin embargo, dejó de sonreír rápidamente cuando vio el maletín del tipo de cabello largo sobre su auto. Se dirigió hacia allá al mismo tiempo que el fotógrafo se acercaba a Nita y Maya y comenzaba a tomarles fotografías.

El Sr. Donnelly caminó con ella, abriendo su cuaderno de notas.

—Tengo entendido que tiene un par de jugadoras especiales en su equipo este año —dijo.

La entrenadora tomó la bolsa del fotógrafo y la tiró al suelo.

—Ajá, ¿y quiénes serían?

El Sr. Donnelly buscó en su libreta.

—¿Una chica de nombre Maya y otra chica de nombre Shandra? ¿Supuestamente ambas formarán parte del equipo masculino oficial del condado?

Cuando Dolly escuchó esto, gritó:

—¡Ey, Shandra! ¡Quieren hablar contigo!

Shandra había estado concentrada en detener los tiros contra la portería mientras todo esto sucedía. Cuando escuchó a Dolly volteó, desconcertada. Entonces vio la furgoneta del *Tangerine Times* y al tipo del cabello largo con la cámara. Su rostro se llenó de terror. Dio vuelta y salió corriendo, lejos de la portería, a través de la cancha, pasando los carriles de los autobuses, hacia la escuela. Todo el mundo dejó de hacer lo que estaba haciendo y la vieron alejarse.

Ahora que no había nadie en la portería, Víctor fue a donde estaba el fotógrafo.

—Usted debe estar aquí para entrevistarme —le anunció—. Yo soy Víctor Guzmán, el capitán del equipo campeón, Las Águilas Guerreras de la escuela media Tangerine. ¿Cómo está usted?

El tipo volteó a ver al Sr. Donnelly.

—Con permiso —le respondió. Después trató de desviarlo, pero Víctor se lo impidió.

—Probablemente, desee tomar unas fotografías de mí en acción antes de hacer cualquier otra cosa —agregó Víctor.

El fotógrafo se le quedó mirando, sin saber qué decir. Luego, dio un paso atrás y se acomodó para tomar una fotografía de Víctor, quien posó para él con una sonrisa. El flash de la cámara se disparó.

—Es Víctor Guzmán —agregó Víctor—. ¿Sabe cómo escribirlo? G-u-z-m-á-n. No vaya a escribir mal mi nombre, o se las verá conmigo.

Entonces, Hernando, Tino y Mano se amontonaron junto al fotógrafo, dándole sus nombres y exigiéndole que también tomara fotografías de ellos. El tipo volteó a ver al Sr. Donnelly, quien le indicó que procediera.

—Mira, Betty, siento interrumpir tu entrenamiento —dijo el Sr. Donnelly—. ¿Podrías al menos darme los apellidos de las chicas?

La entrenadora seguía sin voltear a verlo. Y tampoco se veía contenta.

—Esto es más que una interrupción, Sr. Donnelly. Si quiere publicar una fotografía de nuestro equipo, debería ser una de Víctor. Él es el capitán.

—Pero él no es noticia, entrenadora —respondió el Sr. Donnelly—. Que hay chicas en el equipo sí es noticia.

—En realidad no. He tenido chicas en el equipo durante cinco años. ¿Por qué de repente se volvió noticia?

El Sr. Donnelly levantó las manos para explicarle y la entrenadora volteó hacia ellas.

—Ustedes son el equipo que va en primer lugar en el condado. Tienen al mejor goleador del condado. Y es una chica.

La entrenadora asintió.

—Muy bien, eso es verdad. Su nombre es Maya Pandhi. P-A-N-D-H-I.

El Sr. Donnelly asintió.

—Perfecto. Prometo hacer lo que ella desee.

Estrecharon de nuevo las manos. Al ver esto, el tipo de cabello largo se alejó de los chicos. Tomó su bolsa, se subió al asiento del conductor en la furgoneta, y él y el Sr. Donnelly regresaron por donde habían venido.

Betty Bright los vio alejarse, luego atravesó la cancha lentamente y entró a la escuela. Víctor se sentó, así que el resto de nosotros también tomó asiento. Finalmente, la entrenadora y Shandra salieron de la escuela. Para cuando Shandra había regresado a la portería para comenzar el entrenamiento, ya habíamos perdido veinte minutos.

Como dije, todo eso sucedió ayer. Esta mañana miré la parte posterior de la sección deportiva del *Tangerine Times*. No había ningún artículo sobre nuestro equipo, pero sí habían publicado una foto. Era de Nita Shirali y en el pie de foto se podía leer: «Maya Pandhi es la goleadora número uno del Condado de Tangerine».

Bien hecho, mamá.

Lunes 2 de octubre

Tengo clases con Theresa, Tino, Maya y Henry D. todo el día. Ahora Joey también forma parte del grupo.

La primera y la última clases del día —Ciencias, y Artes y Letras— hacen proyectos transcurriculares en conjunto. Eso significa que desarrollamos un proyecto científico para la clase de Ciencias y escribimos al respecto en la clase de Artes y Letras. Yo empecé las clases al final de uno de los proyectos, por eso lo único que pude hacer fue sentarme y escuchar a los chicos leyendo sus reportes, que eran muy buenos.

Ahora estamos comenzando un nuevo proyecto transcurricular. La Sra. Potter nos dio una hoja con el plan del proyecto, donde se describe lo que tenemos que hacer, cómo debemos hacerlo y cómo debemos presentarlo ante la clase. En el encabezado de la hoja del proyecto se lee:

Ciencias / Artes y Letras. Proyecto transcurricular

Tema general: la agricultura en Florida

Tema específico: un producto agrícola que sea original de esta parte de Florida

Tema elegido por ti: ¿¿¿¿????

La Sra. Potter nos dio veinticuatro horas para formar nuestros propios grupos, que deberían tener de cuatro a seis chicos. Después de eso, formaría nuevos grupos con lo que denominó «las sobras».

Estaba leyendo la hoja del proyecto con Joey cuando vi que Tino se acercaba a nosotros. Se detuvo en el escritorio de Henry D.

—Oye, Henry, ¿quieres estar en un grupo con Theresa y conmigo? Tenemos una buena idea —dijo Tino.

Henry D., cuyo verdadero nombre es Henry Dilkes, es un chico tranquilo del campo, quien siempre se comporta educadamente.

—Gracias. Me encantaría formar parte de su equipo —le respondió.

Tino chocó su puño con el de Henry y empezó a caminar a su escritorio.

—¡Eh, Tino! —dije en voz alta— ¿Qué dices de Joey y de mí? ¿Podemos también estar en su grupo?

Tino se detuvo y volteó a verme, sorprendido. Lo pensó por un instante.

—Sí, ¿por qué no? —dijo—. Pero el grupo es nuestro grupo, ¿entendido?

—Sí. Sí, por supuesto.

Regresó a su asiento.

—¿Para qué hiciste eso? —me dijo Joey.

—¿Qué cosa? Necesitamos formar parte de un grupo, ¿no es así? No quiero ser una sobra.

—¿Por qué no formamos nuestro propio grupo?

—¿Con quién? Necesitamos de cuatro a seis personas.

—Con quien sea. Con quien sea menos con él. —Volteó a ver con enojo a Tino.

—¡Qué dices! Henry es un muy buen tipo. Muy, muy buen tipo. También Theresa. Y Tino es tranquilo cuando está solo.

Joey negó con la cabeza. No me creía.

—Ese tipo es un problema. No necesito problemas, por ningún motivo.

—Eh, esto no es el entrenamiento de fútbol, es la clase de Ciencias. Eres un genio en Ciencias, ¿no es así?

Joey me miró enfurecido.

—¿Qué quieres decir?, ¿que soy pésimo para el fútbol?

—No, no estoy diciendo eso. Sólo estoy diciendo que esto es diferente. Esto es algo para lo que realmente eres muy bueno.

Finalmente, Joey aceptó lo que le estaba diciendo, aunque no estaba muy convencido.

—De acuerdo, de acuerdo.

—Bien. Esto te dará una nueva oportunidad con la gente, ¿sabes? Una oportunidad para hacer amistad con la gente del equipo.

Hubo un silencio extraño.

—Ya no estoy en el equipo —dijo Joey finalmente.

No podía creer lo que estaba oyendo.

—¿Desde cuándo?

—Devolví mi uniforme esta mañana.

Me le quedé viendo, pero no me regresó la mirada.

—¿Así nada más? —dije, finalmente—. ¿Simplemente ya no estás en el equipo y eso es todo?

Joey se puso tenso.

—Sí, así nada más. ¿Y qué? ¿A ti qué te preocupa?

—No me preocupa nada. Simplemente no entiendo. Pensé que querías jugar fútbol.

—Bueno, pues no quiero. No aquí, en cualquier caso. —Finalmente volteó a verme—. Ni en ningún otro lado. Voy a jugar fútbol americano cuando entre a la escuela secundaria, ¿entendido?

Entendí.

—OK —dije. Y estaba dispuesto a dejarlo ahí.

Pero Joey no. Estaba prácticamente gruñendo.

—No puedo creer que te haya permitido convencerme de esto. —Hizo un gesto abarcando el salón—. Permití que me convencieras de venir a este basurero. —Repentinamente, mientras Joey seguía hablando, tomé conciencia de los chicos que estaban alrededor de nosotros—. Este lugar es como el África más profunda. Como la selva del Amazonas. Como si estuviéramos aprendiendo a vivir entre los nativos.

Asimilé la brutalidad de las palabras de Joey y vi, por primera vez, cuán diferente era de mí: padres diferentes, amigos diferentes, hermano diferente. El altavoz se activó y el gong sonó. Tenía que decir algo.

—Lamento que te sientas así —murmuré.

Y salí del salón, sin él, hacia el corredor congestionado.

Martes 3 de octubre

Hay algo que olvidé mencionar sobre el primer día de Joey en la escuela media Tangerine. O quizá no lo olvidé. Quizá sólo quería bloquearlo. Pero, después de lo que dijo ayer, ya no puedo hacerlo. La escena regresó a mi mente de camino a casa.

Sucedió el lunes pasado. Estaba sentado en el aula principal. De repente, Joey entró y entregó a la Srta. Pollard un pase. Estaba solo, sin Theresa guiándolo, como yo esperaba. La Srta. Pollard le pidió que tomara asiento, así que se dirigió al fondo del aula y se sentó junto a mí. Sonreía ampliamente y dijo algo como:

—Todo bien hasta ahora.

—¿Dónde está Theresa? —le pregunté.

—¿Quién?

—Theresa. Theresa Cruz. Te dije que pidieras que ella te guiara.

—Ah, sí. Está en las oficinas. Ahí la vi.

—¿Qué? ¿Está guiando a otra persona, hoy?

—No, simplemente dije que no la necesitaba. ¿Para qué necesito un perro guía?

—¿Un perro guía? ¿Quieres decir que Theresa es un perro guía?

Joey se rio.

—Calma. Tranquilízate. ¿En verdad crees que es linda?

Lo pensé un poco.

—Sí, supongo que así es.

Joey todavía tenía aquella sonrisa de arrogancia pegada en la cara.

—Entonces, has estado aquí por mucho tiempo.

No podía creer lo que estaba escuchando. Simplemente negué con la cabeza.

—Tengo que decirte que vienes con la actitud equivocada —dije, finalmente.

—Eh, ¿cuál es el problema? Llegué aquí tranquilamente sin nadie guiándome, ¿no es así? Tendrías que estar ciego para perderte en este lugar.

—¿En serio? Entonces, ¿ahora estás diciendo que estoy ciego?

—No, no estoy diciendo que estés ciego...

—¿Estás diciendo que Theresa es un perro?

—No, simplemente estoy señalando que no es mi tipo.

Sonó la campana del primer periodo.

—No lo hagas. No vengas a esta escuela con esa actitud. —Fue todo lo que alcancé a decir.

Como dije, esa escena vino a mi mente hoy. Tuvimos nuestra primera reunión para el proyecto de Ciencias. Los chicos de cada grupo pusieron sus escritorios juntos; los chicos sobrantes fueron acomodados en sus propios grupos. Joey y yo colocamos nuestros escritorios en un círculo con Henry D., Theresa y Tino. Me sorprendió que fuera Theresa y no

Tino quien encabezara la reunión. Y era obvio que no era la primera vez que lo hacía.

Theresa comenzó por leer las directrices del proyecto en voz alta.

—Investigación y presentación de información sobre un producto agrícola nativo de esta región de Florida. —Luego nos pasó una página brillante de un anuncio con un árbol de cítricos cargado de fruta. Cuando escuchamos de qué se trataba el proyecto, Tino y yo supimos de inmediato sobre qué escribiríamos—. Les acabo de pasar un anuncio para un producto agrícola que fue desarrollado por nuestro hermano, Luis. Es una nueva variedad de cítrico, una tangerina de nombre Amanecer Dorado.

»Esta tangerina no tiene semillas, es muy jugosa y muy resistente al frío, lo que la hace perfecta para esta zona. Luis piensa que incluso podría lograr que la zona retomara su antigua relevancia como capital mundial de las tangerinas. Apenas este año acaba de registrar el producto ante el estado como una nueva variedad. Ahora está comenzando a comercializarlo entre agricultores de cítricos de Florida, California y México. Por lo tanto, nuestro reporte se va a llamar «La tangerina Amanecer Dorado».

Theresa distribuyó hojas de papel con el título de nuestro reporte mecanografiado en la parte superior.

—Lo que queremos hacer hoy es repartir las partes de la investigación del proyecto —dijo Theresa—. Tino y yo nos concentraremos en el invento de Luis y en lo que tuvo que hacer para registrarlo ante el estado. Alguien más podría encargarse de la historia de la industria de los cítricos en esta región. Pensamos que tú te podrías encargar de esa parte, Henry. Ya sabes, cuándo inició el cultivo de cítricos aquí, qué tipos de árboles crecen con más facilidad aquí. Ese tipo de cosas.

—Henry D. asintió con la cabeza y tomó nota. Luego, Theresa volteó a verme—: Alguien más podría hacer una investigación básica sobre la tangerina y cómo es cultivada. Pensamos que tú y tu amigo podrían encargarse de eso. —Asentí con la cabeza y Theresa agregó—: ¿Tienen preguntas?

—Disculpen, ¿cuánto tiempo le tomó a tu hermano inventar esta tangerina? —preguntó Henry D.

—Toda su vida —respondió Tino—. No puedo recordar ni un solo día en que Luis no estuviera trabajando en ello. Y no sé si Theresa lo aclaró, pero se trata de algo muy importante. Es como inventar un nuevo tipo de medicina o algo así. Luis se va a volver famoso por este invento.

—Luis también está realmente interesado en ayudarnos —dijo Theresa—. Puede responder a nuestras preguntas y nos mostrará qué se tiene que hacer para crear esta tangerina. Pensamos que debemos hacer toda la investigación y luego tener una reunión para organizarnos, a la que probablemente asista también Luis. Después, cada grupo puede escribir la sección que le toca y dármela para que yo la escriba a máquina.

—Pónganlo todo en un disco y dénmelo a mí —interrumpió Joey—. Yo puedo imprimirlo en la impresora láser de mi casa.

Theresa se volteó. Se veía nerviosa.

—No tenemos computadora —dijo—. Tenemos una máquina de escribir.

—¿Algún problema con eso, Atún? —le dijo Tino, bruscamente.

Joey lo vio fijamente a los ojos.

—No, no tengo problema con eso. Supongo que el problema lo tengo contigo.

—¿Ah, sí? ¡Pues vas a tener un gran problema conmigo! Más grande de lo que te imaginas, imbécil.

Sentí que era mi obligación calmarlos.

—Eh, chicos, olvidémonos de esto —dije.

—Cállate —rugió Tino, quien seguía mirando fijamente a Joey.

—Joey —dije—, es el grupo de Tino, ¿no es así? Estuvimos de acuerdo en eso cuando decidimos unirnos.

Joey se levantó y movió su escritorio hacia atrás. Volteó a verme, molesto.

—*Tú* estuviste de acuerdo. Tú estarías de acuerdo con cualquier cosa. Yo no. Mejor me voy a unir a otro grupo.

Comenzó a arrastrar su escritorio, pero se detuvo y volteó a ver a Tino, agregando con sarcasmo:

—No es precisamente que tu hermano y su nuevo tipo de plátano no sean fascinantes.

Tino dio un salto y se lanzó contra él, pero Joey fue más rápido. Se hizo hacia atrás y Tino pasó de largo, cayendo sobre los escritorios del grupo más cercano. La Sra. Potter llegó antes de que Tino pudiera levantarse. Lo tomó del brazo y lo sacó rápidamente al pasillo.

Joey se volvió contra mí.

—Así es cómo debe uno arreglárselas aquí, ¿verdad? ¿Les lames las botas a estos tipos? ¿Les tienes miedo?

—¿De qué estás hablando? No tengo miedo.

—Eres un gigantesco cobarde, Fisher. Tienes miedo de las chicas. Tienes miedo de tu propio hermano. Ahora también tienes miedo de estas escorias. ¡Te tratan como perro y lo soportas! ¿Lo soportas? ¡Te gusta! ¡Crees que son tus amigos! —Las miradas de todos estaban centradas en Joey. Tenía la cara roja y estaba enojado—. Te voy a decir algo: eres más alto que este vandalito, ¿lo sabes? Y yo soy más alto que tú. Si se vuelve a meter conmigo, no me importa dónde sea, ¡lo voy a moler a puñetazos!

La Sra. Potter regresó al aula y pidió a Joey que la acompañara al pasillo. Joey salió y los ojos de todo el mundo voltearon hacia mí. No tenía la menor idea de qué hacer. Simplemente me quedé ahí, de pie.

Finalmente, Theresa rompió la tensión.

—Entonces, ¿te vas a ir a otro grupo? ¿O qué?

—No —respondí de inmediato—. Quiero quedarme en este grupo.

Pasé el resto de la clase viendo un pedazo de papel en blanco, tratando de entender lo que había sucedido. Joey regresó al final de la clase y se sentó con el grupo sobrante que estaba detrás de mí. Tino no regresó. Durante el entrenamiento se rumoreaba que había sido suspendido por tres días.

Miércoles 4 de octubre

Escribo estas notas en mi diario y mis tareas en la pequeña computadora compatible con IBM que está en mi cuarto. Para cualquier cosa más grande, uso la IBM grande de mi papá, que está abajo en un rincón al lado del gran salón. Mi papá tiene una enciclopedia en CD-ROM, un módem para fax, un navegador para Internet que encuentra cientos de servicios de información. Puedo encontrar lo que quiera sobre lo que sea sin tener que levantarme del asiento.

Hoy en la noche estaba abajo en el rincón buscando información sobre las tangerinas cuando mi mamá me anunció:

—Tengo invitados esta noche, Paul. Quizá deberías trabajar arriba.

—¿Quién viene?

—Es una reunión de la Asociación de Propietarios. Creo que va a ser intensa.

—¿Por qué?

—El Sr. Costello ha estado recibiendo muchas llamadas sobre muchos asuntos distintos. Hay un problema de termitas. Y ha habido allanamientos en las casas de la zona donde vive en la urbanización.

—¿Han robado cosas?

—Sí, la gente está pensando organizar una patrulla de vigilancia con los vecinos o incluso contratar a un guardia para la caseta de seguridad. —Se detuvo y volteó a verme—. ¿No has oído nada acerca de los allanamientos, verdad? ¿Los chicos están al tanto?

—No he oído nada.

—¿Joey no te ha dicho nada al respecto?

—No.

Sonó el timbre. Seguí con las búsquedas que estaba haciendo en tanto los propietarios de casas llegaban. Podía escucharlos entrar: el Tudor amarillo, el York con el garaje para tres autos y un grupo ruidoso de la calle donde vive Joey, la calle donde se están cubriendo todas las casas con carpas azules.

Dejé de trabajar cuando el Sr. Costello entró. Hice rodar la silla hasta la entrada del rincón, para que pudiera verme.

—Hola, Paul, ¿cómo te va?

—Bien, Sr. Costello.

La cara del Sr. Costello se ve arrugada y cansada desde que murió Mike. Traía consigo una gran agenda negra en la mano. Caminó al lado del gran salón que da a la cocina.

—Muy bien, comencemos —dijo con tranquilidad.

La reunión comenzó como las reuniones municipales que organizábamos en la clase de Estudios Sociales: reporte del tesorero, asuntos pendientes, asuntos nuevos; «Propongo que...»; «Apoyo la moción». Había regresado mi atención a la pantalla de la computadora cuando oí a un hombre decir con fuerza:

—¿Qué está pasando con la casa del Sr. Donnelly? ¡Parece una nave espacial!

Volví a hacer rodar la silla y vi al Sr. Costello revisando sus notas.

—Muy bien —dijo—. El Sr. Donnelly solicitó permiso para instalar un pararrayos en el techo de su casa. El Comité de Arquitectura, a causa del problema específico de esa casa, aprobó la instalación. Pero, por alguna razón, el Sr. Donnelly instaló una serie de diez pararrayos a lo largo del techo de su casa. Se ve raro.

—Es espantoso.

—El Comité de Arquitectura envió ya al Sr. Donnelly una carta en términos muy fuertes al respecto. Me parece que, claramente, abusó del permiso —dijo mi mamá.

—¿Y qué va a hacer al respecto?

—Tal como dije, le enviamos una carta. Esperaba que se presentara hoy para que pudiéramos resolver el asunto. Si no hay una respuesta, actuaremos en consecuencia.

Otro propietario se levantó.

—He estado llevando un registro de la población de peces, de los pocos que quedaban, y quisiera hacer de su conocimiento que ahora ya no hay ni uno solo. Hasta donde sé, quedan cero peces en el estanque.

El Sr. Costello asintió gravemente con la cabeza y cambió de página en su agenda.

—Probablemente tengas razón, Ralph. Parece ser que todos los koi desaparecieron. No sabemos cómo, pero pensamos que alguien podría haberlos robado.

Pensé: *Piénselo de nuevo, Sr. Costello. Sus koi son una comida gourmet para las águilas pescadoras de la Ruta 89.*

—¿Y qué hay del fuego subterráneo? —dijo otra voz, airadamente.

El Sr. Costello supo de inmediato cómo responder.

—Muy bien, ciertamente hemos recibido sus quejas sobre el fuego subterráneo y ciertamente compartimos su... disgusto con él. Desde nuestra última reunión, el Sr. Potter y yo hemos contactado al Departamento de Bomberos de Tangerine en tres ocasiones distintas. —El Sr. Costello comenzó a leer sus notas en voz alta—: Su capitán, básicamente, nos dijo que no puede hacer nada al respecto, a lo que respondimos: «¿Por qué no lo llena de agua, hasta que se apague?», y nos respondió: «¿Por qué no lo hacen ustedes?», y así lo hicimos. —El Sr. Costello cerró su agenda de golpe, con una mano—. Contratamos a una compañía para cavar cuatro pozos en el campo alrededor del fuego subterráneo. Rentamos cuatro bombas de agua y equipamiento para el bombeo y empezamos a saturar el área el mes pasado. Para no hacer la historia demasiado larga, el fuego subterráneo sigue encendido. Y ahora tenemos enjambres de mosquitos reproduciéndose en el pantano que creamos.

Escuché a mi mamá hablar de nuevo.

—Estos mosquitos son transmisores de encefalitis. Dos niños

murieron el año pasado en Tangerine después de haber sido picados por mosquitos.

El Sr. Costello asintió gravemente con la cabeza.

—Así es. Ya contactamos al condado al respecto. Tienen un camión con rociador que podemos rentar. A partir de mañana por la noche estarán en nuestra urbanización rociando insecticida *cada dos días* hasta que el problema de los mosquitos esté bajo control. No permitan, repito, no permitan que sus hijos pedaleen en sus bicicletas detrás del camión porque estarían inhalando un pesticida poderoso. De la misma manera, deberán mantener a sus mascotas dentro de casa y deberán meter cualquier planta delicada que esté en sus porches, patios, etc.

Todo el mundo se quedó en silencio pensando en el camión con rociador que estaría arrojando insecticida cada dos noches. Finalmente, el hombre que había hecho la pregunta sobre la casa del Sr. Donnelly habló.

—De acuerdo. ¿Qué nos puede decir acerca de todos los robos?

El Sr. Costello abrió su agenda nuevamente y se dirigió al hombre.

—El Departamento del Sheriff asignó a alguien a este caso, el Sargento Edwards. —Volteó a ver al resto de los propietarios—. Para todos aquellos que no lo sepan, cinco de las casas cubiertas con carpas para eliminar a los insectos, fueron despojadas de joyas, relojes y otros objetos valiosos.

—Mi abogado dice que el exterminador tiene la obligación legal de o colocar un guardia de planta o hacer los arreglos necesarios para que un guardia patrulle alrededor de las casas que están cubiertas —interrumpió el hombre.

—Probablemente eso sea cierto, Dan. Pero nuestro fumigador dice que no estaba al tanto de esa obligación.

—Debería estarlo, es su negocio.

—Quizá sea cierto, pero hablé con el tipo y su postura al respecto es que tienes que estar loco para entrar a una casa llena de veneno mortífero. Por lo tanto, no hay un peligro real de que alguien lo haga.

—Pero *alguien* lo está haciendo. Alguien, además, rompió las puertas de mi patio con un bate de béisbol. Y le guste o no, el tipo es responsable de eso y mis pertenencias desaparecidas.

El Sr. Costello volteó sus palmas hacia arriba y respondió pacientemente.

—Si consideras que tienes elementos suficientes para demandarlo, por favor, hazlo. Pero, ¿realmente vale la pena? Todo el tiempo y el costo necesarios para contratar un abogado e iniciar un juicio para, al final, sólo poder quitarle al pobre tipo su destartalada camioneta. Porque en eso va a acabar el asunto. Así es como son las cosas por estos lugares.

Los propietarios permanecieron en sus asientos, con aire sombrío, hasta que el Sr. Costello retomó la palabra.

—Bien, que alguien haga una moción para diferir el asunto.

Regresé a la computadora cuando la reunión terminó. Saqué el disco y busqué en los archivos de mi papá para encontrar otro servicio de información.

Noté una carpeta nueva que no estaba antes. Nunca habría podido pasarla por alto: «*Erik, ofertas de becas*».

Miré alrededor para asegurarme de que mi papá no estuviera cerca. Él y mi mamá se estaban despidiendo de la gente en el vestíbulo de entrada, así que presioné en «Erik, ofertas de becas».

El archivo medía dos páginas. Había sido diseñado con cuidado, como si alguien hubiera invertido mucho tiempo pensando al respecto. Cada página estaba llena de espacios rectangulares apilados uno encima del otro. Pero presta atención a esto: los recuadros eran campos de fútbol americano de color verde claro, con cuadrículas cada diez yardas. Sobre los campos verdes con blanco, había estadísticas esenciales escritas en rojo. Cada rectángulo contenía el nombre de una universidad, su dirección y número de teléfono, y el nombre del entrenador en jefe. Los primeros tres rectángulos de la página uno eran para la Universidad de Florida, la Universidad del Estado de Florida y la Universidad de Miami. La Universidad del Estado de Ohio tenía un rectángulo en la página uno. También Notre Dame, Penn State y la Universidad de Nebraska.

Parecía que ninguna de estas universidades había mostrado interés en Erik. Aún no. Pasé a la página dos y me encontré con algunas que sí habían mostrado interés: la Universidad Rice, la Universidad Baylor y la Universidad de Houston habían enviado cartas a Erik. Por las fechas de las cartas, deben haberlo contactado al mismo tiempo: justo después de su temporada como júnior en Houston. Mi papá, aparentemente, no había respondido a ninguna de ellas.

Escuché el sonido de la puerta principal cerrándose, así que rápidamente hice lo mismo con el archivo.

Pero voy a regresar.

Jueves 5 de octubre

Joey no vino a la escuela hoy. No me sorprendió. Sé exactamente dónde estaba: en las oficinas de la escuela media Lake Windsor, inscribiéndose de nuevo. Es lo mejor que puede hacer.

Nunca debí haberle propuesto que se mudara a Tangerine. No

encaja aquí, debí haberlo previsto. Joey no es yo. Joey encaja con su familia; encaja con sus amigos; encaja en Lake Windsor Downs. Es ahí a donde pertenece. Ahí es donde está ahora. Y no hay nada más que decir.

Justo antes de que comenzara la clase de Ciencias, me acerqué a Theresa y le entregué seis páginas de investigación. Pareció positivamente sorprendida.

—Y... ¿qué hay de Tino? —pregunté.

—No mucho —dijo, y volteó a ver los papeles que le di.

—¿La entrenadora sabe que lo suspendieron?

—Sí, supongo que lo sabe. Todo el mundo lo sabe.

—¿Se va a perder el partido de mañana?

—No. Regresa mañana.

—¿Ah, sí? Había entendido que lo habían suspendido por tres días.

—Luis vino a hablar con la Dra. Johnson, quien dijo que, dado que Tino no había golpeado a nadie, reduciría la suspensión a un solo día.

—Ah, qué bien.

Theresa dejó de hojear mi reporte. Me miró directamente a los ojos, de una forma totalmente distinta a todas las anteriores.

—Sí. Mira, eh, Paul Fisher: tienes que entender una cosa. No puedes venir aquí y empezar a decir cualquier cosa de Luis. Luis es muy importante para nosotros.

Asentí rápidamente con la cabeza.

—Sí, Sí, lo entiendo.

—Tino y Víctor no lo toman muy a la ligera. Anoche les pedí que no te hicieran nada, pero es mejor que le digas a tu amigo que se cuide de ellos.

Reflexioné al respecto.

—No creo que continúe inscrito en esta escuela. Y no creo que me cuente entre sus amigos. Ya no, al menos.

—Bueno, como sea. Sólo te estoy diciendo lo que te estoy diciendo. —Sacó un pedazo de papel blanco de uno de los bolsillos posteriores de su pantalón—. Toma, es el mapa para llegar a nuestra casa. Henry va a venir después del entrenamiento para conocer a Luis. Si tú también quieres conocerlo, puedes venir.

Vi el mapa y la gran *X* que señalaba su casa.

—Bueno, ¿y qué hay de Tino? —dije, con toda la tranquilidad posible.

—¿A qué te refieres?

—¿No le molestará que venga?

—No, ¿por qué debería molestarle?

Me encogí de hombros.

—Ya sabes, por el problema con Joey...

—Tú no eres Joey, ¿o sí?

—No. Pero, ¿está enojado porque lo suspendieron?

—Tú no eres culpable de que lo hayan suspendido, ¿o sí?

Negué con la cabeza.

—No —dije. Pero pensé: *Al menos no esta vez.*

Fui a hablar con Henry D. y terminamos acordando un muy buen plan. Su hermano lo llevaría de la escuela media Tangerine a la casa de Theresa, regresaría por él y luego iría a Lake Windsor Downs para hacer un trabajo. Henry me dijo que su hermano y él «estarían encantados» de dejarme justo en la puerta de mi casa. Llamé a mi mamá y le expliqué el plan. Lo dudó un poco, pero al final estuvo de acuerdo.

La entrenadora me puso a jugar en el lugar de Tino durante el entrenamiento. Lo hice bastante mal, pero a nadie pareció importarle. Era sólo temporal. Tino estaría de regreso al día siguiente. Después del entrenamiento, seguí a Henry D. al estacionamiento. Caminamos hasta una camioneta y nos subimos en ella.

—Él es Paul —dijo Henry—. Él es mi hermano Wayne.

¡Wayne Dilkes! Lo supe de inmediato: ¡era el bombero! El chico que había venido a la casa por lo del fuego subterráneo. Me saludó amablemente, pero no creo que me haya reconocido. En cualquier caso, no dijo nada mientras nos dirigíamos al este, hacia las huertas, y escuchábamos una estación de música country.

En poco tiempo comenzamos a pasar rápidamente frente a filas perfectas de árboles de cítricos y a percibir su maravilloso aroma en el aire.

Vi un gran letrero de madera que decía HUERTAS TOMAS CRUZ / VIVERO. Wayne disminuyó la velocidad a cinco millas por hora y dio vuelta en un camino sin pavimentar. Avanzamos entre brincos en frente de un estanque oblongo de cincuenta yardas de largo, rodeado de juncos largos. Detrás del estanque, en un lugar más alto, había una pequeña huerta de árboles, cientos de ellos, todos de alrededor de diez pies de alto y seis de ancho. Aspersores de agua se alzaban a la altura de los árboles, como si fueran delgadas hierbas de metal. Dimos vuelta a la izquierda, en dirección de varios edificios: una casa, un garaje independiente, un pequeño cobertizo y un edificio de aspecto extraño.

La casa era grande: de dos pisos, con viejos árboles de sombra rodeándola. Parecía haber sido construida con bloques de cemento cubiertos con una especie de estuco de color mostaza. Entramos en una nube de polvo cerca de la casa, pasamos cerca de la vieja Ford verde y subimos al frente de aquel edificio.

—Los veo en una hora —dijo Wayne, y se retiró dejándonos de pie frente a una de las estructuras más extrañas que haya visto. Parecía una gigantesca lata cortada por la mitad, a lo largo, que luego había sido presionada contra el suelo.

—¿Qué es esto? —pregunté a Henry.

—Es un tipo de refugio militar. Sobraron muchos después de la Segunda Guerra Mundial. Algunos granjeros de cítricos los compraron muy baratos, como excedentes de guerra.

—¿En verdad? ¿Lo encontraste haciendo la investigación?

—Así es.

Henry tocó a la puerta de madera del refugio militar. Miré hacia arriba y calculé que la puerta medía seis pies de alto, y que el refugio tenía doce pies de altura en su punto más alto. En la parte inferior, las orillas estaban enterradas en el suelo.

Tino abrió la puerta.

—Eh, Henry —dijo. Luego se dio la vuelta sin siquiera voltear a verme.

Seguí a Henry y a Tino hasta el fondo del refugio, que estaba a alrededor de veinte yardas de la entrada, atravesando aquel edificio frío, oscuro y sin ventanas. Los costados, donde el techo se curvaba hasta llegar al suelo de cemento, estaban abarrotados de cajas de madera, cabezas de aspersores, carretillas y todo tipo de equipamiento.

Nos unimos a Theresa y a Luis en la puerta posterior. Theresa nos señaló.

—Ese de ahí es Henry D. —dijo a Luis—, el otro es Paul Fisher.

Luis sonrió. Tenía dientes largos dentro de una larga cabeza. Su complexión era también extraña: huesuda y musculosa al mismo tiempo. Sus brazos, piernas y su cuerpo entero parecían una soga gruesa.

—Me alegra verlos, chicos —dijo Luis. Su voz era suave y su acento más fuerte que el de Tino o el de Theresa. Caminó delante de nosotros, cojeando debido a que no podía mover la rodilla izquierda. Nos llevó fuera del refugio militar, rumbo a una colina al norte de la casa, donde había unos árboles deteriorados.

Luis se detuvo en la quinta hilera de árboles, señaló a su alrededor y habló.

—Esto es una huerta. En ella cultivamos una tangerina de nombre Cleopatra que vendemos a embaladores de cítricos y compañías de jugos. Nuestra familia lo ha estado haciendo durante cuarenta y cinco años.

Luis regresó sobre sus pasos y lo seguimos. Al llegar al refugio militar dimos vuelta a la izquierda y pocos pasos más adelante nos encontramos en un espacio abierto, tan grande como una cancha de fútbol, pero de forma cuadrada. Aquí, los árboles eran pequeños como bebés —de no más de un pie y medio de altura— y con espacio entre ellos de poco más de un pie. Debe haber habido alrededor de mil.

Luis se sentó al lado de uno de los árboles bebé y todos hicimos lo mismo.

—Vean a su alrededor —dijo—. Esto es un vivero. El propósito de un vivero no es cultivar fruta sino árboles. Estos árboles los vendemos a agricultores de fruta. —Luis colocó un dedo en la base de uno de los árboles bebé—. Esta parte del árbol es conocida como rizoma. Es la raíz y el tronco de un árbol de limones amarillos salvaje. Lo crean o no, cada tipo de árbol que producimos aquí comienza su existencia como un limón amarillo salvaje. —Su dedo subió seis pulgadas hasta el protuberante nacimiento de una rama—. Aquí hacemos un corte en el árbol de limón amarillo, colocamos dentro un brote diferente y lo unimos con cinta. Para ese momento ya convertimos el árbol en algo diferente: quizá uno de naranjas Valencia o uno de toronjas Red Ruby. El nuevo brote injertado en el rizoma es conocido como vástago. La palabra *vástago* quiere decir algo así como hijo o descendiente del árbol.

Luis apuntó hacia atrás con su brazo, donde se encontraban los árboles altos.

—Consideren esto: un vástago puede ser de cualquier tipo de cítrico que ustedes quieran (naranja, toronja, limón amarillo, limón) ¡y pueden crecer en el mismo árbol al mismo tiempo! Eso significa que en un pequeño árbol podría tener una rama de toronjas blancas, una rama de quinotos rojos, una rama de limones, como si fuera una especie de Frankenstein frutal con todas sus partes unidas con puntadas. —Acarició el tronco del árbol bebé—. El limón amarillo salvaje es completamente inútil en el supermercado y, sin embargo, no hay otro árbol con mayor valor aquí en el vivero.

Luis se puso de pie nuevamente, lleno de emoción. Señaló los mil árboles bebé que teníamos enfrente.

—Si miran hacia allá, se darán cuenta de que todos estos árboles son iguales. En cada uno hay un vástago injertado en un rizoma de limón amarillo salvaje. Ese vástago conforma un nuevo tipo de tangerina llamada Amanecer Dorado.

Luis y todos nosotros miramos por un tiempo el cultivo que había creado. Luego, Luis dio la vuelta y nos llevó de regreso a las hileras de árboles adultos. Señaló diferentes tipos de cítricos, incluyendo algunos experimentos tipo Frankenstein de su autoría. Respondió a muchas preguntas para nuestro reporte.

En poco tiempo estuvimos de vuelta en el refugio militar. Henry D. miró por la puerta.

—Wayne está esperando —anunció.

Me acerqué a Luis y le extendí la mano. Él la tomó y la estrechó fuertemente.

—Gracias. Me interesa mucho todo esto —dije.

—Entonces deberías regresar —me respondió.

—Me encantaría —dije. Luego volteé hacia Theresa y Tino—: Los veo luego.

Theresa se despidió con la mano. Tino fingió no haberme escuchado. Seguí a Henry D. hacia afuera y luego me detuve en seco. Ahí, unido a la parte posterior de la camioneta de Wayne, había un pequeño remolque que tenía encima un generador grande y pesado con un gran ventilador y boquillas rociadoras a cada lado.

—¿Qué diablos es eso? —dije.

—Es un rociador para todos los mosquitos de ustedes —respondió Wayne alegremente.

Nos dirigimos con calma, con el rociador detrás de nosotros, hasta llegar a Lake Windsor Downs. Tan pronto como dimos vuelta en la entrada, Wayne notó las carpas azules en la calle de Joey.

—Mira eso —dijo—, a ustedes les cayeron las diez plagas de Egipto, ¿verdad?

—Sí —dije—. Diez por el momento.

—¿A cuántas casas les cayeron termitas?

—Parece que toda la calle tiene, todo el lado oeste.

—Entonces fue ahí donde enterraron los árboles de cítricos —dijo—. Esto era una huerta, ¿sabes?

—Sí, me han dicho.

—Esto estaba lleno de huertas. Cuando limpiaron el terreno para poner casas, simplemente quemaron todos los árboles y los enterraron. ¿Ves cómo toda esa calle con carpas azules parece estar en una colina?

—Sí.

—Esa colina está hecha de árboles muertos: árboles de tangerinas muertos. Las termitas viven en toda esa madera que está bajo tierra, pero tienen que salir a la superficie para tomar agua. Así es como empiezan los problemas. Si la madera de tu casa se interpone en su camino, empiezan a comerla.

—Pero puedes detenerlas, ¿no es así? —dije—. ¿Puedes matarlas? ¿Puedes llamar al ejército de Orkin, o algo así?

Wayne negó con la cabeza.

—No las puedes detener. Puedes poner una barrera alrededor de tu casa. Y nada más. Pero no puedes evitar que coman madera, tanto como no puedes evitar que ese fuego subterráneo siga ardiendo o hacer que los mosquitos dejen de chupar sangre.

Llegamos a la casa.

—Aquí es —dije. Me bajé y volteé a ver el equipo rociador—. ¿Van a encender esto ahora?

Wayne sonrió.

—Sí, vamos a dejar que arranque. Tenemos que matarles algunos mosquitos, de todas maneras.

—Gracias por traerme, Wayne —dije—. Hasta luego, Henry.

Wayne se despidió con la mano. Buscó debajo del asiento y entregó algo a Henry. Luego, al mismo tiempo, los dos se colocaron en la cara máscaras de gas de caucho negro. Siguieron sentados por un minuto, parecían un par de hombres-hormiga en una camioneta robada. Luego, Wayne se bajó, caminó hacia atrás y jaló del cordón de arranque del generador. El equipo rociador tosía y escupía, regresando a la vida. Luego, me alejé y fui rápidamente hacia adentro de la casa.

Dejé mis cosas en el rincón y fui a la cocina por un vaso de agua. De reojo alcancé a ver a dos personas en movimiento y escuché un *pum, pum, pum.* Supe que Erik y Arthur estaban entrenando en la parte de atrás. ¿Dejarían de hacerlo al percibir el olor a insecticida?

Tomé un refresco y me quedé de pie junto a la barra de la cocina, esperando su reacción. Vi una nube blanca, creciente, entrar al jardín como si fuera un ángel de la muerte. Se movía de derecha a izquierda, describiendo ondas blancas, y rápidamente llenó todo el jardín. Pero mientras veía la escena, sucedió de nuevo. Igual que en Houston. Igual que al lado del muro gris. Una sensación me invadió, abrumándome, como si tuviera que recordar algo, lo quisiera o no.

Miré fijamente hacia el jardín. Al principio veía a Erik y a Arthur. Después ya no pude. Luego pude verlos de nuevo. Después, nuevamente, ya no. Y recordé:

Nuestro jardín en Huntsville. Mi mamá y mi papá de pie frente a mí. Mi papá daba instrucciones a Erik para que se moviera en círculos, alrededor y detrás de mí. Mi papá le decía:

—Muy bien, Erik. Imagina que Paul está en el centro de un reloj imaginario y que yo estoy de pie aquí, en el lugar de las seis de la tarde. Quiero que te detengas en el lugar de las doce, justo detrás de él. Bien. Ahora, muévete a las once. —Luego, se dirigió a mí—: ¿Paul, puedes ver a Erik?

—No, no puedo verlo —dije.

—Muy bien. Erik, muévete a las diez. ¿Paul, puedes verlo?

—No, no puedo.

—Muévete a las nueve.

—¡No puedo verlo! ¡No puedo verlo!

—Está bien, cariño. Está bien —interrumpió mi mamá. Luego, dijo a mi papá—: Te lo dije, el problema está en su visión periférica.

De pronto, sentí en mi cuello el aliento de un depredador. Grité aterrorizado. Erik se rio y corrió hacia mi mamá y mi papá. Se había acercado furtivamente hacia mí por la espalda, desde algún lugar cercano al de las diez.

—¡Erik —le dijo mi papá fuertemente— ¡Ya basta! ¿Estás aquí para ayudarnos o no?

Recuerdo haber comenzado a llorar, en medio de ese reloj imaginario, y que mis papás no se dieron cuenta. Estaban discutiendo acerca de mis ojos o de mis anteojos. Finalmente, mi mamá dijo:

—Bueno, a nadie le hará daño que lo intentemos, ¿o sí? Mañana voy a llevarlo de nuevo para allá, veamos qué pueden hacer.

Y así lo hizo. Así fue como obtuve mis nuevos anteojos. Así fue como empecé a ver mejor. A partir de ese día, pude ver cosas que ellos no podían ver. Pude ver a Erik fingiendo delante de ellos, bajo la luz brillante del Sueño de Fútbol Americano. Y pude ver a Erik al acecho detrás de mí, en las sombras del reloj.

Jueves 2 de noviembre

Solía estar al tanto de cada hora cada día. Pero ahora, con los partidos de fútbol y los partidos de fútbol americano y la escuela y los proyectos transcurriculares, trozos enteros del día pasan volando y me maravillo de descubrir la hora. A veces me maravilla descubrir qué día es.

Así han sido las últimas cuatro semanas. Han pasado en un abrir y cerrar de ojos. Y no sólo para mí. Cada uno de los miembros de la familia está tan ocupado que no podemos ni siquiera encontrarnos para desayunar, comer o cenar juntos. No me estoy quejando. Supongo que ninguno de nosotros lo está haciendo. Todos estamos haciendo lo que se espera que hagamos en Tangerine. Estamos convirtiéndonos en peces grandes en este pequeño estanque.

Mi papá tiene ya el control total de la Dirección de Ingeniería Civil del Condado de Tangerine. El viejo Charley Burns no sobrevivió a la avalancha de mala publicidad, demandas civiles y denuncias penales contra él. Murió de un infarto en la oficina de su abogado. Mi papá no fue ni siquiera al funeral.

Mi mamá es ahora la directora del Comité de Arquitectura, capitana de cuadra de la Patrulla de Vigilancia de la Urbanización y la persona con mayores posibilidades de suceder al Sr. Costello como presidente de la Asociación de Propietarios. Nada nuevo bajo el sol. Mi mamá sabe lo que quiere para Lake Windsor Downs.

¿Noticias en el fútbol americano? La fortuna de Erik Fisher cambió. A lo grande. En cuatro semanas pasó de ser el hazmerreír del área a convertirse en héroe local como pateador de las Gaviotas de la escuela secundaria Lake Windsor. Ahora siempre está rodeado de chicos que, supongo, lo admiran. Me imagino que la gente ve lo que quiere ver. Erik anotó goles de 12 y 25 yardas en un partido que se ganó 20–0 contra Crystal River. Luego anotó uno de 37 yardas para ganar contra Gulf County 10–7. La semana siguiente apareció en la portada de la sección deportiva del *Tangerine Times* por hacer tiros de 40 y 45 yardas para vencer a Flagler por 6–0. Ayer falló un tiro de 50 yardas, pero anotó goles desde 30 y 38 yardas para una victoria de 20–14 sobre Suwannee. Todos en el Condado de Tangerine lo conocen. O, al menos, eso creen.

¿Y qué hay del otro miembro de la familia? ¿El otro atleta de la familia? Las Águilas Guerreras de la escuela media Tangerine han ganado siete partidos consecutivos y yo he jugado en cada uno de esos siete partidos. Incluso, en dos jugué como defensa titular después de que Shandra chocó contra Dolly en el entrenamiento torciéndole la espalda. Jugué los noventa minutos enteros. En los cinco partidos restantes jugué sustituyendo a Víctor o a Maya en el segundo tiempo. Para ese momento, ya habíamos anotado goles suficientes para vencer a la mayoría de nuestros oponentes: 10–0 contra St. Anthony, 8–0 contra Heritage Baptist, 3–0 contra De León, 4–0 contra Seminole, 7–0 contra Highland Park, 4–0 contra Cortés y 7–0 contra Palmetto en un partido de revancha en casa.

Esas son las estadísticas de esta temporada de fútbol. Pero tengo que describir las sensaciones que me han producido. No basta con decir que ganamos siete partidos de fútbol, uno detrás de otro. Es *cómo* lo hemos logrado lo que resulta tan extraordinario. Las Águilas Guerreras se lanzaron con furia sangrienta por todo el condado. Destruimos a cada enemigo. Sembramos la devastación en sus canchas y en sus seguidores. Hay miedo en sus ojos cuando salimos del autobús ululando nuestro grito de guerra. Son derrotados por su propio miedo antes de que el partido comience. Es un sentimiento que nunca antes había experimentado. En cualquier caso, nunca lo había experimentado *desde este lado*. Quizá sólo sea un simple jugador de la banca, quizá sólo sea un mero acompañante, pero es la cosa más maravillosa que me ha sucedido.

Sábado 4 de noviembre

En octubre, cuando visitamos el vivero de tangerinas, Luis me dijo claramente «deberías regresar». Pienso que lo dijo en serio. Sé que *yo* estaba hablando en serio cuando dije que quería hacerlo. Pero desde ese día, Theresa y Tino han llevado a cabo todas las reuniones del proyecto en el aula. En cualquier caso, decidí hacerme cargo de la situación. Quería regresar al vivero, y eso hice.

Mi mamá me llevó y atravesamos Tangerine en una somnolienta mañana de sábado. No tuve problemas para recordar el camino: después de las huertas, cruzando el extenso camino de entrada, pasando la casa, hasta llegar al largo refugio militar.

—¿Estás seguro de que te están esperando? —preguntó mi mamá.

—Sí.

—¿Qué tipo de construcción es esa?

—Es un refugio militar.

—¿Es seguro?

—Mamá, lo construyó el ejército. Podría resistir la explosión de una bomba de veinte megatones.

—¿Qué hay adentro? ¿Es su oficina?

—Es más como un laboratorio del Dr. Frankenstein.

—Paul, por favor, deja de hacer bromas. Estoy preocupada por ti, en este lugar.

—Mamá, es un vivero de cítricos. La peor cosa que me podría suceder es que tome una sobredosis de vitamina C.

—Bueno, no toques nada oxidado. No has tomado tu dosis de refuerzo.

—De acuerdo.

—¿A qué hora debería estar de regreso aquí?

—Te llamo.

—Muy bien, cuídate.

Mi mamá se alejó y yo caminé hacia la puerta del refugio y toqué. No hubo respuesta. Entonces, detrás de mí escuché a alguien hablarme.

—¿Hombre Pescador? ¿Qué haces aquí?

No era un saludo amistoso. Di la vuelta y vi a Tino y Luis saliendo de la casa con rollos de mangueras delgadas de color negro enrolladas alrededor de sus hombros, como si fueran bandoleras para municiones.

Tino y yo nos llevamos bien en el equipo de fútbol, siempre y cuando yo tenga claro qué lugar me corresponde y no quiera ir más allá. Pero no me presta mucha atención fuera del equipo y, definitivamente, no me hace caso en la clase de Ciencias. Tragué saliva y hablé.

—Quería aprender más del vivero. Luis me dijo que podría venir otra vez, y aquí estoy.

—¿Qué? ¿No tienen teléfonos en Lake Windsor Downs?

—Está bien, Tino —dijo Luis—. Yo lo invité a que regresara y regresó. —Señaló una pila de mangueras negras en el suelo—. Puedes tomar algunas y trabajar con nosotros.

Me coloqué una manguera en el hombro y los seguí. Rodeamos el refugio militar hasta llegar a las hileras de árboles adultos y al campo de los árboles bebé: las tangerinas Amanecer Dorado. Extendimos la manguera de Luis, luego la de Tino y luego la mía, a través de las hileras de arbolitos. Luego regresamos y tomamos más mangueras de la pila. Continuamos arrastrando y extendiendo mangueras por tres horas, hasta que todas las hileras lucieron una línea de caucho negro en medio.

Entramos de nuevo a la huerta de árboles maduros, pero esta vez

Tino se sentó en una caja que estaba entre dos grandes árboles. Luis señaló otras dos cajas y las arrastré al lado de los árboles para que pudiéramos sentarnos. Alzó el brazo, cortó una tangerina y se la tiró a Tino. Luego me tiró una a mí. Las chupamos hambrientos y Luis cortó tres más. Yo no había dicho una sola palabra en horas hasta que Luis me hizo una pregunta.

—¿Te gusta el negocio de las tangerinas?

—Me gusta mucho.

Tino resopló.

—Qué bien. ¿Qué es lo que te gusta?

De inmediato, supe cuál era la respuesta.

—El olor. Me gusta el olor que hay aquí. —Levanté mi tangerina—. Supongo que también me gusta el sabor de estas.

Luis sonrió.

—¿Qué es lo que más te gusta a ti? —le pregunté.

Luis se puso de pie para darnos tres más. Cuando se sentó, me respondió.

—Lo mismo que tú dijiste. El olor de este lugar. Ese aroma. No hay nada en el mundo que se le compare. —Volteó a verme con intensidad, pero habló suavemente, casi de manera musical, casi entre sollozos—. ¿Sabes? A veces camino por aquí por las mañanas y caigo de rodillas, y lloro, justo en el suelo. La belleza de todo esto me rebasa. He tratado de describir ese aroma que hay alrededor, en el aire. He intentado darle un nombre. Pero lo que más se acerca es... que se trata del aroma de un amanecer dorado.

Luis volteó hacia el otro lado. Tino lo miraba con veneración, sin ningún rastro de la expresión de tipo duro que suele mostrar.

Descansamos durante cinco minutos más y regresamos a los

árboles bebé. Luis nos dio a cada uno una podadera manual, a las que se refiere como podaderas para tangerinas. Procedimos a caminar con la espalda agachada, haciendo hendiduras en las mangueras negras, justo al lado de cada árbol. El proceso lastimaba la espalda, causaba raspaduras en las rodillas y hacía que los anteojos se llenaran de vapor. Pude sentir cómo el sol me lastimaba la nuca y la parte posterior de las piernas.

No pausamos de nuevo hasta que hubimos realizado mil hendiduras. Después nos volvimos a recostar entre los árboles, con nuestras tangerinas. Luis y Tino tenían calor y estaban cansados, pero yo estaba más bien en una condición crítica.

—Creo que eso es todo para ti por el día de hoy —dijo Luis.

—Sí, Hombre Pescador —agregó Tino—. No te ves muy bien. Te ves como un especial de langosta.

Luis señaló el refugio militar.

—Llévalo adentro, Tino. Dale un poco de ese aerosol para primeros auxilios.

Tino de hecho me llevó del brazo, me ayudó a levantarme y me guio al refugio. Tomó una lata morada de aerosol, la batió y me dijo:

—Cierra los ojos. —Me roció la nuca, los brazos y las rodillas con una espuma blanca y fría. Me senté con cuidado sobre el escritorio.

—Gracias. ¿Puedo usar este teléfono? —dije.

—Sí, por supuesto.

Mi mamá respondió al teléfono casi de inmediato.

—Mamá, ya estoy listo, puedes venir por mí.

—¿Estás bien, Paul?

—Sí.

—Parecería que estuvieras herido.

—No.

—Llego en quince minutos.

Colgué.

—¿Y dónde está Theresa hoy? —pregunté a Tino.

—Salió con nuestro papi. Le está ayudando con unos trámites en el edificio del condado.

—¿Ah, sí?

—Sí, Theresa se está involucrando cada vez más en eso. Está aprendiendo cómo gestionar el negocio de la familia. —Tino hizo una pausa—. ¿Sabes?, estaba pensando... Theresa está muy ocupada con ese asunto, entonces quizá tú deberías hacer el reporte final para el grupo de la clase de Ciencias. Ya sabes, en una computadora. —Asintió con la cabeza, como si estuviera de acuerdo con él mismo—. Theresa piensa lo mismo. De hecho, es su idea.

—Claro, yo lo puedo hacer. —Esperé a que Tino volteara a verme—. Podríamos tener una reunión del proyecto en mi casa, si están de acuerdo. Podría mostrarles los tipos de gráficas que tiene la computadora de mi papá. Ya sabes, gráficas de pastel y cosas así. Juntos podríamos diseñar todo el documento.

—Sí, bueno, déjame hablarlo con Theresa.

Bajé del escritorio y comencé a caminar torpemente hacia la puerta principal. Sentía como si mi piel fuera demasiado estrecha para mi cuerpo. Tino se rio.

—Es un trabajo duro ¿eh?

—Sí, no sé cómo puede la gente trabajar bajo el sol todo el día. Yo no podría ser un productor de fruta, moriría.

Tino asintió con la cabeza.

—Sí, bueno, uno hace lo que tiene que hacer. Nunca lo hice porque nunca tuve que hacerlo. —Comenzó a seguirme en el refugio—.

Mi papi tuvo que hacerlo. Luis también. Pero porque quiso. Solía rogar a papi y al tío Carlos que lo dejaran ir con ellos. Recogía naranjas en Orlando, recogía tangerinas en Merritt Island. Así fue como se dañó la rodilla.

Abrí la puerta principal lo suficiente para ver si mi mamá había llegado. Tino continuó hablando.

—No recoges mandarinas, las podas con una de esas podaderas. Luis estaba haciendo eso cuando se cayó de un árbol. Tenía doce años de edad en ese entonces. Aterrizó sobre su rótula, se la rompió y se apuñaló la mano con la podadera. Mi papá lo levantó y lo llevó al hospital, donde le vendaron la mano, ¿no? Pero Luis no dijo nada de su rodilla porque no se veía tan mal y tenía miedo de que mi mamá no lo dejara ir de nuevo a cosechar. A la mañana siguiente su rodilla parecía un balón de fútbol. Se había dañado tanto el cartílago que tuvieron que operarlo. Incluso le pusieron un clavo. No pudo caminar por dos meses. Y tuvo razón acerca de mi mamá: ella le dijo que no podría ir a cosechar nunca más. —Tino asintió con la cabeza lentamente, recordando—. En cualquier caso, después de que mi mamá murió, Luis no podía moverse a ningún lado. Tuvo que quedarse en casa, con Theresa y conmigo.

Tino me hizo a un lado para salir por la puerta y yo lo seguí. Volvió a hablar.

—De todas maneras, las cosas salieron bien para Luis, se hizo un genio de la horticultura. No hay nadie mejor que él en Florida.

Esperé un poco para asegurarme de que eso fuera todo lo que tenía que decir. No lo era.

—Luis jugaba fútbol, ¿sabes? En la escuela media Tangerine. Y también en la escuela secundaria.

—¿En serio?

—Sí, era bueno. Solíamos ir a verlo jugar.

—¿En qué posición jugaba?

Tino pareció sorprendido por la pregunta.

—¿Qué otra posición podría haber jugado? Era el portero.

—¿El portero?

—Sí, tuvieron que ponerlo a jugar en esa posición porque estaba discapacitado.

Volteé a ver a Tino para averiguar si se estaba burlando de mí. Pero no era así. Simplemente estaba conversando. Estaba en la mejor disposición en la que jamás lo hubiera visto. Pensé que era un muy buen momento para limpiar mi conciencia de una vez por todas.

—Oye, ¿recuerdas cuando los descubrieron en la feria?

—Sí, ¿por qué?

—Bueno, yo soy quien los delató. Acusaron a algunos de los jugadores del equipo de fútbol de Lake Windsor de haber dañado la exhibición. ¿El Hombre Hacha? Yo soy quien les dijo que los responsables habían sido jugadores de fútbol de la escuela media Tangerine.

Tino asintió con la cabeza lentamente. Luego habló.

—Date la vuelta.

—¿Qué?

—Date la vuelta. Mira hacia allá.

Di la vuelta y miré hacia la casa. De repente, sentí en la espalda una patada rápida. Me hizo saltar casi un pie hacia adelante. Me di vuelta y vi a Tino. Tenía una sonrisa maliciosa en la cara.

—Si alguno de tus amiguitos de Lake Windsor te pregunta qué sucedió cuando supe lo que había sucedido, cuéntales esto.

El auto de mi mamá dio vuelta en la esquina. Atravesó la sombra de la casa hacia la luz del sol y llegó hasta donde yo estaba parado. Mi mamá saludó a Tino con la mano cuando me subí al auto. Tino le regresó el saludo y luego rodeó el refugio militar para regresar a trabajar.

Domingo 5 de noviembre

El Sr. Donnelly llamó a mi papá anoche, lo que es gracioso porque el Sr. Donnelly nunca le ha devuelto una llamada a mi mamá o respondido a su carta sobre la fila de pararrayos que tiene en el techo. Comoquiera que sea, llamó a papá y nos invitó a todos a su casa esta noche.

El Sr. Donnelly, además de ser un bandido buscado por el Comité de Arquitectura, es un gran donante al equipo de fútbol americano de la Universidad de Florida. Tiene billetes para la temporada. Conoce al entrenador. Incluso asiste a juegos en lugares tan lejanos como Tennessee. Mi papá lo ha estado tratando de convencer desde que llegamos aquí de que venga a ver a Erik patear. Ahora que Erik comienza a estar a la altura de las expectativas presuntuosas de mi papá, el Sr. Donnelly le ha prestado atención. Después de los goles de campo de 40 y 45 yardas en el juego contra Flagler, apareció en el campo de entrenamiento y vio a Erik hacer tres anotaciones de cincuenta yardas, una detrás de otra. Eso causó una buena impresión en él.

En fin, todos estábamos invitados a ir allá y conocer a otras dos personas relacionadas con el fútbol americano del área.

—Quiero que los entrenadores de las Universidades de Florida, de la del estado y de la de Miami, empiecen a oír hablar de este chico de la escuela secundaria Lake Windsor —dice mi papá.

El chico de la escuela secundaria Lake Windsor está de acuerdo. Erik es tan famoso en esta área como Antoine Thomas. Incluso, hay quienes dicen que Erik es más valioso para el equipo. Esto es algo que no agrada mucho a Antoine y a otros jugadores. A algunos de ellos obviamente no les gusta Erik, pero tal parece que a la mayoría sí. Erik y su lacayo, Arthur, son muy populares. En particular, esta noche. Arthur pasó por Erik hace como dos horas para llevarlo a algún lado (nunca sabemos adónde) y luego irán a *otro* lado después de la reunión en la casa del Sr. Donnelly.

Te puedes imaginar perfectamente la reacción de mi mamá a la visita de esta noche.

—No me importa que se trate de una reunión sólo sobre el fútbol americano —dijo a mi papá—. Me va a tener que decir por qué no ha respondido a la carta y las llamadas telefónicas del Comité de Arquitectura.

—Por favor —dijo mi papá—. Lo de esta noche no es para eso. Lo de esta noche es sólo para hablar de Erik.

Mi mamá, mi papá y yo decidimos ir a pie a la casa de los Donnelly. Dimos vuelta en Kew Gardens Drive justo en el momento en el que el sol se ponía. La fila de pararrayos en el cielo rojo parecía un extraño experimento científico, como si fuera una casa modelo construida en Marte por la NASA, con todo y su letrero de «A la venta».

La lodosa Land Cruiser de Arthur Bauer estaba estacionada en la calle, frente a la casa, lista para un escape rápido. Me pregunté si Erik y Arthur estarían sentados adentro. Hice un esfuerzo para ver a través de los vidrios polarizados, pero no pude distinguir nada adentro.

Mi papá debe haberse preguntado lo mismo porque se dirigió a la puerta del copiloto, aunque nunca llegó hasta ella. En ese momento, los mosquitos atacaron. Levanté mi vista hacia la puesta del sol. Los mosquitos habían saturado por completo el espacio encima de nosotros rondando alrededor, delgados, negros y silenciosos. Se lanzaron hacia nosotros, como si fueran hombres parásitos miniatura en paracaídas. Todos comenzamos a golpearnos con las palmas abiertas cuando sentimos las primeras picaduras. Vi uno aterrizar en la mejilla de mi mamá, quien gritó y comenzó a correr. Mi papá y yo la seguimos. Al llegar a la puerta principal, comenzamos a rozarnos unos a otros frenéticamente hasta que Terry la abrió.

Nos lanzamos por la entrada y casi derribamos una vitrina de trofeos que estaba en el vestíbulo. Del otro lado, en el gran salón, se veía en una pantalla grande un partido grabado de fútbol americano de los Gators de Florida. Ahí estaba sentado Erik, tranquilo, casual, con su sonrisa de héroe del fútbol americano. Estaba en un sillón alargado, con el Sr. Donnelly y otros dos hombres, a quienes el Sr. Donnelly nos presentó como Larry y Frank. Erik se puso de pie al mismo tiempo que los demás, como lo haría un caballero. Todo parecía transcurrir exactamente como había sido planeado. Larry y Frank estaban sonrientes, parecía que les gustaba Erik, que estaban impresionados con él y que estaban listos para apoyar el Sueño de Fútbol Americano Erik Fisher de cualquier forma posible.

Mi mamá miró a su alrededor.

—¿Dónde está Arthur? —preguntó.

Erik pareció genuinamente sorprendido con la pregunta.

—¿Arthur? —dijo—. Está afuera, en la camioneta. —Como si quisiera decir *¿dónde más podría estar?*

Pero el Sr. Donnelly llamó a su hijo.

—¡Terry! Ve afuera y dile al chico que está ahí que venga.

Erik saludó a Terry Donnelly con la mano y dijo:

—No, no, no quiere entrar. Huele mucho a aerosol contra insectos.

Mi mamá olfateó el aire.

—Ahora que lo dices, tú también hueles.

Erik acercó su camisa a la nariz y también olfateó.

—Bauer siempre tiene repelente en aerosol en la camioneta. En caso de que queramos ir a correr en el lodo.

—Sí, esos mosquitos de pantano te comerían por completo —dijo el Sr. Donnelly.

La conversación continuó por un tiempo. Erik continuó siendo encantador. Larry y Frank continuaron impresionados. Arthur permaneció en la camioneta.

El Sr. Donnelly resultó ser un buen tipo. Y un buen anfitrión. No estuvo simplemente sentado escuchando a Erik toda la noche. Habló con mi papá sobre el viejo Charley Burns y las fiestas que solía organizar en su palco. Luego habló con mi mamá sobre las preocupaciones del Comité de Arquitectura.

Me escabullí hacia la vitrina de trofeos para examinar su contenido. Muchas cosas parecían ser baratijas que Terry Donnelly había ganado cuando era niño. Pero había un par de cosas viejas que pertenecían al Sr. Donnelly. De pronto, él apareció a mi lado, hablándome.

—Mi Trofeo Heisman lo tengo guardado en el garaje. —Me reí y él continuó hablando—: Y dime, ¿qué hay de ti? ¿También eres pateador?

—Juego fútbol, señor.

—Ah, entonces supongo que sí *eres* pateador. ¿Juegas para la escuela media Lake Windsor?

—No, señor. Juego para las Águilas Guerreras de la escuela media Tangerine.

Abrió mucho los ojos.

—¡Ya lo recuerdo! ¡El equipo de Betty Bright! Ustedes tienen a esas chicas estelares, ¿no es así?

—Así es, señor.

—¿Cómo les va esta temporada?

—Vamos en primer lugar, invictos. Estamos rompiendo todos los récords de goleo en el condado.

El Sr. Donnelly volteó a verme con mayor interés.

—¿Y están logrando todo eso con un equipo mixto de chicos y chicas?

—Sí, señor.

Asintió con la cabeza.

—Conozco a su entrenadora desde hace mucho tiempo. Es una persona extraordinaria. ¿Alguna vez ha hablado de su carrera de atleta?

—No, señor.

—¿No? Bueno, déjame decirte: Betty Bright es la mejor atleta que haya salido de esta área. Corría en las carreras de cien metros y en las de cien metros con vallas. Lanzaba el disco y la jabalina; hacía saltos de altura y de longitud. Todo eso cuando estaba en la escuela secundaria Tangerine.

—¿Alguna vez ha jugado fútbol?

—No, no que yo sepa. Se volvió famosa como corredora de carreras de vallas. Verdaderamente famosa. El *Times* inició un fondo para mandarla a las eliminatorias olímpicas de Estados Unidos en 1978. ¡Y fue seleccionada! Compitió en los Juegos Panamericanos en Buenos Aires al año siguiente. —En este punto, el Sr. Donnelly volteó hacia los hombres que veían fútbol americano—. ¿Recuerdan la recaudación de fondos organizada para Betty Bright?

Larry se levantó y se unió a nosotros.

—Por supuesto. Era la corredora.

—La corredora de carreras de vallas —lo corrigió el Sr. Donnelly. Volteó de nuevo hacia mí—: Recuerdo una vez en que Larry y varios de nosotros estábamos en la oficina un sábado por la tarde viendo a Betty Bright en el programa de ABC *Wide World of Sports.* Ya sabes, un programa sobre la emoción de la victoria, la agonía de la derrota. ¡Y ahí estaba ella! Fue muy emocionante. Nuestro periódico había respaldado su causa, ¡y ahora ella lo había logrado!

—La golpearon o algo así, ¿no es verdad? —interrumpió Larry.

—Así es. La alemana del este la golpeó en el ojo al saltar la primera valla. Betty terminó en cuarto lugar en la eliminatoria y no pudo calificar.

Larry levantó el puño y lo acercó a mi cara para hacer una demostración.

—Esta alemana la golpeó justo ahí, haciéndola perder el equilibrio. Era posible verlo en la repetición.

—El entrenador de Estados Unidos protestó —continuó el Sr. Donnelly—, pero no logró nada. Eso fue todo, Betty estaba fuera de la competencia.

—Sí, tuvo muy mala suerte —dijo Larry—. Y luego se topó con el boicot.

—Así es. —El Sr. Donnelly lo explicó para que yo pudiera entender de qué hablaba—: Dos años después, los Estados Unidos boicotearon los Juegos Olímpicos de Moscú, así que *ninguno* de nuestros atletas pudo ir. —Se detuvo y puso un dedo en mi pecho—. Pero, independientemente de todo eso, Betty Bright era grandiosa, y tuvo una gran carrera amateur. Estábamos muy orgullosos de haberla patrocinado.

Obtuvo una beca para la universidad gracias a todo eso. Recibió ofertas de becas de las universidades más importantes. Escogió Florida A&M para poder estar cerca de su familia.

Mi mamá, mi papá y Erik se acercaron al Sr. Donnelly, quien estaba de espaldas. Se dio la vuelta.

—¿Cómo? ¿Se van tan pronto? —dijo.

Mi mamá sonrió.

—Me temo que sí. Tengo mucho que hacer.

—Eh, fue un placer conocerte, Erik. —Mi mamá, mi papá y Erik sonrieron—. Y también fue un placer conocerte, Paul. —Mi mamá, mi papá y Erik retrocedieron al mismo tiempo, como si estuvieran todos conmocionados, como si fuera la cosa más absurda que hubieran oído. Nos despedimos un par de veces más y salimos apresuradamente, listos para correr en caso de que los mosquitos siguieran ahí. Ya no estaban.

Erik caminó a la Land Cruiser y abrió la puerta del copiloto. Creo que Arthur no esperaba que lo hiciera. Alzó la vista rápidamente, con los ojos abiertos de par en par, y miró con sorpresa bajo la luz de cortesía. Metió en una bolsa algo brillante que estaba sobre el tablero y Erik cerró la puerta. Entonces, todo oscureció adentro nuevamente. El motor de la Land Cruiser volvió a la vida y se alejaron.

Mi mamá, mi papá y yo caminamos de vuelta a casa atravesando el aire lleno de humo. Todos habíamos podido hablar con el Sr. Donnelly, le habíamos dicho cosas ingeniosas y brillantes. Pero no teníamos nada que decirnos a nosotros.

Cuando llegamos a casa, mi papá abrió su auto, estiró la mano y presionó el control remoto del garaje. La puerta se abrió al mismo tiempo en que llegamos a ella. Nos agachamos para entrar rápidamente, pero me detuve en la puerta de la cocina. Tuve que detenerme y tuve que mirar hacia atrás porque había algo que me molestaba. Algo inquietante. ¿Un recuerdo?

—¿Puedes presionar el botón del garaje, por favor? —me llamó la atención mi mamá.

Uno de los dos debe haber echado a andar el contestador automático porque de repente oí la voz de mi abuela diciendo: «Caroline, tu padre y yo estamos pensando tomar unas vacaciones en Florida...».

Oí esas palabras en la voz plana de mi abuela. Las escuché muy dentro de mí. No escuché el resto de su mensaje. Me quedé inmóvil en el garaje, mirando hacia nuestro camino de entrada. Y lo recordé:

De pie en nuestro garaje en Huntsville, mirando hacia el camino de entrada. Mi abuelita y mi abuelito caminaban hacia mí. Cada uno llevaba un bolso de viaje en la mano. Erik apareció de repente en el camino de entrada, así que se detuvieron a saludarlo.

Mi mamá estaba de pie a mi lado. Recuerdo que se inclinó hacia mí y susurró.

—Paul, cariño, no les digas nada malo a tu abuela y a tu abuelo.

Ellos continuaron caminando a donde yo estaba. Mi abuela me vio y se inclinó hacia atrás, como para verme mejor, como si no pudiera creer lo que estaba viendo. Mi abuelo se inclinó hacia el otro lado y se agachó hasta quedar frente a mi cara.

—¿Qué diablos les pasó a tus ojos? —dijo.

—Podemos hablar de esto adentro —les dijo mi mamá—. Lo importante es que va a estar bien.

Recuerdo que todos entraron y me dejaron ahí, mirando hacia el camino de entrada. Dejándome que viera a Erik, quien me miraba a mí.

Martes 7 de noviembre

Hoy tuvimos nuestro último partido, contra la escuela media Manatee. No habían ganado un solo juego en el año, y recientemente habían sido aplastados 8–0 por la escuela media Lake Windsor. Parecía que estaban aterrorizados de compartir la cancha con las temibles Águilas Guerreras. Me tocó ser titular en el partido jugando como mediocampista izquierdo debido a que Nita estaba de baja porque tenía gripe.

Alrededor de dos minutos después de que empezara el partido, Maya enganchó un tiro de treinta yardas que entró directamente en la portería. El portero ni siquiera se movió. A cinco minutos de que empezara el partido, lo volvió a hacer. Pero esta vez, el balón golpeó el poste derecho de la portería y rebotó a nivel del pecho a través de la boca de la portería. Me tiré hacia él y lo desvié con la frente, justo por encima de mis anteojos. Caí al suelo y el balón se clavó al fondo de la portería. Un bellísimo gol, memorable.

Víctor me puso de pie, gritando.

—¡Sí! ¡Sí! Vamos, ¡anotemos otro!

Rápidamente nos alineamos de nuevo, como siempre lo hacemos. El entrenador de Manatee pidió tiempo fuera y entró corriendo a la cancha para hablar con la árbitra. Tuvimos que esperar en lo que la árbitra pedía a señas a Betty Bright que se acercara a ellos. No fue hasta entonces que me di cuenta de la tormenta que se formaba sobre nuestras cabezas. Había llegado rápidamente, oscureciendo la cancha y bajando la temperatura. Cayó un rayo y un trueno lo siguió casi de inmediato.

La reunión de entrenadores se acabó y el tipo del equipo de

Manatee hizo una seña con la mano a sus jugadores para que salieran de la cancha. Parecía que tenía prisa de alejarse de nosotros y regresar al autobús. Betty Bright nos llamó para que formáramos un círculo.

—El entrenador dice que no pueden jugar bajo los rayos. Es la política de su escuela.

—Entonces, ¿renuncian? ¿De eso se trata? —dijo Víctor.

—No, por el momento se trata sólo de un retraso por lluvia. Entremos y tratemos de mantenernos tranquilos.

Corrimos al edificio y nos reunimos alrededor de las puertas dobles de la parte posterior. La árbitra, una mujer alta de cabello rubio corto, entró detrás de nosotros, justo al mismo tiempo en que la lluvia empezaba a caer. Víctor se acercó a ella.

—Oye, árbi, ¿Qué hay con esto? ¿Vamos a tener que jugar una especie de partido suspendido por lluvia?

La árbitra anotó algo en un cuaderno de notas pequeño.

—No —le respondió—. Esto es todo. O juegan hoy, o se anota como «partido no jugado» en el libro de registro.

—¿Eso qué quiere decir?

—Es como si no hubieran jugado.

Víctor me tomó del hombro y me sacudió de manera dramática.

—¿Y qué hay del gol del Hombre Pescador?

—No existió —la árbitra dijo en tono solidario—. No a menos de que juguemos al menos medio partido.

—¡Hombre! —Víctor me dio un golpe en la espalda, enojado—. ¡Íbamos a asesinar a esos babosos! Iba a terminar en algo así como cincuenta a cero. ¡Iba a mejorar mis números!

Betty Bright seguía mirando por la ventana.

—No importa —dijo—. Quizá juguemos. Y si no, seguimos invictos. —Hizo una pausa para señalar a Víctor—. Y sin empate.

«Sin empate» era una referencia a la escuela media Lake Windsor y lo que les había sucedido el día anterior. Hasta ayer tenían el mismo récord que nosotros. Pero fueron a la escuela media Palmetto, hogar de las Chotacabras, y se quedaron inmovilizados en un 0–0. Quizá no pudieron con el juego sucio o con los tiradores de bellotas.

Esperamos cerca de la puerta posterior, arrastrando nuestros zapatos de fútbol durante los siguientes veinte minutos de lluvia fuerte. Finalmente, Betty Bright nos llamó.

—¡Ahí van!

Nos amontonamos junto a las puertas y pude ver las luces traseras del autobús de Manatee alejándose en la lluvia. Víctor volteó hacia la árbitra.

—Se dieron por vencidos, ¿verdad? ¡Eso es causa de multa!

La árbitra negó con la cabeza.

—No. No bajo estas circunstancias. Nunca habrían podido jugar ambos equipos con este clima.

—Nosotros jugamos con cualquier tipo de clima, señorita. Somos las Águilas Guerreras.

La árbitra entregó una hoja de papel a Betty Bright.

—Supongo que eso es asunto de ustedes. Pero el de hoy es un «partido no jugado». ¿De acuerdo, entrenadora?

Betty Bright asintió con la cabeza. Nos hizo una seña para que nos reuniéramos a su alrededor.

—No hay nada más que podamos hacer hoy. Maya, Paul Fisher, qué buenos goles. Pero no cuentan, así que tenemos que olvidarnos de ellos. Prepárense para regresar a sus aulas, cámbiense y no hagan payasadas. Tenemos entrenamiento mañana, nuestro último entrenamiento. Tenemos un partido el viernes, nuestro último partido.

—Lake Windsor, hogar del baboso ese de Gino —interrumpió Víctor.

—Lake Windsor, hogar del otro equipo invicto —replicó la entrenadora—. Pero ayer no pudieron meter el balón en la portería.

—Sí, silenciaron al tonto de Gino.

—Olvídate de él, Víctor, o tú terminarás siendo el tonto. Concéntrate en que *nosotros* coloquemos el balón dentro de la portería. Si llegamos ahí y perdemos la cabeza, perdemos la concentración, perderemos todo aquello por lo que hemos trabajado.

—Pero también podríamos ganarlo todo, ¿no es así?

—Así es. Recuerden, todos, tenemos un mejor récord. El título es casi nuestro. Como dicen en las grandes ligas: el destino está en nuestras manos.

Miércoles 8 de noviembre

Debo haber causado una buena impresión al Sr. Donnelly porque hoy aparecimos en la portada de la sección de deportes del *Tangerine Times*. Hay un artículo detallado sobre el fútbol de las escuelas medias y una sección especial, «Rememorando», sobre Betty Bright en los Juegos Panamericanos.

Primero, el artículo sobre el fútbol. Mencionaba a los tres principales goleadores del condado. Maya Pandhi, por supuesto, es la número uno, con 22 goles. Pero, presta atención: Gino Deluca y Víctor Guzmán comparten el segundo lugar con 18 goles cada uno. El artículo continúa y señala que Maya, ella sola, ha anotado más goles que la mayoría de los equipos del condado. Su marcador total jugando para la escuela media Tangerine es fantástico: 52 goles, que rebasan por diez el récord anterior.

El artículo no desperdició espacio en mencionar los récords de los equipos menos importantes del condado. Sólo había dos récords de los que valía la pena hablar: el de Tangerine, que es 9–0–0, y el de Lake Windsor, que es 9–0–1. El artículo concluía diciendo que «El campeonato será decidido en el gran juego de mañana entre las Águila Guerreras y las Gaviotas, en la cancha de Lake Windsor».

El ensayo especial sobre Betty Bright era más un ensayo fotográfico. Contenía una instantánea a color de ella vestida con el uniforme de la escuela secundaria Tangerine. Había una fotografía panorámica de ella posando con otros miembros del equipo olímpico de los Estados Unidos. Y tenía una fotografía a blanco y negro, granulosa, sacada de un video, que la mostraba en el aire, saltando una valla. El puño de otra atleta se extiende desde la esquina izquierda de la foto directo hacia su ojo. Su cara está torcida, golpeada, hacia el otro lado. El pie de foto dice: «Una eliminación controvertida en Buenos Aires».

Después de que terminé de leer el ensayo, empecé a preocuparme. ¿A Betty Bright le molestaría la publicidad? Pensé en su reunión con el Sr. Donnelly y el fotógrafo durante el entrenamiento, y en la huida espantada de Shandra Thomas, alejándose de la cámara. ¿Betty Bright se habrá sentido de la misma manera? ¿Le habrá molestado que apareciera este doloroso recuerdo en la portada del periódico? ¿Le habrá molestado tener que revivir aquel golpe en el ojo?

Viernes 10 de noviembre

El partido de hoy, como todos los partidos fuera de casa, comenzó en el camino de entrada circular de la escuela media Tangerine. Como siempre, nos reunimos al lado del autobús con los zapatos de fútbol colgados de los hombros, esperando que las puertas se abrieran. Lo que fue inusual era la multitud. La gente que asistía a nuestros partidos —padres de familia, hermanos menores y otra gente de la localidad— también asistió a este partido.

Cuando Betty Bright abrió la puerta del autobús y dijo «Cuéntalos, Víctor», una caravana de al menos veinticinco autos y camionetas, incluyendo la Ford verde, se acomodó detrás de nosotros.

Todo el mundo se mantuvo en silencio, apagado, mientras salíamos del estacionamiento. Nita estaba atrás, sentada junto a Maya, pero no se veía muy bien. Tampoco Shandra, quien estaba sentada justo detrás de ellas. Apoyaba la frente en la ventana y tenía los ojos cerrados. ¿No se sentía bien? ¿Estaba perdida en sus pensamientos? Era difícil decirlo.

Al pasar frente a la planta embaladora rumbo al centro de Tangerine, Henry D. empezó a contarme del partido del año pasado contra Lake Windsor.

—También todo dependía del último partido. Es por eso que ahora son nuestros archienemigos. El año pasado llegaron con el mismo récord que nosotros, 9–1. Nos vencieron en el último partido, en nuestra propia cancha.

Víctor estaba escuchando y dijo:

—Háblale de eso, Henry D. —alzó la voz—. Todos los que no se acuerden de eso también necesitan escucharlo. Robaron nuestra victoria el año pasado, en nuestra cancha, en nuestra propia casa. Tienen que morir por haberlo hecho.

—¿Cuál fue el marcador? —pregunté.

—Cuatro a uno —respondió Henry, pero Víctor continuó la historia.

—Ignazio era el capitán el año pasado. Ignazio, el hermano de Dolly. Entonces Ignazio anotó un gol en la primera mitad y nosotros tuvimos el control durante todo el tiempo. Debimos haber tirado a gol unas veinte veces, y ellos sólo dos. —Se detuvo y volteó a ver a su alrededor, y con tono acusador continuó—. Pero en el segundo tiempo bajamos la guardia. Tomamos demasiada confianza. Ese tipo, Gino, comenzó a hacer cosas solo. Tomaba el balón a medio campo y lo llevaba directamente hacia la portería. ¡Nadie lo detenía! Anotó tres goles en el segundo tiempo. Y el tipo ese, el chino, anotó uno.

Supuse que se refería a Tommy Acoso.

—Es filipino —dije.

—Sí, es lo mismo. Lo que quiera que sea, cobró un tiro penal después de que Ignazio finalmente pusiera en paz a Gino. —Víctor cerró ligeramente los ojos al recordar el momento—. Para él fue como una broma. Lo oí decir al chino ese que cobrara el penalti, que él ya estaba cansado de anotar goles.

Víctor se quedó en silencio, recordando el último partido del año pasado, enojándose cada vez más. Continuamos el camino, un autobús y veinticinco autos y camionetas, hacia las urbanizaciones al oeste del pueblo; hacia la urbanización donde vivo.

Fue extraño. Muy extraño. Pasábamos frente a los paisajes de mis viajes diarios de ida y vuelta a la escuela. Pero hoy los veía a través de los ojos hostiles de un Águila Guerrera.

Víctor se había relajado un poco y empezó a hacer comentarios acerca del paisaje. Hablaba como si nunca hubiera recorrido este camino en toda su vida.

—Mira, este lugar se parece a los de *Estilo de vida de ricos y famosos*.

Algunos comenzaron a seguirle la corriente cuando pasamos delante de las Villas at Versailles.

—¡Mira ese portón! ¿Qué es eso?

—Es de oro. ¡Mira, le pusieron oro a esa cosa!

—¡Buenísimo! Parece una película.

Todos estaban sinceramente maravillados al pasar por este tramo del camino, este tramo que yo daba por hecho. Era como una película; en cualquier caso, como un set de película en madera pintado y sostenido por estructuras de dos por cuatro. Tan falso como la sonrisa de héroe del fútbol americano de Erik Fisher.

También yo vi el paisaje con ellos, asombrado. Asombrado de que pudiera estar ahí, donde en otra época sólo había habido árboles de cítricos. Observé cómo todo pasaba frente a mí hasta que llegamos al campus con jardines cuidados de la escuela media Lake Windsor.

Pude ver una multitud de gente tan pronto como dimos vuelta al edificio principal. La gente rodeaba la cancha de fútbol. La multitud tenía de dos a tres personas de profundidad en el lado del equipo local, y se derramaba hacia el lado del equipo visitante.

Betty Bright llevó el autobús hasta el césped mientras el resto de la caravana se dirigía al estacionamiento. Condujimos por el césped hasta que llegamos al área de tiros de esquina del lado del equipo visitante. Fue ahí donde nos estacionamos. Es ahí donde siempre nos estacionamos. La entrenadora ha hecho el mismo recorrido campo traviesa en cada partido fuera de casa, por si acaso necesitamos un refugio o salir deprisa.

Volteé a ver a la multitud en busca de rostros familiares. Había muchos. Mi mamá estaba de pie con otros adultos junto a la banca del equipo de casa. ¿Se daba cuenta de que yo era visitante? Joey estaba cerca de ella; también Cara y Kerri y un montón de chicos de mis viejas clases, de mi vida anterior. El Sr. Donnelly y el fotógrafo de cabello largo estaban en el medio campo. El entrenador Walski, calvo como siempre, estaba en el campo con sus jugadores, encabezando los ejercicios de calistenia. Se veían más grandes de lo que los recordaba. Gino, Tommy y todos los chicos de octavo grado parecían haber crecido y haberse vuelto más corpulentos. Parecían un equipo de fútbol americano.

Me puse los zapatos de fútbol y los anudé con fuerza.

—Escuchen —nos llamó la entrenadora—. Déjenme explicarles algo de manera sencilla. Podemos hacer tres cosas: ganar, perder o empatar. Si ganamos, el título del condado es nuestro; si empatamos, el título del condado es nuestro; si perdemos, el título del condado es de ellos. —Betty Bright se levantó por completo, hasta tocar el techo del autobús—. Déjenme decirles algo más: han roto el récord de todos los equipos en la historia de este condado, y van a vencer a este equipo el día de hoy. Muy bien, Víctor, llévalos fuera del autobús.

Abrió la puerta, Víctor se dirigió rápidamente al frente del autobús y saltó hacia afuera seguido de sus chicos, y luego del resto de nosotros. Corrimos por el perímetro interior de la cancha. La multitud nos veía, pero nadie nos gritó o escupió. Mi mamá nos saludó con la mano. Joey estaba ocupado mirando hacia el otro lado. Kerri me miraba directamente. También el Sr. Donnelly, quien levantó los dedos pulgares para mí.

Dimos la vuelta y corrimos hacia la banda lateral del equipo visitante y oímos a los fanáticos ruidosos de nuestra caravana. A medio campo, Víctor hizo un giro pronunciado y corrió hacia el centro, tal como había hecho muchas veces antes. Betty Bright ya estaba ahí. Nos colocamos alrededor y coreamos nuestro grito de guerra.

—¿Quiénes somos?

—¡Las Águilas Guerreras!

—¿Quiénes somos?

—¡Las Águilas Guerreras!

La voz de la entrenadora tronó molesta, indicándonos que nuestra respuesta aún no era lo suficientemente buena.

—Pregunté: «¿Quiénes somos?».

—Las Águilas Guerreras —respondimos y caímos en el frenético coro que iniciaba cada partido—: ¡Guerra! ¡Guerra! ¡Guerra!

Rompimos el círculo y los titulares se colocaron en sus posiciones. Eché un vistazo alrededor de la cancha. Toda la gente —los jugadores de Lake Windsor, los estudiantes, los adultos— nos veían con la boca abierta. ¿Estaban maravillados? ¿Lo desaprobaban? ¿Tenían miedo?

El partido comenzó en ese momento, en silencio. Estuve de pie en línea con Betty Bright y los jugadores menores de la banca, los chicos que sólo jugaban en los partidos que íbamos ganando por paliza. Nunca me había importado jugar en la banca de este equipo, hasta ese momento. Prácticamente todas las personas que conocía podían verme de pie ahí, y notar que yo no era lo suficientemente bueno para estar en la cancha. Esperaba que Betty Bright entendiera que esta era la escuela en la que yo solía estudiar; que ese era el equipo en el que yo solía jugar.

Volteé a ver al portero de Lake Windsor. Era el mismo chico de octavo grado que me había dado el apodo de Marte hacía tiempo, muchas semanas atrás. Si las cosas hubieran sido diferentes, ¿habría estado yo en su lugar? Probablemente. ¿Habría logrado marcar una diferencia? Probablemente no. Ellos habrían ganado nueve partidos sin mí y habrían jugado para un marcador empatado sin goles en contra. Era un equipo que no dependía de su portero.

La acción en el terreno de juego comenzó lentamente. Ambos equipos jugaban con descuido, sacando el balón. Víctor parecía más enfocado en intimidar a Gino que en tener el balón. Víctor y Gino se barrieron cerca de nuestra lateral para ganar el balón y acabaron entrelazados. El árbitro hizo sonar el silbato para que se hiciera un despeje, pero Víctor aún no había terminado. Se puso de pie justo enfrente de Gino y empezó a decirle cosas. De repente, uno de esos defensas enormes que tienen —ni siquiera me sé su nombre— corrió y tomó a Víctor por el cabello. Le dio media vuelta y le dio un puñetazo en la cara. Víctor se desplomó, golpeándose la parte posterior de la cabeza contra el suelo. El árbitro se lanzó contra el jugador de Lake Windsor y lo agarró. Gritó al entrenador Walski.

—¡Fuera del juego! ¡Está expulsado!

Betty Bright corrió hacia Víctor y yo fui detrás de ella. Llegó hasta donde estaba Tino y lo detuvo en su carrera hacia el defensa de Lake Windsor con ojos de muerte. Lo llevó con ella hasta donde estaba Víctor. Tenía los ojos abiertos, pero parecía aturdido.

—Víctor, ¿puedes entender lo que digo? —dijo ella.

—Estoy bien, listo para continuar —respondió. Estaba sorprendentemente tranquilo, como si no supiera o recordara lo que le acababa de suceder—. En verdad, entrenadora, estoy bien. Estoy listo.

—No, tengo que revisarte en la banca antes —dijo Betty Bright, quien llamó al árbitro—. Cambio. —Luego volteó hacia mí—. Paul Fisher, a la cancha. —Víctor se levantó con dificultad mientras ella lo ayudaba y pedía al resto de nosotros que nos acercáramos—: Este momento es crucial. Es el momento en que los perdedores actúan como perdedores y los ganadores como ganadores. Es el momento en que mandan a un loco a golpearte en la cara. Si ustedes contraatacan, estarán jugando el juego de ellos. Si se concentran en jugar fútbol, estarán jugando el juego de ustedes.

Sacó a Víctor de la cancha y la acción recomenzó. Teníamos que cobrar un tiro desde el lugar donde había sucedido la falta. El árbitro colocó el balón en el suelo e hizo sonar su silbato. Los jugadores de Lake Windsor, quienes se habían reunido junto a la portería, estaban regresando lentamente a sus posiciones. Cuando vi esto, grité: «¡Vamos!». Pateé el balón con más fuerza que nunca y lo hice pasar sobre las cabezas de los sorprendidos defensas. Nuestros delanteros se movieron rápidamente, rebasándolos. Tino bajó el balón en la esquina izquierda, lo giró y lo pateó con la derecha. Maya lo detuvo en seco en el suelo mientras un defensa de Lake Windsor derrapaba delante de ella; entonces, propulsó el balón contra la red de la portería. *¡Bum!* Así de rápido. Así había sido toda la temporada; era nuestra característica distintiva. Atacábamos rápidamente, con sólo un par de pases y *bum,* en la portería. 1–0.

El equipo de Lake Windsor estaba confundido. Sus jugadores gritaban «¡Posición adelantada!». Pero no era posición adelantada. Los había tomado por sorpresa. Su portero no tenía ninguna posibilidad.

Después de eso, Gino y Tommy tomaron el control. Empezaron

tomando el balón en el medio campo gambeteándolo solos o pasándolo entre ellos. Y comenzaron a hacer tiros. Gino puede patear el balón con más fuerza que ninguno a quien haya visto, en línea recta, desde afuera del área de meta. Logró rozar la parte superior de la portería con un tiro al que Shandra ni siquiera estuvo cerca de alcanzar. Luego hizo que ella tuviera que lanzarse por el balón, desviándolo para un tiro de esquina. Tommy y él trabajaron en una serie de pases cortos hasta llegar al área de meta. Tommy tomó impulso para patear el balón y Shandra salió a detenerlo deslizándose hacia él para bloquearlo. Pero Tommy fingió el tiro, recuperó el balón y lo lanzó sobre ella a la portería vacía. 1–1.

Shandra se levantó lentamente, apretándose el estómago. Los jugadores de Lake Windsor corrieron a celebrar con Tommy. Vi a Shandra tambalearse hacia la portería. Se veía enferma, débil. Se apoyó en el poste de la portería, se dobló y vomitó un líquido blanco en el césped.

Di la vuelta y vi a Betty Bright corriendo hacia ella. Al mismo tiempo, César, nuestro jugador de la banca más pequeño entró corriendo a la cancha. Víctor lo apodaba Ensalada César. Él sólo entraba a jugar en juegos que estábamos ganando de manera absoluta. Corrió hacia mí y gritó.

—Hombre Pescador, la entrenadora dice que yo te voy a sustituir y tú vas a sustituir a Shandra. —Y me entregó una camiseta roja de portero.

Me la puse y corrí hacia la portería al mismo tiempo que la entrenadora sacaba a Shandra. Me coloqué sobre la línea de gol y miré hacia el frente. A la distancia, vi a los jugadores de Lake Windsor alineados, listos para arremeter contra nosotros de nuevo. Pensé: *Espera, no estoy listo. No estoy listo.*

Estaba bloqueado. También sentí deseos de vomitar. Pero no había tiempo para pensarlo. Gino quitó el balón a Henry D. como si este ni siquiera hubiera estado ahí, y se lanzó a toda velocidad por el medio de nuestra línea de defensa. Dolly intentó una barrida sobre él, pero fue más rápido. Golpeó el balón hacia la derecha, lo pasó por encima de ella y vino hacia mí, los dos solos el uno contra el otro. Yo tenía los zapatos firmemente apoyados cuando disparó, directo hacia mí. Moví mis brazos para agarrarlo, pero no lograron llegar a tiempo. El balón rebotó contra mi cara, arrancándome los anteojos hacia arriba y metiéndome en la portería. El balón rebotó de regreso hacia donde estaba Gino, quien le dio un golpe ligero. El marcador era 2–1.

El propio Gino me sacó de la red.

—¿Estás bien, Marte?

—Sí.

—Es mejor que te prepares, Marte. Voy a regresar.

—Sí, sí.

Sus compañeros de equipo se apiñaron encima de él. Lo míos ni siquiera voltearon a verme. Me quité los anteojos y los limpié. Cuando volví a colocármelos noté que estaban manchados de sangre. Miré hacia abajo y noté un rocío rojo de sangre en la camiseta de portero. Mi nariz estaba sangrando. Me incliné hacia atrás, presioné la parte superior de mi nariz y expulsé tanta sangre como pude. Doblé la camiseta y limpié de nuevo los anteojos con ella, usando la parte posterior.

—¿Hombre Pescador? —dijo Dolly—. ¿Estás bien?

Por supuesto que lo estaba.

—Sí —grité—, sigamos.

Ahora sí lo sentí. Ahora estaba de lleno en el partido. Cargaron contra nosotros. Gino arrancó un tiro largo al que me lancé, bloqueándolo en el aire. Me puse de pie de un salto y despejé el balón. El tiempo restante de esa mitad jugué super bien. Estaba concentrado; detuve todos los tiros que dispararon a donde yo estaba; impedí goles golpeando el balón con el puño; desvié tiros mandándolos por encima de la portería. Salí a su encuentro y me barrí delante de ellos para evitar que patearan el balón. El primer tiempo terminó así, con una implacable ofensiva que no produjo nada. El marcador seguía siendo 2–1.

Pasamos el intermedio sentados en semicírculo en la portería lejana, comiendo tangerinas. Víctor volvería a jugar en el segundo tiempo. Nina, quien seguía sintiéndose mal, no.

De repente, de la nada, tenía al entrenador Walski a mi lado, con su tabla. Volteó a ver a Betty Bright.

—Entrenadora, este portero suyo está impedido para jugar. Estuvo impedido para jugar para mí, y está impedido para jugar para usted —dijo.

Betty Bright se levantó y lo enfrentó. Tenían la misma altura.

—¿Ah, sí?

—Esta es su advertencia oficial, la próxima vez hablaré con el árbitro.

—¿Lo va a hacer? ¿Qué es lo que le impide jugar?

—En primer lugar, su dirección. Podemos discutir esto en una audiencia, si lo prefiere. Yo solamente le estoy diciendo que la Comisión de Deportes del Condado no lo reconocería como elegible para jugar, así que estaría condenando el partido si lo pone a jugar de nuevo.

—¿Es así como son las cosas?

—Sí. Lo siento, pero así es como son las cosas.

—Ajá, ¿vio a mi otra portera? Su mamá tuvo que llevársela a casa porque está lastimada. ¿La vio? Ella es Shandra Thomas. —El entrenador Walski se le quedó mirando sin decir palabra mientras Betty Bright continuaba—. ¿Sabe dónde vive, entrenador? Vive en Tangerine, con su mamá y su hermano. ¿Sabe quién es su hermano? ¡Es Antoine Thomas! ¿No es él la estrella de fútbol americano de su escuela secundaria? Antoine Thomas también vive en Tangerine. Ahora bien, ¿está usted seguro de querer jugar la carta de la elegibilidad del condado conmigo?

El entrenador Walski dio un paso hacia atrás. Su rostro se había aplanado, como si lo hubieran golpeado con una pala.

—Estoy seguro de que Antoine Thomas tiene otra dirección —dijo.

—Yo también estoy segura de eso. Pero no vive ahí. Yo puedo llevarlo y mostrarle, y a cualquier funcionario de cualquier comisión, dónde vive exactamente.

El entrenador Walski volvió a retroceder, pero esta vez no se detuvo.

—Muy bien, muy bien. Juguemos, entonces.

Betty Bright resopló, disgustada.

—Sí, juguemos. —Señaló la cancha firmemente con el dedo pulgar y todos nos pusimos de pie de un salto. Luego me apuntó enojada con un dedo—: Métete en esa portería, Hombre Pescador.

El regreso de Víctor en el segundo tiempo significó una diferencia enorme. Lake Windsor ya no pudo bloquear más a Maya con dos o hasta tres jugadores. Víctor tomó el control del medio campo, lo que significó que empezamos a jugar del lado del oponente y no en el nuestro. Gino y Tommy pudieron seguir haciéndose del balón y trabajando sus jugadas, pero yo siempre estuve ahí para detenerlo. Vi cada jugada de principio a fin. Pensé en anticipación a sus movimientos todas las veces.

Maya no pudo sacudirse de la multitud de defensas que la rodeaban en el área de meta, así que comenzó a atacar por los flancos. Hizo un movimiento certero con el balón para soltarlo en la esquina y patearlo, con fuerza y por debajo, justo enfrente de la portería. Tino y un defensa de Lake Windsor se lanzaron a él y se estrellaron el uno contra el otro. El balón se escurrió a través de los pies de todos y fue a dar justo en el pie de la persona a quien nadie estaba prestando atención: Ensalada César. Tenía el campo abierto. Detuvo el balón tranquilamente y lo pateó hacia la portería. 2–2.

Nos alineamos rápidamente. La batalla por controlar el medio campo se calentó. Los jugadores de Lake Windsor empezaron a desesperarse y a sacar el balón del terreno de juego. Nosotros jugábamos con confianza y con el reloj de nuestro lado.

Tommy y Gino ahora iban hasta el fondo de su área de juego a tomar el balón. Tenían que hacerlo. Nadie en su equipo los estaba ayudando. Ellos *eran* el equipo.

El árbitro estaba viendo su reloj cuando hicieron un último ataque. Tommy interceptó un balón perdido en el medio campo y buscó a Gino. Hizo un pase largo, alto y con movimiento circular hacia el área de meta, y Gino y Víctor fueron a interceptarlo. Se estrellaron y doblaron en el aire. Víctor cayó encima de Gino, justo en la línea de penalti.

El árbitro silbó. *No,* pensé. *¡No! Eso no es un penalti.*

Ambos entrenadores entraron a la cancha corriendo. Víctor dio un salto.

—¡Buscaba el balón! —gritó—. ¡Iba directo al balón!

Pero era demasiado tarde. El árbitro había tomado el balón y lo había colocado en la línea de penalti, doce yardas en frente de mí.

—¿Cuánto tiempo queda? —preguntó el entrenador Walski.

—Aquí se acaba —respondió el árbitro. Volteó hacia Betty Bright—. La falta ocurrió justo antes de que acabara el tiempo reglamentario.

—Sí, claro —gruñó y caminó hacia mí—. ¿Estás listo?

—Sí.

—¿Qué vas a hacer?

—Él siempre patea alto y hacia la izquierda. Ahí es donde yo estaré cuando llegue.

Asintió con la cabeza. Luego sonrió, bajó la voz y me dijo:

—Ahora desearía haberte hecho jugar más.

Los jugadores de ambos equipos se alinearon fuera de la línea de penalti. Todos excepto Gino y yo. Me miró, tocó el balón con el pie y dio tres pasos atrás. El árbitro hizo sonar su silbato. Gino levantó la cabeza repentinamente y empezó a correr: uno, dos, tres pasos. Me catapulté hacia arriba y a la derecha.

Pero Gino no mandó el balón hacia allá. Me había engañado por completo. Tiró hacia el otro lado. Yo era un tonto volando por el aire. Era un tonto aterrizando en el suelo. Cerré los ojos y enterré mi cabeza entre mis brazos, tratando de bloquear las los gritos llenos de alegría.

Entonces levanté la cabeza de golpe. Era Víctor quien gritaba de alegría. Volteé hacia la portería. El balón no estaba en la red. Estaba afuera, a la derecha, y seguía alejándose directo hacia el socavón. Gino había fallado el tiro. Había fallado hacia la derecha.

El resto de la Águilas Guerreras me rodeó y cargó. Todos juntos empezamos a saltar y gritar de alegría. Me detuve y salí del grupo cuando Gino se acercó. Le dio una palmada a Víctor en la espalda y le dijo:

—Felicidades. —Luego puso su brazo alrededor de mis hombros y dijo—: Marte, te metiste en mi cabeza. Me hiciste fallar. Lograste que me trabara.

Negué con la cabeza vehementemente.

—No te atascaste, Gino. Fallaste el tiro, eso es todo.

No estaba ni remotamente molesto.

—Está bien, no importa. Es sólo un juego, Marte.

Mientras se alejaba, yo seguía negando con la cabeza.

—Quizá para ti lo es —dije en voz alta, pero no lo suficiente para que me escuchara.

Los espectadores ya estaban en la cancha. Alguien me dio una palmada en el hombro y dijo:

—Buen partido, Paul. —Supe que se trataba de Kerri, pero para cuando di la vuelta ya se estaba alejando, con Cara. Joey no estaba con ellas.

Luis Cruz me dio unos golpes en la espalda.

—No sabía que eras portero —dijo—. Qué gran partido. Gran partido.

—Gracias, me alegra que te haya gustado tanto —le dije.

Ahora era mi mamá quien estaba de pie frente a mí.

—¿Estás bien? —dijo.

—Sí.

—¿Qué significa esto, Paul? ¿Ambos equipos son cocampeones?

—No. Nosotros somos campeones. Tenemos el récord más alto: el nuestro es 9–0–1; el de ellos 9–0–2.

—Ah, ¿quieres que te lleve a casa?

—No, quiero regresar en el autobús.

—Eso no tiene sentido, Paul. Tengo que seguir el autobús hasta allá y luego traerte de regreso.

—Así es, mamá. Eso es exactamente lo que vas a tener que hacer.

Se quedó pensándolo, luego levantó las manos imitando una rendición.

—Muy bien, me rindo.

Me abrí paso hasta el autobús, estrechando las manos de un par más de jugadores de Lake Windsor. El Sr. Donnelly me llamó.

—¡Paul, ven acá! —Su fotógrafo y él se estaban preparando para tomar fotografías a César y a Maya. Era cómico. Maya rebasaba a César por dos pies—. Ven, necesitamos que balancees esta fotografía.

Negué con la cabeza.

—No, señor. No debería ser yo. Debería ser Víctor.

—Entonces ve también por Víctor. ¿Dónde está? —El Sr. Donnelly localizó a Víctor y nos hizo posar a los cuatro para la portada de la sección deportiva de mañana.

Cuando regresamos al autobús, la entrenadora dijo en voz alta:

—¿Cuántos son, Víctor?

—Quince, entrenadora.

Betty Bright cerró la puerta y volteó hacia nosotros. Nos señaló.

—Son los número uno —dijo—. No hay nadie mejor que ustedes.

Víctor tomó a César por detrás y lo sacudió.

—Su nombre ahora es Julio César, ¡emperador de Roma! —dijo.

Salimos del campus de Lake Windsor, coreando exclamaciones y dando gritos, con nuestra caravana de seguidores detrás de nosotros. Cuando llegamos al centro de Tangerine, todos los que estaban en la cola comenzaron a hacer sonar el claxon y a encender y apagar sus luces. La gente salió de las tiendas de la calle principal; los autos se hacían a un lado y se detenían para averiguar el porqué de tanta conmoción.

Nunca olvidaré ese viaje de regreso a casa. Cuando llegamos a la escuela media Tangerine, las puertas del autobús se abrieron y las Águilas Guerreras se bajaron para ir cada uno a su casa, para ir cada quien por su cuenta. Yo fui el último en bajar. Estaba llorando cuando finalmente bajé las escaleras, con mis zapatos colgados del hombro.

Atravesé la calle hacia el Volvo blanco. Mi mamá me miró con extrañeza. Quizá se preguntaba por qué estaba llorando.

—Bueno, vaya viaje. —Fue todo lo que pudo decir.

Tragué saliva con fuerza y me las arreglé para responderle.

—Así es, mamá. Vaya viaje.

TERCERA PARTE

Lunes 20 de noviembre

Hoy fue el día en el que el grupo de la clase de Ciencias vino a mi casa. Supongo que era muy importante para mí. Nunca habían venido conocidos míos a la casa, excepto Joey, y ¿quién sabe si volverá a suceder?

Henry D. y yo arreglamos todo con la ayuda de su hermano, Wayne. Wayne tenía que rociar contra los mosquitos, así que pasó por Theresa, Tino, Henry y por mí después de clases. Cuando llegó a la escuela media Tangerine, vi que ya había enganchado el remolque con el rociador. Subimos a la parte posterior de la camioneta y nos dirigimos a Lake Windsor Downs al descubierto (hecho que no mencioné a mi mamá).

Todo estaba en orden cuando llegamos a la casa. Llevé al grupo adentro por la parte de atrás y los presenté a mi mamá. Luego los conduje al gran salón. Theresa lo inspeccionó con la vista.

—Este lugar es verdaderamente lindo —dijo.

Tino no dijo nada. Tampoco observó el lugar. Mi mamá nos siguió con una bandeja de Yoo-Hoos y comenzó a rondar cerca de nosotros. Pero entonces llegó mi papá a casa, había salido temprano de la oficina, así que se fue a la cocina con él.

Arrastramos unos bancos al rincón. Hice una demostración de la IBM de mi papá, con todas las fuentes, los colores y las gráficas que podíamos utilizar. Imprimí ejemplos de las que parecían más adecuadas para nuestro reporte. Theresa estudió las hojas impresas como si estuviera escogiendo un papel tapiz. Dijo cosas como «Me gusta esta para la portada, pero en color naranja».

No nos tomó mucho tiempo decidir el diseño de nuestro reporte. Todavía teníamos media hora antes de que Wayne terminara de rociar. Había planeado rociar nuestra calle en último lugar, por lo que sugerí que saliéramos mientras fuera posible y jugáramos un poco pateando el balón de fútbol.

Eso relajó a todo el mundo. Theresa también jugó. Formamos un gran círculo y nos pasamos el balón unos a otros. Tino hizo una demostración de sus malabares pateando el balón. Yo coloqué una portería frente al muro gris y cada uno tomó su turno para tirar contra mí.

Entonces, como repetición de un mal sueño, escuché el ruido de la Land Cruiser de Arthur corriendo por el camino perimetral. La escena con Joey regresó a mi mente y comencé a sentirme enfermo.

Miré hacia las puertas del patio, no había nadie adentro. Podía sentir la sangre bajando de mi cabeza.

Volteé a ver a Theresa.

—¿Estás bien? —me dijo.

La miraba fijamente, paralizado de miedo, mientras la escena se desenvolvía. Erik y Arthur entraron por la verja. Ambos llevaban mochilas de gimnasio. Erik venía al frente, seguido por Arthur. Se detuvieron y voltearon a vernos. Tino, Theresa y Henry voltearon a verlos, pero yo no pude. Simplemente miraba hacia el vacío.

Erik nos señaló y habló en un tono de admiración y de burla al mismo tiempo.

—Mira esto. Me parece maravilloso que estos chicos rurales puedan pasar un día lejos del campo.

Arthur asintió con la cabeza, con la boca abierta.

—Sí, es conmovedor.

Volteé a ver a Tino, quien dirigía a Erik una mirada de perro enfurecido. Avancé hacia Tino y le dije:

—Olvídalo, Tino. No valen la pena.

Tino me dirigió una mirada muy extraña. ¿Era enojo?, ¿lástima?

—Olvídate —dijo.

Se acercó a Erik con el puño apretado. Se detuvo a dos pies de distancia de él, de frente, sin el menor miedo, y le dijo:

—Eres un tipo muy simpático.

Arthur avanzó, amenazador, pero Erik extendió su mano derecha hacia él, lenta y casualmente. Vi la mano, hipnotizado. La vi moverse como una serpiente, una mano-serpiente lenta y casual con un anillo de oro del campeonato en un dedo. Arthur obedeció a la mano, pero zambulló la suya en su mochila deportiva y sacó algo —algo pequeño, negro y pesado— una especie de calcetín lleno de plomo. ¿Una cachiporra?

Erik lo detuvo con la mano y habló con toda la tranquilidad posible.

—No creo que vayamos a necesitar eso hoy, Arthur.

Entonces, Erik regresó su atención a Tino, parándose insolentemente delante de él. La relajada sonrisa de serpiente empezó a desaparecer de su cara.

Tino lo miraba fijamente y habló de la misma manera en que ya lo había hecho.

—Sí, un tipo simpático. Te veo en la televisión y siempre me haces reír.

La cara de Erik empezó a retorcerse. La sonrisa de serpiente había desaparecido y había sido reemplazada por algo distinto.

Pero Tino no se detuvo.

—Sí, realmente me gusta eso que haces, Tipo Simpático, cuando intentas patear un balón de fútbol americano y vuelas por los aires, y después aterrizas de nalgas.

Inmediatamente, mucho más rápido de lo que pensé que podría ser capaz, más rápido de lo que Tino pensó que sería capaz, Erik atacó, golpeando a Tino en la cara con la parte posterior de la mano. Golpeándolo con tanta fuerza que Tino dio media vuelta en el aire y cayó sobre el césped.

¿El golpe había sido tan fuerte como para hacerle perder el conocimiento? ¿Había sido tan fuerte como para matarlo? No lo sabía. Tino simplemente se quedó ahí, extendido sobre el césped. Erik se paró al lado de él, su rostro convertido en una máscara de furia. Luego, como un genio que regresa a la botella, retomó el control. Respiró profundamente y se dirigió, con todo y mano, hacia la verja. Arthur recogió sus cosas rápidamente y se dirigió a la salida.

Pero Erik no salió tan rápido. Se detuvo en la entrada y volteó a verme, sin movimiento, hasta que yo me atreviera a devolverle la mirada. Cuando finalmente lo hice, cuando finalmente volteé a verlo directamente a los ojos, me sorprendió lo que vi. No era odio, ni siquiera enojo. Era más bien aflicción. O miedo. Me vio así, luego dio media vuelta y se fue.

Henry y yo nos acercamos a Tino al tiempo que intentaba arrodillarse, sus manos cubriendo su cabeza. Vi un hilo de sangre descendiendo del lugar donde el anillo de Erik lo había golpeado, debajo de la oreja. Yo tenía pánico. Me preguntaba si debía buscar a mi papá. O pedir una ambulancia. O llamar a la policía. Miré hacia la puerta del patio y noté algo moviéndose. Algo blanco. De reojo, vi una camisa blanca moviéndose. ¿Mi papá? ¿La camisa blanca de mi papá saliendo de la cocina? ¿Habría visto lo que pasó? ¿Habría visto lo que Erik hizo?

Volteé de nuevo hacia Tino y traté de ayudarlo a levantarse. Me hizo a un lado bruscamente. Buscó con la vista a Theresa, quien seguía de pie junto al muro; nunca se movió. Escuché el sonido de la Land Cruiser de Arthur acelerando en el camino de entrada y alejándose. Se habían ido.

Intenté hacer que Tino entrara a la casa, pero él no lo permitió. No quería hablar conmigo o, incluso, voltear a verme. Theresa se acercó a mí. Acompañó a Tino a la verja de entrada sin decir palabra. Henry D. y yo intercambiamos miradas de dolor, y luego él los siguió.

Caminé hasta la verja de entrada y los miré. Estaban de pie, inmóviles, en la acera. Luego escuché el estruendo del rociador de mosquitos acercándose. Vi a Wayne detenerse frente a la casa, la nube de veneno aún cinco yardas detrás de él. Se quitó la máscara de hormiga, se bajó y apagó el rociador de humo blanco. Henry se subió a la cabina, pero Theresa y Tino se montaron en la parte posterior. Se fueron rápidamente, apenas delante de la nube de insecticida.

Deambulé hacia el jardín, con el alma apenada. Me detuve delante del muro y viví la escena de nuevo en mi mente. Intenté verla a cámara lenta, para evocarla cuadro por cuadro. ¿Qué podría haber hecho? ¿Qué debería haber hecho?

Miré fijamente aquel muro gris, esperando. Esperando a que una escena muerta hace mucho tiempo, olvidada hace mucho tiempo, resucitara. Pero no sucedió. Nada vino —ninguna respuesta, ninguna memoria, ningún destello de entendimiento—, sólo las asfixiantes ondas blancas del humo.

Martes 21 de noviembre

Nos levantamos esta mañana para encontrarnos con un clima excepcionalmente frío. Desayuné frente a mi papá en la mesa redonda. Él estaba leyendo la sección deportiva del *Times*. Estaba a punto de preguntarle: «Papá, ¿viste a Erik golpeando a Tino en la cara con tanta fuerza que casi lo hizo perder el conocimiento?». Pero no lo hice. No pude. Había elegido las palabras, pero no pude pronunciarlas.

Me quedé sentado, atormentado por eso. ¿Por qué no podía decírselo? Delaté a Tino por lo que pasó en la feria, ¿por qué no podía contar a mis propios padres lo que había hecho Erik? ¿Qué me estaba pasando? ¿Qué nos estaba pasando a todos?

En cualquier caso, no mencioné nada a mi papá. Tampoco a mi mamá en el camino a la escuela. Ni Tino ni Theresa asistieron a la escuela, así que no tuve que enfrentarlos. Henry D. sí estaba, pero él y yo nos las arreglamos para evitarnos todo el día.

Mientras esperaba a que mi mamá pasara por mí, pensé brevemente en pedirle ayuda. Pero por más que me esforcé no pude pensar en nada bueno que pudiera resultar de hacerlo. Incluso si ella me creyera completamente, ¿qué podría hacer? ¿Que Erik se disculpara hipócritamente con Tino? Eso no sirve en Tangerine. Comoquiera que sea, ¿quién sabe si mi mamá habría dicho o hecho algo a Erik? Nunca ha sucedido.

Por lo tanto, mi mamá y yo salimos de Tangerine de la misma manera en que entramos: en silencio. Mi mamá tiene mucho en su cabeza en estos días, preocupada no sólo por nuestra casa, sino por cada una de las casas de Lake Windsor Downs. Ahora que la temporada de fútbol acabó, la acompaño a hacer sus interminables tareas. La primera parada de esta tarde fue en la unidad de almacenamiento con temperatura controlada de la Ruta 22.

Cuando llegamos al almacén, mi mamá finalmente habló.

—Eh, ¿por qué Joey Costello ya no viene a la casa? ¿Se pelearon?

—Sí, supongo.

—¿Por qué? ¿Una chica?

—No.

—¿Entonces, por qué pelearon?

Lo pensé por mucho tiempo. Pensé en la actitud de Joey el primer día. Recordé lo que dijo sobre Theresa. Finalmente hablé.

—Tienes razón. Fue por una chica.

Mi mamá quitó el seguro a la puerta estilo garaje y esperó a que yo la levantara. Se dirigió a unas cajas que tenían escrito INVIERNO, dejó la llave y revisó las etiquetas de cada una hasta que llegó a las que decían SUÉTERES, ETC.

—Ven, por favor ayúdame con esto —dijo.

Me acerqué a la pila de cajas y levanté las dos superiores para que ella pudiera sacar la tercera.

—¿Hueles eso? —me dijo mi mamá al entregarme la caja—. También aquí rociaron insecticida.

—Sí, así es la vida en Florida.

Rápidamente, mi mamá salió para tomar aire fresco.

—No me digas. Odio ese olor.

Me puse la caja de SUÉTERES, ETC. en el hombro, salí y bajé la puerta. Hizo un chasquido y se cerró.

Mi mamá dio unas palmadas en los bolsillos de su pantalón.

—¡Oh, no!

—¿Qué?

—La llave. ¡La llave está adentro!

—Deben tener alguna manera de solucionarlo. ¿Tendrán una llave maestra en la oficina?

Mi mamá parecía espantada.

—Espero que no. Se supone que este es nuestro espacio privado. Se supone que nunca deben venir aquí.

—Entonces, ¿cómo es que pueden entrar para rociar insecticida?

Mi mamá lo pensó.

—No lo harían. —Chasqueó los dedos—. ¡Erik! Erik tiene una llave. Podría pasar por aquí y sacar la mía.

Nos subimos de nuevo al auto.

—¿Por qué Erik tiene una llave? —dije.

—No lo sé, cariño. Porque pidió una. Tú también puedes tener la tuya, si quieres.

—No necesito una —dije—. ¿Adónde vamos ahora?

—Tengo que estar en la escuela secundaria a las cuatro en punto. Tengo una reunión. Pensé que, mientras tanto, tú podrías ver el entrenamiento de fútbol americano, ¿está bien?

—¿De qué se trata la reunión?

—Se trata de Erik. Tengo una reunión con su asesora académica.

—¿Sí? ¿Por qué? ¿Qué hizo?

—¿Qué hizo? Nada, Paul. Es decir, no hay ningún *incidente* por el cual me hayan llamado. ¿Es eso a lo que te refieres?

—Sí.

—¿Por qué? ¿Por qué dices eso?

Pensé: *Porque Erik es un psicópata, mamá. ¿En verdad no lo sabes?* Pero no lo dije. A mi mamá y a mi papá no les gusta que diga cosas como esa.

—¿Ha hecho Erik algo que yo necesite saber? —preguntó de nuevo.

¿Que necesites saber?, pensé. Y respondí honestamente.

—No.

Mi mamá asintió con la cabeza y luego me dio una explicación.

—Es más bien una reunión académica. Las notas de Erik han bajado. —Mi mamá volteó a verme y agregó—: No es extraño que un atleta, durante la temporada, afloje un poco el ritmo.

—Yo no lo hice.

—¿Qué, cariño?

—Yo soy atleta. Un atleta campeón, de hecho. Y no aflojé el ritmo durante la temporada.

Dimos vuelta en Seagull Way y nos dirigimos a la entrada sur de la escuela secundaria. Mi mamá se estacionó a la sombra de la gradería de acero gris y apagó el auto. Finalmente, habló.

—Sé que tuviste una buena temporada, Paul. Una gran temporada. ¿No te acuerdas de mí? Yo soy quien te lleva de ida y vuelta a ese lugar todos los días. —Volteé a verla, pero no dije nada. Se puso molesta—. Tienes que darle crédito a quien lo merece. ¿Quién crees que hace que todo eso sea posible? ¿Quién crees que mantiene todo esto en marcha? ¿Tu padre?

Sabía la respuesta.

—No.

Se bajó y entró a la escuela. Me quedé sentado en el auto por un minuto, luego, me dirigí con cuidado hacia el lugar de donde provenían los sonidos del entrenamiento de fútbol americano. Estaba determinado a evitar a Erik y a Arthur, así que me agaché y me metí debajo de la gradería. Avancé entre las barras de acero, acercándome cada vez más al frente, hasta que una fila de asientos quedó justo encima de mi cabeza. A la derecha podía ver a Antoine Thomas y a otro chico negro de músculos grandes practicando snaps. A mi izquierda podía ver a Erik y a Arthur. Estaban en el centro de un grupo de admiradores que incluía a Tina, a Paige y a un par de delgados entusiastas del fútbol americano. Prácticamente todos los demás caminaban cansadamente hacia la salida poniente del estadio. El entrenamiento había terminado.

Vi al primer grupo de jugadores pasar por la separación al final de las graderías, dirigiéndose a sus autos. De repente, un color familiar me llamó la atención.

Una camioneta Ford verde entró en mi campo visual y se estacionó en un lugar cerca de la entrada. La vieja Ford se veía extraña, fuera de lugar en medio de los costosos autos importados, autos deportivos y 4x4. ¿Qué estaba haciendo aquí?

Luis Cruz se bajó de la camioneta y miró con atención a quienes se iban. Detuvo a un jugador y habló con él. El jugador lo escuchó y luego señaló hacia donde estaba el grupo de Erik. Luis comenzó a caminar con dificultad, como era su forma de hacerlo, atravesando la entrada hacia la línea de banda. Pasó a Antoine y al tipo musculoso, quienes ahora estaban sentados en la gradería, mirándolo. ¿Qué estaba haciendo aquí? Se detuvo justo enfrente de mi escondite y esperó.

Erik y su grupo habían ya recogido sus cosas y se estaban

preparando para marcharse. Luis se interpuso en su camino, como un valiente sheriff de un pueblo de cobardes. Cuando el grupo de Erik se acercó lo suficiente, Luis habló en voz alta.

—¿Quién de ustedes es Erik Fisher? —Volteó a ver a Erik directamente—. ¿Eres tú?

Erik abrió sus ojos de par en par, fingiendo terror. Volteó a ver a Arthur y dijo:

—Creo que tenemos una situación, Bauer.

El resto del grupo pareció divertirse.

Arthur comenzó a caminar lentamente hacia el oeste. Su mano entró en la mochila deportiva.

Luis continuó hablando fuertemente.

—Pienso que eres tú. Pero no eres lo suficientemente hombre para decirlo.

Un «Oooooh» se escuchó saliendo del grupo. Erik simplemente sonrió y miró a Luis a los ojos.

Luis levantó sus largos brazos y extendió las palmas.

—Golpearías a un chico pequeño en la cara, ¿verdad? ¿Por qué no vienes para acá y tratas de golpearme?

El «Oooooh» se escuchó con más fuerza.

Arthur Bauer seguía caminando hacia adelante, con su cabeza agachada, pero Luis no le estaba prestando atención. Volvió a decir en voz alta:

—¡Vamos! ¡Por qué no vienes para acá y tratas de golpearme!

Arthur llegó hasta donde estaba Luis, dio media vuelta y blandió la cachiporra dándole un fuerte golpe en un lado de la cabeza. Luis alzó los brazos inmediatamente para cubrir su cabeza al tiempo que daba algunos pasos a la derecha y caía en una rodilla. Arthur guardó la cachiporra en su mochila deportiva y continuó caminando, como si nada hubiera pasado.

Erik caminó rápidamente frente a Luis. Dio una explicación a su grupo.

—Arthur se encarga de mis trabajos ligeros.

Erik y el resto del grupo alcanzaron a Arthur en la entrada. Podía ver que se reían.

Antoine y el tipo musculoso no. Se levantaron, caminaron hacia Luis y examinaron su herida. Desde donde yo estaba, no podía ver sangre. Ayudaron a Luis a ponerse de pie y hablaron con él por unos minutos. Luego caminaron con él hasta su camioneta. Luis parecía bastante estable. Me quedé inmóvil donde estaba mientras regresaba a la Ford y conducía hacia afuera.

No sé cuánto tiempo había pasado cuando mi mamá salió de la reunión y me encontró ahí. Me llamó.

—¿Paul? ¿Estás jugando ahí abajo? ¿Qué estás haciendo? ¿Escondiéndote?

Me compuse y encontré el camino entre las barras de acero. Recorrimos todo el camino a casa en silencio, excepto por un comentario.

—La reunión fue muy buena —dijo mi mamá—. La asesora académica piensa que este asunto del estrellato en el fútbol americano se le subió a Erik a la cabeza. Piensa que va a mejorar una vez que se termine la temporada de fútbol americano. Y *ya* casi termina.

¿Casi termina? Para nuestra familia nunca termina. El Sueño vive veinticuatro horas diarias, siete días a la semana, doce meses al año. El Sueño tiene cuatro años por delante en una universidad de alto nivel. Y luego, ¿quién sabe? Quizá la NFL.

Jueves 23 de noviembre, Día de Acción de Gracias

Ayer, en la mañana, desenterré mi vieja sudadera con capucha de los Houston Oilers, un par de gruesos pantalones de pana y una camisa de lana que siempre me había quedado muy grande y no usaba. El clima se había vuelto muy frío y hacía mucho viento. El tipo al que escuchaba en mi radio reloj lo describió como una helada del Día de Acción de Gracias. Abajo, en el televisor de la cocina, la mujer del tiempo lo describió como una helada de otoño.

Respondí al teléfono de la pared de la cocina y escuché la voz de mi abuela.

—¿Paul? Estás en CNN de nuevo. Se registran temperaturas bajas récord por allá.

—Lo sé, abuelita.

Conversó un poco más conmigo acerca del frío en Florida comparado con el frío de Ohio. Mi abuelo levantó la extensión del teléfono y ambos preguntaron por mí —por mi escuela, mis amigos—. Esa es una característica de mi abuela y de mi abuelo: el Sueño de Fútbol Americano Erik Fisher no podría importarles menos. Ellos nunca, nunca lo mencionan. Y cuando mi papá lo menciona, hacen lo posible para cambiar el tema.

Mi mamá se levantó y me quitó el teléfono. Habló un poco, pero principalmente escuchó, mientras mi papá, Erik y yo nos sentábamos ignorándonos mutuamente. Luego, mi mamá dijo algo.

—Genial. Estamos entusiasmados de verlos. —Colgó el teléfono y anunció—: La abuela y el abuelo vendrán a visitarnos de camino a Orlando.

—¿Cuándo? —preguntó mi papá con tristeza.

—El domingo, en una semana.

—¿Por cuánto tiempo?

—Una o dos horas.

—¿Nada más? —Mi papá se reanimó.

—Reservaron una semana en Epcot. Sólo quieren pasar por aquí y conocer nuestra nueva casa.

Mi papá lo pensó un poco.

—Entonces, pueden conducir hasta Florida para ver a Mickey Mouse, pero no para ver a su propio nieto jugar fútbol americano.

Mi mamá estaba preparada para responder.

—Bueno, quizá podemos hablar con ellos y convencerlos de que cambien sus planes.

Mi papá sonrió débilmente. Mi mamá regresó la conversación al frío inusual.

—Voy a ir a la unidad de almacenamiento hoy para sacar la ropa de invierno de todos —dijo—. Si hay algo en particular que quieran que les traiga, díganme.

—Lo que haya que empacaste en Houston. Estoy seguro de que eso estará bien —dijo mi papá.

—Erik, vas a tener que darme tu llave —dijo mi mamá—. Ayer dejamos la mía dentro de la unidad.

Erik levantó la vista.

—Eh, sí. La tengo en mi casillero en la escuela.

—¿Qué hace ahí? La necesito ahora.

—Ahí es donde guardo muchas de mis cosas.

—Muy bien, ¿qué hago para que me la des?

—La traeré a casa hoy.

Noté que a mi mamá no le gustó esta respuesta, pero estaba trabada. En el camino a Tangerine comenzó a pensar en voz alta.

—Estoy segura de que debe haber alguna solución para que los clientes puedan entrar a las unidades. Estoy segura de que no soy la primera persona que deja la llave adentro.

Llegamos a la escuela. No había karatecas ni pandilleros. No había seres humanos de ningún tipo rondando afuera. Los chicos de los autos delante del nuestro corrían hacia el edificio con las cabezas agachadas, llevando sus libros apretados contra el cuerpo.

Yo no. Me paré fuera del auto, resuelto, como chico norteño.

—¿Qué ropa de invierno debo traerte? —preguntó mi mamá.

—No lo sé. ¿Qué tengo?

Me echó un vistazo de arriba abajo.

—Estoy absolutamente segura, Paul, de que este año has crecido medio pie. Probablemente no tengas nada que te quede, incluyendo lo que traes puesto.

—Gracias, mamá.

—¿Al menos te mantienes caliente?

—Sí. Al menos.

—Muy bien. Más vale que te metas ya. Te veo más tarde.

Caminé hacia el edificio. En las pocas yardas de recorrido, mis orejas se pusieron rojas y frías a causa del viento. Muchos chicos estuvieron ausentes durante la primera clase. Debiluchos, me imaginé. Para la segunda clase, sin embargo, me di cuenta de que algo mayor estaba sucediendo. Al menos diez chicos estaban ausentes en la clase de Ciencias; eran tantos que tuvimos que perder el tiempo llenando hojas de ejercicios. Caminé al escritorio de Henry D. y le hice una pregunta.

—¿Dónde están todos? ¿Están enfermos?

—No. Supongo que están afuera, luchando contra la helada.

—¿Qué? ¿Eso qué significa?

—Es una tradición en Tangerine. Los chicos de las familias que están en el negocio de los cítricos o de los vegetales tienen permiso para no venir a la escuela cuando hay una helada. Sus familias necesitan ayuda.

—Es como un día de nieve.

—No sé. Los chicos no se quedan jugando; están afuera, trabajando. Recuerdo a mi papi y a mi abuelito hablando de las veces en que tenían que salir de la escuela para combatir las heladas.

—¿Con qué las combaten?

—Con lo que tengas a la mano. La mayoría de quienes viven aquí son productores pequeños. Usan lo que sea. Arrastran neumáticos viejos y encienden hogueras en las huertas. Queman yesca. Hacen lo que sea para crear calor y humo.

—Entonces, ¿todos los chicos que faltan están fuera de sus casas, encendiendo hogueras?

—Algunos. Podrían estar llenando unos aparatos para calentar huertas, o arrastrando tubos para las bombas de agua. Con lo que sea que una familia tenga que luchar, eso es lo que los chicos están haciendo.

—¿Piensas que eso es lo que están haciendo Luis y Tino?

—Definitivamente. Y Víctor y los otros chicos. Están tratando de salvar esas tangerinas Amanecer Dorado y el resto de los árboles que tienen.

Inmediatamente, sin ninguna duda, supe qué debía hacer.

—¿Tu hermano podría llevarnos allá hoy? —dije.

Henry me vio, indeciso.

—Espero que pueda.

—¿Te gustaría que fuéramos a ayudarles a luchar contra la helada? Henry lo reflexionó y asintió.

—Sí, supongo que deberíamos hacerlo —y agregó—: todos somos Águilas Guerreras.

Nos dimos un apretón de manos y regresé a mi asiento. El resto del día fue aburrido. Henry me contó un poco más sobre las heladas en Tangerine. Me explicó que la primera noche es peligrosa, pero que la segunda es la verdadera asesina.

Los árboles ya están lastimados, están débiles y son vulnerables. Luis y sus ayudantes probablemente hayan estado trabajando en la huerta toda la noche. Dormirían durante el día y luego retomarían la batalla al anochecer. Y ahí estaríamos nosotros.

Llamé a mi mamá a la hora del almuerzo, pero no estaba en casa. Dejé este mensaje: «¿Mamá? Tenemos una reunión del grupo de la clase de Ciencias y después nos quedaremos a dormir en casa de Tino. Henry Dilkes me va a llevar ahí. Espero que no haya problema con eso porque ya confirmé que ahí estaré. La buena noticia es que no tendrás que pasar por mí después de clases. Te llamo en cuanto llegue allá. Adiós».

Después de que terminó la última clase, miré por la ventana del primer piso. Estaba un poco preocupado de que mi mamá no hubiera recibido el mensaje. O de que lo *hubiera* recibido y no hubiera creído que decía la verdad. En cualquier caso, cuando salí de la escuela, el auto de mi mamá no estaba ahí. Los chicos que debían esperar a que pasaran por ellos corrían de nuevo, llenos de pánico, a través de las ráfagas violentas de viento.

Seguí a Henry al otro lado de la calle, donde Wayne estaba

estacionado. Henry se cubrió del viento hiriente con su capucha, así que yo hice lo mismo. Subimos a la cabina y Henry habló.

—No vamos a ir a casa, Wayne. Vamos a las Huertas Tomás Cruz, ¿podrías llevarnos?

A Wayne le daba lo mismo. Sonrió.

—Sí, los llevo. Pero después tengo que ir directo al trabajo. Hay emergencias en todo el condado por causa de la helada. No sé a qué hora podré pasar por ustedes.

—No hay problema, Wayne. No necesitamos que pases por nosotros, vamos a ayudarlos en la huerta esta noche.

Wayne volteó a verme con genuina sorpresa.

—¿Es verdad? ¿Vas a estar afuera con este clima tan desagradable?

Wayne no lo diría porque era muy educado pero sé lo que estaba pensando: *¿Cómo es que no estás ya de vuelta en Lake Windsor Downs con el resto, quejándote de los mosquitos y las termitas y el fuego subterráneo?*

Salimos de la Ruta 22 al llegar al letrero de Tomás Cruz y avanzamos penosamente por el camino sin pavimentar. El estanque de los juncos ahora estaba cubierto de tuberías grises oxidadas que iban hacia las huertas, como si alguien hubiera conectado pajitas formando cuatro líneas torcidas. Wayne las señaló.

—Parece que están cubriendo de hielo la nueva huerta.

—¿Qué quieres decir?

—Bombean agua sobre los árboles durante toda la noche, probablemente un cuarto de huerta cada vez.

Todo esto era nuevo para mí. Sacudí la cabeza.

—¿Por qué es eso algo bueno? ¿No es algo que mataría a los árboles más rápidamente?

Wayne respondió pacientemente.

—Si los cubres con hielo, su temperatura nunca descenderá de treinta y dos grados Fahrenheit. Treinta y dos grados no matan un árbol. Treinta y uno sí, si dura lo suficiente.

—Entonces, ¿por qué no cubren de hielo todos los árboles de una vez y ya?

—Probablemente porque no tienen agua suficiente, o las bombas necesarias, o los irrigadores para hacerlo. Es muy caro hacerlo todo de una vez. Y aun así es posible que no ayude. El hielo tiene que mantenerse como aguanieve porque si se vuelve grueso y duro en un árbol, este se partirá en dos como un hueso del Día de Acción de Gracias.

—¿Qué pasa si empiezan a hacer el aguanieve y se quedan sin agua?

—Eso no sucede porque ese de ahí es un lago alimentado por un manantial. Simplemente seguirá llenándose. Lo que se les puede acabar es el diésel. El agua no te sirve si no la puedes bombear a donde quieres. Mira hacia allá. —Wayne señaló algo que yo no había visto antes. En el suelo que se elevaba detrás de la casa, poco visible desde el camino, había un tanque anaranjado de veinte pies de alto. Parecía una gigante lata de jugo de naranja congelado, atorada de un lado—. Ese tanque está lleno de diésel. Ese diésel será su sangre esta noche.

Rodeamos la casa y nos detuvimos fuera del refugio militar. Luis y su padre estaban de pie junto a la puerta trasera. Ambos estaban vestidos con capas de ropa vieja, y ambos tenían pasamontañas azules que los cubrían hasta los oídos. Wayne los saludó con la mano y se retiró.

—¿Qué puedo hacer por ustedes, chicos? —dijo Luis.

Pensé en Luis enfrentando a Erik y su pandilla en la escuela secundaria.

—Queremos ayudarte a combatir la helada esta noche —dije con seriedad—. Haremos todo lo que podamos.

Luis volteó a ver a Henry y luego a mí. Sus dudas parecían estar dirigidas a mí. También sus palabras.

—¿Por qué querrían hacerlo?

No sabía qué responder. ¿Me veía como el hermano de Erik? ¿Ahora era yo el enemigo? Tino salió de la casa y pensé en lo que había dicho Henry D.

—Porque todos somos Águilas Guerreras —dije.

Luis volteó hacia su padre y dijo unas cuantas palabras en español. Tomás Cruz se acercó a mí inmediatamente y estreché su mano.

—Gracias por su ayuda —dijo.

Estrechó las manos de nosotros dos y continuó su camino hacia el refugio militar.

—Mi papá piensa que eso es maravilloso —dijo Luis—. Pero no quiere preocuparse del seguro y de esas cosas. ¿Los dos tienen permiso de sus papás para hacer esto? —Ambos asentimos con la cabeza. Finalmente, Luis se encogió de hombros—. Muy bien, están en el equipo de Tino. Él les dirá qué hay que hacer. —Volteó a verme directamente, como si yo fuera la demanda en potencia—. Pero tú serás responsable de tu propia salud y seguridad, ¿de acuerdo? Si te enfrías demasiado, tienes que venir al refugio para calentarte. Si te cansas demasiado, vienes y te recuestas.

Luis fue adentro y nos dejó con Tino, quien estaba vestido como yo, pero su sudadera decía Miami Dolphins. Tenía un walkie-talkie en una mano y una bolsa de Kmart en la otra. Estaba completamente concentrado en el trabajo.

—No se admiten protestas en mi equipo, ¿entendido?

—Sí.

—Si uno de ustedes tiene que ir al baño o algo parecido, vaya de una vez.

Levanté ligeramente la mano, como si estuviera en la escuela.

—Tengo que hacer una llamada.

Tino abrió la puerta y nos guio por el refugio militar. Estaba transformado. Casi todo lo que estaba ahí la semana pasada, había desaparecido y había sido reemplazado por cientos de árboles bebé, cada uno de alrededor de un metro de altura. Caminamos entre ellos hasta llegar al fondo. El escritorio seguía ahí, pero ahora tenía una gran cafetera de aluminio encima, con tazas desechables, leche en polvo y azúcar.

Levanté el teléfono y llamé a mi mamá.

—Traté de llamar antes —dije—. ¿Estabas en la unidad de almacenamiento?

—Sí, ahí estaba —dijo. No parecía feliz.

—¿Tuviste que usar la llave de Erik?

—No, llené un formulario y el gerente me dejó entrar.

—Ajá.

Mi mamá no dijo nada más. ¿Estaba enojada conmigo? ¿Iba a venir y arrastrarme a casa? Cambié de tema.

—¿Cómo está todo por allá?

Hizo una pausa, como si estuviera reflexionando sobre el asunto. Luego comenzó a hablar y contestó en tono convencional.

—Tu padre compró una caja de esos troncos falsos. Va a encender la chimenea. Y vamos a empezar a poner música de Navidad.

—Ajá.

—Probablemente también hagamos chocolate caliente. Qué lástima que te lo vas a perder.

—Sí.

—Y bien, ¿de qué se trata todo esto, Paul? ¿Una fiesta de pijamas? ¿Por qué no sabíamos nada al respecto?

—Apenas hoy me invitaron. —Cubrí una parte del micrófono y susurré—: No lo sé, quizá pensaron tarde en mí.

—No tienes un cambio de ropa. No tienes cepillo de dientes.

—Usaré el dedo.

Hubo una pausa larga y luego un suspiro largo.

—Paul, confío en la gente. Confío en ella hasta que aparece una razón por la que ya no debería hacerlo. ¿Entiendes?

—Lo entiendo.

Hubo otra pausa larga y algunos murmullos.

—Tu padre dice que tienes que estar de vuelta a las nueve de la mañana. Es el último partido de Erik.

—Muy bien, puedes pasar por mí a las ocho, si quieres.

—Espero poder encontrar ese lugar.

—Busca el letrero que dice Huertas Tomas Cruz.

La puerta al final del refugio se abrió bruscamente. Víctor, vestido con zapatos deportivos negros, pantalones y una capucha, como si fuera un ladrón de viviendas, entró, seguido de sus chicos.

—Mamá, tengo que despedirme —dije—. Disfruta de la chimenea y de todo.

Ella no dijo nada más, así que colgué el teléfono.

Víctor, Hernando y Mano se dirigieron hacia un montón de palas que estaban apiladas justo al lado de los árboles bebé.

—Deberían haber venido anoche —Tino dijo a Henry—. Debíamos haber arrastrado una tonelada de tierra de la vieja huerta a la huerta de las Amaneceres Dorados. —Señaló hacia la pila y dijo—: Toma una pala. —Tino dejó caer un montón de gruesos guantes negros de trabajo en el escritorio. Cada quien agarró un par y se lo puso. Tino sonreía—. Compré veinte pares de estos guantes para ustedes, chicos, porque tienen manos delicadas.

—¿Sí? —dijo Víctor—. Te voy a romper la cara con un par de manos delicadas.

—Mi papi y mi tío Charlie están en la huerta Cleopatra encendiendo la hoguera —dijo Tino—. Nos van a llamar para que les llevemos neumáticos y yesca. Luis se va a quedar en la nueva huerta y estará encendiendo las bombas. Nos va a llamar para que rompamos el hielo de los árboles. —Le sonrió a Víctor—. En nuestro tiempo libre vamos a hacer lo que hicimos anoche: vamos a limpiar las tangerinas Amanecer Dorado que estén llenas de tierra.

Luego, Tino extendió su mano enguantada hacia nosotros y la mantuvo ahí, tal como Víctor hacía antes de cada partido de fútbol. Nos reunimos a su alrededor y pusimos nuestras manos encima de la suya.

—Ya saben cuál es la situación —dijo Tino—. Tiempo y temperatura. Luis dice que esta noche habrá diez horas de helada dura. Los árboles van a morir sin importar lo que hagamos. Tenemos que salvar lo que podamos.

—Hay que hacerlo —dijo Víctor, tranquilo, y el círculo se deshizo. Nos preparamos afuera con nuestras palas en el punzante viento frío. El sol descendía en el horizonte. La temperatura también.

Nos dirigimos a la vieja huerta de árboles, que ya no tenían fruta, la huerta de las tangerinas Cleopatra. Sus hojas parecían marchitas, secas. Atravesamos el paisaje y el aroma de la batalla de la noche anterior hasta llegar a un punto elevado en el terreno. Tino hizo un gesto describiendo un pequeño círculo.

—Miren esto.

Los árboles en este lugar eran altos y viejos y estaban agrietados, los árboles de una casa embrujada.

—Luis dice que usemos estos para mantener la hoguera de yesca viva. Mi papi y el tío Carlos los cortarán y nosotros los arrastraremos. —Tino volteó a ver a Henry D.—. Todos estos árboles están muertos. Los llamamos «árboles del rayo». Como están en el punto más alto de la huerta, fueron golpeados por rayos. Han estado muertos por años. No los hemos derribado porque sirven como pararrayos. Espero que sólo necesitemos cortar uno o dos para el fuego esta noche.

Tino caminó colina abajo y lo seguimos. Henry señaló una fila de aparatos de metal de alrededor de un pie de altura. Cada uno tenía una base amplia y redonda y un tubo de estufa estrecho saliendo de la base.

—Esos son los aparatos para calentar huertas. Hay que verlos en acción. El fuego sale disparado de la punta. —Alzó la voz—: Tino, ¿vamos a llevar diésel para los calentadores?

—No hay nadie más que lo haga. —Tino dio vuelta al final del camino y se detuvo. Señaló una delgada caja de madera de tres lados, de alrededor de cinco pies de altura. Henry y yo miramos adentro. Era un termómetro de vidrio, pegado a una lámina blanca de metal que decía Pepsi. La temperatura era de treinta y cinco grados Fahrenheit—. Verán otros como este en diferentes lugares, lugares altos y lugares bajos, dentro de cada huerta. Llamo a Luis para indicarle la temperatura y él calcula lo que tenemos que hacer y por cuánto tiempo debemos hacerlo. Tiempo y temperatura.

Cuando nos aproximamos a la parte más baja de la huerta, los árboles comenzaron a parecer chamuscados; olían a humo y caucho. Llegamos a un espacio abierto que evidentemente había albergado una hoguera la noche anterior. Tomás Cruz y su hermano estaban colocando ramas secas de manera entrecruzada, para formar la base de la hoguera de esta noche. Un asqueroso olor a caucho quemado salía de los desechos.

Tino dio un toque a su tío cuando pasamos junto a él.

—¿Qué pasa tío?

—Tú sabes —respondió.

Salimos de la vieja huerta hacia el campo ancho y cuadrado de las tangerinas Amanecer Dorado. ¡Qué diferente se veía este campo ahora! Tino y su equipo habían arrojado aquí miles de pequeños montículos de tierra. Como si se tratara de miles de hormigueros gigantes cubriendo las mangueras negras. Cada arbolito estaba cubierto de tierra hasta alrededor de un pie de altura, y sólo algunas cuantas hojas verdes asomaban a la superficie.

Tino se dirigió de nuevo a Henry.

—Tenemos que asegurarnos de que estos árboles estén cubiertos justo por encima del inicio de los brotes, exactamente aquí. —Señaló un punto a la mitad de uno de los montículos de tierra—. Si no lo hacemos, las Amanecer Dorado morirán y nos habremos ganado mil limones amarillos salvajes. —Pausó para hacer énfasis—. Eso no puede suceder.

Continuamos nuestro camino detrás del campo cuadrado hasta que llegamos a la huerta nueva. Ahí había el doble de irrigadores altos y delgados que la última vez. Desde lejos, pude ver que ya se regaba una parte de la huerta con ellos, desde muy arriba.

Caminamos hacia el lugar de donde provenía el sonido de una bomba de diésel hasta que llegamos a un cobertizo tambaleante de acero corrugado que estaba abierto por un lado. Luis estaba adentro, examinando los instrumentos de una bomba y tomando notas. Formamos un grupo alrededor de él y nos dijo:

—Esta noche es la noche, chicos. En todo este pueblo, en toda esta parte del estado, la gente va a ser golpeada por esta helada. Es una asesina. Va a penetrar la madera hasta por debajo de la tierra.

Volteó a vernos. De hecho, me miró a mí.

—Entienden cuál es el plan, ¿verdad? Estamos llenando de aguanieve la nueva huerta, estamos cubriendo las Amanecer Dorado y estamos quemando la vieja huerta. Lo que quede vivo en la mañana será lo que haya quedado vivo. —Señaló a Víctor—. ¿Pudieron descansar, chicos?

—Sí, dormimos todo el día.

—¿Listos para otra noche igual?

—Por supuesto. Ya sabes, siempre estamos listos para pelear.

—Sí, lo sé. Pero tengan cuidado, todos ustedes.

Luis miró hacia el oeste, así que todos volteamos hacia el mismo lugar. El sol se estaba hundiendo. Los árboles Cleopatra se erguían negros bajo la luz anaranjada, como escena de Halloween. La temperatura bajaba con cada minuto y el viento soplaba con cada vez más fuerza.

Pensé en la conversación con mi mamá por teléfono. En Lake Windsor Downs la gente estaba dentro de sus casas, dando la bienvenida al frío con chocolate caliente y troncos falsos y discos compactos navideños. En Tangerine, la gente salía a luchar contra él usando palas y hachas y quemando neumáticos.

Ese resultó ser nuestro último momento de paz. Por las próximas doce horas entablamos una batalla feroz y cada vez más desesperada para salvar los árboles de la familia Cruz.

Empezamos con los calentadores de huertas en la vieja huerta. Cien calentadores tenían que ser llenados con combustible, encendidos y mantenidos así toda la noche. Nos distribuimos en pares para hacerlo. A Henry y a mí nos dieron dos latas de gas y un encendedor y rápidamente averiguamos qué hacer con ellos. Los calentadores eran máquinas infernales que eructaban un humo de olor nauseabundo y disparaban una flama salvaje y peligrosa por la parte superior, como si se tratara de cohetes puestos de cabeza.

Hicimos cientos de viajes al enorme tanque anaranjado de diésel. Los generadores de diésel bombeaban el agua que Luis rociaba sobre la huerta nueva. Los generadores de diésel iluminaban la huerta nueva y el campo de las tangerinas Amanecer Dorado. Cuando no estábamos respondiendo a una crisis, acarreábamos diésel.

Pero las crisis ocurrían una detrás de otra. Una crisis podría empezar con una llamada de Tomás diciendo que la hoguera se estaba apagando. Nos lanzaríamos corriendo hacia la huerta de Cleopatras, ahogándonos con el humo y tropezando en la oscuridad. Tomás estaría ahí despedazando un «árbol del rayo» y nosotros arrastraríamos las ramas secas hasta la hoguera. Luego correríamos de nuevo hacia el tanque de diésel. En poco tiempo, Luis nos llamaría y nosotros saldríamos disparados hacia la huerta nueva. Usaríamos nuestras palas para raspar árboles que se estaban cubriendo de demasiado hielo, árboles que estaban a punto de quebrarse.

Así transcurrió el tiempo, sin descanso, poniendo más tierra, arrastrando neumáticos, todo para combatir la temperatura que seguía descendiendo: treinta grados, veintiocho grados, veintiséis grados.

Pero estábamos perdiendo. El fuego en la vieja huerta ardía alto y salvaje, chamuscando las hojas de cualquier cosa que se atravesara en su camino. Para la medianoche ya habíamos derribado cuatro «árboles del rayo». El hielo se formaba muy rápidamente en la huerta nueva, las cubiertas de los árboles eran demasiado gruesas. El fuerte sonido de las ramas de los árboles que se partían como miembros amputados, o de árboles rompiéndose por la mitad como si hubieran sido cortados con un hacha y que pendían de una manera espantosa en el aire helado de la noche. Estábamos perdiendo.

A pesar de nuestros esfuerzos frenéticos, las temperaturas continuaban disminuyendo. Debe haber sido alrededor de las dos de la mañana cuando vi a Tino y a Víctor de pie frente a uno de los termómetros Pepsi. Víctor le gritaba.

—¡Veinticuatro grados! ¡Veinticuatro grados!

Parecía que su aliento congelado estuviera deletreando esas terribles palabras.

Tino accionó el walkie-talkie y habló con Luis.

—Luis dice lo siguiente —anunció—: si se mantiene en veinticuatro grados durante diez minutos más, se acabó. Va a suspender la lucha y todos nos iremos a casa.

Me quedé inmóvil, en una hilera de Amaneceres Dorados, y dejé en el suelo mi lata de diésel. Uno por uno, levanté mis enguantados dedos, tratando de estirar mi mano torcida. Por primera vez esa noche, sentí frío. Y me sentí agotado.

Caí de rodillas sobre ese pedazo de tierra helada, agotado hasta lo más profundo de mi ser. Miré a mi izquierda. La huerta nueva relucía como si fuera un ángel en un árbol navideño, iluminado desde adentro por un generador de diésel. De la copa de cada árbol caían carámbanos hacia el suelo. Y el brillo de todos juntos era la cosa más hermosa que hubiera visto.

A mi derecha, los calentadores y una hoguera hinchada escupían sobre cada ser vivo. Vi a Tomás y a su hermano salir del grueso humo negro, marchando hacia Tino. Me di la vuelta y vi que Luis también estaba bajando. Todos se reunieron junto al termómetro y hablaron durante cinco minutos. Finalmente, Tomás y su hermano se separaron y marcharon de regreso a la huerta chamuscada. Luis le dijo algo más a Tino y regresó a sus labores.

Me puse nuevamente de pie cuando Tino nos pidió que nos acercáramos a él.

—Mi papi y mi tío Carlos van a seguir intentándolo —nos anunció—. Luis dice que el resto debemos ir adentro. Ahora mismo. Él me va a llamar cuando podamos salir de nuevo.

Obedientes, todos caminamos cansados al refugio militar. Entré, sentí el benévolo calor y colapsé en el suelo. Víctor me levantó y me sentó. Luego, Theresa apareció frente a mí con una taza de café.

—¿Necesitas crema y azúcar? —dijo.

Negó con la cabeza en silencio y luego hablé.

—No lo sé.

Ella sonrió.

—Averigüémoslo.

Intenté tomar la taza que ella aún tenía en la mano, pero no logré cerrar los dedos alrededor del asa. Theresa se dobló, llevó la taza hasta mi boca y tomé un sorbo. Me hizo temblar. Tomé otro. Y luego otro. Finalmente, pude sostener la taza con mis manos.

—Hombre Pescador —dijo Tino—, la última vez que estuviste aquí colapsaste porque hacía mucho calor. ¿Ahora estás colapsando porque hace mucho frío? ¿Qué pasa contigo?

No pude ni siquiera pensar en una respuesta, mucho menos expresarla. Me quedé ahí sentado en una especie de coma por mucho, mucho tiempo. Finalmente, el walkie-talkie de Tino volvió a la vida. Le oí decir:

—Muy bien, eso es lo que estábamos esperando oír. —Volteó hacia Víctor—. Luis dice que la huerta nueva se mantiene a veintinueve grados y los puntos más altos de la vieja huerta registran veintiocho. Dice que lo peor ya ha pasado. Las temperaturas están subiendo nuevamente.

Víctor y Tino se dieron un apretón de manos, pero Víctor fue solemne.

—Entonces, ¿cuánta madera muerta tienen allá afuera?

—No lo sé. Todo lo que está en los puntos bajos pasó a una vida mejor. —Dio vuelta, para incluirme—. Pero, ¡ey!, sobrevivimos. —Tino, Víctor y los demás chicos se levantaron para volver a salir, y yo luché para ponerme en pie. Tino volteó hacia Theresa—. De ninguna manera vuelve a salir él. Son órdenes de Luis.

Theresa apuntó un dedo firme en mi dirección.

—Ya lo escuchaste. No te muevas de aquí, voy a traerte algunas cobijas.

Casi no podía moverme. Casi no podía hablar. Pero, de repente, Luis entró y supe que tendría que hacerlo.

—Paul, ¿estás bien? —dijo.

Levanté la vista hacia él y traté de enfocar. Miré fijamente su sien izquierda. ¡Ahí estaba! Podía verlo bajo esta luz. Era un moretón rojo oscuro, profundo, como si fuera una marca de nacimiento. Se curvaba sobre la ceja como si fuera una luna creciente roja oscura.

—Sí —susurré.

—Tino dijo que no estás bien.

—Estaba un poco helado. Pero ahora estoy bien.

—¿Quieres ir al hospital?

—No, de ninguna manera. Ya me siento bien.

Me estudió, con escepticismo.

—Mira, Luis —dije bruscamente—. Sólo tenemos un par de minutos y tengo que decirte algo. Te vi en la escuela secundaria Lake Windsor. Vi lo que hiciste. —Luis se enderezó—. Te vi enfrentar a Erik y a los otros tipos y a Arthur Bauer golpeándote con la cachiporra.

Su mano se levantó automáticamente a la sien.

—¿Eso es lo que sucedió?

—Sí, y tienes que creerme, Luis. Son peligrosos. Son muy peligrosos.

Luis, para mi sorpresa, sonrió. Estaba a punto de responder cuando la puerta del otro lado se abrió y Theresa entró. Sólo dijo:

—Hablaré contigo de esto más tarde.

Theresa se acercó y me dio dos gruesas cobijas verdes y una almohada blanca. Luis regresó hacia afuera y yo caí rendido.

Lo próximo que supe es que eran las seis y media y que el grupo estaba entrando nuevamente.

—El sol está saliendo. Sobrevivimos la noche —me dijo Henry D.

Me quité las sábanas y me levanté, humillado. Pero Tino se acercó a mí y me dijo:

—Eh, Hombre Pescador, gracias por ayudarnos anoche.

Me dio la mano y la estreché.

—Tino, siento mucho lo que pasó —dije.

—¿Qué? Bueno, hombre, no estás acostumbrado a este tipo de trabajo.

—No. No es eso. Me refiero a lo de mi casa.

Tino sacudió la cabeza.

—Ah, eso. Bueno, no debimos haber ido.

—¡Sí! ¡Sí debían! Sí debían ir. Ustedes son mis amigos. O... quiero que sean mis amigos. Son bienvenidos en mi casa.

Tino asintió con la cabeza.

—Puedes ser amigo nuestro aquí —dijo—. ¿De acuerdo? —Encogí los hombros y asentí con la cabeza. Él agregó—: Vamos a ir con mi papi por comida para llevar, por unos McMuffins con huevo, ¿se te antojan?

—Sí.

—Muy bien. Eh, y Luis dice que quiere verte allá afuera.

—Muy bien.

Salí y encontré a Luis arrodillado al lado de un árbol de tangerinas Amanecer Dorado, con la cabeza hundida entre sus hojas verdes.

—¿Puedes oler algo ahora? —dije.

Se rio.

—Sí, sí puedo. —Se sentó y volteó a verme—. Puedo oler cómo va a ser.

—Entonces, ¿las Amanecer Dorado sobrevivieron?

—Oh, sí. Todas sobrevivieron. Eran las más seguras. Cuando eres tan pequeña como ellas, podemos simplemente cubrirte de tierra y vas a estar bien. —Miró detrás de mí y dijo—: Quiero terminar nuestra conversación porque quiero que sepas qué va a pasar.

—Muy bien.

—¿Conoces a los tipos negros que estaban ahí? ¿Uno de ellos es el hermano de Shandra?

—Sí, Antoine Thomas.

—Muy bien. Bueno, Antoine y el otro tipo, el musculoso, no quieren mucho a Erik Fisher ni a su amigo.

—Arthur Bauer —dije.

—Exacto. Me pidieron que regresara el lunes para encargarnos del asunto. Dijeron que todos los jugadores tienen que ir el lunes a devolver el equipamiento, ¿es verdad?

—No lo sé. Eso parece.

—Te lo digo sólo para que lo sepas. Pareces estar un poco asustado por Erik y Arthur Bauer.

—Sí, lo estoy. ¿Quién no lo estaría?

Luis respondió simplemente:

—Yo no lo estaría. Son unos sinvergüenzas. —Apuntó un dedo que parecía soga en mi dirección—. Y tú tampoco deberías estarlo. Ya verás lo que sucede el lunes. Si Antoine mantiene su palabra, dos sinvergüenzas van a empezar a comportarse de otra manera, justo alrededor de las tres de la tarde.

El tío de Luis se acercó y comenzó a hablar con él, así que regresé indeciso hacia adentro, pensando en el miedo que me da Erik. ¿Cómo podía tenerle tanto miedo y Luis no tener el menor temor de exactamente la misma cosa? ¿Cuál de nosotros estaba equivocado?

Theresa trajo un televisor portátil de nueve pulgadas y todos nos reunimos alrededor para comer nuestros McMuffins con huevo. La gente del noticiero decía que el frente frío estaba saliendo de nuestra área, pero que había causado mucho daño y que había «dejado en la ruina a algunos agricultores del área». Mostraron imágenes de una huerta que había sido congelada por completo; ahora estaba goteando bajo el sol. Todos en el refugio lo vieron en silencio.

Después del noticiero, Víctor y sus chicos se fueron a casa. Yo me paré afuera y esperé a mi mamá. Llegó justo a las ocho en punto.

—¿Estuviste despierto toda la noche?

—No, dormí.

—¿Paul? Te ves terrible.

—Dormí, mamá. Pero creo que me va a dar un resfriado.

Mi mamá puso la parte posterior de su mano en mi frente.

—Sí. A ti y a la mitad de la población de Lake Windsor Downs. —Suspiró—. Bueno, no te voy a tener sentado en un estadio helado de fútbol americano. Necesitas descansar en cama.

—Tienes razón. Estaría mejor en casa.

Mi mamá lo pensó por un instante y agregó:

—A tu padre no le va a gustar esto.

—Lo sé. Sólo dile que necesito dormir.

Mi mamá suspiró de nuevo.

—Eso haré, pero más vale que duermas.

—Lo haré.

Claro que lo haré. Justo como el resto del grupo. Pero primero, tengo que escribir todo esto.

Viernes 24 de noviembre

Ayer dormí dieciocho horas. Nadie me despertó para ir al partido. Eso fue bueno. Nadie me despertó para la cena de Acción de Gracias tampoco. Eso fue raro.

Mi reloj despertador marcaba las cuatro y media cuando finalmente abrí los ojos. Seguí acostado en la oscuridad por una hora más, luego me vestí y bajé a la cocina. Me moría de hambre. Mientras terminaba un sándwich de pavo, oí el sonido del periódico cayendo en el camino de entrada.

Salí. El aire era frío, pero ni remotamente helado. El viento soplaba de oeste a este, llevándose el humo del fuego subterráneo hacia el cielo estrellado.

Caminé hacia adentro con el *Times* y me senté en el suelo del gran salón. El encabezado de la sección deportiva decía: «Lake Windsor derrota a Tangerine». Debajo de esto, decía: «Antoine Thomas tira para 3 anotaciones, corre para 2, en una derrota de 3–0».

Empecé a leer el artículo, pero mi papá pasó por ahí en pijama de camino a la cocina. Se detuvo y frunció el ceño cuando me vio.

—Pensé que tenías un resfriado —dijo—. No oigo ninguna tos ni estornudo.

—Lo siento, papá, pero ya estoy mejor.

Cruzamos las miradas por unos segundos, luego siguió su camino a la cocina. Cuando regresó, traía una taza de café y el ceño fruncido había desaparecido. Se sentó en el suelo junto a mí y comenzó a hablar de su tema favorito.

—No te perdiste un gran partido. ¿Conoces a ese centro que es muy grande, Brian Baylor?

—¿Es el que se junta con Antoine?

—Exacto. Había estado pasando el balón a Antoine con perfección todo el año. Ayer, supongo que se le olvidó cómo hacerlo. Todas las patadas del partido fueron una porquería. Pienso que el entrenador Warner debería haberlo mandado a la banca. —Mi papá señaló la sección de deportes—. ¿Ni siquiera se menciona a Erik?

—No, sólo dicen que el marcador debería haber sido más alto, pero que Lake Windsor perdió sus cinco puntos extra.

Los ojos de mi papá escupían fuego.

—¿Perdió los puntos extra? ¿Es eso lo que dice? ¡Erik no perdió nada! Nunca pateó ni siquiera el balón. El balón no llegó nunca cerca de él. ¡Brian Baylor hizo saques malos, uno tras otro!

No lo pude resistir y dije:

—Bueno, al menos ganó. Eso es lo importante.

Mi papá ni siquiera me escuchó. Sacudía su cabeza de atrás hacia adelante.

—Habría sido bueno terminar la temporada con una buena nota. Con un gran partido. Pero este chico Baylor lo arruinó. —Tomó un sorbo de café—. No lo sé, quizá es sólo que no estaba acostumbrado a pasar el balón a Arthur.

—¿Arthur? ¿Es decir, que de hecho el entrenador puso a Arthur Bauer en el juego?

—Oh, sí, puso a jugar a todos los de duodécimo grado. Era su último partido. Y fue una paliza. Por supuesto que los iba a poner a jugar a todos. —Señaló el periódico—. ¿Es Antoine el protagonista del artículo?

—Sí. Prácticamente es el único de quien habla.

Mi papá lo meditó, inquieto.

—Es como si Brian Baylor lo hubiera hecho de manera deliberada —dijo finalmente—. Como si quisiera que Erik y Arthur parecieran tontos. Los cinco centros fueron inútiles. Eran altos o abiertos o rebotaban antes de llegar ahí. Arthur tuvo que saltar o lanzarse por ellos o tuvo que perseguirlos. El último fue tan alto que Erik tuvo que bajarlo él mismo y caerle encima. Si los defensas de Tangerine hubieran sido más rápidos, Erik podría haber resultado herido.

Pensé: *Espera al lunes, papá. Erik va a resultar herido. También Arthur Bauer.*

Escuchamos a mi mamá en la cocina traqueteando unas cacerolas, así que mi papá se levantó y fue con ella.

Pasé a la página dos y vi una larga foto compuesta, con esta leyenda encima: «Equipo de fútbol oficial del condado, escuela media». Estudié los nombres y los rostros. Conocía a todos: cuatro eran de equipos contra los que había jugado y los otros siete de equipos en los que había jugado. Los rostros de los jugadores (de hecho, sus fotos escolares) estaban distribuidas en tres filas, tal como un equipo posaría. Debajo de cada foto estaba el nombre del jugador, su escuela y su posición. Sin embargo, hacía falta un rostro.

En la fila superior, la de los delanteros, se incluía a Maya Pandhi, Gino Deluca y Tommy Acoso. En la fila del medio, la de los mediocampistas, se incluía a Víctor Guzmán y Tino Cruz. En la fila inferior, la de los defensas, estaban Dolly Elias y la portera era Shandra Thomas. Era el rostro de Shandra el que hacía falta. Había un recuadro vacío donde su rostro debería haber estado.

Me les quedé mirando por un muy largo rato. ¿Quería que mi

rostro estuviera ahí? Sí, eso quería. ¿Quería cambiar lo que me había sucedido esta temporada? No, ni un minuto. Nunca. Shandra se había ganado un lugar en este equipo. Me preguntaba si se sentiría orgullosa de ver su nombre, si no le importaba que no hubiera foto, en el *Times*.

Salí de la cocina, encontré unas tijeras y empecé a recortarla. Mi mamá y mi papá levantaron la vista.

—¿Qué es eso? —dijo mi papá.

—El Equipo de fútbol oficial del condado. De la escuela media.

—¿Sí? ¿Formas parte de él?

Esa pregunta no me cayó nada bien. No podía creer que me hubiera preguntado eso. Y aun así era tan típico.

—Por supuesto que sí, papá —respondí—. Me eligieron como suplente oficial del condado.

Se veía irritado. Sonaba irritado, también.

—Basta, Paul. ¿Eres parte del equipo o no?

Cruzamos la mirada de nuevo.

—¿En cuántos partidos jugué, papá?

Se contuvo.

—No lo sé.

—¿En qué posición jugué cuando entré a un partido?

—¿Cómo es que debería saber eso?

—Muy bien. Te hago otra pregunta: ¿cuántos goles de campo anotó Erik este año?

Se quedó mirándome y luego parpadeó rápidamente.

—De acuerdo. Entiendo lo que dices.

—¿Qué crees que significa eso?

—Significa que entiendo lo que estás diciendo. Estás diciendo que sé todo acerca de la temporada de Erik y nada acerca de la tuya. Tienes razón, lo siento. —Mi mamá volteó a verlo, con interés—. Todo lo que puedo decir, en mi defensa, es que esta fue la temporada clave para Erik. Los reclutadores universitarios lo están buscando. Muchas cosas dependen de esta temporada. Su futuro completo en el fútbol americano depende de ella.

—¿Y qué sucede si Erik no tiene futuro en el fútbol americano? —dijo mi mamá, con calma. Mi papá se le quedó mirando, en silencio, así que mi mamá repitió la pregunta—: ¿Qué pasa si Erik no tiene futuro como pateador de un equipo muy importante de fútbol americano universitario?

Mi papá dejó que se le escapara una risa corta e incómoda.

—¿De qué estás hablando? —Miró a mi mamá, luego a mí, como si hubiéramos perdido la cabeza. O, peor, como si hubiéramos olvidado el Sueño de Fútbol Americano Erik Fisher. Nos dijo, como si fuéramos un par de idiotas—: Erik puede patear un gol de cincuenta yardas.

—Sé que puede —continuó mi mamá—. Pero, ¿y si eso no es suficiente?

—Bueno, eso *no* es suficiente —respondió mi papá, con calma—. Tienes que tener buenas notas. Y tienes que demostrar un buen carácter.

Mi mamá bajó la vista, a su taza de café. ¿Estaba pensando lo mismo que yo? ¿Sabía que Erik no tenía buen carácter? ¿O, al igual que papá, no tenía idea? ¿Seguía creyendo ciegamente en el sueño?

Nadie más habló, así que continué recortando el periódico. En la columna junto a la foto había una noticia, enmarcada en negro, que me llamó la atención.

La Entrega Anual de Premios del Duodécimo Grado de la escuela
secundaria Lake Windsor tendrá lugar el viernes por la noche a
las siete y media en el gimnasio de la escuela. La ceremonia de
este año incluirá la siembra de un roble laurel para homenajear
la memoria de Michael J. Costello, capitán del equipo de fútbol
americano de Lake Windsor, quién murió a causa de un rayo el
5 de septiembre.

—¿Sabían de la Entrega de Premios del Duodécimo Grado de este viernes? —dije.

Mi papá seguía intentando, sin éxito, hacer contacto visual con mi mamá.

—Por supuesto —respondió—. Todos vamos a ir. Harán un homenaje a Mike Costello. Y a todos los jugadores del duodécimo grado, claro. Bill Donnelly asistirá y será el maestro de ceremonias.

Reacomodé la sección de deportes y se la entregué a mi papá. El teléfono sonó y mi mamá contestó. Parecía preocupada.

—No, acabamos de despertarnos —dijo—. No hemos salido. —Luego dijo—: Ay, Dios mío. —Colgó el teléfono rápidamente y me señaló—: Paul, tú estás vestido. Revisa alrededor de la casa. Por afuera, completamente.

—¿Qué sucede?

—Era Sarah, la vecina de al lado. Dijo que alguien despedazó todos los buzones y pintó con aerosol todo el muro.

Salí por la puerta principal. Mi mamá se apresuró a verme por la ventana de al lado, desde el gran salón. El primero que vi fue el buzón de nuestros vecinos. Estaba aplastado, en efecto, como si fuera una lata de aluminio y colgaba apenas de su poste. Luego, miré hacia donde nuestro buzón debería haber estado. Todo lo que encontré fue el poste, doblado en un ángulo agudo. No había rastros del buzón. Miré por todo el largo de la calle. Todos los demás buzones habían sido golpeados, probablemente con un bate de béisbol.

Luego fui al jardín. No había pintura en la parte interior del muro, así que lo escalé y salté al otro lado. Caí al suelo, di la vuelta y las vi: líneas de pintura blanca revueltas, como si se tratara de nieve falsa, contra el gris de la pared.

Estaba demasiado cerca para ver lo que decían, por eso empecé a retroceder a través de los congelados surcos del camino perimetral. El viento empezaba a azotar. Tenía humo en los ojos y en la nariz. Tuve que retroceder por completo antes de poder leer el mensaje. Decía: Las Gaviotas son un asco.

No estoy seguro de lo que pasó después. Me quedé ahí, viendo este panorama, respirando la pestilencia del fuego subterráneo y comencé a sentirlo. Empecé a recordar. Algún lugar. ¿Dónde era?

El viento levantó nubes cafés de polvo del camino perimetral y las mezcló con las nubes negras del fuego subterráneo. El sol se oscureció, como si la luna estuviera pasando delante de él. Y comencé a caer de espaldas, tan recto y tan rígido como un árbol.

Así fue como me encontró mi papá, rígido e inconsciente. Tuvo que levantarme y cargarme para atravesar el camino. Empezó a gritar por encima del muro para que mi mamá trajera la Range Rover. Recuerdo haberle dicho:

—Estoy bien, estoy bien. —Y había prácticamente regresado a la normalidad cuando me colocaron en el sofá en el gran salón.

—Voy a llamar al doctor —dijo mi mamá.

—No. No, en verdad, estoy bien —dije.

Mi papá estaba completamente estresado. Empezó a gritarme, como si hubiera sido mi culpa.

—¿Qué te pasó? ¿Qué hiciste? ¿Chocaste contra un auto?

—No. No, nada de eso —dije.

Mi mamá puso su mano en mi frente.

—No lo sé —dije—. No puedo recordar. En verdad, no puedo recordar.

Mi mamá me examinó los ojos.

—Es mi culpa. Para empezar, tenías un resfriado, y luego te mandé afuera a ese aire asqueroso. —Se metió en la cocina—. Te voy a preparar un té.

Mi papá se me quedó mirando unos segundos más. Luego se unió a mi mamá en la cocina y habló con ella de los buzones y los rayones de pintura.

—Apuesto a que fueron los chicos de la escuela secundaria Tangerine, después del juego de ayer —dijo—. Estaban furiosos por haber perdido como lo hicieron.

Probablemente tenga razón.

Mi mamá me llevó una taza de té caliente con limón amarillo. Todo el día, ella y mi papá se quedaron cuidándome y preguntándome cómo me sentía. Yo seguía diciendo:

—Bien.

Era la verdad y, aun así, no la era. La verdad total es que me sentía muy raro. Pero no puedo decir por qué. No puedo *recordar* por qué.

Aún no.

Lunes 27 de noviembre

Se suponía que hoy sería el día.

Mi mamá insistió en que me quedara en casa a pesar de que le dije que me sentía bien.

Pensé todo el día en Erik. En Erik y Arthur. A las diez de la mañana medité lo siguiente: *Erik y Arthur no tienen ni idea aún de que van a enfrentar a Luis nuevamente en la tarde.* Y de que esta vez no estará solo. Al mediodía pensé en lo mismo. Y de nuevo a las dos. Me preguntaba si Erik entraría por la puerta de la cocina con los ojos hinchados y negros. O con la nariz rota. Me pregunté qué tipo de preguntas le haría mi mamá. ¿Las respondería? Me imaginé que Erik y Arthur se tomarían el tiempo para inventar una mentira mutua: que diez tipos de le escuela secundaria Tangerine los habían tomado por sorpresa, quizá los mismos que habían vandalizado nuestro vecindario. Eso sonaría mucho mejor que la verdad: que sus propios compañeros de equipo los detestaban tanto que habían ayudado a un extraño a golpearlos.

Como quiera que sea, Erik atravesó la puerta de la cocina, pero algo, evidentemente, había salido mal. Fue directo al refrigerador y tomó una lata de refresco. Miré directamente su cara. No tenía ni una sola marca. No había sucedido nada. Algo había salido mal.

Estaba decepcionado, pero aún me sentía seguro. Algo había salido mal. Eso era todo. Me senté en la mesa de la cocina y traté de pensar. *¿Todavía podría ocurrir algo a Erik y a Arthur? ¿Cuándo? ¿Cómo?* Entonces me vino: *Sí, aún podría suceder. Podría suceder el viernes,* *después de la Entrega de Premios del Duodécimo Grado. Si Luis me pregunta por otro momento y lugar, ese es el que le voy a decir.*

Mi mamá entró con el teléfono. No lo había ni siquiera escuchado sonar.

—No tardes mucho, por favor —dijo—. Tengo que hacer algunas llamadas antes de la reunión de propietarios de esta noche.

Presioné el botón.

—Hola.

—Hola, ¿Paul? Soy Kerri.

Estiré mi brazo con el teléfono, alejándolo de mí. Luego sacudí la cabeza, como perro mojado, tratando de aclararme la mente.

—Hola —dije, finalmente.

—Sí, hola, yo, eh, me imaginé que nunca me llamarías, así que decidí llamarte.

—Ajá. Eh, lo siento. Quería llamarte. —Estiré mis manos haciendo un gesto que ella no podía ver—. Simplemente no lo he hecho.

—Bueno, eso está bien. ¿Quieres hablar conmigo ahora?

—Seguro.

—Supongo que la última vez que te vi fue en el partido de fútbol. Ustedes, los chicos, tienen un muy buen equipo.

—Gracias.

—Me parece maravilloso que tengan chicas y chicos.

—Sí, fue muy bueno. ¿Viste el periódico ayer?

—Claro que sí.

—Tres chicas de nuestro equipo fueron seleccionadas para el Equipo oficial del condado.

—Sí, lo vi. Sí. ¿Viste aquello sobre la siembra del árbol para Mike Costello?

—Ajá.

—¿Vas a ir? Es el viernes por la noche.

—Ah, sí. Voy a ir.

—Porque yo también voy a ir.

—Ah, ¿sí?

—Sí. —Hubo una pausa, luego ella continuó—: Joey invitó a algunos chicos a su casa después de eso. ¿Te gustaría ir conmigo? ¿Como mi acompañante?

No lo dudé un segundo.

—Seguro —dije.

—Genial.

—Gracias por invitarme —agregué.

—¡Claro!

—¿Sabe Joey que me invitaste?

—Ah, sí. Lo sabe. Dice que podemos ir juntos con él y Cara a su casa.

Una imagen repentina y loca me vino a la mente. ¿Podría ser que Joey estuviera escuchando esta conversación? ¿Podría estar en la extensión? Mi mamá se acercó y señaló el reloj.

—Lo siento —dije—. Tengo que colgar, te veo en el gimnasio el viernes.

—OK, genial. Adiós.

—Adiós.

—¿Quién era? —dijo mi mamá.

—Kerri Gardner, de la escuela media Lake Windsor. Vamos a ir a la casa de Joey el viernes en la noche, después de la ceremonia.

Mi mamá tomó nota de esta información. Esperó, supongo, por algo más. Pero no agregué nada, así que comenzó a hacer las llamadas a los propietarios. Parecía que no muchos estaban interesados en la reunión.

El Sr. Costello fue el primero en llegar, eran alrededor de las ocho. Abrí la puerta y lo dejé entrar. Me saludó amistosamente, como siempre. Tomé mi lugar en el rincón, frente a la IBM de mi papá. Abrí el documento «Erik, ofertas de becas» mientras mi mamá y el Sr. Costello se acomodaban en la sala.

Mi papá había estado trabajando en el documento nuevamente. Había añadido nombres y números de teléfono de cazatalentos y asociaciones de ex alumnos de las tres universidades de Florida —gente como el Sr. Donnelly y Larry y Frank—. También había anotado que se había enviado un «paquete de prensa» del *Times* a esas escuelas. No había agregado nada a la página uno de universidades y, adivina qué, la página dos de universidades había desaparecido. Borrada, enviada al basurero. Las universidades de Houston y todas aquellas que no figuraban entre las favoritas para ganar el campeonato nacional, habían desaparecido. No tienen lugar en el Sueño de Fútbol Americano Erik Fisher.

Cerré el archivo y comencé a prestar atención a la reunión. Mi mamá tomaba notas mientras el Sr. Costello recitaba una serie de objetos: un reloj Rolex, un alfiler de diamantes, una pulsera de oro de veinticuatro quilates.

Cerré la sesión y me dirigí al gran salón. Mi mamá no me pidió que me fuera, así que me uní a ellos.

—¿Qué estás anotando, mamá? —pregunté.

Mi mamá me vio con una mirada de dolor. ¿Estaba yo molestándola?

—Son las cosas que fueron robadas de las casas cubiertas.

Mi papá entró y se sentó en una de las sillas plegables. No nos dijo nada, era como si no estuviéramos ahí. Simplemente miraba hacia adelante, a la chimenea, como si estuviera esperando que se encendiera.

Sonó el timbre y fui a abrir la puerta. Dejé entrar a un grupo de cuatro propietarios de casas. Mi mamá sugirió que la reunión comenzara de inmediato ya que no esperaban a nadie más.

Fue más pequeña y amistosa que la mayoría de las reuniones de propietarios. Las ocho personas que estábamos ahí escuchamos al Sr. Costello leer los reportes financieros. Luego pasó a los asuntos pendientes.

—Tenemos buenas noticias en un par de frentes. Lo único que puedo decir es que agradezco a Dios por la helada. Mató todos los mosquitos, así que pudimos cancelar las visitas de aquel chico con la máscara de gas y el rociador.

—Así es, gracias a Dios —dijo mi mamá.

—La helada también marca el final de la temporada de tormentas. Es un hecho que la Sra. Fisher y yo hemos informado a Bill Donnelly. Le sugerimos que se comprometiera a quitar la fila de pararrayos por el momento y que los vuelva a poner el próximo verano. Dijo que lo pensará.

—¿Y qué hay de las termitas? —respondió el hombre de la Tudor amarilla.

—La helada también puede habernos ayudado en eso, pero no lo sé. Tres casas más tienen carpas, lo que suma un total de veinticinco en toda la urbanización.

—¿Y los robos?

El señor Costello asintió con la cabeza, solemnemente.

—Ha habido dos robos más en casas cubiertas desde nuestra

última reunión. En ambos casos, los ladrones rompieron una ventana, se apresuraron adentro y salieron rápidamente con dinero y joyas. Los ayudantes del sheriff dicen que tienen algunas pistas, pero eso es todo lo que están dispuestos a decirnos por ahora.

—Vi a un hombre con una escopeta sentado afuera de una de las casas cubiertas —dijo el mismo hombre. Todo el mundo reaccionó y él continuó hablando—: Es uno de tus vecinos, Jack. Se sienta afuera en una silla de jardín, toda la noche, con una escopeta en su regazo.

—Gracias por decírmelo —dijo el Sr. Costello—. Hablaré con él. Si eso no sirve de nada, pediré que alguien del departamento del sheriff hable con él. No podemos permitirlo. —Todo el mundo estuvo de acuerdo—. Va a terminar disparando contra algún corredor nocturno.

—¿Qué hay del frente, Jack? Empieza a verse un poco deteriorado —preguntó la mujer de la York blanca.

—El frente se ve mal a causa de la helada. Supuestamente esas plantas son a prueba de frío, pero nada podría salir ileso de una helada como la que tuvimos.

—¿La helada mató al resto de tus peces? —preguntó la misma mujer.

—No, no podemos culpar a la helada de eso. Esos koi son resistentes al frío. La parte superior de ese estanque podría congelarse a una profundidad de un pie y estarían bien bajo el hielo. Creemos que alguien de la localidad los robó y los vendió.

—No lo creo —dije.

Todos voltearon a verme, como si acabaran de darse cuenta de que estaba sentado ahí. Luego regresaron sus miradas a donde estaban antes. Estaban a punto de no hacerme caso y continuar con la reunión cuando agregué:

—No tiene sentido. —Voltearon a verme de nuevo—. Piénsenlo un poco. ¿Cómo podría alguien de la localidad, un ladrón de koi de Tangerine, detenerse al frente de nuestra urbanización, en ese espacio tan abierto, sin que nadie lo notara? ¿Cómo podría disponerse a pescar, hacerlo y retirarse con una serie de brillantes y grandes peces anaranjados sin que nadie se diera cuenta?

—No lo sé, Paul —respondió el Sr. Costello—. Quizá porque lo hace en medio de la noche, cuando la gente está durmiendo. En cualquier caso, es la única teoría que tenemos. A menos de que tengas una mejor.

—Las águilas pescadoras —dije. Todos se me quedaron mirando, en silencio—. Las águilas pescadoras, las aves rapaces de esos nidos gigantes en la Ruta 89. Bajan en picada, atrapan los koi y vuelan de regreso a sus nidos. Nadie las ve; nadie piensa en ellas; nadie sospecha de ellas.

El Sr. Costello parecía molesto. Todos lo parecían.

—¿Has visto que suceda esto? —dijo el Sr. Costello.

—Las he visto volando hacia sus nidos con los peces en sus talones.

—¿Cómo sabes que son nuestros peces?

—Eran grandes, anaranjados y brillantes.

Todos se miraron. Nadie dijo nada. Finalmente, mi mamá me dijo:

—Paul, si lo sabías, ¿por qué no se lo dijiste a nadie?

—Nunca me preguntaron.

Me miró nuevamente con una expresión de dolor.

—¿Hay algo más que debamos preguntarte?

—¿A qué te refieres?

—¿Sabes algo de los robos?

—No.

—¿Estás seguro?

—Sí.

Mi mamá asintió con la cabeza. Me creía. Los otros parecían estar esperando que me fuera, así que me levanté. Mi mamá me guiñó un ojo y me dijo:

—Gracias. Buenas noches.

Al irme, oí que uno de los propietarios preguntaba:

—¿Alguien vio el reportaje de *Eyewitness News* sobre el socavón? Aquel en el que descubrieron que el condado nunca supervisó el sitio de construcción. ¿Por qué no traemos a ese equipo de *Eyewitness News* acá? Podrían tomar fotografías del fuego subterráneo. Lo mostramos al condado y exigimos que hagan algo. —El hombre miró a su alrededor buscando apoyo. Nadie se movía. Agregó—: Y si eso no funciona, podríamos demandar al condado.

El Sr. Costello sonrió levemente y señaló a mi papá.

—Estaríamos demandando a nuestro anfitrión.

Mi papá se puso de pie rápidamente e hizo un gesto para llamar la atención de los presentes. Se veía completamente agotado.

—Quiero que todos ustedes sepan algo. Estoy determinado a cambiar las cosas. Ese tipo de sinsentido, un sitio de construcción no supervisado, no volverá a ocurrir en el condado. No puedo cambiar el pasado, pero estoy poniendo en marcha algunos cambios muy relevantes, para hoy y para el futuro.

Los propietarios escucharon y luego continuaron con otros asuntos. Yo seguí mi camino escaleras arriba. Sin embargo, me preocupaba por mi papá. Estaba hecho pedazos, se veía emocionalmente descontrolado. ¿Qué estaba pasando por su cabeza?

Martes 28 de noviembre

Luis Cruz está muerto.

Cuando entré a la primera clase esta mañana, había varios chicos de pie, susurrando. Henry D. se acercó a mí.

—¿Supiste lo que sucedió? —me dijo.

—No.

—Tino y Theresa estaban esperando ayer afuera a que Luis pasara por ellos, pero nunca llegó. Theresa llamó a casa e informó a su papá. Él salió a la huerta y encontró a Luis recostado ahí, muerto.

—¿Lo encontró cómo?

—Muerto. En la nueva huerta.

Me le quedé viendo como si él estuviera loco.

—¿Muerto? ¿Quieres decir que Luis está muerto?

—Así es. Su padre llamó al 911. Wayne era uno de los que estaba de servicio. Dijo que Luis estaba muerto cuando llegaron ahí, que había estado muerto por horas.

—¿Muerto? ¿Muerto de qué?

—Wayne dijo que podría haber sido por un aneurisma, una especie de coágulo de sangre. Piensa que Luis fue golpeado en la cabeza, que se formó un coágulo y que eso lo mató.

Mi mente daba vueltas como loca.

—¿Qué? ¿Alguien golpeó a Luis en la cabeza y lo mató? —dije, finalmente.

—No. Wayne dijo que los ayudantes del sheriff no creen que se trate de un asesinato o algo similar. Piensan que Luis recibió un golpe el miércoles pasado en la noche, cuando las ramas congeladas de los árboles se estaban rompiendo. Piensan que quizá una de las ramas lo golpeó en la cabeza y causó ese aneurisma. Pero no saben nada con certeza.

Me cubrí la boca con la mano, tenía miedo de vomitar.

—¿Recibió un golpe el miércoles por la noche? —susurré.

—No lo saben, simplemente dicen que es una posibilidad.

—¿Un golpe en la cabeza? ¿Hace cinco... seis días? ¿Cómo puede matar eso a alguien? —Henry notaba cuán descompuesto estaba yo. No dijo nada—. Es decir, ves a estos tipos en esas películas de kung-fu recibiendo golpes en la cabeza miles de veces y siguen peleando, ¿no es así?

—Así es.

Levanté la mano para llamar la atención de la Srta. Pollard.

—Tengo que irme. Me siento mal otra vez —dije. Me dirigí deprisa hacia el pasillo, abriéndome camino entre la corriente de chicos hasta que llegué a las oficinas. Pedí el teléfono y dejé un mensaje breve para mi mamá—. Ven, inmediatamente, estoy enfermo otra vez. —Una ayudante me llevó a un cuarto estéril blanco y negro que resultó ser la oficina de la enfermera. Me hundí en una silla negra y esperé con los ojos secos, sin palabras, paralizado.

Mi mamá llegó a las nueve en punto para firmar mi salida.

—Supongo que lo mandamos de regreso a clases muy pronto —dijo a la Dra. Johnson.

Regresé a casa en un trance doloroso. Finalmente, cuando llegamos a nuestra urbanización, mi mamá dijo:

—Este resfriado tuyo es realmente fuerte. Realmente persistente.

Asentí con la cabeza, lentamente.

—Sí.

¿Cómo puede creerlo? —pensé—. *¿Cómo puede creer que estoy en el séptimo día de un resfriado severo si no he tosido o estornudado ni siquiera una sola vez? ¿Se le ha ocurrido que no sea de verdad? ¿Que quizá lo estoy inventando? Probablemente no.* Decidí compartir una parte de la verdad con ella.

—Luis Cruz está muerto —dije.

Se quedó pensativa unos instantes.

—¿Quién, cariño?

—Luis Cruz, el hermano de Tino y Theresa. Estaba en la huerta el día que me llevaste. Supongo que no lo viste. Fue a casi todos nuestros partidos de fútbol. Pero supongo que tampoco lo viste ahí. Solía cosechar tangerinas en Merritt Island. Se lastimó la rodilla haciéndolo. Jugó como portero para la escuela media Tangerine. Inventó una nueva variedad de cítrico. Luego, una rama se rompió y lo golpeó en la cabeza.

Volteé a ver a mi mamá. Asentía con compasión. ¿Quería saber más? ¿Quizá toda la verdad? ¿Quería oír algo malo? ¿Debería sacarlo de adentro y decirle: *De hecho, mamá, no lo mató una rama de un árbol. Lo mató Arthur Bauer siguiendo órdenes de Erik?* ¿Qué haría si escuchaba eso? ¿Se estrellaría contra un poste? ¿O haría lo que siempre hizo en Houston: tomarme la temperatura y amenazarme con llamar al doctor?

No dije nada más. Cuando entré a la casa, fui directo a la IBM de mi papá y escribí la clave de acceso. Puse un CD-ROM llamado *Health Text* y busqué «aneurisma». Averigüé que no se trata de un coágulo, sino del «debilitamiento de un vaso sanguíneo», una especie de pequeña burbuja que se forma en una vena o en una arteria. De eso se trataba, así que me conecté al Internet en busca de una página médica.

El Centro Médico del Condado de Tangerine mencionaba una que se llamaba «Pregunta a una enfermera». Entré y escribí: «¿Puede salirte un aneurisma por una herida en la cabeza?».

Recibí una respuesta de inmediato: «No. O naces con un aneurisma o naces con tendencia a formar uno».

Escribí: «¿Un aneurisma puede matarte?».

«Sí, un aneurisma puede romperse, causando un infarto masivo y la muerte».

«¿Qué podría causar que se rompa?».

«El aneurisma se deteriora gradualmente debido a la presión constante de la sangre que pasa por él».

«¿Una lesión en la cabeza puede debilitar más el aneurisma y causar su rompimiento?

»¿Sucedería de inmediato o una semana después?».

«Podría suceder de inmediato o una semana después de la lesión, o un mes después, dependiendo del estado del aneurisma».

Escribí «Gracias» y me desconecté. Tenía mi respuesta. Luis había sido asesinado por Arthur Bauer el martes, pero le había tomado seis días morir. Ese golpe de la cachiporra había sido tan mortal para Luis como un disparo de una pistola.

Subí las escaleras y me recosté en mi cama hasta las tres y media. Entonces llamé a Henry D.

—Henry, ¿qué más sabes de Luis?

—No he oído nada nuevo de boca de Wayne. Sin embargo, escuché a Dolly decir que el funeral de Luis será el jueves al mediodía.

—Ah, muy bien. Ahí estaré. ¿Crees que vaya a ir todo el equipo?

—Eso espero, todos conocían a Luis. Debemos mucho a Luis. Llevó a muchos de nosotros en su camioneta.

—Sí. Mira, si sabes algo más, lo que sea, especialmente si viene de Wayne, ¿podrías llamarme?

—Con toda seguridad.

A la hora de la cena, mi mamá tocó ligeramente a mi puerta y me llevó una sopa de verduras y una canasta con panecillos. Fingí estar dormido. Los dejó en silencio y se dispuso a retirarse, pero dio vuelta y vio mis ojos abiertos.

—¿Cómo te sientes, Paul? —dijo—. ¿Cómo va ese resfriado?

No respondí, así que ella sonrió ligeramente y se fue.

Miércoles 29 de noviembre

No fui a la escuela de nuevo. Me vestí a alrededor de las diez, salí al jardín y me senté un rato. Mi mamá salió con el teléfono y me lo dio.

—Otra chica —dijo—. Una diferente.

—Esperé a que entrara a la casa para presionar el botón.

—Hola.

—¿Paul Fisher?

—Sí.

—Soy Theresa Cruz.

—¿Theresa? Siento mucho lo que sucedió...

Me interrumpió; su tono era formal.

—Sí, lo sé. Mira, tengo que decirte algo: no vayas al funeral de Luis.

—Eh, OK —tartamudeé.

—Henry dice que le dijiste que vas a ir. Pero Tino y Víctor y esos chicos están diciendo cosas feas. Por eso es mejor que no te presentes en el funeral de Luis. Te estoy llamando para decírtelo.

—De acuerdo.

—No quiero que pase otra cosa mala, especialmente en el funeral.

—No. Por supuesto que no.

—Muy bien, sólo te lo estoy diciendo. —Y colgó.

Me quedé sentado, con la boca muy abierta. ¡Lo sabían! ¡Lo sabían todo! Theresa, Tino, Tomás y su hermano, Víctor y los demás: ¡todos sabían la verdad! Sabían que Luis había ido a buscar a Erik el martes pasado. Y sabían lo que le había pasado en la escuela. Sabían que no lo había golpeado una rama congelada. ¿Cómo lo sabían?

Me levanté de un salto y me dirigí de prisa al frente de la casa por la reja de entrada. Di vuelta a la izquierda y caminé por la acera. Tenía que alejarme. Tenía que pensar.

Por mi mente pasaban muchísimas preguntas a gran velocidad: *¿Luis le contó a alguien? Claro que sí. Si me lo dijo, se lo dijo también a otras personas. ¿Realmente pensé que podría haber mantenido esto en secreto, sin que los demás supieran? ¿Todo el mundo en Tangerine me culpa ahora? ¿Soy tan culpable como Erik?*

Había pasado el estanque de la entrada cuando me detuve. Me quedé de pie ahí, mirando el agua oscura hasta que finalmente entendí. Y era muy, muy simple. *No hay un gran misterio. La verdad acerca de lo que sucedió a Luis es obvia para todos a su alrededor. Sus vidas no están hechas de pedacitos y fragmentos de versiones de la verdad. No viven así. Saben lo que realmente pasó. Punto. ¿Por qué debería parecerme tan misterioso?*

Me senté en la banca y miré el agua sin vida. Después de unos cuantos minutos escuché un ruido detrás de mí y me di la vuelta. Un niño pequeño en una bicicleta pequeña se había detenido a unos diez pies de distancia. Parecía tener cinco años de edad —no muy grande como para estar solo en la calle—. Permaneció ahí, mirándome, sentado a horcajadas en su bicicleta roja de veinte pulgadas. Luego señaló el estanque y dijo:

—Dicen que hay un caimán adentro.

Volteé a ver el estanque. Quería que se fuera, pero continuó hablando.

—Dicen que un caimán vino aquí el año pasado y se comió a un niño.

Volteé hacia donde estaba él.

—¿Ah, sí? ¿Quién lo dice?

—Mi mamá y mi papá.

Negué con la cabeza.

—Pues, tendrás que olvidarte de eso. No sucedió.

Negó con la cabeza después de oírme.

—Mi mamá y mi papá dicen que sí sucedió.

Pensé en lo que estaba diciendo. Pensé en mi mamá y en mi papá, y volteé a verlo, directamente a los ojos.

—Entonces te están mintiendo. Te están contando una historia para mantenerte asustado. Quieren que estés asustado, ¿entiendes?

Se puso rígido.

—Mi mamá y mi papá no me cuentan historias.

Me puse de rodillas para que nuestros ojos estuvieran a la misma altura.

—Ah, ¿no? ¿Te han contado alguna vez una historia sobre un niño que entró a nadar después de comer, le dieron calambres y se ahogó?

—Sí.

—Bueno, ¿conociste a ese niño?

—No.

—Muy bien. ¿Te han contado alguna vez la historia de un niño que se subió a un poste de electricidad para recuperar su cometa y se electrocutó?

—Sí.

—¿Y alguna vez conociste al niño?

—¿Cómo podría haberlo conocido si está muerto?

—¿Qué me dices de un niño al que mordió un perro callejero y al que le dio rabia y le empezó a salir espuma de la boca? ¿Te contaron esa historia? ¿Lo conociste?

El niño alineó la rueda delantera de su bicicleta y empezó a retroceder.

—Mi mamá y mi papá no me dicen mentiras.

Me puse de pie. Mi voz empezaba a aumentar de volumen.

—¿No? ¿Qué me dices de esto?: ¿Te han contado alguna vez la historia del niño que fue a jugar fútbol americano bajo una tormenta y resultó golpeado por un rayo y murió?

Negó con la cabeza.

—O esta: ¿Alguna vez te han contado acerca del niño que se subió a un árbol con un par de tijeras filosas en la mano y que se cayó del árbol y se apuñaló él mismo? ¿Te han contado alguna vez de uno de esos niños? ¿Conociste a alguno?

—No.

—Bueno, yo sí. A los dos.

Continuó retrocediendo. Le grité:

—¿Y qué me dices de esta?: ¿Alguna vez oíste hablar de este chico, de este chico estúpido que no hacía caso a nadie y volteó a ver un eclipse de sol y se quedó ciego? ¿Alguna vez te contaron acerca de él? ¿Lo conociste?

El pobre niño pedaleaba tan rápido como podía. No lo vi alejarse. Me incliné y vi en el agua mi propio reflejo turbio. Como si fueran las últimas palabras en una historia de fantasmas, murmuré:

—Bueno, acabas de conocerlo.

Jueves 30 de noviembre

Mi mamá salió de casa a las 10 en punto esta mañana. Estaría afuera casi todo el día. Yo estaba solo.

Justamente al mediodía saqué mi traje azul del clóset, el mismo traje que había usado para el funeral de Mike Costello. Me lo puse sin camisa, zapatos o calcetines y salí por las puertas del patio hacia el jardín. Debo haber parecido un tonto.

Caminé hasta llegar al muro gris. No tenía una idea clara de lo que haría. Sólo sabía que debía hacer algo. Por un tiempo me quedé ahí, viendo al suelo. Como un tonto. Luego me incliné hacia adelante y metí las dos manos entre el muro y el césped ralo. Levanté el césped y me lo acerqué, de manera que se enrolara hacia mis pies, con las raíces por fuera. Debajo de él había un rectángulo de arena blanca de dos pies de largo y tres de ancho.

Me puse de rodillas, como un tonto, sobre el trozo invertido de césped y comencé a raspar la arena blanca. Saqué un puñado de ella y la apilé a cada lado del rectángulo hasta que llegué a la tierra que había debajo. Me quedé mirando esa tierra, fascinado, pensando en lo extraño que resultaba que nunca antes la hubiera visto. Esta era la tierra sobre la que vivíamos. La tierra de la huerta de tangerinas que habíamos incinerado y enterrado y hecho desaparecer y cubierto con arena y construido un jardín encima. Aquí estaba.

El sudor comenzó a escurrir en mi frente, empañando mis anteojos. Me los arranqué de un tirón y los arrojé a un lado. No sabía ni siquiera dónde habían caído. Luego me incliné sobre aquel agujero en la tierra hasta que mi cara estuvo a una pulgada encima de él. Pensé en Luis Cruz, un hombre que apenas conocía. Pensé en Luis Cruz siendo bajado en esta tierra para nunca volver a subir. Sentí que las lágrimas comenzaban a acumularse muy dentro de mí. Una vez que comenzaron a salir, no hubo manera de detenerlas. Lloré y sollocé y vertí lágrimas en ese hoyo en la tierra. ¿Como un tonto? No, no lo creo.

Cuando terminé, me puse de pie, me sacudí la tierra de las rodillas y los codos y localicé mis anteojos. Puse la arena de nuevo en su sitio y desenrollé el césped. Luego volví acá adentro y tiré mi traje a la basura.

Es increíble. Extraño e increíble. Siento como si Luis fuera ahora una parte de mí.

Me siento como una persona distinta.

Viernes 1 de diciembre

Es casi medianoche del viernes. Ha sido una noche memorable.

Acabo de terminar una llamada con Joey. Llamó para averiguar si estoy bien. Creo que sí lo estoy. De hecho, creo que estoy más que bien.

Joey me dijo que todo el mundo preguntó por mí en la fiesta.

Supongo que eso incluía a Kerri, mi pareja para la cita que nunca tuve. Dije a Joey todo lo que sabía de hoy en la noche y él me dijo lo que él sabía. Pienso que entre los dos logramos resolver el rompecabezas de lo que había sucedido en el gimnasio de la escuela secundaria Lake Windsor.

Déjame comenzar por el principio. Hoy me tomé otro día por enfermedad. A mi mamá no le importó. Parece que tiene sus propios problemas. Pasó un par de horas al teléfono esta mañana, con un bloc de notas tamaño oficio de color amarillo en su regazo. Pasé a su lado y la escuché hablando con alguien en el Departamento del Sheriff.

Comoquiera que sea, tanto mi mamá como yo nos las arreglamos para hacer lo que mi papá había pedido: que estuviéramos listos a las seis de la tarde para ir a la Entrega de Premios del Duodécimo Grado. Yo me vestí con unos pantalones negros que me quedaban muy cortos y una camisa blanca muy apretada.

—Ya no más, Paul —comentó mi mamá—. Tenemos que conseguirte ropa nueva este fin de semana. Definitivamente.

Los chicos del duodécimo grado tenían que llegar al gimnasio a las seis y media para que pudieran conocer el lugar donde tendrían que estar de pie y lo que tendrían que hacer. Para mi papá esto quería decir que nosotros también debíamos llegar a las seis y media, aun cuando Erik iría en la camioneta de Arthur Bauer.

Así es que ahí estábamos, de pie, afuera de la entrada sur del gimnasio, con una hora de anticipación. Algunos miembros del equipo de fútbol americano seguían cargando tarimas y llevándolas adentro para colocarlas sobre el piso de madera. El director, el Sr. Bridges, se movía nerviosamente y dirigía gestos al entrenador Warner. Finalmente, se tranquilizó cuando llegó una camioneta con un remolque para botes. No remolcaba un bote; remolcaba un árbol, el roble laurel que sería plantado a nombre de Mike Costello. El árbol era mucho más grande de lo que esperaba. Medía alrededor de quince pies de altura y estaba sembrado en un enorme cubo de plástico lleno de tierra negra casi tan grueso como el remolque.

El conductor de la camioneta dio la vuelta abruptamente y se movió en reversa hacia la puerta del gimnasio, siguiendo las señales de mano del Sr. Bridges. El Sr. Bridges llamó al entrenador.

—Muy bien, ¿ahora qué hacemos? ¿Cómo lo llevamos de aquí a la cancha de básquetbol?

El entrenador Warner entró, desapareció y regresó con cuatro de sus más fuertes alumnos mayores, entre los cuales estaba Brian Baylor. Se distribuyeron alrededor del remolque y comenzaron a analizar en voz alta la manera de moverlo. El Sr. Bridges les abrió las puertas dobles. En cuanto lo hizo, pude ver a Joey y a sus papás de pie, adentro.

A la cuenta de tres, Brian Baylor y los otros chicos levantaron el remolque, soltándolo de la camioneta. Comenzaron a llevarlo hacia el gimnasio como si se tratara de una inmensa carretilla. Todo iba bien hasta que llegaron al lugar donde tenían que dejarlo. Cuando Brian Baylor lo soltó, dejándolo caer, el gran cubo se inclinó hacia él, las tres ramas chocaron contra su cabeza y una gran pila de tierra negra se derramó en el suelo del gimnasio.

El entrenador Warner se metió a su oficina debajo de las graderías y salió con un tablón y un par de bloques. Brian levantó el remolque de nuevo y el entrenador deslizó el tablón y los bloques por debajo de aquel, enderezando el cubo.

El Sr. Bridges aplaudió y dijo en voz alta:

—Muy bien, ahora vamos a limpiar esta tierra.

Brian Baylor y los otros jugadores de fútbol americano se alejaron.

No querían tocar esa tierra. Me acerqué y comencé a regresarla al cubo. Joey se unió inmediatamente. En pocos minutos, habíamos terminado de limpiar por completo.

—Fisher, ¿vas a ser un héroe de nuevo? —preguntó Joey. Volteé a verlo, pero no podría decir si estaba hablando en serio o de manera sarcástica. Entonces, levantó una de sus manos manchadas de negro y la acercó a mí como si fuera a apoyarla en mi camisa blanca. Me moví hacia atrás y ambos nos reímos. El Sr. Costello nos llevó a la oficina del entrenador Warner y usamos el lavabo del baño para lavarnos las manos. La única cosa que Joey dijo fue:

—¿Necesitas que te lleve a mi casa esta noche? ¿A ti y a Kerri?

—Sí —dije.

Cuando salí de debajo de las graderías, había mucha más actividad en el gimnasio. Mi mamá y mi papá habían guardado asientos justo encima de nosotros, unas seis filas más arriba y junto al pasillo. Mi mamá se inclinó hacia mí.

—Paul, pide un programa a esa chica —dijo.

Volteé a ver hacia donde señalaba y vi a una chica del Consejo Estudiantil que vestía un blazer y que estaba parada en la cancha de básquetbol, justo al lado del árbol. Llevaba un montón de programas. Joey y yo nos acercamos y ella volteó hacia Joey.

—Tú eres el hermano de Mike, ¿no es cierto? —dijo.

—Sí —dijo él.

—Mike era un muy buen tipo —dijo ella después de sonreír.

Joey simplemente asintió con la cabeza. Luego me señaló.

—Y él es el hermano de Erik —dijo.

La chica mostró poco interés.

—¿Erik Fisher? —dijo. Arrastré los pies incómodo. Me entregó un programa y agregó—: ¿El Sr. Generosidad? —Debo haber parecido muy confundido porque ella se rio y dijo—: Es ciertamente un gran pateador. —Y dio la vuelta para saludar a quienes iban llegando.

El Sr. y la Sra. Costello empezaron a hacer gestos a Joey para que se acercara a ellos. Se habían unido al Sr. Donnelly en una tarima baja cerca del centro de la cancha.

—Te veo más tarde —le dije y subí los escalones para sentarme junto a mi mamá y mi papá.

Noté que la tarima baja sería un punto focal de la ceremonia. Tenía seis sillas, una mesa llena de trofeos y un atril con micrófono. Detrás había tres filas de tarimas, cada una seis pulgadas más arriba de la anterior. Todas las secciones de graderías de nuestro lado del gimnasio habían sido colocadas y se estaban llenando rápidamente. En el extremo del gimnasio, sólo las secciones centrales a ambos lados de la salida habían sido retiradas. La banda de música, las Chicas Marinas y el resto del equipo de fútbol americano, los que no eran del duodécimo grado, estaban sentados ahí.

Vi a Kerri y a Cara. Estaban en la fila superior, unas cinco secciones a la derecha de nosotros, cerca de la entrada este. Me estaban mirando. Sonrieron y me saludaron con la mano, y yo las saludé de la misma manera. Vi a otros chicos de la escuela media Lake Windsor entrando, amigos de Joey. Todos subieron a la misma sección. El tal Adam estaba con ellos, pero no se sentó junto a Kerri.

Un comentario chillón, muy alto, hizo que de golpe se prestara atención en la primera tarima. El Sr. Bridges estaba de pie frente al micrófono, preparándose para comenzar.

—Les pido que tomen sus lugares para que podamos comenzar —dijo.

Todo estaba ordenado en escalones descendientes. Enfrente de nosotros, contra la pared del extremo, los uniformes azules de los miembros del coro llenaban tres tarimas. En la primera tarima estaban el entrenador Warner, el Sr. Bridges, el Sr. Donnelly y los Costello. A su derecha, o mi izquierda, estaba el roble laurel. Y en el espacio en medio, a nivel del piso, estaban los demás homenajeados de la noche: los jugadores de fútbol americano del duodécimo grado.

El líder del coro alzó la mano y todos guardamos silencio. El coro y la banda cantaron una canción llamada «Try to Remember» (Intenta recordar).

Después de la canción, el Sr. Donnelly tomó el micrófono. Habló sobre el espíritu deportivo y sobre cómo Mike Costello era un modelo a seguir. Leyó un fragmento de un poema intitulado «To an Athlete Dying Young» (A un joven atleta muerto).

El Sr. Donnelly llamó entonces al presidente del Consejo Estudiantil, un tipo alto que vestía un blazer, para que subiera y leyera una declaración sobre el roble laurel. La declaración era mucho más larga de lo necesario. Leyó una larga lista de nombres de «gente que lo había hecho posible». Me di cuenta de que mi atención comenzaba a desviarse hacia la derecha, a unas cinco filas arriba. Pero cuando miré hacia allá, mis ojos nunca pasaron de la entrada este. Me incliné hacia adelante y me escuché susurrando «Oh, Dios mío».

Ahí estaban de pie: Tino y Víctor. Parecía una ilusión. Era imposible. No podían estar ahí. Y aun así, ahí estaban. Estaban de pie juntos en la lateral mirando directamente al frente, la mirada endurecida, completamente concentrados, como si se tratara de la ira de Dios.

Siguieron mirando al frente y yo seguí mirándolos en tanto el tipo del Consejo Estudiantil terminaba y el Sr. Donnelly regresaba al micrófono. Comenzó a presentar a los jugadores de fútbol americano del duodécimo grado, leyendo la lista del programa.

—Brett Andrews, Arthur Bauer, Brian Baylor...

Volteé a ver al Sr. Donnelly. Estaba relajado, sonriente, completamente ignorante de cualquier problema. Mientras leía los nombres de cada jugador, este caminaba y se detenía delante de nosotros, de frente a la gente en la primera tarima.

—Terry Donnelly, John Drews, Erik Fisher...

Volteé a ver a Tino y a Víctor y se me heló la sangre. Me aterroricé. ¿Qué habían venido a hacer?

No tuve que esperar para enterarme. Tino caminó rápidamente por la lateral, Víctor lo seguía. Se acercaron en silencio a la primera tarima mientras el Sr. Donnelly continuaba leyendo los nombres.

Pero entonces, repentinamente, el Sr. Donnelly notó su presencia. Dejó de leer, volteó a verlos mientras caminaban y sonrió. Casi podías ver su mente trabajando. Pensando algo como: ¿había olvidado presentar a estos jóvenes para que pudieran subir y leer el poema que habían escrito?

Pronto encontró la respuesta. El Sr. Donnelly, y el resto de nosotros, vimos en silencio absoluto a Tino cruzando el piso de madera y caminando directamente hacia Erik.

Erik nunca lo vio venir. Tino levantó la pierna derecha y le dio vuelta formando una violenta patada de karate que dobló a Erik y llenó el gimnasio con un espeluznante *¡juuuh!* salido de lo más profundo de los pulmones. Entonces, Tino dio un paso atrás, midió la distancia y levantó su rodilla hasta estrellarla en la cara de Erik. Un sonido agudo, como el de una ramita rompiéndose, hizo eco en el gimnasio. Entonces Tino, su voz llena de rabia y ahogado en lágrimas, gritó:

—¡Eso es por Luis Cruz! Yo me encargo de sus trabajos ligeros.

Pude sentir que mi papá se levantaba a mi lado. Pero eso fue todo lo que hizo. Se levantó y se quedó mirando a Tino. Todos en el piso, en las tarimas y en las graderías parecían haberse quedado congelados.

La primera persona en moverse fue Arthur Bauer. Se dirigió hacia donde estaba Erik, supongo que para protegerlo de más daño, pero nunca llegó.

Víctor corrió a toda velocidad. Arthur dio media vuelta al mismo tiempo que la cabeza de Víctor se dirigía a su abdomen. Arthur salió disparado hacia atrás para estrellarse en Brian Baylor, quien lo hizo a un lado.

De pronto, toda la gente en las graderías se había liberado, y enloquecieron, saltando y gritando y dando alaridos.

Víctor saltó encima de Arthur y comenzó a golpearlo furiosamente, propinándole ganchos en la cabeza con tanta rapidez que sus brazos se veían borrosas, como las cuerdas de nylon de una motoguadaña.

El entrenador Warner gritaba por encima de todas las demás voces.

—¡Agárrenlos! ¡Agárrenlos!

Algunos jugadores obedecieron. Saltaron encima de Víctor por detrás y lo hicieron soltar a Arthur Bauer. El entrenador Warner agarró a Tino, quien seguía de pie junto al cuerpo postrado de Erik.

Pero no pudieron atrapar a Víctor. Uno de sus captores se resbaló y cayó en la sangre que había salido de la nariz de Erik. Víctor se escapó y corrió. Los chicos del duodécimo grado lo persiguieron y lo atraparon, como lobo gruñendo, contra la puerta de emergencia. Se abalanzaron contra él, lo golpearon y lo empujaron contra la barra roja que decía LA ALARMA SE DISPARARÁ. Y eso fue exactamente lo que ocurrió: la alarma se disparó. La puerta se abrió rápidamente, Víctor se escurrió de quienes lo tenían agarrado y se fue, corriendo a la oscuridad de la noche.

El Sr. Bridges tomó el micrófono y empezó a pedir orden, pero el entrenador Warner gritaba más fuerte, gritaba a los jugadores que habían dejado a Víctor escaparse. Aplicó a Tino una llave de candado y empezó a caminar con él hacia la lateral, hacia su oficina, hacia mí.

Todo lo que recuerdo que sucedió después es que mi mamá gritó «¡Paul!» mientras yo salía volando. Aterricé con fuerza en la espalda del entrenador Warner y lo agarré con fuerza, cabalgando en su cuello y hombros. Se tambaleó hacia un lado, perdiendo a Tino. Sentí que una mano enorme se acercaba y me agarraba del cabello, tirándome hacia adelante, directo hacia su cabeza. Reboté en el suelo al mismo tiempo que Tino llegaba a la puerta de salida. Él también se perdía en la oscuridad de la noche.

Un par de jugadores de fútbol americano me pusieron de pie y me arrastraron bajo las graderías hasta la oficina del entrenador Warner. Me sentí aliviado por unos dos segundos. Y entonces, tuve a mi papá en la cara, agarrándome por la camisa y gritando.

—¡Te debería matar por lo que hiciste! ¿Estás loco?

El entrenador Warner parecía un poco más controlado. Apuntó un enorme dedo hacia mí.

—¿Quiénes son? —exigió.

Le sostuve la mirada, lo que hizo que mi papá enfureciera aún más.

—¡Ya lo oíste!, ¿quiénes son?

También a él le sostuve la mirada. Volteó hacia el entrenador Warner y reportó:

—Mi esposa piensa que son de su equipo de fútbol. El equipo de fútbol de la escuela media Tangerine.

El entrenador negó lentamente con la cabeza e hizo a mi papá la gran pregunta, la pregunta que todos en el gimnasio deberían estarse haciendo.

—¿Por qué?

Mi papá movió los músculos de su mandíbula para verse completamente perdido, sin palabras. Al mismo tiempo, aflojó la presión en mi camisa. De reojo alcancé a ver que el entrenador tenía una salida de emergencia propia. No me detuve. Golpeé la barra roja a toda velocidad y nunca volteé hacia atrás. Me apresuré con todas mis fuerzas por el estacionamiento, rodeé el estadio de fútbol americano y llegué a la Ruta 89.

Corrí con toda mi energía, a máxima velocidad, como si estuviera corriendo por la lateral de una cancha de fútbol infinita. Mantuve el ritmo hasta llegar a Lake Windsor Downs. Di vuelta bruscamente en el camino perimetral y avancé a tropezones en la tierra hasta llegar al muro detrás de nuestra casa. Entonces me quedé inmóvil, agarrándome de un lado, jadeando para tomar aire, doblado sobre mí mismo, adolorido.

Cuando pude hacerlo, miré hacia el muro. La pintura había sido limpiada, pero las palabras aún eran ligeramente visibles bajo la luz de la luna: Las Gaviotas son un asco. Me quedé de pie, estudiando ese muro por mucho rato. Luego sentí unas luces alumbrándome, muy altas para ser las de un auto. Di la vuelta y vi la Land Cruiser acercándose lenta y desigualmente en la tierra llena de baches.

Erik y Arthur se quedaron adentro por un minuto, invisibles

detrás del vidrio polarizado. Luego, un golpe de luz me dio en los ojos, arrojando mi cabeza hacia atrás. Era la luz central de la Land Cruiser: inmensa, brillante y poderosa, como un sol naciente.

Erik y Arthur abrieron sus puertas y se bajaron, dejando el motor y las luces encendidos. Se pararon al frente, de manera que las luces me alumbraban mientras ellos permanecían en la sombra. Aun así, podía ver sus caras hinchadas y sangrientas. Y vi que Erik llevaba un bate metálico de béisbol en una mano. Entendí que yo debería haber estado aterrorizado por este espectáculo: estas dos criaturas del demonio en un camino oscuro y solitario. Pero por primera vez en mi vida, no lo estaba.

Caminé hacia adelante y los vi de frente, tal como había visto a Luis hacer. Saqué mis manos, como él lo había hecho.

—No te tengo miedo, Erik. Ven acá —dije.

Erik mantuvo su postura, inmóvil. Pero Arthur sí se movió. Sacó la cachiporra y comenzó a golpearla en su mano. *¿En verdad puedes ser tan estúpido?* —Pensé—. *¿En verdad sigues cargando el arma del asesinato?*

Cuando finalmente hablaron, no fue aterrorizante, fue patético. Comenzaron con la misma rutina de siempre. Erik hizo sus comentarios y Arthur los repitió, como si nada en sus tristes vidas hubiera cambiado. Como si no acabaran de haber sido derrotados por un par de chicos de séptimo grado enfrente del equipo completo de fútbol americano y otras quinientas personas. Erik posó y habló y Arthur lo repitió.

—Vas a pagar por lo que pasó esta noche.

—Ay, sí, vas a pagar.

—Vas a desear que esta noche no hubiera existido.

—Ay, sí.

No podía soportarlo. Di otro paso hacia adelante y los enfrenté:

—Vamos, Erik, veamos si puedes hacer algo mejor conmigo de lo que hiciste con Tino.

Erik se detuvo, su ritmo había sido roto. Podía ver que su nariz estaba de lado. Trató de ignorar mi interrupción. Me dio un toque con el bate.

—Nosotros vamos a decidir qué es lo que va a suceder contigo.

—Vamos a decidir.

—Quizá estarás en el lugar correcto, pero quizá será el momento equivocado.

—Ay, sí, será el momento equivocado.

—Y entonces sucederá.

Di otro paso hacia adelante. Ahora podía ver la hinchazón alrededor de los ojos de Arthur.

—Ya he estado en el lugar correcto en el momento equivocado, asquerosos inferiores. Fracasados patéticos. Estaba bajo las graderías el martes en la tarde. —Levanté el dedo como si estuviera cargado y lo apunté a Arthur—: Te vi matar a Luis Cruz.

Los ojos hinchados de Arthur se hicieron más grandes y dio un paso hacia atrás. Erik le dirigió una mirada rápida. Luego volteó hacia mí.

—¿Quién te va a creer a ti, cerebrito ciego? ¡Estás ciego! No puedes ver diez pies delante de ti. ¡Nadie te va a hacer caso!

Erik se quedó viéndome, cada vez más enfurecido, con un odio cada vez más fuerte, moviendo el bate en un círculo estrecho. Podía ver que también sus ojos comenzaban a cerrarse por la hinchazón.

No le hice caso. Volví a hablar a Arthur.

—Y no soy el único que lo vio.

—¡Está mintiendo! —dijo Erik bruscamente. Pero Arthur ya había escuchado lo suficiente.

—Vamos, larguémonos de aquí —dijo.

—¡Está mintiendo!, ¡está mintiendo!, ¡está mintiendo! —gritó Erik hasta perder el control por completo. Comenzó a golpear los baches de tierra frente a él, gruñendo con rabia a cada golpe. Entonces, dio vuelta y soltó un golpe furioso en el faro derecho de la Land Cruiser. El vidrio explotó, salieron chispas y la luz se apagó chisporroteando.

—¡Vamos! ¡Vamos! Larguémonos de aquí. —La voz de Arthur era temblorosa, suplicante.

Erik seguía enfurecido. Hablaba con Arthur Bauer, pero me miraba fijamente cuando rugió:

—¡Cállate, Castor!

Entonces, de inhalación profunda en inhalación profunda, la furia empezó a retroceder. Erik caminó hacia atrás, paso a paso. Dio vuelta y arrojó el bate dentro de la Land Cruiser. Se subió y Arthur también lo hizo, y se alejaron rápidamente. Se alejaron dejando ese nombre, Castor, suspendido en el aire como una aparición espeluznante, como la llave de un candado, como la solución de un crimen sin resolver. Volteé la cabeza lentamente hacia el muro y recordé algo de hace mucho tiempo:

Un muro gris-plata.

Rodeaba una urbanización llamada Silver Meadows. Ahí vivíamos cuando tenía entre cuatro y cinco años de edad. Recordé a Castor. Vincent Castor. Era el gorila de Erik en ese entonces. Seguía a Erik por todos lados y hacía lo que se le dijera.

Recordé que había pintura en aerosol en el muro. Erik y Vincent Castor habían encontrado una lata de pintura en aerosol blanca y habían pintado algo en ese muro gris. Ni siquiera sé qué era. Nunca lo supe. Sólo sabía que Erik y Vincent Castor eran los autores. Todos los niños de la urbanización lo sabían. Pero nunca le dije a nadie que lo sabía.

Recordé una vez en que salí a jugar por la mañana y no pude encontrar a ninguno de mis amigos. ¿Dónde estaban? ¿Sabían algo? ¿Sabían lo que estaba a punto de sucederme?

Recuerdo que entré caminando a nuestro garaje y escuché la voz de Erik, fría y amenazadora.

—Vas a tener que pagar por lo que hiciste —dijo.

—¿Qué? No hice nada —dije.

—Vas a tener que pagar por haber acusado a Castor. Tú dijiste quién había pintado en el muro, y Castor se metió en problemas. A Castor no le gusta meterse en problemas.

Di la vuelta y vi a Vincent Castor. Tenía una lata de pintura en aerosol. Entonces sentí que Erik me agarraba por atrás, bloqueando mis dos brazos con sólo uno de los suyos. Pude oír mi propia voz gritando.

—¡Yo no fui! ¡Yo no fui!

Y recuerdo los dedos de Erik levantando mis párpados mientras Vincent Castor rociaba pintura blanca en ellos. Me dejaron gritando y dando vueltas en el suelo del garaje. Mi mamá vino y trató de arrastrarme hacia la manguera para limpiarme los ojos, pero peleé como un gato salvaje. Logró meterme en el asiento trasero del auto y llevarme al hospital.

Alrededor de la misma hora, dicen, hubo un eclipse solar. Yo no lo recuerdo. Pero recordaba el resto.

Permanecí ahí un poco más, hasta que estuve seguro de que no había nada más que recordar. Escalé el muro, salté al otro lado y crucé el jardín hacia la puerta trasera. Cuando entré, mi mamá y mi papá estaban sentados en bancos junto a la barra desayunadora, viendo un bloc de notas amarillo de tamaño oficio.

Estaban listos para saltarme encima, no había duda. Pero salté primero.

—¿Recuerdas a Vincent Castor? ¿De Silver Meadows? —dije a mi mamá. Mis papás voltearon a verse. No había dudas, lo recordaban—. ¿Te acuerdas de él, mamá? ¿Papá? Él era el Arthur Bauer de aquel entonces.

Mi mamá se puso pálida como la muerte.

—¿De qué se trata todo esto, Paul? —dijo.

Mi papá trató de retomar el control.

—Mira, Paul, hay preguntas sobre lo que sucedió esta noche que necesitan una respuesta.

—¡No! ¡No, señor! —exploté. Me arranqué los anteojos de fondo de botella y los agité enfrente de él, enfurecido—. ¡Hay preguntas sobre estos que necesitan una respuesta! ¿Soy tan tonto y estúpido que estuve viendo un eclipse durante una hora hasta quedarme ciego? ¿Soy así? ¿Soy tan idiota?

No respondieron. No voltearon a verme. Ni siquiera parecía que estuvieran respirando.

Mi papá veía hacia abajo, hacia el bloc de notas amarillo, cuando dijo:

—Tenías cinco años, Paul. Era muy poco lo que podías entender. Lo único que podías entender era que algo malo había pasado.

Mi mamá habló con los ojos cerrados, como si realmente no estuviera ahí, como si su voz estuviera saliendo de la radio.

—Tenía tanto miedo de que te quedaras ciego. Pero las noticias no fueron tan malas. Me dijeron que *no* quedarías ciego. Me dijeron que tus ojos sanarían, lentamente. —Sus ojos se abrieron, pero su voz comenzó a desaparecer—. Me dijeron que quizá perderías la visión periférica. O que quizá no. Pero que no quedarías ciego. Esas fueron las buenas noticias. —Entonces, mi mamá empezó a llorar. Con la cara aún congelada, como si fuera una estatua, comenzó a llorar.

Bajé la voz y le dije:

—Deja que te pregunte algo, mamá. Cuando llegaste a casa del hospital ese día, ¿viste la pintura blanca en las manos de Erik?

No lo dudó.

—Sí.

—¿Supiste qué había sucedido?

—Sí.

Nadie habló por un par de minutos.

Mi papá continuó examinando el bloc de notas que tenía enfrente. Luego habló.

—Los doctores nos dijeron que probablemente nunca lo recordarías. Y pensamos que era la mejor manera de manejar la situación. —Negó con la cabeza, triste—. Queríamos encontrar una manera de evitar que odiaras a tu hermano.

—¿Entonces se les ocurrió que sería mejor que me odiara a mí? —respondí.

Eso fue todo. Mi papá estaba acabado. Se derrumbó. Daba miedo verlo. No lloró como una estatua, lloró como un bebé. Después de un minuto los dejé, sentados ahí, resoplando y sintiendo pena por ellos mismos, y subí las escaleras.

Eso me lleva a la llamada de Joey, en la que me preguntaba si yo estaba bien. *Estoy* bien. Estoy más que bien. Finalmente.

Sábado 2 de diciembre

Joey y yo estábamos hablando de nuevo por teléfono a las nueve de la noche.

—¿Fisher? ¿No te han arrestado todavía?

—No, todavía no.

—Eh, ¿Betty Bright tiene un Mustang amarillo?

—Sí.

—Bueno, está estacionado frente a la casa del Sr. Donnelly.

—Ah, ¿sí?

—Quizá esté delatándolos a ustedes por lo de anoche.

—No, no lo haría. De todas maneras, no tiene por qué hacerlo. Ellos saben quién soy. Y saben dónde encontrar a Tino y a Víctor.

—Sí, supongo. Bueno, pensé que querrías saberlo.

—Seguro, gracias. Voy a echarle un vistazo.

Subí a mi bicicleta y me apresuré a la casa del Sr. Donnelly. El aire estaba caliente y seguía lleno de humo. Vi el Mustang amarillo más adelante. Alguien estaba sentado al frente, del lado del pasajero. Me detuve junto a la ventana y vi una cara familiar.

—¿Shandra?

Shandra volteó sus ojos oscuros hacia mí. Parecía estar muy lejos, perdida en sus pensamientos. Finalmente habló.

—Hombre Pescador, ¿vives por aquí?

—Sí.

Asintió con la cabeza y señaló la casa del Sr. Donnelly.

—¿Conoces a este tipo?

—Ajá. El Sr. Donnelly. El que escribe de deportes.

—La entrenadora Bright y mi hermano, Antoine, están hablando con él —explicó. Pareció que iba a perderse de nuevo, pero luego dijo con entusiasmo—: ¡Eh, escuché lo que hiciste anoche!

—¿Ah, sí? ¿Antoine te dijo?

—No. Antoine no estaba ahí.

—¿No?

—No. Se quedó en casa. —Regresó a su voz lejana—. Ya sabes, él es la estrella del equipo de fútbol americano de la escuela secundaria Lake Windsor, pero no vive en Lake Windsor. Vive en Tangerine.

—Entiendo. Yo hago algo similar. Vivo en Lake Windsor, pero juego en Tangerine.

—Pero no tienes que mentir sobre lo que estás haciendo, ¿o sí? No tienes que vivir una mentira todos los días de tu vida en este mundo, ¿no es verdad? —Negué con la cabeza y ella continuó hablando—. Ese tipo de mentira consume a la gente, día a día, hasta que le enferma el corazón. Y es por eso que Antoine no fue a recoger ningún premio anoche. Se sentía enfermo del corazón.

Me senté de nuevo en mi asiento y le pregunté, tan casualmente como pude:

—Sólo se siente culpable por mentir, ¿o qué es?

—No lo sé. Supongo que no se trata sólo de una cosa. Se sintió muy mal después del último partido, cuando vencieron a la escuela secundaria Tangerine de la manera en que lo hicieron. Todos eran sus amigos cercanos, ¿sabes?, los chicos con quienes nos reuníamos sólo hace un par de años. Él no quería vencerlos de esa manera, avergonzarlos de esa manera. —Shandra miró hacia abajo y disminuyó el volumen de su voz un poco—. Y ahora se siente mal por mí, porque no pude poner mi fotografía en el periódico aun cuando me gané el derecho a hacerlo. Porque no puedo mostrarme orgullosa de mí misma porque tengo miedo de que eso lo delate. Porque temo que alguien me vea y diga: «ella es la hermana de Antoine, ¿cómo es que juega para Tangerine y él juega para Lake Windsor?».

Pensé en el momento en que ella corrió para alejarse de la cámara y del Sr. Donnelly. Ahora aquí estaba, sentada en el camino de entrada de este último. ¿Qué estaba ocurriendo?

—Shandra, ¿hay algo más? —pregunté—. ¿Hay otra razón por la que Antoine se sienta tan enfermo del corazón?

Los ojos de Shandra se encendieron hacia mí. Respondió con intensidad.

—Sí, hay algo más. No quieren decirme qué es, pero hay algo más. Antoine estaba anoche de rodillas, llorando. Y no era por sus amigos íntimos, y no era por mí. No podía evitarlo. Me asusté y llamé a la entrenadora Bright. La entrenadora y Antoine estuvieron de pie afuera, hablando por un largo rato, luego entraron y llamaron al Sr. Donnelly. Y ahora aquí estamos.

Oí la puerta principal cerrarse fuertemente. Volteé a ver a Betty Bright caminando por la acera hacia nosotros. Antoine Thomas y el Sr. Donnelly estaban de pie, inmóviles, en la puerta, dándose la mano.

Betty Bright parecía cansada, con los ojos tristes, pero logró sonreír cuando me vio.

—Paul Fisher. Escuché lo que hiciste anoche.

—Hola, entrenadora.

Bajó la mirada para verme.

—¿Regresarás el próximo año?

—Eso espero.

—Mi chica aquí se va a la escuela secundaria. Estaba pensando intentar con un chico en la portería.

Me reí, pero luego dije:

—Haré lo que usted diga, entrenadora. Pero no quiero el trabajo de Shandra, quiero el de Maya.

—¿Ah, sí? Muy bien, como sea. Quiero que regreses.

Oí que la puerta del frente se cerraba de nuevo. Antoine Thomas se dirigió hacia donde estábamos, caminando lentamente. Es tan alto como Betty Bright, pero es más ancho y completamente musculoso.

—¿Todo bien? —dijo Betty a Antoine.

—Sí —respondió él con voz baja, tranquila.

—Entonces, ¿ya está todo arreglado?

—Sí, va a publicar la historia mañana. —Miró hacia abajo para ver a Shandra —. Vamos a decir la verdad ahora, ¿entendido? No cuentes a nadie nada que no sea la verdad de ahora en adelante.

Antoine volteó a verme casualmente. Luego sus ojos se encogieron.

—Él es Paul Fisher —dijo Betty Bright—. Es uno de mis jugadores.

Antoine estudió mi rostro.

—¿Eres el hermanito de Erik Fisher? —dijo.

Me puse rígido al escuchar el nombre de Erik.

—Sí —murmuré.

—Es momento de empezar a decir la verdad, hermanito —dijo él, tranquilamente—. ¿Entiendes de qué estoy hablando?

Asentí con la cabeza como si hubiera entendido. Pero no lo había entendido. En realidad no. No hasta que él agregó:

—No pases tu vida escondido bajo las graderías, hermanito. La verdad te hará libre.

Asentí con la cabeza, completamente convencido.

—¡Sí! ¡Sí! —dije.

Betty Bright y Shandra estaban claramente desconcertadas, pero no hicieron preguntas.

—Vamos, tenemos una parada más que hacer —les dijo Antoine. Luego volteó a verme—. Tenemos que decir la verdad a alguien más.

El auto retrocedió y los tres se alejaron rápidamente, sin ninguna otra palabra, dejándome solo en el camino de entrada del Sr. Donnelly.

—¡Bajo las graderías! —me repetí. Y supe cuál sería la próxima parada. Antoine iba a ir al Departamento del Sheriff para contarles lo que había visto, a decirles que él había sido testigo del asesinato de Luis Cruz.

De repente, me sobresalté al escuchar el sonido de la puerta del garaje abriéndose y de ver al Sr. Donnelly en su auto dirigiéndose en reversa a gran velocidad hacia donde yo estaba. Tuve que moverme rápidamente para quitar mi bicicleta de su camino. Frenó bruscamente y bajó el vidrio. Estaba visiblemente nervioso.

—¿Estás bien, Paul?

—Sí, señor.

—Lo siento. Debería haber prestado atención. Hay muchos niños por aquí. Debería haber prestado atención.

—No hay problema, estoy bien. —Como no dijo nada más, hablé—: Acabo de hablar con Betty Bright. Dijo que había traído a Antoine Thomas a hablar con usted.

—Así es. ¿Te dijo de qué hablamos?

—No, señor.

El Sr. Donnelly lo pensó unos segundos.

—Entonces, es mejor que yo tampoco te lo diga. Dejemos que todo el mundo se entere de la manera correcta, leyéndolo en el periódico mañana. ¿De acuerdo, Paul?

—De acuerdo.

El Sr. Donnelly se alejó, dejándome imaginando qué era lo que Antoine Thomas podría haberle dicho. Bajé a la calle y empecé a pedalear, pensando: *Supongo que todos tendremos que esperar hasta mañana.*

Me las arreglé para evitar a mi mamá y a mi papá la mayor parte del día. Sé que estuvieron en el rincón por horas con ese bloc de notas amarillo de tamaño oficio. A las cinco de la tarde, los tres nos sentamos en un círculo alrededor de una pizza, pero nadie tenía hambre.

—Vamos a tener una reunión muy importante aquí mañana al mediodía, Paul —me dijo mi mamá—, nos gustaría que asistieras.

—Muy bien —dije.

—Invitamos a algunas personas —agregó mi papá—. Deberías ser una de ellas.

—Muy bien.

Todos comimos pizza en silencio, y luego reaccionamos al escuchar el mismo sonido perturbador. Era el sonido de una silla rechinando en el suelo, arriba de nosotros. Erik, aparentemente, estaba refugiado en su cuarto, escondiendo la cara.

Domingo 3 de diciembre

Me desperté antes del amanecer, esperando las noticias. Las malas noticias. Estaba de pie en la acera cuando una furgoneta blanca de frenos chillantes se acercó. Un brazo delgado salió por la ventana del lado del copiloto y lanzó la edición dominical del *Tangerine Times* al camino de entrada. Era más grande de lo normal, pesaba y estaba doblemente envuelto en una bolsa de plástico.

Lo mismo estaba sucediendo en todo Lake Windsor; lo mismo estaba sucediendo en todas las demás urbanizaciones. Las furgonetas blancas estaban apareciendo, y esas pesadas bolsas de plástico estaban volando frente a las ventanas, reventando como globos con agua en las casas de los fanáticos de la escuela secundaria Lake Windsor. De seguro era un desastre.

Nuestro teléfono comenzó a sonar a las siete de la mañana. Mi papá respondió escaleras arriba y se enteró de las malas noticias de boca de otro padre de un jugador de fútbol americano. Ni siquiera sé cuál.

Yo estaba ya en el gran salón, leyendo al respecto. La historia llenaba la esquina inferior derecha de la primera página. Ocupaba dos columnas y continuaba en la página diez. El encabezado decía: «Atleta de Lake Windsor confiesa en escándalo de fútbol americano». Había una foto de Antoine Thomas saliendo del edificio administrativo del Condado de Tangerine con el pie «El mariscal de campo estrella Antoine Thomas sale de una reunión de emergencia de la Comisión de Deportes del Condado de Tangerine».

La página principal era sólo la punta del iceberg. El artículo continuaba adentro, con fotografías, gráficas y citas a lo largo de las páginas diez y once. Había fotos de Antoine, del entrenador Warner y de los tres miembros de la Comisión de Deportes del Condado de Tangerine. Había una gráfica explicando los límites territoriales de la escuela secundaria Lake Windsor y de la escuela secundaria Tangerine, y otra gráfica que mostraba los récords de fútbol americano de Lake Windsor antes y después de la llegada de Antoine Thomas. Las citas eran del entrenador Warner y del Sr. Bridges. Ambos estaban «impactados» por la noticia. Ninguno admitía saber nada de nada.

El artículo comenzaba así: «La Comisión de Deportes del Condado de Tangerine, reunida anoche en una sesión de emergencia, votó por anular las victorias del equipo de fútbol americano de la escuela secundaria Lake Windsor de las últimas tres temporadas. Esta drástica acción se llevó a cabo en respuesta a la confesión hecha por el mariscal de Lake Windsor, Antoine Thomas, a los miembros de la Comisión. En una declaración firmada, Thomas confesó haber mentido con respecto a su elegibilidad para matricularse en la escuela secundaria Lake Windsor».

El artículo citaba a un miembro de la comisión quien dijo que Antoine «los había contactado, se había reunido con ellos y les había mostrado una declaración notariada». El mismo miembro dijo que «no tenían otro remedio que aplicar el reglamento de la Comisión y anular las victorias en las que el Sr. Thomas había participado».

No podía creer lo que estaba leyendo. Había pensado que *quizá* Lake Windsor habría sido multado. O que tendrían que renunciar a su última victoria contra la escuela secundaria Tangerine. Pero no había nada de eso. Nunca habría sospechado que la Comisión tuviera tanto poder. Era como si estuvieran reescribiendo la historia.

Lake Windsor tenía un récord de 7–3 en la primera temporada de Antoine; luego de 9–1 en la siguiente temporada y de 10–0 en esta. Era un total de 26 victorias y 4 derrotas. Ahora estaban 0–30, o sea 0 victorias y 30 derrotas en las últimas tres temporadas.

Y como si eso no fuera lo suficientemente extraño, cualquier récord que hubiera establecido con Antoine en el equipo también había sido anulado. Había un recuadro con la lista. La mayoría de los récords pertenecía a Antoine Thomas, pero Erik Fisher estaba ahí con el gol más largo, el porcentaje más alto de goles de campo en una temporada y el mayor número de puntos extra en una temporada.

No más. Todos habían sido anulados.

Había otro artículo enfocado en un tipo que vive en Tangerine, en la misma calle que Antoine Thomas. Es un tipo negro de alrededor de veinticinco años de edad, quien había jugado fútbol americano en la escuela secundaria Tangerine y luego en Florida A&M. Esto es parte de lo que dijo: «Todo el mundo sabe cómo es esto. Si quieres alcanzar el gran sueño de fútbol americano, el trofeo Heisman aquel, te sales de Tangerine. Ningún cazatalentos importante viene acá nunca. Jamás. Entonces te consigues una dirección en Lake Windsor. Haces que tu correo llegue ahí, pero continúas viviendo aquí. Vives una mentira. Todo el mundo sabe qué está sucediendo. Nadie hace preguntas... Pero ahora Antoine está en pie, diciendo que todo es una mentira, así es que la gente tendrá que escucharlo».

Ya había terminado de leer todos los artículos de la página principal cuando mi papá entró al gran salón. Aún tenía el teléfono en la mano, y se había olvidado de apagarlo. Por su cara, podía adivinar que ya le habían contado los hechos más importantes. Le entregué la sección principal sin hacer comentarios y volteé a ver lo que había en la sección de deportes.

Mi papá se sentó en el suelo. Finalmente apagó el teléfono y comenzó a leer. Pero el teléfono volvió a sonar de inmediato. Escuchó con impaciencia y dijo:

—No tengo idea, no he ni siquiera tenido aún la oportunidad de leer el periódico. —Colgó de nuevo y sostuvo el periódico frente a él con ambas manos, como si estuviera agarrando a algún tipo de las solapas.

Lo dejé solo y examiné la portada de la sección de deportes. Al lado izquierdo había una columna escrita por el Sr. Donnelly, con el extraño título «Reflexiones sobre un plato de porcelana imaginario». Por poco no lo leo, pensando que había escrito la columna antes de que sucediera lo de Antoine Thomas. Pero estaba equivocado. Esta es la columna completa:

No mucha gente sabe esto.

Por veinte años tuve el récord de yardas por pase en un solo partido del Condado de Tangerine. Cómo obtuve ese récord tiene tanto que ver con las condiciones climatológicas como con mi talento como mariscal de campo, pero no me importaba. El récord era mío, y me sentía orgulloso por ello.

La noche en que establecí mi récord, la escuela secundaria Tangerine estaba jugando contra la escuela secundaria Suwannee bajo una violenta tormenta. Sin discusión, el partido debería haber sido cancelado, pero nadie con autoridad tuvo la prudencia suficiente para hacerlo. Al tiempo que el cielo relampagueaba y tronaba, yo, el mariscal de campo ignorado de un equipo ignorado, me alcé de ese lodo no una, sino dos veces, para lograr la inmortalidad en el fútbol americano.

En dos ocasiones nos vimos clavados en nuestra propia línea de cinco yardas, y dos veces tuve que retroceder, dando tumbos y resbalones, para lanzar el balón. Dos veces un receptor corrió detrás de ese pase y siguió corriendo, 95 yardas, hasta llegar a la zona de anotación. En dos jugadas hice pases por 190 yardas.

El resto del partido haría pases por sólo 37 yardas más, pero el daño ya estaba hecho. El récord anterior había sido hecho añicos. El nuevo récord era mío. Pasó al libro de récords de la siguiente manera: «El mayor número de yardas por pase en un solo partido, 227, William F. Donnelly, escuela segundaria Tangerine».

De hecho, he visto este libro de récords en reuniones de la Comisión de Deportes del Condado de Tangerine. Es un viejo libro rojo. Y sí, he buscado mi nombre. Ese nombre, escrito a mano en un grueso libro viejo, es todo. Es lo que obtienes. No hay trofeo, no hay placa, no hay certificado, no hay plato. Obtienes sólo ese renglón escrito a mano además del conocimiento, dentro de ti, de que tienes el récord.

Bueno, eso no era suficiente para mí. Necesitaba algo que luciera más, algo que pudiera ver en mi mente. Por eso, cada vez que pensaba en el récord, lo que sucedía con frecuencia, imaginaba un plato fino de porcelana. Era un plato grande con un borde circular de oro de catorce quilates. Un plato que exhibirías con orgullo en una vitrina de trofeos. Un plato que brillaría frente a invitados y los llevaría a hacer comentarios al respecto. Pero también era un plato frágil, uno que duraría hasta que el destino decidiera sonreír a otro mariscal de campo que se levantara de otro charco de lodo.

Milagrosamente, mi plato estuvo colgado intacto durante veinte años. Cuando se rompió, cuando mi récord finalmente cayó, no tuvo nada que ver con un lanzamiento afortunado o con una superficie resbalosa.

Antoine Thomas, de la escuela secundaria Lake Windsor, rompió mi récord a la mitad de su paso por el décimo grado. Lo rompió un sábado de sol en la escuela secundaria Lake Windsor, jugando contra mi vieja escuela. En ese juego, lanzó por un total de 250 yardas e hizo 5 anotaciones.

Pero eso era sólo el principio. Antoine Thomas rompería mi récord seis veces más (de hecho, después de la primera, empezó a romper sus propios récords). Continuaría reescribiendo ese viejo libro de récords en docenas de partidos, temporadas y categorías de carreras, convirtiéndose en el jugador más relevante de su generación y de cualquier otra.

Ahora todo eso cambió.

La Comisión de Deportes del Condado de Tangerine resolvió que Antoine Thomas no era legalmente elegible para jugar en la escuela secundaria Lake Windsor. Por lo tanto, los récords que rompió no fueron rotos legalmente.

¿Se dan cuenta de lo que esto significa?

La Comisión de Deportes del Condado de Tangerine recogió los fragmentos de mi plato de porcelana, los unió con Kola Loka y me lo devolvió.

Lo estoy viendo justo ahora. Supongo que lo hicieron con buenas intenciones, pero hicieron un pésimo trabajo. Puedo ver las grietas, como si fueran líneas de edad en un rostro. Puedo ver las gotas de pegamento, como si fueran lágrimas que nunca caerán. Puedo ver que faltan astillas y pedazos del borde de oro en las partes donde el círculo se rompió.

Gracias, Comisión de Deportes del Condado de Tangerine,

323

pero no gracias. No voy a poner esta cosa de nuevo en mi vitrina
de trofeos. No la pondría ni siquiera en una venta de garaje. Esto
no es algo de lo que se pueda estar orgulloso.

Antoine Thomas tiene el récord de yardas por pase en un solo
partido. Antoine Thomas es el mejor mariscal de campo de la
historia del Condado de Tangerine.

Todo el mundo lo sabe.

Estaba contento de saber que el Sr. Donnelly había escrito positivamente sobre Antoine porque era claro que nadie más lo iba a hacer. El teléfono siguió sonando.

Una estrategia comenzaba a surgir de las llamadas que mi papá recibía y hacía. Iban a culpar a Antoine, y sólo a Antoine. Las familias, los entrenadores, los maestros, los seguidores iban a negar que sospecharan remotamente de que alguien hubiera roto las reglas en algún momento.

¡Por favor! Después de que escuché a mi papá diciendo a un entrenador adjunto que él también estaba «impactado por la noticia», no pude más.

—Papá, ¿has visto alguna vez a algún jugador del equipo de fútbol americano de la escuela secundaria Lake Windsor corriendo afuera? ¿Cómo, digamos, en la calle?

—Sí, seguro, ¿por qué?

—¿Los has visto alguna vez conduciendo bicicletas de diez velocidades o arrojando tiros a una canasta o jugando tenis?

—Sí.

—¿Los has visto conduciendo sus propios autos?

—Sí.

—Muy bien. Ahora dime, ¿has visto alguna vez a Antoine Thomas haciendo una de esas cosas? ¿Has visto alguna vez a Antoine Thomas corriendo o pedaleando en una bicicleta o conduciendo un auto por aquí?

Mi papá me vio con curiosidad, pero seguía sin entender.

—No, no puedo decir que lo haya visto —respondió.

—¿Lo has visto en el supermercado? ¿O junto a la bomba de una estación de gasolina? ¿O comprando papas fritas en un McDonald's?

Mi papá ahora asentía con la cabeza, pero no estaba de acuerdo conmigo. Estaba empezando a molestarse.

—¿De qué se trata esto?

—Supongo que se trata de tu vista, papá. Tu vista y la del entrenador Warner y la del Sr. Bridges y la de todo aquel que esté «impactado» hoy. Porque yo he visto a muchos de esos chicos de Lake Windsor en mucho lados. Adonde quiera que vaya, de hecho. Pero nunca he visto a Antoine Thomas. Nunca lo he visto en ningún lugar, excepto en el estadio de fútbol americano. Eso se debe a que no vive por aquí, papá. Vive en Tangerine. Todo el mundo lo sabe.

Mi papá vio hacia abajo. Sabía que yo tenía razón. Sabía la verdad. El teléfono sonó de nuevo, pero no lo contestó.

Domingo 3 de diciembre, más tarde

Con tantas cosas peleando por mi atención, debo confesar que la «reunión importante» de mi mamá y mi papá no me parecía muy importante. Es por eso que me tomó por sorpresa.

Al bajar las escaleras escuché la voz de mi mamá, tensa y molesta.

—Quiero que esto se acabe ya, por completo, que todo el mundo se haya ido para el momento en que lleguen mis padres.

Mi papá estaba igual de tenso.

—¿Qué? ¿Y piensas que yo no? No quiero que se entrometan en esto.

Estaban arreglando el gran salón, arreglándolo como lo hacen cuando hay una reunión de propietarios. Acomodaron diez sillas frente a la chimenea para los «invitados» y otras diez sillas al lado, cerca de la cocina. Estas sillas, resultó, eran para las «familias» —dos familias—: los Fisher y los Bauer.

Cuando los invitados llegaron, mi papá les entregó una hoja de papel. Tomé una y la leí. Era una lista de objetos, cosas que habían sido robadas de las casas de Lake Windsor Downs, de acuerdo con la compilación hecha por el Departamento del Sheriff del Condado de Tangerine. Había anotaciones como estas: «Reloj Rolex, $900, recuperado» y «Perlas, antiguas, $500, no recuperadas».

A la una en punto todos los invitados estaban sentados. Conocía a la mayoría de ellos. Eran de la misma calle que Joey, la calle donde todas las casas habían sido cubiertas con carpas. Es lo que todos ellos tenían en común. La Tudor blanca, la Lancaster gris, la Stuart amarilla: hoy todos eran iguales. Hoy todos eran las Carpas azules.

Las sillas laterales habían sido ocupadas por mi mamá, mi papá, Arthur Bauer sénior, la Sra. Bauer (a quien nunca antes había visto) y Paige Bauer. Arthur Bauer sénior parecía estar enojado. Los demás parecían consternados. Arthur Bauer junior estaba con Erik afuera, en el patio, donde los dos estaban encorvados y callados. Mi mamá y mi papá habían colocado un par de sillas para ellos junto a sus familias, pero no estaban sentados. Yo tampoco estaba sentado en mi silla de familiar. Escogí un lugar en el sillón, junto a la mesa de centro.

Mi mamá se puso de pie para comenzar la reunión. Pero antes de hablar, volteó hacia afuera y miró a Erik. Luego caminó a la cocina, abrió la puerta del patio y dijo, con voz temblorosa:

—Erik, ¿puedes entrar, por favor?

Ni Erik ni Arthur se movieron.

Mi mamá se quedó afuera, esperándolos, en frente de todos. El gran salón se llenó de silencio como si hubiera un olor vergonzoso. Finalmente, mi mamá repitió:

—Erik, ¿puedes entrar, por favor?

Arthur Bauer sénior se asomó por la esquina y ladró:

—¡Arthur! ¡Ven acá!

Primero Arthur y luego Erik se pusieron de pie tambaleándose y se movieron lentamente hacia adentro, hacia las sillas vacías junto a sus familias. Cuando se sentaron se escuchó un suspiro bajo cuando los invitados miraron las caras horribles de ellos dos. La nariz de Erik estaba de color rojo sangre e hinchada. Sus ojos eran simples hendiduras bordeadas de negro, como los de un mapache. Lo creas o no, Arthur se veía peor. La cara de Arthur estaba cubierta de bultos morados y cortes rojos. Sus labios también estaban rotos e hinchados. Parecía como si estuviera fuera de lugar entre humanos, como ogro en un cuento de hadas.

Mi mamá tomó su bloc de notas, lo abrió y comenzó a hablar con voz uniforme y formal.

—De parte de la familia Bauer y la familia Fisher, quiero agradecerles por haber venido. Es mi deber informar a todos ustedes de lo siguiente. —Volteó a ver sus notas y leyó—: El veintidós de noviembre hice un descubrimiento impactante. Cuando estaba en nuestra unidad de almacenamiento buscando las cajas con ropa de invierno, encontré una mochila deportiva que no pertenecía a ese lugar. Cuando abrí esa mochila, encontré una máscara de gas del ejército de los Estados Unidos, un par de guantes de caucho y una bolsa de plástico del supermercado llena de aretes de diamantes, relojes, anillos de oro y muchos otros tipos de joyas de valor.

Esta vez se escuchó un fuerte resuello en la audiencia, incluyéndome a mí.

—Esta tarde hablé con el sargento Edwards del Departamento del Sheriff del Condado de Tangerine. El sargento Edwards me confirmó que los objetos en la mochila deportiva correspondían con las descripciones de los objetos que habían sido robados de las casas de ustedes cuando estuvieron cubiertas.

Mi mamá cerró su bloc de notas y miró a los invitados a los ojos.

—No se necesita ser un genio para descubrir el resto. Estos objetos fueron robados por Erik Fisher y Arthur Bauer, quienes han admitido haberlo hecho. No tenían otra opción que admitirlo. Arthur usó la máscara de gas para entrar a las casas cubiertas. Luego, robó cosas de esas casas mientras Erik vigilaba afuera.

Sacó una copia de la hoja que se había entregado a cada invitado.

—Hemos ya recuperado algunos de los objetos. Mi marido les dirá más al respecto. Erik y Arthur se deshicieron de algunas de las cosas de ustedes y estamos trabajando en recuperarlas. —Mi mamá inclinó la cabeza para señalar a Paige—. Paige Bauer devolvió ya los objetos que le fueron entregados. Su amiga Tina Turreton, quien aceptó venir hoy, pero que obviamente no se presentó, devolvió lo que le fue entregado. Además, ellas nos han proporcionado los nombres de otros estudiantes de la escuela secundaria Lake Windsor que recibieron objetos robados de manos de Erik y Arthur. Contactamos a los padres de todos esos estudiantes y confiamos en que lograrán recuperar dichos objetos robados. —Mi mamá miró en silencio a los invitados durante un minuto, y luego dijo—: Mi marido tiene más cosas que decirles.

Mi papá se puso de pie al tiempo que mi mamá se sentaba. Retomó el tema donde ella lo había dejado.

—Así es, el sargento Edwards es el oficial del Condado de Tangerine que está a cargo de todos los casos de ustedes. Nos ha permitido, y al decir «nos» me refiero a los Fisher y a los Bauer, aproximarnos a todos ustedes con un plan para restituirles. Eso quiere decir que Erik y Arthur les restituirán por completo, a todos ustedes, por la totalidad de los objetos de su propiedad. Si algún objeto no puede ser recuperado y regresado, el Sr. Bauer y yo garantizaremos su valor total en efectivo. —Mi papá levantó su copia de la lista de bienes robados—. Pueden ver lo que ya recuperamos. Esos objetos podrán ser entregados a ustedes a partir de mañana. Si todos están de acuerdo con este plan de restitución, y tiene que ser un acuerdo *unánime,* entonces el Departamento del Sheriff no presentará más cargos contra Erik y Arthur.

Sentí pena por mi papá en ese momento. Simplemente no podía darse por vencido. Había invertido demasiado en el Sueño de Fútbol Americano Erik Fisher y simplemente no podía darse por vencido. Quería decirle: *Mira la cara de Erik, papá. Así es como realmente se ve.* Pero me mantuve en silencio.

El teléfono sonó, así que me incliné hacia la mesa de centro y tomé el teléfono inalámbrico. Era Joey, y prácticamente estaba gritando a través del auricular.

—¡Los ayudantes del Sheriff están en la casa de Arthur Bauer! Están sentados en un auto, en frente.

—¿Ah, sí?

—Sí. Me detuvieron cuando pasaba en bicicleta. Me preguntaron si sabía dónde estaba él.

—Yo sé dónde está.

—¿Sí? ¿Dónde?

—Aquí.

—¡Ya! ¿Puedo decirles eso?

—Sí, ¿por qué no?

Joey colgó el teléfono con un golpe.

Arthur Bauer sénior hablaba ahora. Estaba enojado.

—Hablé con mi hijo de esto. Admitió su responsabilidad, dijo que lo siente y confesó todo lo hecho. La pregunta ahora es: ¿quieren procesar a estos dos chicos tontos y posiblemente arruinar sus vidas? ¿O quieren que les restituyan por completo, como hombres, y sigan adelante con sus vidas? ¿Quieren darles una segunda oportunidad o no?

Inspeccioné los rostros de la gente de las carpas azules. Sus bocas se quedaron inmóviles. Sus ojos estaban enfocados en los rostros feos de Erik y Arthur. Los Carpas azules claramente no sentían compasión por estos dos ladrones sentados que miraban al suelo, sin voz, inútiles, sin vida, como un par de maniquíes en un contenedor de basura.

Un hombre habló en contra de lo que decía el Sr. Bauer.

—No me culpes por arruinar la vida de tus hijos —dijo—. Yo no le pedí a tu hijo que entrara a mi casa sin haber sido invitado.

El Sr. Bauer respondió fríamente.

—No, por supuesto que no lo hiciste.

El hombre volteó hacia los demás y continuó hablando.

—¿Por qué deberían escaparse del castigo por los crímenes cometidos? Eso no es hacer justicia. ¿Qué tal si la policía hubiera echado el guante a dos chicos de Tangerine por haber robado en nuestras casas? Estarían ya en la cárcel.

El Sr. Bauer agitó la lista para que la viera quien hablaba.

—Sí. Y nunca volverías a ver los objetos que te pertenecen. Si esto se lleva ante el tribunal, no podrías recuperar tus cosas.

—¿Qué es todo esto? —gritó el hombre—. ¿Chantaje? ¿Si no estoy de acuerdo, no me devuelven mis cosas? —Volteó a ver a los demás—. Nos están robando de nuevo.

El Sr. Bauer estaba furioso, pero controlado.

—Sí, bueno, quizá seas la única persona en el mundo que nunca hizo nada malo en su vida. Quizá naciste perfecto. Quizá nunca fuiste un chico tonto.

El hombre no se retractó.

—Te voy a decir lo que nunca hice. Nunca entré a la fuerza en el dormitorio de una mujer mayor de edad, registré el cajón de su ropa interior y robé el collar de perlas que le había sido entregado por su propia abuela, para luego dárselo a mi novia como si fuera un hombre adulto. Nunca hice eso. Y no conozco a nadie más que lo haya hecho. Tu hijo y el otro chico pertenecen a su propia clase.

El Sr. Bauer no respondió. Estaba tan enojado que caminó de regreso a su asiento y se sentó, dejando la reunión sin alguien al frente.

Mi papá se puso de pie de nuevo, vio a todos y simplemente preguntó:

—¿Aceptan nuestro plan para hacer la restitución, o no?

¿Qué opción tenían? Al final, la gente de las carpas azules aceptó el plan, a regañadientes. Aceptaron, a regañadientes, dar a Erik y Arthur esa segunda oportunidad. La segunda oportunidad que obtienes cuando tus papás pueden garantizar una restitución completa. La segunda oportunidad que obtienes cuando puedes patear un gol de campo de cincuenta yardas.

La reunión se acabó rápidamente. El Sr. Bauer llevó a su familia directamente a la puerta. Los demás invitados salieron en fila, solemnemente y en silencio. Pero se detuvieron. Algo estaba bloqueando su camino. Me apresuré a la ventana lateral y me asomé.

Lo primero que vi fue a Joey. Estaba montado en su bicicleta en la acera. Entrecerraba los ojos bajo el sol. Miré hacia su izquierda ¡y ahí estaban! Dos ayudantes del sheriff: uno era delgado y tenía el cabello rubio; el otro era grande y musculoso y tenía bigote negro. Joey señaló a Arthur Bauer y los dos policías se dirigieron hacia él. Arthur y su padre se detuvieron por completo, justo frente a mi ventana, mientras el resto de los invitados y las familias se apiñaban en el camino de entrada.

—¿Es usted Arthur Bauer? —preguntó el policía grande. Arthur asintió dócilmente con la cabeza—. Extienda las manos, por favor, Sr. Bauer. —Arthur lo hizo y el policía le colocó con calma un par de esposas en sus muñecas. Su compañero rodeó a Arthur y comenzó a registrarlo en busca de algún arma.

Me apresuré hacia la puerta y me abrí camino. El policía grande le estaba leyendo a Arthur sus derechos.

—Arthur Bauer, está usted bajo arresto en conexión con la muerte de Luis Cruz. Tiene derecho a guardar silencio...

El papá de Arthur estaba paralizado, en estado de conmoción. Pero cuando oyó el cargo, gritó.

—¡Esperen un minuto! Arthur, ¿es el tipo del que me hablaste? ¿El del entrenamiento de fútbol americano?

Arthur, aterrado, asintió rápidamente con la cabeza. Su padre continuó.

—Escuche, oficial. Esto no está bien. Es un error. Arthur me contó lo que sucedió con ese tipo, cuando acababa de ocurrir. —El policía, cuya etiqueta de identificación decía Sgt. Rojas, comenzó a caminar con su prisionero, sin escuchar—. Arthur me contó acerca de un tipo que apareció en el entrenamiento de fútbol americano buscando pelea. No pertenecía a ese lugar. Estaba buscando problemas. ¿Tengo razón, Arthur? —Arthur siguió asintiendo con la cabeza—. Se acercó a Arthur y trató de golpearlo, por eso Arthur lo golpeó. Una vez, ¿no es así? —Arthur asintió con la cabeza—. Y eso fue todo. El tipo entró ahí buscando una pelea y la encontró. El tipo ni siquiera pertenecía a ese lugar.

No pude escuchar nada más.

—¡Él pertenecía ahí! —grité. El papá de Arthur volteó para ver quién lo había dicho. Continué—: Pertenecía a ese lugar tanto como usted y su estúpido hijo. —Miré al policía rubio—. El arma que usó para matar a Luis Cruz fue una cachiporra.

Esto hizo que el sargento Rojas se detuviera frente a la puerta abierta de la patrulla de policía. Se dio la vuelta y se me quedó mirando. Entonces agregué:

—Probablemente esté todavía en su Land Cruiser, que está en casa de él. En todo caso, ahí estaba el viernes.

—¿Cómo sabes que usó una cachiporra? —dijo el sargento Rojas.

—Lo vi hacerlo. Vi a Arthur Bauer acercarse furtivamente a Luis Cruz, como un cobarde, y golpearlo en un lado de la cabeza. Luis ni siquiera lo vio venir.

El sargento Rojas dijo al tipo rubio:

—Ve allá y revisa ese vehículo en lo que regreso.

El sargento Rojas volteó hacia mí.

—¿Qué más viste?

Me enderecé y enfrenté a todos, como había visto a Luis hacer.

—Vi... oí a Erik Fisher ordenándole que lo hiciera.

Las cabezas de la multitud voltearon al mismo tiempo a ver a Erik. El sargento Rojas apuntó un dedo hacia él.

—Tú... ven acá —ordenó. Erik fue allá arrastrando los pies, como si estuviera ya llevando grilletes. El sargento exigió—: ¿Es cierto eso?

Erik volteó a ver a mi papá. Mi papá repitió las mismas palabras.

—¿Es cierto eso?

Erik dudó un instante, luego comenzó a asentir con la cabeza. Hacia mi papá, hacia el sargento, hacia toda la multitud. Firmemente, hacia arriba y hacia abajo, asintió con la cabeza hacia todos nosotros.

El sargento Rojas dio instrucciones a mi papá.

—Mantenga a este joven en casa, no en el vecindario, no en el jardín. En casa. Puedo llamar o regresar en cualquier momento y él tendrá que estar aquí.

Mi papá dijo, susurrando, que había entendido. El sargento enfocó su atención en mí nuevamente.

—¿Tenemos tu declaración, hijo?

—No, señor. —Luego, me sentí obligado a agregar—: No era lo suficientemente valiente para hacer una declaración.

Me miró de arriba abajo.

—¿Estarías dispuesto a hacer una declaración ahora si te lo requiriera?

—Sí, señor.

Puso una mano sobre la cabeza de Arthur y lo empujó hacia el asiento posterior de la patrulla. El resto de los Bauer se apresuró a su auto para seguirla. Me quedé de pie ahí, junto a Joey, y los vi alejarse.

La gente que había estado en la reunión regresó abstraída a sus casas, sacudiendo la cabeza y hablando. Joey levantó un puño que golpeé hacia abajo con el mío.

—Voy a ir deprisa a la casa de los Bauer a ver qué hace el policía —dijo.

—Muy bien.

—Te hablo más tarde.

Una vez que Joey se alejó, nos quedamos solos: mi mamá, mi papá, Erik y yo. Caminamos juntos de regreso por el camino de entrada y entramos al garaje. Erik se detuvo en la puerta, dio vuelta y me miró a través de sus ojos hinchados. Le regresé la mirada a través de mis gruesos anteojos. Parecía estar luchando con algo. Quizá un recuerdo. Quizá estaba reviviendo la escena de hace mucho tiempo. Los cuatro nos quedamos en nuestros lugares, como si el tiempo se hubiera congelado para nosotros. Cuatro figuras congeladas de la exposición Maravillas del Mundo. Finalmente, mi mamá rompió el hechizo cuando se susurró a ella misma.

—Ay, no. No ahora.

Todos volteamos a ver a mi abuela y a mi abuelo, quienes caminaban por el camino de entrada.

—¿Qué les vamos a decir? —susurró nuevamente mi mamá.

Yo sabía la respuesta.

—Les vamos a decir algo malo, mamá.

Mi abuela y mi abuelo se detuvieron en la parte superior de la pendiente, enmarcados por la abertura rectangular.

—¿Caroline? ¿Llegamos en un mal momento? —dijo mi abuela.

Mi mamá negó con la cabeza.

—No, llegan justo a tiempo. Llegaron justo a la hora que dijeron que llegarían.

Mi abuelo miró con dureza a Erik.

—¿Qué diablos pasó con tus ojos? —le preguntó.

Erik le respondió con un tono sorprendentemente fuerte.

—Me golpearon en la cara, abuelo. Un chico me golpeó en la cara.

Mi abuelo me echó un vistazo y luego a Erik. Asintió brevemente con la cabeza, como si hubiera entendido.

—Con su permiso —dijo Erik. Luego abrió la puerta y desapareció adentro.

Mi papá hizo un gesto a mi abuela y a mi abuelo invitándolos a entrar. Intercambiaron miradas de preocupación y caminaron hacia adelante. Mi mamá y mi papá nos llevaron a la cocina y se sentaron en la mesa redonda.

Mi abuela y mi abuelo me miraron de arriba abajo. Luego, mi abuela hizo su pregunta habitual:

—¿Cómo estás, Paul?

—Muy bien. Estoy muy bien.

Mi abuelo me dio una palmada en el hombro.

—Eso es bueno.

Arrastré un banco de la barra desayunadora para que los cinco pudiéramos sentarnos alrededor de la mesa. Erik no estaba por ningún lado. Me imaginé que habría subido a su cuarto.

Mi mamá y mi papá se turnaron para hablar, tal como habían hecho durante la reunión. Mi abuela y mi abuelo no parecían sorprendidos por lo que estaban escuchando. Lo asimilaron sin siquiera pestañear.

Cuando acabó, cuando les habíamos dicho cada una de las cosas malas que había que decir, hicimos una pausa y esperamos. Mi abuela puso su mano sobre el corazón, suspiró profundamente y dijo:

—Sabes qué es lo que te voy a decir, Caroline. —Mi mamá cerró los ojos—. Estás pagando ahora por lo que no hiciste en aquel entonces.

Mi mamá estuvo completamente de acuerdo con ella.

—Lo sé, lo sé.

Pero mi papá no se iba a rendir tan rápidamente.

—Es fácil decirlo ahora —dijo secamente—. Es muy fácil, siete años después, decir «ya te lo dije».

—No estamos diciendo eso —respondió mi abuela rotundamente.

Mi abuelo levantó la vista hacia mi papá.

—*Sí* se lo dijimos. Erik necesitaba ayuda. Necesitaba ayuda médica.

—No —refutó mi papá—. Erik no necesitaba ayuda médica. No necesitaba medicamentos. No necesitaba ser uno de esos chicos medicados que van por la vida flotando como si estuvieran bajo el agua.

—¿Qué medicamentos? No estamos hablando de medicamentos. El chico necesitaba saber cómo son las cosas, eso es todo. En primer lugar, necesitaba una paliza por haber lastimado a Paul.

Mi papá volteó hacia el otro lado. Claramente quería estar fuera de esta conversación. Supongo que todos lo queríamos porque todos permanecimos sentados en silencio por un largo rato.

—Muy bien, permíteme ser quien pida disculpas —dijo mi abuelo finalmente—. No tengo todas las respuestas. No creo que las tenga. —Luego dijo a mi mamá—: Somos una familia. Es todo lo que sé. Los ayudaremos de cualquier manera que sea posible. —Luego dijo a mi abuela—: Pienso que lo mejor que podemos hacer ahora es seguir nuestro camino a Orlando y dejarlos solos.

Mi mamá trató de convencerlos de lo contrario, sin entusiasmo. Mi papá no dijo ni una sola palabra. Se dirigió abstraído hacia el gran salón.

—Al menos conozcan la casa —dijo mi mamá—. Es a lo que vinieron.

Mi abuela y mi abuelo voltearon a verse nuevamente.

—Un paseo rápido —dijo mi abuela.

Los seguí de cerca en su paseo rápido por la planta baja piso de la casa. Pasamos a un lado de mi papá, quien estaba sentado en su rincón frente a la IBM. Lo vi mientras mi mamá señalaba cosas en el gran salón. Mi papá estaba sentado en una especie de estado de trance frente a la pantalla, con la luz verde de la carpeta «Erik, ofertas de becas» proyectada en su cara.

Mi mamá describía el piso de arriba brevemente, pero no los llevó. El paseo terminó en el vestíbulo de la puerta principal.

—Es una linda casa —dijo mi abuela, y salió.

Mi abuelo, por su parte, no había terminado. Hizo una seña para decir «un minuto más», subió por las escaleras y dio vuelta a la izquierda. Tocó, esperó un momento y luego habló con Erik tranquilamente a través de la puerta. Luego bajó a donde estaba mi mamá.

—Es una linda casa, es cierto —le dijo—. Nada parecida a aquellos lugares en los que te hice vivir, ¿eh? Te deseo buena suerte para todo lo que venga. —Luego se apresuró para alcanzar a mi abuela.

Mi mamá los miraba alejándose por la calle hasta que el teléfono sonó y la hizo regresar adentro. Lo tomó, escuchó brevemente y respondió.

—Ahí estaremos. —Su mirada se deslizó hacia la mía. Habló con voz cansada, una voz que iba más allá del enojo, más allá de la molestia—. Era tu directora, la Dra. Johnson. Quiere reunirse con nosotros dos en su oficina mañana por la mañana, a las siete y media en punto.

Lunes 4 de diciembre

Mi mamá y yo tuvimos que salir hoy media hora más temprano para poder llegar a la escuela media Tangerine a las siete y media. Llevé mis libros y mi almuerzo como si fuera a ser un día normal. ¿Cómo podría saberlo?

Mi mamá condujo tensa, en silencio, enojada. No puedo decir que la culpara. En sólo una semana sus dos hijos habían pasado del éxito al fracaso, de la admiración pública a la humillación pública. Traté de imaginar a mi mamá en nuestra unidad de almacenamiento de temperatura controlada encontrando esa mochila deportiva. No reconociéndola. Preguntándose de quién sería. Decidiéndose a abrirla para averiguarlo. Viendo fijamente los objetos que contenía. Sacándolos uno a uno. La terrible verdad haciéndose evidente para ella de manera gradual, como si se tratara de una fotografía Polaroid revelándose lentamente.

Nos detuvimos frente a la escuela media Tangerine a las siete veinticinco. Absolutamente nada estaba sucediendo. Ninguno de los karatecas estaba en la acera. Ninguno de los pandilleros estaba por ahí. Ninguno de los autobuses estaba deteniéndose en la rotonda. Nunca había estado ahí tan temprano.

Atravesamos las puertas de entrada y subimos por las escaleras hacia las oficinas principales. La Dra. Johnson estaba justo detrás de las puertas de vidrio, hablando con otros dos adultos: Tomás Cruz y una mujer que reconocí de los partidos de fútbol. Se parecía un poco a Víctor, por eso supuse que se trataba de la Sra. Guzmán.

La Dra. Johnson estrechó la mano de mi madre, con mucha seriedad. Volteó a verme y dijo:

—Paul, ¿por qué no esperas unos minutos en el corredor? Nosotros te llamamos.

La Dra. Johnson llevó a los adultos a su oficina interior. Yo crucé de nuevo las puertas de vidrio y me dirigí al pasillo. Escuché unos pasos ligeros en las escaleras, así que me asomé a la sala de espera del primer piso. Apareció una cola de caballo café que me resultaba familiar. Luego un rostro familiar.

—¡Theresa! Hola —dije.

Ella no volteó en realidad a verme. Llegó a la parte superior de las escaleras y dijo:

—Entonces, ahí estás.

—¿También a ti te llamaron? —dije.

—No, no a mí. Sólo a Tino y a Víctor. Están adentro.

—¿Están ahí? No los vi.

—Sí, están ahí. La Dra. Johnson probablemente los haya llevado al cuarto de la enfermera. Ahí es donde generalmente esperan.

—¿Eh? ¿Por qué estás aquí?

—¿Yo? Siempre llego temprano. Por mi trabajo.

—¿Ayudante de oficina?

—Sí, exactamente. Esa soy yo.

Theresa y yo permanecimos de pie juntos, con las espaldas apoyadas en la pared de vidrio de la oficina. Así estuvimos durante un minuto completo, en silencio, como dos extraños esperando un autobús. Entonces recordé y busqué dentro de mi mochila. Saqué el reporte de la clase de Ciencias, impreso en láser y en cuatro colores, dentro de una carpeta de plástico transparente. Se lo entregué.

—Toma, esperaba tropezarme contigo —le dije—. Terminé de armar el reporte. Espero que te guste.

Theresa lo tomó y leyó el título, impreso en letras grandes anaranjadas y sombreadas de negro. Lo leyó en voz alta.

—La tangerina Amanecer Dorado.

Lo hojeó, deteniéndose en la gráfica de pastel de «Las variedades de los cultivos cítricos en el Condado de Tangerine» y en la gráfica de barras de «La disminución de la superficie de cultivo de cítricos en el Condado de Tangerine».

—Es hermoso. Es para sacar A-plus, sin duda. —Theresa me vio directamente a los ojos y sonrió, pero no por mucho tiempo. De repente, como si hubiera aparecido una fuga, sus ojos se llenaron de lágrimas grandes que resbalaron por sus mejillas. Negó con la cabeza de lado a lado y exigió saber—: ¿Por qué lo hiciste?

—¿Qué? ¿Hacer qué?

—¡Todo esto! —Alzó el reporte—. ¡Todo esto! ¡Todo esto! ¿Por qué viniste a mi escuela? ¿Y a mi casa a trabajar? ¿Y saltaste encima de un entrenador? ¿Estás loco? Echaste a perder tu vida, ¿lo sabes?

Nunca había visto a Theresa enojada o molesta. Ahora estaba enojada y molesta. Traté de tranquilizarla, pero continuó.

—¡Escucha! Tú no eres uno de estos chicos. ¿Entiendes? Tú no eres uno de estos chicos que se sientan todo el tiempo en las oficinas esperando ser castigados. Tú no perteneces a este lugar. Tú no vives en

Tangerine. Tú vives en Lake Windsor Downs. Y vas a tener que seguir viviendo ahí. Vas a tener que ir a esa escuela secundaria. Vas a tener que enfrentar a ese entrenador y a todos los que estaban en ese gimnasio. Tino y Víctor no tienen que hacer nada de eso. Tino y Víctor van a salir de todo esto. —Volteó hacia el otro lado, negando con la cabeza por mi estupidez absoluta. Respiró profundamente varias veces, luego volteó a verme de nuevo y repitió, con calma—: Entonces, ¿por qué lo hiciste? ¿Por qué saltaste sobre ese entrenador?

Levanté los hombros y los dejé caer.

—Lo he pensado muchas veces los últimos tres días. Paso mucho tiempo pensando en cosas, quizá demasiado. Pero esa noche, en el gimnasio, no lo pensé. Simplemente lo hice.

Theresa se limpió la mejilla con la manga.

—¿Sí? Bueno, realmente metiste la pata. De todas maneras atraparon a Tino y a Víctor. Siempre es así.

Estuvimos en silencio y nos acomodamos de nuevo en nuestros lugares contra la pared. Traté de aligerar el ambiente.

—Quizá es culpa tuya —dije—. Eres la primera persona que conocí aquí. Eres quien me mostró el lugar.

Ella no sabía si yo estaba bromeando o hablando en serio.

—¿Y cómo es que por eso la culpa es mía? —dijo.

—Tú me presentaste a Tino y a Víctor.

—Sí, bueno, dijiste que querías jugar fútbol.

—Pero no tenías que hacerlo. Podrías haberme dejado a mi suerte.

Ahora ella sonreía, ligeramente.

—Sí, podría haberte dejado a tu suerte. —Señaló la oficina—. La Dra. Johnson nos dijo que algunos chicos de Lake Windsor vendrían acá porque su escuela se hundió en un socavón. No lo sé. Me imaginé que todos ustedes nos menospreciarían. Y algunos lo hacían. Pero tú no, tú actuabas como si estuvieras feliz de estar aquí. A ti te gustaba estar aquí. Luego dijiste que querías estar en el equipo de fútbol... No lo sé, supongo que sentí lástima por ti. Especialmente cuando pensé en lo que Víctor y esos chicos podrían hacerte.

La puerta de la oficina de la Dra. Johnson se abrió. Theresa y yo miramos hacia allá.

—Cada vez que Luis hablaba de ti, te llamaba por tu nombre, Paul —dijo—. Yo también voy a empezar a llamarte así. —Me tomó del brazo—. Vamos, Paul.

Me llevó a la oficina. La Dra. Johnson salió y dijo:

—Theresa, ¿podrías pedir a la Srta. Pollard que venga para acá con el expediente de Paul Fisher?

Theresa me dio un apretón silencioso en el brazo y fue a cumplir con su tarea. Miré hacia el interior de la oficina, y podía ver el perfil de mi mamá. Estaba llorando.

—Muy bien, Paul, ven conmigo —dijo la Dra. Johnson—. Puedes esperar en el cuarto de la enfermera. Los vamos a llamar, uno por uno.

Me llevó por un pasillo corto y abrió la puerta del cuarto de la enfermera. Tino y Víctor estaban ahí, sentados en sillas negras apoyadas en la pared blanca. Parecían más pequeños y más jóvenes de lo que los recordaba. Como niños. Ciertamente no estaban nerviosos. Supongo que habían estado aquí demasiadas veces.

Tino siguió mirando fijamente hacia el frente, pero Víctor brincó en su asiento y se quedó mirando a la Dra. Johnson.

—¡Ah, no, Dra. Johnson! Está trayendo al chico equivocado acá. El Hombre Pescador estaba sentado arriba con su mamá y su papá.

Simplemente se cayó de esas graderías como si se hubiera desmayado o algo. Tuvo suerte de caer encima de ese tipo. Eso interrumpió su caída. —Volteó hacia Tino en busca de apoyo—. El Hombre Pescador también se desmayó así en la huerta hace como una semana, ¿no fue así?

—Tino no le hizo caso—. Dra. Johnson, él debe tener un tumor en el cerebro para desmayarse de esa manera. Ese chico necesita que le tomen rayos X.

La Dra. Johnson negó con la cabeza y habló con tranquilidad.

—Las cosas son ya suficientemente malas, Víctor. No las hagas peores. Ven conmigo.

Víctor abrió los ojos de par en par y volteó a verme. Luego, se levantó y siguió a la Dra. Johnson fuera del cuarto. Me senté en su silla, al lado de Tino.

Me sorprendió que empezara a hablar de inmediato.

—Cuando entres ahí no empieces a hablar y hablar como el tonto de Víctor. Todo lo que debes decir a la Dra. Johnson es «Sí, Dra.», «No, Dra.» y «Gracias, Dra.». ¿Entendido? Aceptas tus tres semanas de suspensión y te vas a casa.

—¿Tres semanas? —dije—. ¿Piensas que eso va a ser?

—Sí. —Tino se movió en su silla, pero aún no volteaba a verme. Continuó—: Y le puedes decir a Atún de mi parte que no le estábamos faltando el respeto a su hermano ni nada de eso. Simplemente teníamos que hacernos cargo del asunto.

—Pienso que lo sabe.

—Sí, bueno, dile lo que dije.

—Muy bien.

De repente, la Dra. Johnson abrió la puerta e indicó que ahora tocaba a Tino seguirla. Me quedé solo en el cuarto de la enfermera, mirando el cuadro para el examen de la vista. Parecían haber pasado dos minutos cuando regresó por mí.

La seguí a su oficina. Mi mamá estaba sentada en el mismo lugar. Sus ojos estaban rojos, pero ya no lloraba. La Dra. Johnson se quedó de pie detrás de su escritorio y sacó un delgado folleto blanco llamado *El código del estudiante.*

—Ya expliqué esto a tu madre, Paul —dijo—. La junta escolar ha establecido sus políticas en este folleto y estamos obligados a seguirlas. Es mi deber explicarte en qué violación incurriste y qué penalidad se te aplicará. —Mantuvo el folleto afuera por si acaso yo quería leerlo. Explicó—: La violación que cometiste se llama «Infracción de cuarto nivel», en este caso: «atacar a un maestro o a cualquier otro empleado de la Junta Escolar». Es el nivel más serio de infracción. La penalidad por esta y por cualquier otra infracción de cuarto nivel es la expulsión.

La Dra. Johnson hizo una pausa para asegurarse de que yo hubiera entendido. Pienso que no. Pensaba: *Tres semanas, me tendrían que dar tres semanas.* Ella continuó hablando.

—A partir de este momento, estás expulsado de todas las escuelas públicas del Condado de Tangerine por el resto de este año académico. —Hizo otra pausa y volteó a verme.

—Sí, Dra. —Me escuché decir.

La Dra. Johnson bajó *El código del estudiante.*

—¿Tienes alguna pregunta al respecto? —preguntó.

Pensé en *No, Dra.* y en *Gracias, Dra.,* pero no pude decirlo. Estaba demasiado confundido. Y tenía preguntas.

—¿Qué hay de Víctor y de Tino? ¿También ellos están expulsados? —dije.

La Dra. Johnson arrugó las cejas. Podía adivinar que no quería hablar de ellos. Señaló *El código del estudiante*.

—No, Paul —dijo—. La violación que cometieron cae dentro del tercer nivel de infracciones: «pelear con otro estudiante». La penalidad por eso es de tres semanas de suspensión.

Asentí con la cabeza. Qué más podría haber dicho excepto:

—Gracias, Dra.

La Dra. Johnson se dirigió a la puerta, así que mi mamá se puso de pie.

—Tu madre ha decidido renunciar a tu derecho de apelación —dijo la Dra. Johnson—. Básicamente, Paul, lo hiciste, te atraparon y te castigaron. Desde un punto de vista positivo, ya completaste el número de días suficiente para concluir el semestre. Hay opciones a tu alcance. Tu madre seleccionó la opción de que completes la segunda mitad del séptimo grado en una escuela privada.

Entonces, estábamos saliendo por la puerta hacia las oficinas principales. Otros chicos entraban y salían. La Dra. Johnson me dio la mano y se la estreché.

—Deseo que te vaya bien con esa opción, Paul —dijo—. Adiós, Sra. Fisher.

Y se fue. Así de simple. Supongo que yo esperaba algo más. Supongo que esperaba un discurso motivacional o uno duro. Pero se deshizo de mí tan rápidamente como se deshizo de Víctor y de Tino. Las oficinas empezaban a llenarse de chicos y se requería a la Dra. Johnson en otro lugar. El día había comenzado. Los estudiantes de la escuela media Tangerine estaban haciendo lo que hacían todos los días, pero yo no estaba entre ellos. Yo ya no era uno de ellos. Darme cuenta de eso fue un golpe repentino, como una bofetada en la cara.

Seguí a mi mamá por los dos tramos de la escalera, con mi cabeza agachada para no tener que ver a nadie. Cuando llegamos a la puerta principal, pude escuchar los ruidos de la multitud de niños que había afuera.

Los karatecas habían llegado. También los pandilleros. Todos estaban haciendo lo que hacían cada mañana. Locuras. Haciendo ruido. Hasta que me vieron. Entonces, en un instante, todo se detuvo. Todos dejaron de hacer lo que estaban haciendo para voltear a verme.

Mi mamá y yo permanecimos en el escalón superior y volteamos a verlos.

—¿Paul? ¿Qué quieren? —dijo ella.

Podía escuchar murmullos provenientes de diferentes áreas en la multitud. Decían cosas como «Es él» y «Él es Fisher».

Uno de los pandilleros más grandes y malos del octavo grado se dirigió hacia nosotros con sus chicos justo detrás de él. Mi mamá emitió un sonido asustado y susurró:

—¿Qué están haciendo?

Volteé hacia ella y le dije, con la esquina de mi boca:

—No tengas miedo, mamá. No les muestres miedo.

Bajé lentamente las escaleras. Mi mamá se quedó donde estaba. La muchedumbre se apartó un poco, lo suficiente para tragarme. El enorme chico de octavo grado levantó el puño y puso el mío sobre el suyo.

—¡Muy bien, Fisher! —dijo.

De repente todos estaban sobre mí, todos estos chicos que en realidad no conocía. Chicos que no me conocen de verdad. Empezaron a darme golpecitos en la espalda, a masajear mi cabello, estrechando mis dos manos al mismo tiempo. Todos decían cosas como: «Qué manera de ser, Fisher», «Mantente así», «Mantén la cabeza arriba, hombre». Para mí era extraño estar entre esos desconocidos grandes y malos. Sus palabras me rodeaban y me levantaban y me mantenían en movimiento hacia el auto.

Pude escuchar a mi mamá gritando encima de ellos.

—¡Paul! ¿Estás bien, ahí adentro?

Mi mamá se las había arreglado para llegar a la puerta del lado del copiloto y luchaba torpemente con las llaves. Abrí la puerta y volteé hacia la muchedumbre. No pude pensar en nada que decir, así que simplemente levanté el dedo pulgar, de manera extraña, y me deslicé a mi asiento. Todos dieron la vuelta y volvieron a sus lugares de siempre.

Mi mamá cerró las puertas y nos escapamos rápidamente. Ahora ella estaba más desconcertada que asustada. Esperó hasta que estuvimos a una distancia segura para preguntarme:

—¿Qué fue eso? ¿De qué se trató todo eso?

Torcí el labio.

—Reconocen a un tipo malo cuando lo ven.

—¡Paul! Tú no eres un tipo malo.

—¿Ah, no? —Dirigí mi dedo pulgar hacia la muchedumbre—. ¿Ves a alguna de esas gallinas siendo expulsada? ¿De todas las escuelas del Condado de Tangerine?

Mi mamá suspiró ruidosamente.

—Pensarías que esas son las peores palabras que una mamá podría escuchar. —Negó con la cabeza varias veces. Yo no sabía si ella iba a reír o a llorar. Rio—. ¡No en esta familia!

• • •

Condujimos por el centro de Tangerine.

—Bueno, tengo que decirte que, de alguna manera, estoy feliz de que estés fuera de ese lugar.

No estuvo contenta por mucho tiempo.

—Voy a regresar, mamá —le informé—. El próximo año. Ya hablé con la entrenadora acerca de eso. Y voy a lograr ser parte del equipo oficial del condado.

—No puedes hacerlo —dijo mi mamá con certeza. Y luego, agregó, con menor certeza—: No creo que puedas hacerlo.

Cité las palabras de Gino:

—Hacen excepciones con muchos chicos. Van a hacer una conmigo.

—Eso está por verse.

—No hay nada que ver, mamá. Ya lo decidí.

Mi mamá negó con la cabeza un poco más, pero no parecía estar molesta. Ciertamente no estaba llorando. Quizá había rebasado el límite. Quizá ambos lo habíamos hecho. Por la razón que sea, una extraña sensación de tranquilidad nos invadió. Llegamos a la Ruta 89 y dimos vuelta hacia el sur.

—Camino equivocado, mamá —dije.

—Depende de adónde vayas.

—¿Adónde vamos?

—Al centro comercial. Vamos a comprarte ropa que te quede.

—Muy bien.

—Y unos uniformes.

—¿Unos qué?

—Pantalones azules. Camisas blancas. Corbatas azules.

—Estás bromeando.

—No. Es tu única opción.

—¿Me vas a mandar a St. Anthony?

—Así es. La Dra. Johnson llamó a la directora de mi parte, a la hermana Mary Margaret. Aceptó que empieces a tomar clases ahí el miércoles, en el séptimo grado, a prueba.

—¿A prueba? ¿Es decir que quiere saber si soy un tipo demasiado malo para seguir ahí?

—Sí, supongo que eso es lo que quiere saber.

—¿Quieres decir que entraré ahí con mala reputación? ¿Que los chicos me tendrán miedo?

—Yo no iría tan lejos.

—Bueno, yo sí. Sé todo acerca del miedo. —Pensé en otras escuelas a las que había entrado por primera vez—. ¿Te das cuenta, mamá, que nunca he sido otra cosa que un cerebrito? Y ahora voy a entrar a esta escuela de cerebritos, no como un colega cerebrito, sino como un temido y célebre fugitivo?

—No es una escuela de cerebritos.

—Ah, sí que lo es. Ya estuve ahí. El doce de octubre. Algunos me recordarán de ese día. Llegué ahí con las Águila Guerreras. Los hicimos polvo 10–0. Sus ojos estaban llenos de miedo. Y lo estarán nuevamente cuando entre el miércoles.

—Paul, por favor. Necesitas tomarte esta «opción» seriamente. No todo el mundo recibe una segunda oportunidad.

Pensé: *Sí, no me digas, mamá.*

Nos detuvimos en el centro comercial. Luego empezamos una compra compulsiva, sin precedentes en mi vida. Mi mamá estaba fuera de control. Me dejó comprar hasta las cosas que nunca podría haber llegado a pensar en querer. No dijo «no» una sola vez, ni siquiera lo dudó. Bolsa tras bolsa. Tienda tras tienda. Zapatos deportivos, jeans, chaquetas, camisas, calcetines, ropa interior.

Cuando llegamos a casa, subí las escaleras con un par de bolsas de basura para el jardín. Me deshice de la vieja ropa de mi cómoda. Luego saqué la ropa de mi clóset. Llené las dos bolsas y fui por dos más. Puse todo dentro de esas grandes bolsas verdes y luego las apilé en el garaje, para asociaciones caritativas.

Después comencé a trabajar en mis cosas nuevas: quité alfileres, corté etiquetas, tiré papeles. Cajón tras cajón, gancho tras gancho, llené mi cómoda y mi clóset con ropa nueva que me quedaba.

Martes 5 de diciembre

Mi papá tuvo que llevar a Erik a la estación de policía esta mañana para que hablara con el sargento Rojas. Estuvieron ahí entre las siete y media y las diez y media. Cuando regresaron, Erik fue directamente a su cuarto.

Mi papá entró a la cocina y habló con mi mamá y conmigo.

—Arthur Bauer está tratando de culpar a Erik. Dice que Erik lo puso a hacerlo. Erik lo niega. Dice que Arthur no lo entendió. Es un embrollo enorme. —Se sirvió una taza de café y agregó—: La policía lo va a resolver. Es su trabajo, no el mío.

—¿Qué dicen los testigos? —dije.

—Sé que Antoine Thomas y Brian Baylor han declarado ante el sargento. Ambos dicen que fue Arthur quien en realidad asaltó al tipo.

—El nombre del tipo era Luis.

Mi papá asintió y se corrigió.

—Lo siento, Luis.

Pensé en el grupo de lacayos de Erik.

—¿Qué hay de los testigos amistosos? —pregunté.

—Erik y Arthur no tienen amigos. No desde que empezamos a reunir las joyas robadas. No. Nadie excepto Arthur Bauer sénior dice que fue una pelea justa.

Mi mamá tenía los codos apoyados en la mesa y ambas manos bajo su mentón, como si estuviera sosteniendo su propia cabeza amputada.

—Entonces, ¿qué va a suceder ahora? —preguntó.

Mi papá respondió con calma, casi casualmente, como si nada de esto tuviera algo que ver con él.

—Ahora la acción de la justicia empezará a desplegarse. Lentamente pero con seguridad. Cada uno de ellos tendrá que responder por lo que haya hecho. Yo ya no voy a intervenir.

Volteé a ver a mi mamá. Al menos, ella parecía preocupada por su primogénito. Mi papá, por el contrario, parecía uno de esos amigos que habían abandonado a Erik, quienes se arrepentían de incluso haberse involucrado con él en un principio. Volteó hacia mí.

—Paul, el sargento Rojas quiere también tu declaración. Quiere que redactes un párrafo o dos en los que describas exactamente qué viste y qué oíste. Ya sabes, lo que en realidad sucedió. Me la puedes entregar a mí, y yo la llevaré al Departamento del Sheriff.

—Muy bien, lo haré —dije.

El teléfono sonó en el gran salón. Fui a la mesa de centro y lo contesté. Oí una voz conocida.

—Vas a tener que conseguirte un mejor abogado, amiguito.

—¿Tino? Sí, supongo que tienes razón.

—Entonces... ¿qué hay? ¿Qué vas a hacer contigo?

—Voy a empezar a ir a St. Anthony el miércoles.

Tino resopló con desdén.

—¡St. Anthony! ¿Esos fracasados? Tiene que ser una broma.

—¡Eh!, no dije que jugaría para ellos. Voy a jugar para las Águilas Guerreras el próximo año.

—¿Ah, sí? No crees que vas a ser titular, ¿o sí?

—Sé que voy a ser titular.

—Sí, bueno, ya veremos.

—¿Tú qué dices? —le pregunté—. ¿Qué vas a hacer?

—Ah, tengo mucho qué hacer. Ya sabes, es lo que llaman una bendición disfrazada. Luis estuvo anunciando la Amanecer Dorado en todos los periódicos de la industria. Ha habido una respuesta enorme, tal como dijo que sucedería. Recibió órdenes de toda Florida, de Texas, de California, incluso de México. Tengo que ayudar a mi papá a surtir esas órdenes. También tengo que ayudarle con muchas otras cosas que Luis hacía. —Tino hizo una pausa y luego dijo, de manera nerviosa—: Eh, ah, Hombre Pescador, cuando quieras venir y trabajar en la huerta, puedes venir. Estás en el equipo. ¿Sabes a lo que me refiero?

Sabía a lo que se refería.

—Sí. Sí, gracias. Quiero hacerlo. Es algo que realmente quiero hacer. Sólo dime cuándo.

—Tú sabes cuándo. Tiempo y temperatura, ¿no es cierto? Cuando el sol comience a descender y los vientos comiencen a soplar más fuerte y la temperatura sea treinta y nueve, treinta y ocho, treinta y siete. Ya sabes lo que sucede después. Y sabes dónde estaremos.

—Ahí estaré yo también.

—Muy bien.

—Quizá esta vez incluso me quede despierto.

Tino resopló de nuevo. Hubo una pausa, luego habló.

—Eh, ah, buena suerte en ese lugar, St. Anthony. No sé nada de ahí excepto que los hacemos polvo cada año.

—Tienen que vestir un uniforme.

—¿En serio?

—Sí, y las monjas dan clases.

—¡Imposible! ¿Monjas?

—Sí.

—Muy bien. No te pongas loco como sueles ponerte. No quiero oír nada de saltos sobre el Papa desde las graderías o algo así.

—No, no lo oirás.

—Cuídate hermano. Te veo en las huertas.

—Sí. Adiós. —Colgué. Pero seguí escuchando la palabra «hermano» por un largo rato. Miré hacia el techo y escuché a Erik caminando de un lado a otro, sin detenerse, en la jaula que se había construido.

Martes 5 de diciembre, más tarde

Subí las escaleras después de cenar, para escribir mi recuento del delito para el sargento Rojas. Entré en mi computadora y repasé todas las entradas de mi diario, desde Houston hasta el día de hoy. Luego comencé a escribir. Terminé sólo después de las nueve de la noche.

Comencé con los hechos básicos, un párrafo o dos, pero no me pude detener ahí. Tenía mucho que decir. Comencé a escribir sobre Luis y lo que significaba para la gente a su alrededor y cómo todos dependían de él y por qué lo admiraban. Luego traté de escribir lo mismo sobre Erik: ¿qué significaba para la gente a su alrededor?, ¿cómo dependían de él?, ¿por qué lo admiraban?

Supongo que a la policía no le interesa nada de eso. Ese no es su trabajo. Pero forma parte de la verdad. Una parte considerable. Y, tal como Antoine Thomas me dijo, «la verdad te hará libre».

Bajé las escaleras, entregué el disco a mi mamá y a mi papá y les dije:

—Tengan. Aquí está toda la verdad. Aquí está lo que en realidad sucedió.

Fui a la cocina y me serví un vaso de jugo de naranja. Cuando regresé, pasando por el gran salón, noté que mi mamá y mi papá habían colocado sillas en el rincón. Los dos miraban con atención la pantalla de la computadora.

Miércoles 6 de diciembre

El primer día de escuela. Toma tres.

Me puse pantalones azules, camisa blanca, corbata azul, calcetines negros y zapatos negros y bajé a la cocina. Ni mi mamá ni mi papá mencionaron mi disco en el desayuno. Pero me sorprendió oír a mi mamá decir:

—Paul, hablamos al respecto y decidimos que tu padre te lleve hoy a St. Anthony.

A las siete y media, mi papá y yo caminamos juntos bajo una fría mañana en Florida. Un viento ligero soplaba hacia el oeste, alejando el fuego subterráneo, hacia el Golfo. Al este, el sol se elevaba detrás de una fila larga de nubes grises. Me detuve a mirarlas, dentadas y con picos rojos, delineadas ahí como si se tratara de una montaña distante.

Salimos de la urbanización y nos dirigimos al norte, pasamos las rejas y las casetas de vigilancia, pasamos los cables de alta tensión y los nidos de las águilas pescadoras, y nos dirigimos al campus de Lake Windsor. Cuando nos detuvimos en el semáforo de la Ruta 89 y Seagull Way, mi papá señaló a la derecha.

—¿Ves eso? —dijo—. Es el árbol de Mike Costello.

Volteé hacia donde mi papá estaba señalando y lo vi, el gran roble laurel. Había sido plantado en el jardín que da al frente de la escuela secundaria, entre la calle y los carriles de los autobuses. Se veía bastante sano, bastante fuerte. Pero estaba amarrado en un entrelazado de cables atados a estacas de metal blancas.

—Esas estacas son temporales —agregó mi papá—. Hasta que pueda sostenerse por sí solo.

Condujimos hasta el siguiente semáforo y dimos vuelta a la derecha. Nos dirigimos al este, hacia los colores encendidos de la montaña distante y hacia los brillantes colores de las huertas de cítricos. Pensé: *Mike Costello tiene un árbol propio, y eso es bueno. Pero Luis también tiene un árbol propio, y va a tener muchos, muchos más.*

Pronto, el camino se hizo estrecho, de dos carriles, y nos encontramos rodeados por las huertas, rodeados por toda su belleza. Vi por la ventana las interminables hileras de cítricos —naranjos, tangerinos, limoneros amarillos— que pasaban rápidamente a cada lado. Bajé la ventana y dejé que entrara por completo. El aire era claro y frío. Y el auto inmediatamente se llenó de aquel aroma, el aroma de un amanecer dorado.

EDWARD BLOOR es autor de las aclamadas novelas *Crusader* y *Story Time*. Antiguo maestro de escuela, vive con su familia cerca de Orlando, Florida.

El fútbol, Tangerine y yo
Por Edward Bloor

El fútbol está en el corazón de mi novela, *Tangerine*. Es sólo un juego
para los chicos de la escuela media Lake Windsor, con sus *soccer moms* y
sus minivanes y su agua embotellada. Para los chicos de la escuela media
Tangerine, por el contrario, representa mucho, mucho más. Tal como
observa Paul Fisher en su primer viaje con las Águilas Guerreras de
Tangerine: «Por supuesto, no era un partido de verdad. Era una guerra».

Era una exageración por parte de Paul, pero sólo un poco. Al
menos una guerra fue encendida por un partido de fútbol: un partido
de calificación para el Mundial de Fútbol, jugado por El Salvador y
Honduras en 1969. El problema inició en la disputada frontera entre
ambas naciones, pero pronto se mudó al campo de juego. Honduras
había ganado un partido previo estableciendo un partido de vuelta que
sería crucial. Cuando El Salvador ganó ese partido de vuelta, las tensio-
nes entre los dos países explotaron. La «Guerra del fútbol» se extendió
por dos semanas. Algunas ciudades fueron bombardeadas y miles de
personas murieron.

El fervor encontrado en estos dos países no es inusual. Prácticamente en cualquier lugar del mundo, la gente está preparada para gritar
y pelear y amotinarse a causa del juego que en los Estados Unidos es
conocido en inglés como *soccer* y conocido en cualquier otro lado por
variaciones de la palabra *football* (el fútbol, *de voetbal*, etc.).

Crecí en una ciudad habitada en parte por inmigrantes europeos que, de hecho, veían el fútbol muy seriamente. Cuando tenía ocho años, empecé a jugar en una liga que tenía nombres como los italoestadounidenses, los polacoestadounidenses y los ucranoestadounidenses. Jugué fútbol para un equipo de raza mixta que se llamaba Ideal Terminal (que, creo, era el nombre de una compañía de transporte de mercancías). En aquel entonces, «de raza mixta» significaba únicamente que los jugadores no eran *todos* italianos o *todos* polacos. Sin embargo, todos eran blancos. En el caso de Ideal Terminal, todos éramos malos.

Recuerdo jugar contra otros niños de ocho años de edad quienes, en la superficie, se veían exactamente como yo. Pero por dentro, aquellos niños estaban forjados de un temible sentido del propósito. Eran apoyados por muchedumbres que gritaban, formadas por padres de familia que hablaban idiomas extranjeros, decididos no sólo a ganar los partidos de fútbol, sino a resolver antiguos rencores iniciados en antiguas guerras en Polonia o Italia o Ucrania. Ideal Terminal perdía todos los partidos.

Quiso el destino que yo terminara jugando del mismo lado de varios de esos guerreros del fútbol cuando llegué a la escuela secundaria. No gracias a mí, ganamos los campeonatos del condado y del estado cuando estudiaba el undécimo y el duodécimo grados. Éramos temibles, invencibles y victoriosos gracias a un núcleo de jugadores para quienes el fútbol era mucho más que un juego.

Como Paul Fisher observa antes de su último partido con las Águilas Guerreras, el del campeonato del condado: «Quizá sólo sea un simple jugador de la banca, quizá sólo soy un mero acompañante, pero es la cosa más maravillosa que me ha sucedido». Así me sentía yo también en mi equipo.

Creía que ese sentimiento me acompañaría a la universidad, pero no fue así. Descubrí que mi universidad no tenía un equipo de fútbol de verdad. Tenía, eso sí, un «club de fútbol». Los jugadores en el club quizá asistían al entrenamiento o quizá no. Quizá asistían a un partido o quizá no. Perdimos nuestro primer partido 11–0. Mejoramos un poco en nuestro segundo partido, perdiendo 10–1. Muchos jugadores renunciaron. Por alguna razón, quizá porque no renuncié, gané el trofeo al Jugador Más Valioso ese año. Eso me hizo sentir culpable de querer renunciar y me impulsó a continuar un segundo año. Pero eso fue todo. Para el comienzo del tercer año mi carrera futbolística había terminado oficialmente. Estaba tan muerta como un árbitro salvadoreño en Honduras o viceversa. El fútbol ya no era lo mismo para mí. Se había convertido en sólo un juego.

Página de discusión sobre la lectura

1. ¿Cuál es la primera impresión de Paul sobre Tangerine, y cómo cambia con el tiempo?

2. ¿Qué tipo de discriminación enfrenta Paul a causa de su discapacidad visual?

3. Un tema tratado en *Tangerine* es el de los humanos queriendo suprimir, resistir y debilitar la naturaleza. Cita ejemplos de eso en el libro.

4. Otro tema presente en *Tangerine* es el de que, aunque las cosas parezcan perfectas por fuera, pueden estar cayéndose a pedazos bajo la superficie. En el libro, ¿a qué situaciones aplica?

5. ¿En qué es diferente la escuela media Tangerine de la escuela media Lake Windsor?

6. ¿Por qué crees que Joey Costello actuó de la manera en que lo hizo en la escuela media Tangerine? ¿Por qué crees que Paul pudo lidiar con el hecho de ir a clases ahí, pero Joey no pudo?

7. ¿Cómo cambia la percepción de Paul sobre Tangerine cuando comienza a trabajar en la huerta con Luis y sus amigos del equipo de fútbol? ¿En qué se diferencian las vidas de los agricultores de cítricos de las vidas de los vecinos de Paul en Lake Windsor Downs?

8. ¿Por qué Paul no cuenta a sus padres las cosas terribles que ha visto a Erik hacer?

9. ¿Por qué el padre de Paul ignora que Erik golpeó a Tino?

10. Después de la muerte de Luis, Paul reflexiona: *No hay un gran misterio. La verdad acerca de lo que sucedió a Luis es obvia para todos a su alrededor.* Sus *vidas no están hechas de pedacitos y fragmentos de versiones de la verdad. No viven así. Saben lo que realmente pasó. Punto. ¿Por qué debería parecerme tan misterioso?* ¿Por qué Paul siente que su vida es diferente a la vida de Luis y la de sus otros amigos en Tangerine? ¿Por qué siente que está tan fragmentada?